Os 351 livros de Irma Arcuri

Os

351 livros

de Irma Arcuri

David Bajo

Tradução
Diego Alfaro

Título original: The 351 Books of Irma Arcuri

Copyright © 2008 by David Bajo

Direitos de edição da obra em língua portuguesa no Brasil adquiridos pela Editora Nova Fronteira S.A. Todos os direitos reservados. Nenhuma parte desta obra pode ser apropriada e estocada em sistema de banco de dados ou processo similar, em qualquer forma ou meio, seja eletrônico, de fotocópia, gravação etc., sem a permissão do detentor do copirraite.

Editora Nova Fronteira S.A.
Rua Bambina, 25 – Botafogo – 22251-050
Rio de Janeiro – RJ – Brasil
Tel.: (21) 2131-1111 – Fax: (21) 2286-6755
http://www.novafronteira.com.br
e-mail: sac@novafronteira.com.br

CIP-Brasil. Catalogação-na-fonte
Sindicato Nacional dos Editores de Livros, RJ

B141t   Bajo, David
          Os 351 livros de Irma Arcuri / David Bajo ; tradução Diego Alfaro. - Rio de Janeiro : Nova Fronteira, 2009.

          Tradução de: The 351 Books of Irma Arcuri

          ISBN 978-85-209-2084-8

          1. Matemática - Ficção. 2. Pessoas perdidas - Ficção. 3. Relações homem-mulher. 4. Ficção americana. I. Alfaro, Diego. II. Título.

CDD: 813
CDU: 821.111(73)-3

AGRADECIMENTOS

Nenhum livro de verdade foi destruído ou danificado para que eu escrevesse este romance. Todas as citações de Cervantes tiveram como fonte a rejuvenescedora tradução de *Dom Quixote* para o inglês feita por Edith Grossman (editora Ecco) em 2003. O livro de receitas de Pepys restaurado por Irma foi inspirado na brilhante coletânea organizada por Christopher Driver e Michelle Berriedale-Johnson — *Pepys at Table: Seventeenth century recipes for the modern cook*. A pobre historinha de faroeste que Irma reformula foi extraída da série *Carmody*, de Peter McCurtain. Todos os anagramas foram criados por Esme Bajo. Se há alguém vivo capaz de achar Irma Arcuri, essa pessoa é Markus Hoffman, que rodou pelo mundo com este livro, cheio de entusiasmo e sucesso.

Confesso que não fiz nada mais do que transcrever esta história. Ela não seria o que é sem a participação de Joshua Kendall e Peter Steinberg. Se você conseguir perceber alguma vida nas próximas páginas, devo isso a Elise Blackwell. Obrigado.

ZERO, ou ZED

SEGUROU O PERGAMINHO ante a luz da janela. Deixou-o assim para derramar sua cor sobre ela, para ver como as sombras suaves da tinta e o amarelo translúcido brincavam em sua figura, reclinada na cama desfeita. Ela cutucava um travesseiro caído com os dedos do pé. Um braço estendido sobre a borda. O quadril inclinado na direção dele. Descansava a cabeça no próprio ombro, expondo o lado do pescoço, mais pálido atrás da orelha. Enganou-se quanto à sua intenção.

Qual história você quer?

Philip a fitou confuso e moveu o pergaminho para trazer-lhe as sombras pela curva da cintura até a cúspide abaixo da costela. Ela levou aos lábios uma espécie de confeito, *dulcitas* de café açucarado como um cristal de quartzo, comprado dos vendedores de cana na estação de ônibus. Afastou o doce dos lábios e o apontou para ele, para o pergaminho que segurava ante a luz.

Tem pelo menos duas aí. Ela apontou o doce para o papel. A que você está vendo na transparência, essa cujas palavras estão movendo sobre os meus peitos. E a que vai ver quando o afastar da luz.

Philip soltou o pergaminho, que caiu rígido, longe da luz. Pareceu enferrujado, não tinha mais a caligrafia ornada e cinzenta, substituída por letras pálidas como manchas d'água. Mesmo se estivesse num idioma conhecido, não conseguiria ler o que diziam aquelas letras desbotadas, trechos apagados, garranchos. Apoiou o pergaminho no peitoril da janela entreaberta, como se não soubesse ao certo se o guardaria; talvez o deixasse ali para que o serviço de quarto o varresse. A luz agora a acertava em cheio. Ela se virou de frente, espreguiçou-se ao sol, os seios erguidos. Revirou o doce nos dedos como um prisma com cor de fumaça e o pegou olhando. Philip virou o rosto para a janela, mas ainda assim pôde sentir o olhar pousado nele, inegável, palpável como a mais íntima carícia.

Pela janela viam-se os vulcões gêmeos; a luz da manhã, já alta, inundava as encostas. O mais velho, Nevado, mantinha-se calmo, tranqüilo, ligeiramente na retaguarda, e coberto de neve, como sempre. O mais novo, Volcán, fumegava vapor da cratera delineada pela neve, uma forma mais pontiaguda. Os vulcões davam à luz uma estranha clareza e foco, moldando-a e lançando-a, o vapor do mais novo a espessava. Os dois montes ainda tinham um frescor, com cores de conchas, e de seus cumes ela lhe mostrara o Pacífico.

Estavam hospedados juntos naquela velha fazenda de café convertida em hospedagem para os que vinham explorar os vulcões. Só se conheciam há sete anos e tinham viajado até ali para expurgar suas vidas de maus começos e amores. Estavam fazendo ajustes. Podemos seguir juntos, disse ela, mas afastados. O quarto tinha agora um cheiro desarraigado, do que faziam depois das caminhadas e escaladas.

O ruído da respiração que a arqueava, do atrito da pele nos lençóis, tirou-lhe a atenção da paisagem. Philip olhou para trás, por sobre o ombro. Ela mal começara a lhe parecer bonita.

Vire para cá, disse ela. Mostre-se.

Se me virar, vou perder tudo. Vou perder o dia inteiro.

Ele era tão novo na época.

Em vez disso, vestiu-se rápido, jogou no corpo uma calça jeans, uma camisa e sandálias, e penteou o cabelo para trás com os dedos, uma só vez, para lhe mostrar que conseguiria resistir. Apressou-se para apanhar o ônibus. Queria ver os violinistas e dançarinos mascarados num povoado ao pé da montanha, algo pelo qual ela não tinha nenhum interesse. Não são reais, explicou ela. Não mais.

Vejo você aqui às cinco, respondeu Philip já saindo do quarto, sem ousar se virar.

Talvez, disse ela.

Mas não desceu do ônibus em Suchitlán para ver os violinistas, preferiu seguir em frente até a cidade de Colima. Avançar, porque estava sentado na parte da frente do ônibus, de onde via a estrada, que desaparecia sob o enorme pára-brisa sempre que o motorista fazia mais uma curva violenta pela estrada montanhosa. Porque era assim que começava a se sentir com ela — jogado sobre um mundo verde e profundo, talvez ágil, capaz de pairar sobre aquilo, talvez não. Teriam que ver. Juntos, mas afastados. E assim apalpou o passaporte e a carteira, deixou-lhe em pensamento suas roupas largadas, as botas e a escova de dentes.

Ao chegar a Comala, a cidade que marcava o meio do caminho, saiu impulsivamente do ônibus e encontrou um táxi no pequeno *zócalo*. O motorista, que vestia uma camisa social, de casamento, com a gola manchada, prometeu levá-lo ao local onde estava a ilusão ótica, onde o táxi parado parecia subir a ladeira pelos campos de lava. Cochilou no caminho e acordou ouvindo suspiros de mulher e o atrito dos lençóis, e por isso pediu ao motorista que voltasse ao *zócalo*. Dali, tomou o ônibus de volta às bases viçosas dos vulcões, às plantações de café.

Já entardecia. Os vulcões refletiam agora o pôr do sol. Tinha desperdiçado o dia inteiro suando em ônibus e táxis, tomando decisões que não precisavam ser tomadas, preocupando-se numa terra onde, segundo ela, preocupar-se seria digno de riso. Sentiu-a rir. Na área comum da fazenda, entre poltronas esfarrapadas para o fumo e a leitura, confundiu outra pessoa com ela. Tudo parecia esmaecido como por vitrais, e ele estava atrasado. O cabelo da moça era escuro, o comprimento igual, partido da mesma forma, a ponta do ombro moreno, familiar. Estava analisando — não lendo — um livro roto, retirado de uma das prateleiras comuns. Quando tocou o ombro da estranha por trás, ela ergueu o olhar, espantada; Philip se desculpou em seguida e andou apressado para o quarto.

Tudo continuava praticamente igual. A luz da janela parecia agora refletida e mais intensa, mais colorida pelos vulcões. Ela estava sentada numa cadeira dura ao lado da pequena lareira que havia acendido e usava um de seus vestidos finos, o amarelo. Conseguia enrolá-los até que ficassem do tamanho de bolas de beisebol, e carregava três numa bolsa de mão. O olhar era o mesmo do qual ele escapara, direto e vigoroso. Ela parecia nem ter deixado o quarto. Mas havia um aroma mineral, límpido; água sobre pedra. Ela tinha corrido até o vulcão e tomado um banho.

Desculpe, me atrasei.

Não se atrasou, disse ela. Você voltou. Fugiu. Foi embora.

Philip fingiu não entender.

Está evidente em você todo, disse ela. Seus olhos me acolhendo de volta. As mechas do seu cabelo onde o suor secou, onde ficou tentando empurrar os pensamentos com os dedos. O modo como virou apenas metade do corpo para mim. Você foi embora, depois tentou ir a outra parte, mas se viu rumo a algum lugar do qual já falamos em ir. Talvez tenha chegado lá antes de voltar.

Passou da cadeira à beira da cama e levantou o vestido, como para refrescar as pernas. Você entrou aqui com um ar de desculpas ainda marcado no rosto, ainda enroscado nos seus dedos tensos. Mas não para mim, claro. Então deve ter pedido desculpas a alguém ali no pátio.

Philip sentiu uma brisa e percebeu que ela conseguira forçar um pouco a janela, abri-la de alguma forma, apesar da madeira envergada e inchada. O pergaminho não estava mais lá; Philip o procurou pela janela, preocupado.

Eu o queimei, disse ela.

O quê? Você o *comprou*. É tão velho.

Não passava de uma lista de compras sangrenta de um conquistador, rabiscada sobre os cânticos desbotados de um monge. Quem precisa dele? Usei para acender o fogo.

Puxou o vestido ainda mais, amarrou-o com um nó entre os seios. Vamos dar um bom uso à luz dele.

Não acredito em você.

Ela se recostou na cama, ergueu os joelhos, deixou-os cair juntos. Philip avançou na direção dela, sem pensar, atraído.

Levei aquele livro até o final, à conclusão; até seu desmantelamento e decadência. Ao pó e às cinzas, Philip. Dei a ele mais do que merecia. Assim como a você. Agora mesmo.

Mas você está com raiva, disse Philip. Podia vê-la facilmente em seus olhos, também salpicada nas ondas escuras de cabelo ao redor da fronte.

Assim vai ser ainda melhor. Com a minha raiva. E não se esqueça da sua.

Ele se endireitou, respirou fundo, o que o manteve afastado da cama por mais um momento.

Não comece agora, disse ela. Não comece a temer o que posso saber sobre você. O que percebo. Eu mal comecei. Sei tão pouco. Só sei mais que você.

O desejo de juntar seu corpo ao dela o atravessou, absorveu-lhe os sentidos, uma concha sobre a orelha. Suas mãos, já prontas para agarrá-la por detrás dos braços, doeram. Sentiu-se embriagado, mas com algum sentido, como se estivesse atado, caindo por cima dela em espiral. Ela olhou para o fogo, os braços sobre a cabeça, dedos entrelaçados. Embora tenha permanecido inerte, algo dentro dela pareceu se acelerar, uma força indecisa e contida.

Mas quando *eu* for embora, sussurrou com força na orelha de Philip, enquanto ele tombava sobre seu corpo e lhe puxava o nó do vestido até a altura do pescoço. Ela se roçou na aspereza das roupas de Philip. Quando eu for embora, não vou voltar.

E sob a luz do fogo, que dominava a do entardecer, Philip sentiu todas as coisas na pele dela. Tudo o que poderia acontecer, todas as possibilidades. Tudo.

Mas você deve perdoá-lo aqui, então. Há tantas coisas que ele não sabe.

UM

Irma Arcuri legou sua coleção de livros, todos os 351 volumes em capa dura, a Philip Masryk. Entre eles estavam os cinco romances que ela mesma escreveu e encapou. Dois haviam sido publicados e três não, mas Philip jamais se preocupou em saber quais passaram pelo processo. Sempre lhe dava cópias que ela mesma encapava, versões que caíam nas mãos de Philip como frios pedaços de mármore de peso bem distribuído. E ela sempre os entregava em mãos, não importava para onde precisasse viajar para fazê-lo. Philip foi informado daquela herança final por um e-mail enviado pela mãe de Irma, de Santa Barbara. Imprimiu e releu a mensagem enquanto viajava na barca da manhã, da Filadélfia a Camden. A névoa da primavera se erguia do rio Delaware e umedecia o papel. Segurou-o com as duas mãos para que o sol baixo brilhasse através da folha. Outros passageiros apoiados na grade erguiam o *Inquirer* opaco para bloquear o sol nascente, a bruma e os respingos com o jornal. Fazia frio.

Parou de dirigir pela ponte Franklin e passou a viajar na barca depois que sua segunda ex-mulher ficou com os dois carros em seu divórcio amigável. Deixar que Beatrice ficasse com os dois carros não foi um gesto tão generoso quanto talvez tenha parecido a ela e a seu advogado. Nos trinta segundos que o advogado levou para pronunciar o pedido de Beatrice, Philip calculou precisamente os impactos econômicos e temporais causados pela tentativa de estacionar dois carros no centro de Filadélfia.

Aceitou. Ele tinha um certo modo de ver as coisas — uma inclinação —, e assim, confiou nela e na raiva que ela lhe dirigia. Beatrice tomou posse do apartamento que dividiam na praça Rittenhouse. Compensou-o por isso; porém, baseada em quanto o lugar valia quando o compraram juntos, e não no valor inflacionado de agora.

Quando a barca o deixou em Camden, foi trabalhar apenas o suficiente para pedir demissão, e então caminhou pela margem do rio até o aquário. Passou o dia ali, descobrindo que o vidro que o separava dos peixes tinha trinta centímetros de espessura. Esperou até as onze horas para telefonar para os Arcuri, de modo que não fosse muito cedo na Costa Oeste. Ligou da alameda do aquário.

A sra. Arcuri atendeu no terceiro toque. Ela atendia noventa e sete por cento das vezes, portanto Philip já esperava sua voz. Perguntou-lhe sobre a herança e se aquilo não indicava algum tipo de morte ou desaparecimento. Ouviu a voz da mãe de Irma durante cinco minutos, até que a ligação foi interrompida; uma mensagem lhe informou que a companhia de seguros da qual acabava de se demitir lhe removera o serviço. Entendeu a raiva que deveriam estar sentindo e sentiu-se aliviado pelo fim súbito que isso trouxe à sua conversa com a sra. Arcuri. Ela parou de gostar dele vinte anos antes, quando se deu conta de que jamais se casaria com sua filha. Manteve-se educada, tratando-o ao longo dos anos como uma espécie de parente, conhecido como o homem que não se casaria com a nossa filha. Sempre que passava o Dia de Ação de Graças com os Arcuri, sentava-se ao lado de quem quer que fosse o amante atual de Irma, assumindo seu lugar como a pessoa seguinte na escala evolutiva de pretendentes da mãe.

Irma, como lhe informou a conversa abreviada com a sra. Arcuri, só estava morta em sentido figurado. Se tivesse morrido de fato, assegurou-lhe a sra. Arcuri, ela teria lhe telefonado pessoalmente. Mas Philip percebia, pela erosão na voz da mulher — a proporção entre verbos e o total de palavras diminuía de frase em frase —, que essa morte figurada era quase tão dolorosa e definitiva quanto uma morte literal. Irma havia partido. Sua nota de suicídio figurado, deixada no travesseiro de uma *pensión* em Sevilha, mencionava uma missão secular, o sacrifício dos próprios sonhos. E o que era mais trágico — declarava um fim à sua produção literária. A sra. Arcuri chorou durante essa frase. A interrupção da ligação ocorreu em meio às lágrimas.

Philip vagou de volta ao centro escuro do aquário, à exibição de águas-vivas, onde passou bastante tempo observando um pequeno tanque. As águas-vivas tinham poucos centímetros de comprimento, mas eram coloridas e fosforescentes no escuro da água. Vinham de fossas profundas na costa das Filipinas. Revezavam-se, ondulando o corpo para cima e então caindo lentamente em seus pára-quedas pela água escura. Era assim que recolhiam sua comida microscópica, leu Philip na placa descritiva. Algumas se acendiam como neon, outras eram quase invisíveis, membranas coloridas por tinta. Na parte inferior da placa, notou que sua companhia de seguros — agora ex-companhia de seguros — patrocinava as águas-vivas. Calculou rapidamente o custo daquele patrocínio: os ictiologistas, a soma de seus salários, as embarcações e equipamentos especializados, o alvará do governo das Filipinas, a manutenção do tanque. Tudo aquilo por uns poucos centímetros de vida marinha, véus finíssimos que mal estavam presentes. A placa não condizia com a generosidade da companhia.

Não fora tão corajoso ao se demitir. Sem contar o corte do telefone, tinha bastante certeza de que o aceitariam de volta; seu talento era suficientemente raro. Dependendo do tipo de pesquisa realizada, havia de dez a vinte e cinco mil pessoas como ele no mundo. Talvez mil delas vivessem nos Estados Unidos. Dentre essas mil, somente algumas centenas teriam seu talento descoberto, pois estavam em situações socioeconômicas ideais, menos ainda teriam dedicado tempo e esforço necessário para cultivá-lo por meio da educação superior, e ao redor de um terço estaria em idade de trabalho. Ele conhecia os números. Outros chamavam aquilo de cálculo, mas o cálculo geralmente não era necessário, certamente não no que dizia respeito à matemática simples da adição, subtração, multiplicação, divisão, raízes quadradas e potências. Se lhe dessem um conjunto de números e lhe dissessem o que fazer com eles — somá-los, elevar o resultado ao cubo e então determinar a raiz quadrada, por exemplo — ele conseguia fazê-lo mentalmente no tempo em que se leva para formular a pergunta.

Algo inútil, poderíamos pensar, na avançada Era da Tecnologia. Mas ele estava sempre à frente dos computadores. Como eles, sua velocidade era limitada apenas pela inserção dos dados. Como eles, era capaz de processar os números por meio de qualquer equação ou fórmula. Ele sempre — sempre — sabia usar a fórmula ou conjunto de fórmulas mais eficiente em qualquer situação. Num só dia, economizava à companhia o trabalho de um ano de cinco técnicos de laboratório. Temos estes números, Philip, o que devemos fazer com eles? Onde *você* pode começar com eles? Eles o encontraram, o receberam. Puseram-no em um belo escritório que chamavam de laboratório. Tornaram-se seus patrocinadores.

A famosa companhia de seguros, que estava à frente de um edifício renascentista à margem do rio em Camden e aproveitava os benefícios fiscais que trazia, preferiu não usá-lo muito para avaliação de riscos. Aquilo era para os contadores dos andares inferiores. Philip trabalhava principalmente na área ligada aos investimentos, com os executivos que gerenciavam as carteiras de títulos no último andar, erguido um pouco acima da cúpula do aquário, que fechava o outro lado da renascença à margem do rio.

Beatrice também já trabalhara para eles. Era analista de sistemas, especialista em estruturas humanas e protocolares. Adorava tentar entender o modo como ele via as coisas, como pensava. Depois de recomendar, com bastante sinceridade, que a companhia de seguros demitisse todo seu segundo escalão juntamente com a maior parte do primeiro, ela se demitiu e encontrou rapidamente um trabalho de consultoria à sua espera. As empresas e clientes com quem trabalhava a chamavam de Satã. "Vamos invocar Satã", diziam. Philip lhe deu de presente um bloco de cartões de visita: SATÃ, com o *t* em forma de um pequeno tridente. Beatrice era alta e morena. Às vezes, tudo o que temos é o sexo, dizia muitas vezes; e então refletia sobre aquelas palavras, como a analista de sistemas que era, e parecia considerá-las aceitáveis, ideais, talvez. Tinham duas pias no apartamento em Rittenhouse: uma para a louça suja, outra para a limpa, e sem divisória entre elas. Philip tinha quase certeza de que ela possuía uma memória fotográfica.

As águas-vivas se revezavam em sua alimentação, subindo em convulsões, caindo graciosamente com seus pára-quedas. Flutuavam numa fila de espera quase ao fundo do tanque enquanto uma delas descia; então a seguinte se propelia suavemente para o alto. Philip as imitou com a mão erguida na altura do tanque. Deixou que os dedos pendessem, contraiu-os e então os abriu num guarda-chuva, baixando a mão ao lado da água-viva.

— Você está chapado? — perguntou a mulher da segurança atrás dele. — Porque se estiver, vou ter que pedir que se retire do prédio. Posso lhe dar um documento para que possa voltar e um número para onde pode ligar para pedir ajuda.

Philip se virou na direção dela, porque tinha uma voz agradável, grave, apesar de jovem. O rosto era negro, com nariz italiano. Bela Nova Jersey. A expressão da moça era sincera, preocupada, fixa, um alívio ante as efêmeras águas-vivas.

— Não estou chapado — respondeu Philip. — Estou desempregado.

Não fora tão corajoso ao se demitir, mas fora corajoso o suficiente, tivera uma imprecisão descuidada o bastante como para reagir ao divórcio e homenagear o desaparecimento de Irma, o presente que ela lhe deixara. Poderia dizer à mãe dela, somente de longe, eu me demiti, mudei, estou um caco, veja o que fiz com a minha vida. Irma apenas ergueria uma sobrancelha ao ouvir aquilo, talvez cruzasse os braços sobre o peito e inclinasse os quadris, esperando para ver o que ele faria a seguir.

Os livros chegaram uma semana depois, duas caixas do tamanho de geladeiras com embalagem protetora. Estavam organizados em ordem alfabética, protegidos contra impactos e marcados como frágeis. Philip os organizou nas prateleiras como ela os dispunha — em ordem alfabética, sem considerar sua história, nacionalidade, gênero ou tema. Aqueles livros transcendiam essas divisões, e Philip sabia — entendia de alguma forma — que esse era o motivo pelo qual ela os colecionara. Juntos, eram maravilhosos em suas capas de tecido e couro em tons de jóias peroladas — amarelo, verde, vermelho ou azul, os mais austeros em preto e vinho. Não tinham sobrecapas, e os títulos eram gravados em ouro, prata, bronze ou ferro. Ela mesma havia reencapado ou restaurado a maioria deles, usando materiais e ferramentas de época. É fácil, contou-lhe, porque usamos ferramentas semelhantes às que se usavam desde o século XV. Eu poderia entrar numa loja de encadernação do século XVIII, explicou, e não teria nenhum problema em costurar os primeiros volumes de Defoe. A loja de Irma e a de sua mentora pareciam museus, com martelos e prensas, sovelas e facas. As oficinas cheiravam a couro velho, pergaminho e linhaça. Às vezes, nos cantos escuros, Philip encontrava um jarro contendo um tomo petrificado banhado em verniz de âmbar com linhaça, as páginas fundidas do livro começando a se separar como pétalas. Se Philip passasse muito tempo perto de um jarro, Irma se agachava por trás dele e o fitava através do óleo xântico, com o rosto ampliado e tingido, remoinhos ao redor de seus olhos intensamente focados. Olhos apontados para Philip, e não para o livro fossilizado, em plena muda. Se o remexermos devagar, com uma colher de pau, provocou-o Irma, vai se dissolver por inteiro, como um torrão de açúcar no chá.

Os cinco romances de Irma vinham em primeiro lugar, nos *As* logo antes de Austen, dois azuis, depois um vermelho, um verde e um amarelo. O primeiro livro que Philip retirou da coleção depois que terminou de organizar todos os 351 volumes foi o romance *A teoria de Peter Navratil*, que Irma terminou de escrever quando tinha trinta e oito anos. Philip era Peter Navratil. Irma nunca negou esse fato, nem a ele nem aos amigos que o comentavam. O livro tratava de um cientista que trabalhava no setor privado e procurava uma mulher em Michoacán, no México. Encapado em verde e gravado em prata, o livro tinha o cheiro de uma luva nova de beisebol, e estalou quando Philip o abriu.

Num estado ampliado de auto-indulgência, Philip leu sua própria história. Os números eram a primeira língua de Peter, contava Irma ao leitor. Tinha sido uma criança verdadeiramente bilíngüe, e suas duas línguas prejudicaram o desenvolvimento uma da outra, a tal ponto que seus professores e pediatras, preocupados, diagnosticaram nele um déficit de aprendizado — retardado, naquele tempo. Mas durante a segunda série, depois de passar uma noite lendo um livro de astronomia da mãe, as duas línguas se polinizaram e floresceram. De súbito, tornou-se capaz de falar e ler em inglês, como todos os demais colegas. Mas com os números era diferente. Através deles, sua primeira língua, Peter via e interpretava o mundo. Tornou-se o garoto prodígio da escola. Uma conspiração de professores o desafiava com seqüências rápidas e extensas de equações ditadas, mesclando adição, subtração, multiplicação, divisão, potências e raízes quadradas. A resposta do menino era sempre correta, sendo emitida imediatamente ao final da seqüência ditada. Os professores passavam longas horas, à noite, bolando tais seqüências, verificando sua precisão e computando-as cuidadosamente com lápis, papel e novas calculadoras eletrônicas. E o pequeno Peter frustrava seus esforços em menos de um segundo, todas as vezes. Auditórios inteiros o aplaudiam. A princípio, ele gostava dos aplausos. Depois, passaram a fazer com que se sentisse como um esquisito. Começou a perceber os aplausos como uma espécie de surra que a platéia lhe dava, um empurrão tátil que dizia um afaste-se de nós. Passou a evitar as demonstrações.

Seu talento tinha limites. Quando garoto, destacava-se na maioria dos desafios cerebrais, como o xadrez. Mas Peter o jogava numericamente, aplicando valores às peças — uma rainha equivalia a nove peões, um bispo ou um cavalo equivaliam a três — e prevendo seus movimentos como números de quadrados numa grade de 64. Com esse método, vencia bons jogadores, certamente a maioria dos garotos da escola. Mas perdia de qualquer jogador que tivesse algum brilhantismo espacial. Sua compreensão do idioma escrito era maior que a média, mas somente porque atribuía quantidades e padrões numéricos às classes de palavras e a outros elementos gramaticais. Conhecia os verbos, substantivos, adjetivos e advérbios porque precisava contá-los e calcular suas proporções em relação ao total de palavras. Na quinta série, conseguia fazer um gráfico de qualquer oração, assemelhando-a a uma equação. Suas frases eram perfeitas. Sua compreensão literal era perfeita. Conseguia fazer com que as orações definissem claramente seus pensamentos, mas não conseguia usá-las para guiá-los. Suas composições eram verdadeiras, precisas, impecáveis e nem um pouco instigantes.

O garoto se destacava na música, mas somente até certo ponto. Seus pais, inicialmente exultantes quando a professora de piano falou em *prodígio*, viram-se desalentados ao compararem sua execução cirúrgica com a de outros meninos e meninas em concursos. O pai de Peter, um acadêmico da música, e mais, um pai afetuoso, confessava sentir-se enfadado ao ouvir o filho tocar. Alguns juízes adoravam a música do menino, e ele chegou a ganhar duas medalhas. Eu não saberia dizer ao certo até onde Peter estendia sua compreensão matemática da vida. Ele mediria suas emoções em equações? O amor seria paixão dividida por tristeza sobre a raiz quadrada do tempo? Ele contava suas respirações? Contava as lágrimas dela?

Philip estremeceu e fechou de súbito o livro. Conhecia aquela narradora e reconhecia sua angústia. Recolocou o livro em seu espaço na prateleira, o penúltimo dos cinco romances de Irma, belamente encapados. Ela havia costurado cinco cópias de cada um, distribuindo-os cuidadosamente entre amigos. O último dos livros de Irma, agora definitivamente o último, era hermético para Philip. Chamava-se *Deslize*, e fazia exatamente isso com quem tentasse lê-lo. As cenas freqüentemente mudavam no meio do caminho. As passagens depois se repetiam, sendo então substituídas novamente pelas que as sucediam. As frases retornavam tentando esclarecer a si mesmas. Aquele romance também tinha um personagem baseado em Philip, mas ele nunca prosseguiu com a leitura até saber o que lhe ocorria.

Naquela semana, esperando a chegada dos livros, Philip preparou seu novo apartamento, que estava alugando mensalmente num conjunto de prédios de três andares feitos com tijolinhos, logo acima da Roupas Baum, ao longo da velha linha do trólebus. O barulho da rua o ajudava a dormir. Ao longo de toda a vida, o sono de Philip sempre consistiu numa série de pontos e linhas separados por despertares freqüentes. O ruído da rua, os sons dos outros movendo-se na noite, servia como o mais eficaz dos tranqüilizantes. A linha da Eleventh Street e os gritos, sussurros, tossidos e risos bêbados de seus passageiros ao embarcarem ou desembarcarem o acariciavam de volta ao sono em sua nova casa. Mesmo depois que o ônibus terminava sua última corrida à uma da manhã, os bares paralelos à linha, incrustados no asfalto, pareciam atrair magneticamente os vagabundos noctívagos da cidade. E se o sono ainda assim lhe escapasse, Philip poderia jogar a jaqueta por cima do moletom e caminhar até um dos bares na esquina da Sansom Street, o Finn McCool's ou o Ludwig's, onde beberia um uísque às três da manhã à luz de uma vela. Os atendentes assistiam a comerciais com promoções de aparelhos de ginástica na TV com o som desligado e enchiam tigelas de madeira falsa com amendoins salgados e duros. O uísque *single malt*, a certeza de que nada realmente desaparecia na noite, a fria caminhada de volta ao apartamento e os manequins vestidos com ternos da era Eisenhower nas vitrines da Roupas Baum se combinavam para escoltá-lo de volta ao sono. O apartamento, um conjugado com o que pareciam ser manchas de chá nas paredes brancas de estuque, continha tudo o que ele precisava. Comprou uma cama, uma mesa e uma cadeira. No bairro italiano, comprou do Exército de Salvação uma poltrona reclinável de couro sintético para leitura, de cor azul-água, e uma mesinha de metal para apoiar um abajur e um drinque. Gostava de ouvir o som do vidro sobre o metal sempre que recolocava o copo na mesinha. No mesmo brechó comprou o copo de uísque, de fundo grosso. E, naturalmente, comprou prateleiras. Estas eram novas. Feitas de bordo sólido, sem pregos nem cola, pelos menonitas que ficavam perto de Harrisburg, as prateleiras custaram mais que todas as demais compras combinadas, incluindo o aluguel e o depósito para o apartamento.

A companhia de seguros permitiu que ficasse com o laptop, depurado de todas as informações. Veio com um teclado suplementar, que tinha o lado direito dominado por números e sinais matemáticos e trigonométricos. Apoiou o computador na mesa vazia, ao lado do descanso de copo de metal que trouxe de um bar da South Street. Você consegue escrever uma história com números?, perguntou-lhe Irma uma vez. Eu poderia ajudar você a traduzir. Ela traduzia do espanhol e do português, um pouco também do francês e do italiano, embora insistisse em que não falava nenhuma dessas línguas muito bem.

Também nos dias em que esperou pela chegada dos livros, fez longas corridas ao longo da Penn's Landing, a região costeira de onde se via o Delaware e seus cais, estaleiros e veleiros musealizados. Ou então seguia pelo metrô até a Penn e corria ao longo do rio Schuylkill, com um cinturão verde de parques recobertos por plátanos. Ainda vestindo roupas de corrida, parava ao lado do relógio de sol em forma de rã na praça Rittenhouse, de onde observava os trabalhadores apressados na hora do almoço. Depois do horário de pico comia seu próprio almoço, iogurte natural ou sopa, numa casa de chá barato, enquanto lia teoria matemática ou física. Se encontrasse uma casa de chá que servisse sopa *borscht*, era o que pedia, salpicando as equações com gotículas brilhantes do molho de carne. Durante a última neve da primavera — tinha que ser a última —, correu ao longo do Schuylkill e viu como os flocos brancos desapareciam sobre a grama e as novas folhas de plátano, e depois correu uma segunda vez naquele dia, pelas margens do Delaware, observando o vapor que emanava da neve recém-caída sobre a água aquecida pelas correntes mornas. A barca para Camden cortava um pequeno trilho na neve, um rastro que fazia rodopiar os flocos para os lados antes de derretê-los.

Assim que configurou seu e-mail, recebeu uma mensagem da companhia de seguros, que solicitava seus serviços de consultoria para um breve projeto de investimentos. Aceitou, com a condição de que pudesse trabalhar exclusivamente de casa. A segunda mensagem veio de um dos principais concorrentes da firma, que solicitava o mesmo serviço num projeto de investimentos surpreendentemente semelhante. Recusou o pedido com educação, em virtude de interesses conflitantes. Como acrescentar risco à sua vida?, perguntou-lhe Irma num momento de frustração. Os números sempre se acomodam perfeitamente para você, pois isso é o que os números fazem. Eu sei que é mais complicado que isso. Que muitas vezes as equações levam semanas para se desvencilhar, que são marcadas por pequenos picos e vales e mistérios aqui e ali, e que envolvem experimentação. Mas você precisa ir a algum lugar onde falem outra língua, onde você tenha que pensar em outra língua. Onde acabe sonhando em outra língua. Vem comigo. Eu poderia traduzir para você. Nessa época ele era casado com sua primeira mulher, Rebecca, outra matemática, que concordava com a idéia de que a equação mais simples sempre valia a tentativa.

O terceiro e-mail era um convite de Nicole, sua enteada daquele primeiro casamento. A mensagem era seca, como sempre: Apareça lá. E, ainda que não tivesse notícias dela há dois meses, sabia do que e de onde ela falava. E sabia que deveria estar sendo assolada por uma de suas grandes mudanças de maré, como ela mesma dizia, e que a família a perturbava, e que precisava espairecer. Sabia até mesmo que haveria algo diferente em sua aparência. Nicole, caloura na Universidade Rutgers, fazia a curta viagem de trem desde New Brunswick só para vê-lo, para correr com ele. Philip se perguntava se e como os outros notariam que ele havia mudado. E se ela — Nicole ou Irma — consideraria que essa transformação constituía uma mudança de maré. Não é uma mudança na maré, informou-lhe uma vez a enteada, e sim uma transformação trazida pela maré. A própria atmosfera ao meu redor estaria diferente, e você a poderia ver, sentir, se estivesse prestando atenção.

E assim foi que no sábado, no meio daquela semana de preparação, depois de cinqüenta minutos de trabalho de consultoria pela manhã, Philip correu com Nicole os dez quilômetros da corrida Rio a Rio no centro da Filadélfia. Marcou seu recorde pessoal para aquela distância, melhorando o tempo que fizera vinte anos antes, aos vinte e um anos de idade, quando correu perto de Irma a maior parte da corrida antes de se distanciar ao final, contando todas as 243 passadas finais e as 48,6 expirações. Dividindo as passadas por cinco, obtemos o índice de respirações.

Nicole não surgiu na linha de largada da Rio a Rio até logo antes da partida. Chegou tão em cima da hora que Philip soube que ela deveria estar se escondendo na multidão, vendo-o procurá-la, tentando notar se estaria ansioso por vê-la, ou chateado com o atraso, ou apenas indiferente, preocupado somente em correr bem. Aproximou-se dele por trás, surpreendendo-o com um empurrão no ombro. Nicole sorriu, ergueu as sobrancelhas e acenou para a frente no exato momento em que o diretor da prova erguia a pistola e disparava. Nicole o venceu por trinta e sete segundos, uma eternidade, e ele nem sequer chegou a vê-la durante a corrida. No esforço da corrida, lutando contra a dor nos pulmões e nas coxas, não teve mais que aquele vislumbre de Nicole antes da largada. Viu-a sorrir, erguer e acenar. Nunca via Nicole tanto quanto queria, depois que o pai voltou para a vida dela e a de Rebecca. Isso não é como perder a corrida depois de ter tomado a liderança no impulso final?, perguntou-lhe Irma. Você não seria nada além de uma mudança de opinião, realmente.

Nicole encontrou Philip no momento em que ele emergia, esbaforido e sorridente, da área de chegada. Juntos, sentaram-se sob uma árvore à margem do rio, comeram *bagels* e beberam suco de abacaxi oferecidos pelos patrocinadores da corrida. Nicole se alongou na grama como se fosse verão, e não primavera. Já estava bronzeada, e estilhaços de luz do sol baixo atingiam a musculatura de suas pernas e ombros. O cabelo da menina tinha um brilho e mechas já fora de estação, como os de quem andou nadando um bocado, e estava preso num rabo-de-cavalo não tão esportivo, quase um coque. Philip entendia que não devia nunca perguntar sobre ela, sobre quaisquer problemas que tivesse, se realmente quisesse saber de alguma coisa. A interação com Nicole era elegante e impiedosamente heisenbergiana, o que só se tornava mais definitivo com o amadurecimento da moça.

— Você se lembra da Irma? — perguntou Philip, já começando a recobrar o fôlego.

— A sua amiga dos livros. Claro. Você levava o Sam e a mim para fazer piqueniques com ela. Nunca vamos esquecer esses dias. Mas não eram bem piqueniques. Brincávamos mais de *frisbee* do que comíamos. O Sam sempre tinha medo de que a mamãe perdesse você para ela. Rá. Ele sempre apontava e falava "Tá vendo!" quando você sentava sozinho com ela. Sempre que ela vinha à nossa casa, o Sam a espionava.

Philip ficou surpreso com a resposta, com a quantidade de palavras.

— Ele chegou a ver alguma coisa?

— Não sei — respondeu Nicole. — Mas sei que ele foi pego uma vez. Ela o prendeu com o braço... era mais forte do que parecia. Disse que se ele quisesse espiar, era melhor ter certeza de que estava preparado para o que quer que descobrisse. Aquilo assustou o Sam.

Nicole continuou os alongamentos, esticando uma perna e puxando a ponta do tênis com os dedos, concentrando-se ali, sem se preocupar com qualquer palavra — sua ou dele. Philip, sentado na grama, sentiu que seus músculos também começavam a esfriar e enrijecer. Deixou que Nicole lhe perguntasse por que havia falado de Irma, uma pessoa que saíra há tanto tempo de sua vida, já possivelmente esquecida. Mas Nicole agiu como se estivessem falando do tempo. Quanto maior for a precisão da posição num determinado instante, afirma Heisenberg, menor será a do momento, e vice-versa.

— Ela desapareceu — disse Philip.

Nicole alongou as costas, arqueou-as, apoiando a testa no joelho. Philip não soube ao certo se ela havia escutado. E então:

— Tipo, vocês perderam contato? — Nicole continuou o alongamento, as pontas dos dedos tocando o bico do tênis como uma bailarina, o nariz logo acima do joelho.

— Não. Ela até entrou em contato comigo propriamente. Decidiu me mandar todos os livros que tinha.

Nicole se ergueu elegante, abrindo os braços, angulando as mãos para cima, noventa graus nos punhos. Olhou lentamente para uma mão, depois para a outra.

— Todos?

— Todos os 351 — respondeu Philip.

— Não é muito bom desaparecer. O que você vai fazer?

— Vou ler os livros — respondeu.

— Estou falando *dela*. Você vai *procurar* a Irma?

— Quando eu descobrir como poderia fazer isso.

— É só começar. Detesto matemáticos — disse isso enquanto virava de costas para ele, levantando os braços e juntando as pontas dos dedos sobre a cabeça. — E pensar que eu já tive não só um, mas *dois* pais matemáticos.

Alongou o pescoço para trás, o sol da manhã acertando-lhe o rosto, os olhos fechados de leve, quase com desdém. Mas também havia uma tristeza ali, no queixo erguido e demasiadamente rebelde, no tremor dos cílios. Philip não se surpreenderia se visse o queixo da menina vacilar. Sentia-se muito como o padrasto — o ex-padrasto —, sem nenhum direito de bisbilhotar. Provavelmente havia algum problema com um garoto, algum questionamento sobre o lugar dela no mundo, no mundo universitário, novos caminhos que se abriam. Todas as alternativas anteriores, pensou. Ao contrário da maioria das pessoas, ela e o irmão, ao conversarem, nunca tentavam se encaminhar a uma revelação. Se pressionados por alguém, escapavam por um outro caminho, enganando a pessoa e a si mesmos, como fórmulas mal escolhidas numa operação mais longa.

Nicole tinha oito anos e Sam sete quando Philip entrou em suas vidas. Como não sabia o que fazer com eles, ensinou-lhes a praticar esportes. Comprou luvas de beisebol, levava-os aos campos de Sourland e rebatia bolas para que eles as apanhassem ao cair da noite. Nicole e Sam se revezavam, recebendo as bolas nas diferentes bases, mas ele pôde perceber, pelo entusiasmo com que Nicole se agachava, que ela preferia a interbase, entre a segunda e a terceira bases. Encontraram uma quadra de basquete nos arredores da cidade, nos gramados às margens do rio Raritan, e praticou com eles seus arremessos longos. Ensinou-lhes como se dar bem nas corridas de cem, cinco mil e dez mil metros. Jogavam futebol americano — Philip arremessava as bolas para que eles as recebessem, quando as árvores já ganhavam as cores do outono. E então Nicole ganhou força no braço, revezando-se com Philip no lançamento das bolas. Jogavam no próprio campo de beisebol — bolaram jogadas e estilos de passe na área de terra entre as bases, que terminavam em longas corridas pelo gramado. Mostrou-lhes como lançar ferraduras e jogar os disquinhos de *frisbee* pela direita, pela esquerda e por sobre a cabeça. Jamais os ajudou com os deveres de casa nem falou de matemática com eles. Tinham dificuldades na escola, mas pela primeira vez na vida, contou-lhe a mãe, estavam dormindo bem. Suas perguntas continuavam sem resposta, mas tinham o corpo cansado.

As duas ex-mulheres de Philip o deixaram pelos mesmos dois motivos. Em primeiro lugar, sentiam-se excluídas de seu modo de perceber o mundo — elas — por meio de números, razões e equações. Rebecca, a professora de matemática, vivenciou intensamente essa exclusão, como uma antropóloga talvez passasse a se sentir entre seus objetos de estudo quando começasse a entender a essência intrínseca e irremovível da cultura estudada. O que ela sentia seria inveja, alívio, perplexidade, vazio ou algo diferente? Em segundo, elas o consideravam compreensivo demais. Embora conseguissem desencadear nele todas as demais paixões, jamais conseguiam desatar sua raiva. Isso talvez tivesse alguma relação com o primeiro motivo, sua ligação inerente com os números e a racionalidade que traziam. Porém, como Philip *sempre* compreendia Rebecca e Beatrice, elas sentiam como se ele não as compreendesse com suficiente profundidade. Todos querem ter algo interno que não pode ser compreendido, mas Philip lhes negava essa possibilidade. Irma escreve em *A teoria de Peter Navratil* que ele nunca se incluía nas próprias equações.

Isso, observa ela logo ao início da história, quando Peter Navratil faz a longa viagem de trem até Michoacán, tinha relação com os limites do seu talento. Ele entendia bem a teoria matemática. De fato, era capaz de entender qualquer boa teoria, pois transformava seus elementos em valores numéricos, sua lógica em equações. Ele freqüentemente aprimorava as fórmulas e equações que surgiam nos novos trabalhos em teoria matemática, que lia logo após serem publicados, e enviava seus elegantes ajustes de volta aos autores. Uma ou duas vezes por ano recebia um manuscrito de algum autor ou editor que lhe pedia que revisasse a matemática. No entanto, observa Sylvia, a narradora, ele não era capaz de criar seus próprios trabalhos teóricos. E isso, segundo a teoria de Sylvia sobre Peter Navratil, se devia ao fato de jamais se incluir em suas próprias equações. Ele nunca se tornaria um matemático teórico. Poderia ser apenas o melhor calculista, o melhor estatístico, o melhor corpo de compreensão. A única maneira verdadeira de senti-lo, compreendê-lo, talvez amá-lo, era usá-lo. Mas apenas, afirma a narradora, do modo como ele usava seus números mais preciosos — não para manipulá-los, somente para segui-los e observá-los.

Depois de se refrescarem após a corrida, Philip a convidou para comer no Carman's, próximo aos trilhos da Eleventh Street, onde discutiram as chances de Nicole de entrar para os times de basquete e softbol da Universidade Rutgers. No Carman's, os garçons e garçonetes sempre apresentavam os clientes uns aos outros — e então as conversas ficavam abertas a todos. Foi nessa tarde que Nicole recebeu conselhos sobre seus arremessos de três pontos, dados por um professor de história da Universidade da Pensilvânia que levou todos de volta aos anos 1950, aos tempos do jogador Bob Pettit e seus tênis pretos. Comendo seu omelete com purê de batata-doce, demonstrou a posição exata do braço antes do arremesso. A dona do restaurante, a própria Carman, bela como uma rainha de Roller Derby, imitava os movimentos precisos do arremesso de Pettit enquanto o professor prosseguia com a explicação. A atenção e sua tangente eram exatamente o que Philip desejava que Nicole encontrasse ali. E embora Nick não tenha chegado a sorrir, de fato ergueu o rosto num ângulo de interesse e consideração. Quando terminaram de comer, Philip a deixou aproveitar a cidade por conta própria pelo resto do sábado, acreditando ser o que ela queria. Na calçada em frente ao café havia uma casinha de cachorro azul. Sobre a entrada arqueada, uma placa pintada avisava que o cachorro ali dentro não era "necessariamente amigável". Philip espiou o interior da casinha. Nicole apareceu ao seu lado, voltando de algum lugar da calçada. A menina juntou as mãos em frente aos lábios, como se rezasse:

— Corre mais um pouco comigo?

Philip havia subestimado a tristeza da menina. Ela trazia uma ansiedade, uma circunferência que a delineava, mantinha-a pronta para ser recortada. Philip gemeu e esfregou as costas. Os quadris doíam pela corrida da manhã, tinha as panturrilhas e os tendões enrijecidos, e a planta do pé queimava devido à tendinite. Seu estômago estava cheio e preguiçoso. Nuvens finas e brumosas se estendiam pelo céu, resfriando o que começara como um cálido dia de primavera.

— Por favor? — pediu Nicole. — Só cinco, bem levinhos?

Um pedido simples, mas importante, feito por alguém com quem ele se importava, dividido por tempo e adicionado de capacidade. Philip massageou o flexor da coxa direita com a palma da mão.

— Claro, Nick. Cinco, bem levinhos. Vou lhe mostrar o novo trajeto que estou fazendo. — Estendeu a mão para ela, só para chamá-la. Nicole o surpreendeu ao segurá-la, sem nenhuma palavra, sem sorrir, sem olhar, mas com uma firmeza, um elo que o preocupou.

Naquela primeira vez em que levou Sam e Nicole a algum lugar, sozinho, por insistência da mãe, as crianças existiam para ele como nada além de dois números que representavam suas idades — sete e oito apenas, numa tarde nublada nos campos de esportes de Sourland. Não falaram com ele e não se viraram para trás ao caminharem aleatoriamente pela grama do campo de beisebol, ricocheteando devagar como células em movimento browniano. Deu-lhes suas novas luvas e bonés de Philibol, presentes de estréia para as crianças, e os dois puseram as luvas na mão errada. Sam quase imediatamente escondeu o rosto sob a luva e observou a irmã pelos buraquinhos. Se comporta, sussurrou a menina. Tirou a luva do rosto do irmão e lhe ajeitou o boné. Philip lhes mostrou onde deveriam se posicionar entre as bases. A primeira bola que rebateu correu suavemente entre os dois rumo ao gramado; Sam e Nicole, virando apenas casualmente a cabeça, a viram passar. Nicole entendia tudo mais rápido e deu o primeiro passo em direção à bola. Mas então, depois desse primeiro passo, deteve-se, deixando que o irmãozinho compreendesse todo o conceito e corresse para apanhá-la, saltitante. O primeiro arremesso do menino, como um jogador nato, foi bem na direção da irmã, que recebeu a bola com a mesma facilidade. Ou estavam zombando dele, numa vingança de irmão e irmã contra o pretendente da mãe, ou eram prodígios não descobertos do beisebol, puros como números naturais. Philip não se importava. Estava fascinado por eles, por suas pequenas interações. Por aquele primeiro passo que Nicole ameaçou dar, deixando então que o irmão corresse rumo à bola. Deixá-lo correr e protagonizar a cena. Começaram imediatamente a se tornar números incógnitos para Philip, ela tangencial à cautela, ele significado pela experimentação, mas ambos postos a trabalho da mesma operação.

Quando os livros de Irma finalmente chegaram numa tarde escura de segunda-feira, ele de fato os organizou em ordem alfabética, como ela os embalara. Mas decidira abordá-los usando a amostragem 3, 4, 7. Esse método, explicava freqüentemente a Irma, era uma das fórmulas mais simples e eficazes para obtermos uma amostra representativa de qualquer coleção finita. 3 era o primeiro número primo, excluindo-se o caso único do 2, 4 era o primeiro múltiplo verdadeiro, e a soma dos dois era 7, outro primo. Os inteiros — 3, 4, 7 — funcionavam como estímulos magnéticos na oscilação de um pêndulo. Irma nunca o deixava explicar a fórmula por inteiro, revirando os olhos no primeiro momento de tédio (a primeira variável, *n*), depois gemendo e, por fim, fingindo arfar em busca de oxigênio. O primeiro cálculo, a primeira oscilação do pêndulo aplicada à coleção de Irma, o levou a *Ficciones*, de Borges, a versão traduzida. Observou que o volume anterior na prateleira era o texto original em espanhol, e se lembrou de quando ela lhe disse que Borges teria gostado de que fosse assim. Philip não fazia idéia do que ela queria dizer com aquilo. Não sabia nada sobre o autor, a não ser que era cego. Nunca tinha lido nenhum de seus escritos.

Apoiou o Borges na mesinha de metal ao lado da poltrona reclinável, serviu um *bourbon* com gelo em seu copo de uísque recém-adquirido, ajustou o abajur e então se sentou. Ergueu o copo de *bourbon* em homenagem a Irma e sua coleção.

— É certamente bonita, para dizer o mínimo — falou. Essas eram as palavras de aprovação favoritas de Irma. Logo em seguida sentiu uma pontada de tristeza, a chegada súbita de uma onda que se anunciava e não parecia disposta a ceder. Deixo meus livros para Philip. Chorou silencioso por ela, sua coleção ali nas prateleiras de bordo, tão súbita e final. Perguntou-se se algum dia entenderia o que havia acontecido. Para onde ela fora. O esconderijo de Irma ficaria em qualquer lugar onde houvesse livros, em qualquer língua, qualquer forma. E o local poderia mudar com seu ânimo e quaisquer descobertas que ela fizesse. Ficou novamente intrigado com o fato de que ela lhe houvesse deixado os livros. A princípio, imaginou ser o único dos amigos de Irma que ainda não tinha a maior parte daquelas obras. Ela certamente diria que ele, entre todas as pessoas que conhecia no mundo, era a que mais precisava ler os livros. Mas o valor que tinham, seu valor inerente e o que valiam para ela, era o que o chocava agora que se preparava para avançar conforme sua fórmula 3, 4, 7, uma amostragem que, se executada ao extremo, passaria por todas as 351 obras numa ordem aparentemente aleatória, mas sem repetir nenhuma. Abriu o Borges.

Bem-vindo ao meu mundo, dizia a lápis na folha de rosto. Bem abaixo estava o autógrafo de Borges, também a lápis. O traço do nome de Borges parecia mais pesado. O espaço entre a saudação e a assinatura também parecia indicar que as duas inscrições haviam sido feitas separadamente, em momentos distintos e por mãos diferentes. Mas Borges era cego. Talvez houvesse perdido o senso de localização na página ao autografar apressadamente o texto. Philip segurou a folha contra a luz. A caligrafia, entre a saudação e a assinatura, parecia até certo ponto comparável. Usando seu marcador de livros, uma régua de cobre de dez centímetros, mediu os milímetros entre as letras. Virou a página. Uma folha em branco com outra inscrição a lápis: *Não importa*.

Mexeu-se para se levantar da poltrona, depois hesitou, tomou um gole do *bourbon* e se recostou novamente. Leu os dezoito contos daquele tomo ao longo dos seis dias seguintes. Adorou-os. Borges era um matemático. *Ele* sabia escrever um conto em números. Philip queria perguntar a Irma, ao final de cada história: Por que você não insistiu para que eu as lesse? Por que, quando estávamos sentados ao redor de alguma mesa com os seus amigos, você não se virou para mim e disse: "Você realmente precisa ler esses contos, Pip"? Irma sempre o chamava assim quando bebiam juntos, com os amigos dela, quando precisava do auxílio de Philip para que viessem à tona, ressurgindo das profundezas melancólicas de suas discussões sobre a escrita e o propósito. Ela sabia quanto aquele apelido o irritava, e ele sabia quanto Irma se irritava com a necessidade dela e de seus amigos de se voltarem para ele, o único que ainda flutuava naquelas sessões.

Seu conto favorito de *Ficciones* foi o terceiro, "Líquen", o conto do coveiro em Alcalá de Henares que descobre primeiro um código entre os epitáfios das lápides, depois um outro contido nos co-senos dos arcos das lápides, e, por fim, um terceiro nas datas dos falecimentos. O coveiro assusta sua noiva ao tentar lhe mostrar o que descobriu. Exatamente aonde as lápides o levariam, porém, é algo que se perde quando, triangulando cuidadosamente os três códigos, ele descobre a lápide final. As últimas inscrições dessa lápide haviam sido carcomidas por uma bela porção de líquen, cujas margens radiantes contêm a própria história. Borges, ou ao menos o homem do conto identificado como Borges, ignora a declaração de derrota do coveiro e é deixado na desesperada tentativa de raspar o líquen da pedra.

A história deixou Philip inquieto, ainda mais insone que o habitual. Primeiro pensou em dar uma corrida noturna, cinco bem levinhos sob os postes da Penn's Landing. Mas "Líquen" o deixara um pouco assustado, com medo do escuro — e as margens do Delaware estariam sombrias. Caminhou ao longo da Fourth Street e se juntou às multidões e luzes da South Street. As pessoas na calçada abriam os sobretudos negros, dando-se conta, aos poucos, de que o ar da primavera começava a ficar mais quente, revelando roupas vívidas e soltas por baixo da lã e do feltro monótonos. Viu decotes e tatuagens em pele negra. Cheirou suor, perfume e tabaco. As pessoas falavam alto, riam para pontuar as frases e ignoravam sinais de trânsito e faixas de pedestres. Ainda assim, havia uma hesitação em seus movimentos e ruídos a cada nova aragem que trazia consigo algum frio. Os teatros e casas de shows expeliam pessoas em busca de maneiras de estender a noite.

Philip entrou numa delas, a TLA, deslizando entre a multidão que saía da casa noturna. Escolheu um banco entre vários que se encontravam livres ao redor do bar angulado. O ar da noite soprou pelas portas escancaradas. Supôs que a música que os assistentes de palco haviam decidido escutar enquanto guardavam os equipamentos fosse "Demeter in the Grass", de Sampson. O trompete era suave, um descanso para os ouvidos dos presentes. Um refletor azul coloria todo o lugar. Pediu um *bourbon* com gelo e, enquanto brincava, passando o dedo nas bordas do copo sobre o balcão, uma mulher que o fez se lembrar de Irma deixou o lugar onde estava no lado adjacente do bar e se sentou perto dele, a um banco de distância. Apoiou entre os dois a garrafa de cerveja que trazia, como uma declaração.

A semelhança com Irma aumentou — a ponto de palpitar o coração — quando ela se inclinou à frente em direção ao bar, sob a luz azul. Mas Philip se perguntava agora se qualquer pessoa remotamente parecida ganharia semelhança no rastro de Irma, se aquele seria um dos muitos preços que ele pagaria para sempre, seus olhos seguindo as cores e impressões de Irma, buscando os sulcos que ela deixara em seus sentidos. A mulher lhe lançou um olhar suspeito, talvez lendo alguns de seus pensamentos, pronta para se levantar e partir antes que ele murmurasse a mais comum das cantadas. Em vez disso, abrindo jocosamente os olhos na direção dele, virou-se e o encarou de frente, levantando o queixo numa espécie de desafio.

— Gosto mais daqui quando o show termina — disse-lhe Philip, impelido pelo olhar da moça a explicar sua chegada tardia.

— Desenlace — disse ela, olhando para o espelho do bar, saboreando a palavra com um pequeno silvo ao final.

— Isso — respondeu Philip, quando ela o encarou novamente. — O que fazemos nele.

— Quase todos vão embora. É isso o que faz o desenlace. É o que o faz valer a pena. — Ajustou lentamente a cerveja sobre o bar, usando o polegar e o dedo médio. Esticou-se então para alcançar a bebida de Philip e a ergueu, inclinou-a em direção ao nariz e a recolocou precisamente sobre o anel de água que deixara no balcão. Fitou-o como se o conhecesse muito bem.

— Quando eu disse... — Philip trouxe o uísque um pouco mais para perto de si. — Quando eu disse *fazemos*, não me referi às outras pessoas.

— Referiu-se a nós dois? — perguntou a moça antes que ele pudesse prosseguir.

— Não exatamente. Eu...

— Então você e uma outra pessoa? Você e todos os outros?

Philip tomou um gole da bebida e a apoiou suavemente no balcão, revirando o copo uma vez. Então ajeitou a cerveja dela, os dois drinques alinhados.

— Eu e você — falou. — Aqui.

Por fim, falou-lhe do conto de Borges. Ela tinha nas mãos um brinquedo, uma algema de dedos chinesa feita com um tubo de palha e pintada com as cores da bandeira mexicana. Tinha os dois indicadores presos nas extremidades do brinquedo enquanto escutava ou não o que Philip dizia. Apesar de tolamente aprisionadas, suas mãos pareciam elegantes, os dedos espaçados regularmente, em adágio. Seu cabelo escuro estava solto, a não ser por uma pequena trança branca, muito bem-feita, azulada pelo holofote do palco. Parecia mexicana, ou italiana, ou porto-riquenha, ou judia, ou libanesa, ou apenas de Nova Jersey. Conseguia sorrir só com um lado da boca.

— Eu já vi você antes — disse Philip, interrompendo seu resumo do Borges. — Já vi. — Ele esperava que, inserindo essa frase no meio da narrativa, ela soasse verdadeira. A moça pareceu no mínimo entretida.

— Estou vendo que você não é do tipo que viria para casa comigo agora — disse ela quando Philip terminou de narrar o Borges e de explicar como o deixara com medo do escuro. Soltou os dedos do tubo entrelaçado. — Então, meu número está aqui — falou, entregando-lhe o brinquedo.

O cheiro daquela mulher, alcatrão fresco, permaneceu no ar depois que ela se levantou do balcão. Partiu com uma série de movimentos que aproximaram seu corpo do rosto de Philip, afastando-se, então, de súbito. Philip caminhou pela multidão cada vez menor que ocupava o espaço entre a South Street e a Eleventh. O último ônibus já passara uma hora antes, e ele se resignou a caminhar pelo brilho apocalíptico dos pontos vazios. A mulher do bar o encontrou. Parou ao lado dele numa Vespa.

— Achei que você tivesse medo do escuro — falou.

Philip aceitou a carona e segurou suavemente a cintura da moça enquanto ela acelerava pela Eleventh Street. A cada sinal vermelho ela se inclinava para trás para equilibrar a moto com a perna, apoiando-se nas coxas dele. Philip sabia que ela conseguia sentir sua ereção, que não diminuiu entre as paradas, e, na verdade, passou a aumentar com a expectativa de cada novo sinal vermelho.

— Desculpe — disse Philip após a quarta parada, sentindo o meio-sorriso da moça.

Ela o deixou em frente ao seu prédio de tijolinhos.

— Me ligue — lembrou-o antes de partir. — Você está com o meu brinquedo chinês.

DOIS

O SEGUNDO CÁLCULO, segundo a estrutura da fórmula, jogou-o ao final da coleção, *Narrativas de um caçador*, de Turgenev. Apoiou o tomo na mesinha de metal e passou os dedos pelo couro macio, de cor vinho, que o encapava. Era flexível como um missal. Philip poderia praticamente enrolar o livro e enfiá-lo num bolso. Perguntou-se se Irma o teria reencadernado e levado numa de suas viagens de mochileira, e depois de ler a primeira narrativa teve quase certeza de que era exatamente isso o que ela havia feito. Leu o primeiro capítulo em pé, ao lado do abajur. Tivera a intenção de apenas passar os olhos por uma ou duas frases antes de buscar seu *bourbon* e se instalar na poltrona reclinável.

Leu o segundo e o terceiro capítulos sentado na poltrona. Philip se encantou com o ardiloso movimento do caçador entre a solidão de suas excursões e a companhia que encontrava nas casas e campos do interior. Porém, o que mais o impressionou foi o trabalho de Turgenev com a luz. Crepúsculos, alvoradas, tempestades próximas, janelas distantes, fogueiras, todos iluminados com maestria pela prosa econômica. A luz muitas vezes guiava o rumo do caçador ou carregava seus pensamentos e impressões finais de um lugar, com sua cor e apagar. A luz no Turgenev arrefeceu o medo do escuro criado pelo conto de Borges. Mas ainda assim, depois de ler os três primeiros esquetes, Philip voltou ao Borges e leu "Líquen" mais uma vez, talvez para recuperar aquele medo. Havia um desejo palpável, ainda que indireto, naquele medo. No conto de Borges, notou que a descrição da noiva do coveiro se assemelhava à mulher que ele encontrara na casa noturna. Josefina tinha um jeito, escreve Borges, de falar sem olhar para você, e então de finalmente se virar na sua direção ao terminar de falar. Dizia tudo dessa maneira. Os braços e pernas de Sefi eram longos e elegantes, e a expressão reflexiva em seus olhos e boca convidavam constantemente a um abraço. Usava uma trancinha de cor diferente do resto do cabelo preto. Era um estilo, um gesto, que parecia jovem demais para ela, um artefato de uma época que ela já abandonara, ou que estava sempre no processo de abandonar.

Essa descrição, fora de contexto com o resto da história, levou Philip ao quarto manuscrito encadernado de Irma, *A teoria de Peter Navratil*, e à sua descrição da personagem Ofélia — apelidada de Feli —, uma atriz de teatro que atuava em espetáculos abertos em Pátzcuaro e que guardava uma semelhança sempre mutável com a mulher que Peter Navratil procurava. Falou para o lago e depois o encarou. Falou para a ilha no lago e depois o encarou. Ajudou-o a libertar as salamandras que haviam resgatado do mercado e acariciou delicadamente com o dedo a cabeça úmida de cada um dos anfíbios, conduzindo-os ao lago Pátzcuaro. Uma mechinha de seu cabelo preto ainda estava pintada do vermelho que usara em sua última apresentação no palco.

Philip fora incapaz de notar qualquer conexão entre Sefi e Feli até conhecer a mulher na casa noturna. A equação era simples: Irma se inspirara, conscientemente ou não, em Borges; a exposição de Philip às duas personagens fictícias fizera com que ele projetasse ambas na personagem real representada pela mulher da Vespa. Ela era $(n-1)$. Depois de outros três esquetes de Turgenev, continuou com medo do escuro e decidiu telefonar para ela.

Mas o brinquedo chinês não lhe deu nenhuma dica. Examinou seus lados e margens internas, mas não encontrou nenhuma inscrição. Presumiu que um pedaço de papel teria caído de seu interior, ou então que a mulher não tivesse nenhuma intenção de lhe dar seu nome e telefone. "Estou vendo que você não é do tipo que viria para casa comigo agora." Como era possível que ela dissesse aquilo? Philip se voltou a mais uma descrição de Peter Navratil. A narradora, Sylvia, comenta que ele jamais tivera o hábito de fazer sexo com uma mulher imediatamente após conhecê-la, ou mesmo algum tempo depois. Ele precisava cortejá-la primeiro, mesmo que aqueles primeiros encontros fossem puramente rituais, pretextos cerimoniais para suas expressões brutas de desejo físico. Em Santa Cruz, Peter me namorou, ou não, por três anos até que nos despíssemos numa tarde e fizéssemos de tudo sob a luz do Sol, que acertava em cheio o único quartinho da cabana de surfe do meu namorado. A luz direta nos excitava e nos mantinha excitados. Quando finalmente terminamos, não tínhamos o que esconder quanto ao que ocorrera ali, e simplesmente fomos embora. Chegamos a deixar uma janela aberta, mas o sal e o cheiro das algas traziam o mesmo aroma do vapor feral que tínhamos deixado no quarto.

Philip voltou à casa noturna, chegando mais uma vez naquela hora entre o final do show e o fechamento da casa, mas não encontrou Vespa. No resto da noite, seu sono foi mais entrecortado que o habitual, e ele acabou por correr pelas margens do Schuylkill enquanto a aurora despontava no horizonte angulado da Filadélfia. Seu desejo de resolver a equação de Feli, Sefi e Vespa era inseparável da vontade de se encaixar novamente atrás dela.

Depois da longa corrida, ainda sem tomar banho, leu mais um pouco do Turgenev enquanto a cidade trabalhava. As narrativas de Turgenev o deixaram inquieto, deslocado e com uma vaga sensação de culpa. Não encontrou nenhuma matemática ali; ainda assim, sentiu-se compelido a saltar de cada capítulo ao seguinte, acompanhando a jornada do caçador. A luz impermanente dos esquetes continuou a hipnotizá-lo; isso, sim, ele era capaz de sentir e quantificar. Ao final da manhã, pegajoso em suas roupas de corrida, sentiu-se como nos tempos da faculdade, após as aulas da manhã no laboratório — realizado, silencioso e sem responsabilidades enquanto a cidade ao seu redor trabalhava para criar os ruídos do dia. Num tempo de primavera como aquele, mais de vinte anos antes, encontrara Irma na mesma condição sob a luz franca da manhã, no conjugado de seu namorado em Santa Cruz. Deixaram as janelas abertas ao terminarem.

Banhado e vestido como se fosse trabalhar, levou o Turgenev para almoçar num café e leu mais um pouco, com uma tigela de *borscht* e uma xícara de iogurte natural ao seu lado. Quando a história "Relíquia Viva" apareceu pela primeira vez nos esquetes, o livro finalmente se tornou uma equação maravilhosa e complexa para Philip, eloqüente e maleável como um trabalho de cálculo que emerge da primeira aparição do número *e*. Passou o resto da tarde com o livro, carregando-o consigo, levando-o finalmente de volta à poltrona reclinável onde poderia se entregar completamente à linguagem. Turgenev fez brilhar uma luz flamejante na velha mulher, projetando sua imagem de volta, fazendo-a atravessar todas as narrativas anteriores. Quando o caçador encontra a Relíquia Viva, encontra o que estivera procurando, sem saber que havia algo a se buscar, sem sequer saber que havia estado à procura. Com seu surgimento, a ordem e a composição das narrativas, aparentemente aleatórias, se tornam necessárias e esclarecedoras.

Uma mensagem de duas palavras (quando e onde) de Nicole, desafiando-o a uma corrida noturna, o impediu de terminar o livro. Cansado, rígido e dolorido pela corrida da manhã, concordou em encontrá-la no alto da passarela da Walnut Street, onde começava seu trajeto de corrida. Sentia como se não pudesse prometer nada à menina.

Jamais chegou a se tornar algo como um pai para Nicole e Sam. Raramente lhes dava conselhos sobre quaisquer temas além de esportes e, mesmo quanto a isso, somente quando lhe pediam. Qualquer ajuda em matemática vinha de Rebecca, que era uma professora melhor. Quanto a qual dos dois era o melhor matemático, a questão estava aberta a discussão. Sempre que Philip se via a sós com um dos enteados, discutiam o progresso do outro.

Sam lhe contava que Nicole havia vencido sua primeira corrida corta-mato e não contara aquilo a ninguém; Nicole lhe contava que Sam competia contra garotos mais velhos e que seu rosto sardento ficava vermelho de raiva, frustração, lágrimas, mesmo quando ganhava. Às vezes parece que o Sam está imaginando alguém na frente dele, dizia Nicole, mesmo quando está disparado em primeiro. E Philip respondia conduzindo-os a um novo esporte, mais um, ainda. Rebecca o encontrou uma vez trabalhando na fórmula do padrasto, não foi rápido o suficiente para ocultar as páginas. Achou aquilo adorável e propôs alguns ajustes nas assíntotas. Vão levar você ao infinito, alertou-o.

O sol já se ocultava atrás do horizonte quando encontrou Nicole na passarela sobre a Walnut Street, alongando as panturrilhas e as costas, as mãos apoiadas no corrimão de tijolos enquanto fitava o rio Delaware, iluminado pelo pôr do sol. Quando Philip chegou, a expressão vazia de Nicole pareceu se preencher, elevou-se de certa forma, sem chegar a sorrir. Philip mancava em virtude da tendinite no calcanhar esquerdo e encurtava o passo pela rigidez no flexor da coxa direita. Afastou as preocupações da menina e perguntou o que a trouxera à cidade.

— Só isto — respondeu.

Nicole se voltou outra vez em direção ao amplo Delaware, e então fitou o rosto de Philip, dirigindo-se à sua expressão questionadora.

— Correr com você, mesmo que eu esteja na frente, atrás, empatada, é tão silencioso, Philip. Sei que você está contando as suas passadas, mesmo que negue. E é tão quieto.

Philip franziu os olhos e olhou para cima, do modo como fazia quando uma equação levava mais que os habituais um ou dois segundos. Na equaçãozinha de Nick, a quietude parece surgir duas vezes como uma variável, Q. Podemos vê-lo calcular. Não temos como resistir a observá-lo, e sua sinceridade o torna bonito. Nessa equação, é bastante fácil confundir o silêncio com a quietude. Q não é s. Ele está melhorando na tradução de palavras em números, talvez por causa da leitura. O silêncio pressupõe que há algo a ser dito. A quietude pressupõe completude. Na equação de Nick, o que está entre s e Q é a relação espacial entre ele e ela, e então a proporção em que ela o conhece, juntamente com a vã tentativa de Philip de negar sua própria natureza. Sim, cada número tem uma natureza específica. A natureza de e é distinta da de i ou de π. A proximidade entre as naturezas de e e π, de fato, indica que ainda assim são diferentes e que existe um espectro de características entre todos eles.

Philip respondeu a Nicole sem palavras, quieto em vez de silencioso. O pai das crianças, Andrew — o que reivindicou a liderança tomada por Philip —, não era muito de conversar; era simpático, não barulhento, mas tinha um jeito de falar como se sempre estivesse citando alguém, como se estivesse extraindo conhecimento e observações de uma fonte pronta, uma corrente invisível de vigilância que fluía pelo ar entre ele e quem estivesse à sua frente. Freqüentemente passava as mãos pela corrente enquanto falava, oferecendo um pouco daquilo à pessoa com quem conversasse, o que podia ser bastante reconfortante. Pronto para correr sobre a passarela, Philip apenas pigarreou, sorriu e assentiu para Nicole, sabendo que ela não sorriria de volta. Lançou-se numa corrida, queimando a largada e ganhando uma liderança considerável ao descer da rampa rumo à Penn's Landing, junto ao Delaware. Gostou de ouvir o grito de Nicole, que trazia uma raiva jocosa, seguido pelo rápido som de suas passadas atrás dele.

Em *A teoria de Peter Navratil*, conta Sylvia: o pai de Peter era um professor de música que desertara da Tchecoslováquia em 1964, o ano em que Peter nascera. Seu pai também era o campeão eslovaco na corrida de três mil metros com obstáculos, mas foi-lhe negada uma indicação para a equipe olímpica no mesmo ano pois ensinava que Janáček havia sido um insurgente. Tomas Navratil desertou durante um encontro na Suíça. Sua deserção foi, de certa forma, guiada pela equipe e pelo governo tcheco, embora Tomas tenha aprendido a dramatizar toda a história ao contá-la nos anos seguintes. Tive a sensação de que ele queria que eu escrevesse sobre isso, conta Sylvia ao leitor. A mãe de Peter era uma professora de física nascida nos EUA, sempre vista com suspeitas durante o tempo em que lecionou na Bratislava. Isso favoreceu a deserção. Ela passou então a dar aulas sob as suspeitas do governo dos EUA durante o tempo em que foi professora na Califórnia, e o sotaque que adotara se tornou mais pronunciado, como um ato de desafio. Também tinha ascendência eslovaca e correu os três mil metros com obstáculos em doze minutos apenas um mês após o nascimento de Peter. Tomas ainda contesta esse tempo e questiona a disposição dos obstáculos.

As Olimpíadas de Tóquio de 1964 foram televisionadas com a tecnologia Mondovision, recém-lançada na época, transmitindo eventos ao vivo para todas as partes do mundo. Tomas e Anna assistiram aos três mil metros com obstáculos numa pequena TV em preto-e-branco na casa de um amigo que vivia em Berkeley.

Gaston Roelants, da Bélgica, ganhou a medalha de ouro e Maurice Herriot, da Grã-Bretanha, a prata. O soviético Ivan Belyayev, um homem contra o qual Tomas competira mas nunca chegara nem perto de vencer, ficou com a medalha de bronze, marcando um tempo de 8:33.84. Depois da corrida, Tomas se virou para Anna, que amamentava o pequeno Peter, e anunciou que os europeus seriam eternamente ofuscados pelos grandes corredores quenianos que ele vira na Suíça naquele ano. Eternamente é algo bastante exagerado de se dizer, respondeu Anna. Nas Olimpíadas de 1968, na Cidade do México, Amos Biwott, do Quênia, ganhou a medalha de ouro nos três mil metros com obstáculos, e seu compatriota Benjamin Kogo ficou com a prata. Os quenianos ganhariam o evento em todas as Olimpíadas em que competiriam até 2004 (não concorreram por razões políticas em 1976 e 1980). Em 1968, logo depois que Biwott ganhou o ouro, Peter Navratil, então com quatro anos de idade, foi acompanhado pelos pais em sua primeira corrida de três mil metros com obstáculos numa pista em Palo Alto, na Califórnia. Riu quando o fizeram pular no obstáculo da água.

Philip perdeu rapidamente para sua enteada a liderança que roubara. Ela o passou com outro gritinho e seguiu em frente em grandes passadas, enquanto ele se contorcia pela dor no calcanhar e no quadril. Quando seus músculos afrouxaram, Philip se desviou do caminho e saltou alguns bancos de pedra. Tinha que pisar sobre os assentos dos bancos ao saltá-los, um movimento aperfeiçoado por Biwott para conservar energia sem perder tempo. Ao voltar à pista, pôde ver Nick já bem adiante, seu rabo-de-cavalo balançando a cada passada vigorosa. O corpo da moça brilhava num tom bronzeado sob a luz frouxa do poente e as lâmpadas filtradas do caminho. Saltou três poças deixadas pela chuva da primavera, tentando recuperar parcialmente a desvantagem.

Uma mulher dirigindo uma motoneta deixou a Dock Street e tomou a rua do porto, seguindo ao lado de Philip. O ronco da moto diminuiu quando ela reduziu a velocidade para fazer a curva. Philip perdeu o passo e olhou por sobre o ombro. Porém, mesmo sob a luz esvanecente, pôde ver que a faixa de cabelo sob o capacete era comprida e clara demais. A curva das costas, no entanto, era familiar, e ela as arqueou ao se agachar para acelerar, desaparecendo na rua lustrosa. Cem metros à sua frente, sobre a calçada, a silhueta clara de Nick deslizava ao lado dos altos navios antigos que se amontoavam no cais. E quando Philip alcançou o conglomerado de navios, seus mastros brancos e vergas nuas e finas contra o céu cada vez mais escuro, viu-se clamar mais uma vez por Irma, em silêncio, com a respiração ligeiramente acelerada. Irma corria melhor quando estava de ressaca e muitas vezes competia nesse estado em corridas de dez quilômetros aos sábados de manhã, geralmente vencendo-o. Chamava aquilo de correr no gás. Depois da corrida, abria uma cerveja gelada — os patrocinadores das competições costumavam distribuir latinhas grátis na época — e se sentava na grama, sorrindo para Philip, que tentava retomar o fôlego. Implicava com os alongamentos de Philip após a corrida, lembrando-o de que não estava se preparando para os três mil metros com obstáculos das Olimpíadas, de que eram apenas amadores tentando impressionar e de que não havia nenhuma necessidade de chamar ainda mais a atenção para esse fato mexendo o corpo de forma esquisita. Relaxa, Pip. Somos jovens.

E ele bebia o resto da cerveja de Irma, depois que o primeiro gole a lembrava rispidamente da noite anterior.

Irma narra em *Deslize*, por meio da personagem Alma, usando um tempo presente criticado por diversos editores que rejeitaram seus manuscritos afirmando que aquilo criava uma sensação de muita artificialidade e distância. Ela narra: Ele segura o presente que desembrulha para mim. Segura-o entre nós dois, nossa respiração fazendo estremecer as pontas do papel feito à mão que o envolve. Desembrulha-o para mim porque está muito orgulhoso do presente, porque encontra o óleo azul de Praga numa minúscula loja de materiais em Tijuana, porque teme que eu ame — neste momento — o presente mais que a ele. Aprofundo o azul de Praga com preto para obter a cor exata do tampo de uma mesa num restaurante em Jersey. Um editor disse a Irma que tornasse seus personagens menos distantes. Pela quinta vez ao longo de quinze anos, rejeitou um de seus romances. O cabeçalho em cada carta de rejeição refletia sua ascensão permanente pelos escalões da editora, de assistente editorial a editor-chefe. Irma enviou uma resposta a essa rejeição final. Eu me pergunto: E se você viesse à minha loja e visse o que faço com os livros? Como às vezes arranco suas entranhas, apenas para transplantá-las. Como faço com que ganhem a aparência que um dia tiveram, ou até melhor. A aparência que acreditamos terem tido um dia, quando seus predecessores lançaram pela primeira vez o aroma de seu linho e couro. Philip a alertou para que não se precipitasse, acabaria por se queimar com o editor. Mas eu realmente me pergunto, disse-lhe Irma. Onde cairiam a princípio os olhos dele? Onde se manteriam?, perguntou, sentada em frente à sua prensa, seu pé descalço sobre um livro fossilizado que usava como apoio. Ela sempre visitava a Costa Leste enquanto esperava que um de seus manuscritos fosse analisado, e com isso Philip tinha muitas chances de encontrá-la. E então Philip, por sua vez, visitava o Oeste enquanto ela encadernava o manuscrito. Encaderná-los era a única maneira como conseguia parar de modificá-los continuamente. Nunca consigo deixá-los como eu quero, disse-lhe Irma. Os livros que fazia pareciam mais belos e singulares que quaisquer das versões publicadas, e ele nunca se lembrava quais deles haviam "saído" e quais não.

Philip visitou Irma em sua loja para vê-la costurar os tomos de *Deslize*. O cheiro de vinho do couro moldado preenchia o lugar. Ela mantinha os olhos bem abertos, presa numa batalha, atravessando as páginas prensadas com a sovela. Girou com mais força os parafusos da prensa. É como construir os caixões deles, falou, parcialmente sorrindo. Acabamos em caixões bonitos, mais bonitos que as nossas casas, mais bonitos que as nossas vidas. Encapou *Deslize* em pele de cabrito tingida com índigo genuíno. Deu uma cópia a Philip, que nunca terminou de ler a história. A cena da entrega do presente era apresentada ao menos sete vezes durante o curso do romance. Nele, Irma os imagina casados, com uma filha de oito anos.

Quase ao final da corrida, Philip tentou mais uma vez recuperar parte da distância que o separava de Nicole. Cem metros à frente, a menina talvez tenha pressentido sua aproximação e apertou o passo. Ou talvez ele agora estivesse velho demais, e qualquer esforço adicional de sua parte fosse simplesmente compensado pela deterioração de sua força e habilidade. Os dois pairaram ao longo da margem, o Delaware negro agora envolto no anoitecer, refletindo as luzes das duas cidades que dividia. Somente quem conhecesse os dois corredores saberia que estavam juntos, que corriam juntos. Terminada a corrida, Philip a levou para tomar uma cerveja no Ludwig's, onde a garçonete piscou um olho ao ver a identidade falsa de Nicole, fingindo não enxergá-la direito na meia-luz, e lhes trouxe uma tigela de cebolas em conserva do tamanho de bolas de gude para acompanhar a jarra de cerveja. Nicole parecia contente, ao menos momentaneamente. Espetou as cebolinhas com um palito, riu delas e as comeu, estourando cada uma dentro da boca. Esvaziou o copo de cerveja com a facilidade que se espera de um calouro da faculdade, no caso a Universidade Rutgers. Philip lhe falou do Turgenev e de como estava lendo a coleção de Irma. Nicole fingiu grande interesse. Ah, Philip. Estou feliz de que esteja lendo alguma coisa sem números. Posso passar lá para ver a coleção? Mas antes que Philip pudesse convidá-la, Nicole desistiu. Virou o olhar para uma área ao lado de Philip, aparentemente imaginando a biblioteca, suas cores e largura; uma leve trepidação no ângulo de sua fronte. Pensando melhor, não, falou. Depois de uma pausa, balançou a cabeça, como se lhe houvessem perguntado de novo.

E a profundidade das respostas de Nicole não passava de uma frase. Sim, lembrava-se bem de Irma. Mesmo quando falou de Sam, para tentar abandonar o assunto de Irma e seus livros — que começava a deixá-la entediada e irritada —, as palavras de Nicole mergulharam e deslizaram como um pássaro planando logo acima da água. É estranho e assustador, falou, ver o meu irmãozinho virar um homem, uma coisa com ombros e bigode ralo, correndo contra atletas de verdade. Como suas frases, Nicole parecia decidida, voando rápido e baixo por agora, passando por tudo na luz castanha de uma corrida noturna no cais. E Philip sentia que aquilo era tudo o que podia fazer para deixá-la seguir por esse caminho. Você pode me ajudar a conhecê-los?, perguntou uma vez a Irma, quando eram dele. Pode ajudá-los a me conhecer? Não, respondeu Irma. Na verdade, não posso.

Terminou *Narrativas de um caçador* naquela noite, fisicamente incapaz de fazer algo muito além do que afundar na poltrona, virar páginas e erguer o copo de *bourbon*. O modo como Turgenev se despedia na conclusão, com "Boa noite" em vez de "Fim", parecia muito apropriado e interessante. O caçador diz Boa noite, apagando a luz dos esquetes, mas deixando que o leitor saiba que ele talvez apareça pela manhã. E bem ao final da página havia um desenho a lápis de um homem correndo, feito com palitinhos. Philip fechou o Turgenev depois de fitar cegamente o desenho por algum tempo. Empilhou o livro em cima de *Deslize* e o de Borges, que se mantinham instáveis sobre a mesinha de metal, disputando espaço com o copo e o abajur. Sem apagar a lâmpada, puxou um cobertor sobre o corpo e continuou ali na poltrona, caindo num cochilo com as pálpebras entreabertas, um estado de consciência no qual conseguia sentir a intrusão inicial dos sonhos. Os livros lado a lado na prateleira, com suas lombadas coloridas como jóias peroladas, pareciam algum instrumento musical semelhante a um órgão a vapor. Philip acreditou que poderia tocá-los percutindo suavemente as lombadas com colheres de madeira. Inverteu as duas corridas do dia, talvez o modo que a mente encontrava para desfazer a dor e as lesões infligidas ao corpo. Correu com Nicole, depois sozinho, depois corria com Irma, que era jovem e ágil, e a única maneira de manter o ritmo ao lado dela era seguir bem de perto o rastro de vapor e gás que deixava. Os navios e margens da Filadélfia, repletas de plátanos, se mesclavam com as cabanas de surfe e penhascos da costa central da Califórnia. Então corriam pelos amplos caminhos de pedra ao lado do rio Guadalquivir, em Sevilha.

Irma convenceu Philip e Beatrice de que viajassem com ela, de que fossem como um trio. Beatrice se manteve desconfiada e intrigada. A desconfiança e a intriga se dissiparam numa noite em que beberam absinto e abriram as janelas da sacada para deixar entrar o ar cálido, o aroma do vinho na pedra e a música e os gritos de uma cidade que não parecia dormir. Philip acredita que foi Beatrice quem fez o primeiro movimento sugestivo, cruzando as pernas bronzeadas de um modo que lhe abriu o roupão. E acredita ter sido o último a se mover, embora sua imobilidade no sofá tenha sido o que permitiu que os três se envolvessem. Beatrice e Irma primeiro se olharam à frente de Philip e então se beijaram acima dele, seus seios primeiro encaixados, depois comprimindo-se e estremecendo juntos. Philip se lembra de ter pensado: O que é que o terceiro faz? Mas essa pergunta foi respondida quando juntou sua língua às delas. Ouviu ou sentiu um rugido do vento enquanto tentava, desistindo logo depois, distinguir qual era a língua de Beatrice e qual a de Irma. Sentiu que uma espécie de ciúme se insinuava quando Beatrice parou para coreografar o clímax final dos três, segurando as coxas de Irma com firmeza enquanto deslizava os próprios quadris por baixo de Philip, envolvendo-o com as coxas. Com um movimento dos ombros, empurrou Irma para trás, para os braços de Philip.

Irma foi embora na manhã seguinte, tomando o trem para Córdoba antes que Beatrice acordasse. O primeiro vento africano soprou em Sevilha naquela manhã, marcando o começo do verão espanhol e seu calor crescente. Philip pensa ter apanhado o primeiro aroma de pétalas de laranja maceradas vindo das portas da sacada, ainda abertas.

Irma viajou sozinha pelo sul da Espanha, Madri e Barcelona, enviando cartões-postais ao endereço que estavam alugando em Sevilha. Só voltou quase ao final do mês que passariam ali, quando a cúspide entre a primavera e o verão se decidira pelo calor implacável do sol andaluz e dos ventos do Saara. Na noite de seu regresso, ficou claro que os três haviam pensado em mais coisas para fazer juntos. Esticaram o colchão no piso e abriram as janelas da sacada para o calor da noite, a lua castanha de Sevilha, o riso inquieto das ruas e o odor das rolhas das garrafas de vinho. Foi ainda melhor desta vez, sem pretexto ou inibição. Tiraram as roupas e então serviram o vinho. Novamente foi Beatrice quem os dispôs, entendendo primeiro que o manuseio descuidado e a improvisação apaixonada eram bons, mas que as pegadas, posições e envolvimentos firmes e decididos produziam o prazer mais intenso. Nunca tinha se divertido tanto no exterior, disse-lhe Beatrice depois que Irma voltou aos EUA.

Philip só encontrou Irma duas vezes depois daquilo, ambas enquanto visitava a família no Oeste, quando foi à loja dela para vê-la encadernar as cinco cópias de *Deslize*. Não traiu Beatrice, com Irma nem com mais ninguém. No entanto, conversou com Irma sobre Sevilha enquanto bebericavam um xerez no frio de seu ateliê. E se perguntou se aquelas noites em Sevilha marcavam tanto o ápice de sua vida com Beatrice como o início da espiral logarítmica que definia o fim de seu casamento. No calor que se acumulava logo antes da sesta, mostrou a Beatrice e Irma os padrões decorativos baseados em espirais logarítmicas entalhados nas paredes e arcadas do prédio da prefeitura de Sevilha por construtores do século XVI, décadas antes que Neper sequer descobrisse os logaritmos.

— Não estrague a coisa, vai... — disse Beatrice.

Irma se manteve alheia à espiral descendente da relação entre Philip e Beatrice. No entanto, Philip sabia, por telefonemas e e-mails trocados com Irma, que ela tinha feito algumas visitas ao Leste sem lhe contar. A matemática, superior ou básica, era sempre boa para preencher as lacunas. Quando Irma o fitava sem dizer nada, Philip sentia que ela explorava áreas de sua vida sem que ele soubesse, muito menos aprovasse. Você faz isso comigo, argumentou Irma. Você não é melhor só porque usa a matemática, Philip. Você mapeia o cosmo pela matemática. Anomalias, mistérios e brechas não passam de provas inacabadas para você. As suas computações se esgotam, então você esfrega os olhos, descansa um pouco e chama tudo isso de um caso obscuro, por agora. Quanto do que sou é um caso obscuro para você, Pip? Ou pior — ela o olhava com severidade, parando com a agulha enfiada na lombada de um livro —: quanto de você permanece obscuro? Para mim. Recolheu a linha e a apertou com um puxão violento.

Aquietando-se na poltrona reclinável, quase adormecido, espreitando as lombadas dos livros de Irma, Philip cogitou pela primeira vez que, ao voltar de Sevilha, Irma talvez estivesse se encontrando com Beatrice, em vez de se encontrar com ele. A idéia pareceu surgir aleatoriamente de memórias da Espanha e de Irma em seu ateliê. Mas isso não diferia do modo pelo qual os problemas matemáticos mais complexos eram resolvidos pelo surgimento desmoronante de uma equação fundamental ou número oculto em suas reflexões ou cálculos.

A poltrona roncou quando ele adotou uma posição mais ereta. O cobertor escorregou. Ligou para Beatrice, com um desejo súbito de acordá-la. Ela disse o nome de Philip, preocupada. Você teve um caso com ela depois que voltamos de Sevilha?, perguntou baixo. Ela respondeu com o mesmo tom de preocupação. Em Sevilha também, acrescentou, antes de voltarmos para casa. Mas foi melhor quando estávamos os três. Agora vá dormir, Philip, disse Beatrice como se acabasse de lhe dar o mais adorável dos presentes — comprovação.

Philip desligou o telefone e preparou um novo copo de *bourbon* antes de voltar à poltrona. Se você pudesse espiar pela janela desse apartamento no prédio de três andares logo acima da Roupas Baum, veria que a imagem daquele homem não era de todo má. Um corredor em repouso, reclinado em seu conforto azul-água, três belos livros empilhados ao alcance da mão, ao lado do uísque. Nos pontos mais distantes que a luz do abajur alcança, sua coleção de livros brilha ante as paredes manchadas pelas infiltrações.

TRÊS

A TERCEIRA OSCILAÇÃO DO PÊNDULO MATEMÁTICO o levou de volta ao início da coleção de Irma, a Cervantes. *Dom Quixote*. Era o livro mais grosso de toda a coleção, encapado em couro de porco ondulado, tingido em cor de topázio. Philip acariciou a lombada, quatro dedos de largura. Então Irma tinha voltado intermitentemente a Sevilha das suas incursões solitárias a Córdoba, Granada e ao interior da Mancha para fazer sexo com Beatrice, para caminhar pela cidade com ela, dormir a sesta com ela. Sem ele, visitaram outra vez a prefeitura de Sevilha, para ver as espirais logarítmicas que Philip lhes mostrara antes. Encaixaram as palmas das mãos na pedra encurvada, quase escaldante.

Philip telefonou outra vez para Beatrice, desta vez numa hora mais razoável, em que imaginou que ela teria alguma privacidade.

— Você soube que ela desapareceu?

— Desapareceu? — perguntou Beatrice.

— Foi embora. Partiu.

— Partiu? — perguntou. — O que isso significa? Ela sempre está de partida para algum lugar.

— Partiu — Philip apertou o telefone contra o peito, ponderou. — Agora é diferente. Ela partiu da vida. Partiu da própria vida.

— Alguém consegue fazer isso? Deixar a própria vida? Como é que se faz isso?

Philip sabia que ela não era assim tão fria. As pessoas presumiam que ela fosse assim. Mas ele achava aquilo interessante, o modo como fazia automaticamente as perguntas certas. As primeiras perguntas. As perguntas de um Quadro Geral agora, desculpas e condolências depois, se necessário.

— Ela me deixou todos os livros, B. Isso seria um começo. Para ela. Você não acha?

Houve uma pausa do outro lado da linha, uma língua que estalava pensativa.

— É. Eu diria.

— Eu achei que você poderia me dizer alguma coisa. Algo que ela tenha dito. — Mordeu o lábio. — Enquanto vocês estavam...

— Trepando?

— Não foi isso que eu quis dizer — respondeu Philip.

— Tudo bem. Foi o que fizemos. A maior parte do tempo. — Calou-se. — Ela não disse nada, Philip. Não falou em desaparecer. Nem aqui, nem em Sevilha. Tinha tanta energia o tempo todo. As palavras dela me pareciam cintilantes, como as de uma pessoa que estava cada vez mais cheia de vida. Não as de alguém prestes a desaparecer.

— Então você pode me falar um pouco mais de Sevilha? Quero saber alguns dos detalhes — pediu Philip. — Você me deve essa.

Irma a surpreendeu numa noite em que Beatrice decidiu passar pelos caminhos estreitos e labirínticos do bairro de Santa Cruz, em Sevilha. Sozinha, Beatrice queria ver por conta própria de onde vinham todos os sons da noite, todo o riso, a música e as conversas francas que chegavam à janela do apartamento. Nenhuma das ruas seguia em linha reta. Desviavam-se em novos ângulos e mudavam de nome ao acaso. Das sombras e saliências dos tijolos mouros ancestrais subitamente abriam-se travessas, verdadeiros becos escuros. Caminhando por esses becos, Beatrice conseguia abrir os braços e tocar as duas paredes com as pontas dos dedos. O céu, visível sobre os canais criados pelos edifícios amontoados, parecia sempre marrom-escuro e sem estrelas. As ruas tinham nomes mundanos e reconfortantes, como Vidro, Cera, Água, e outros funestos, como Morte, Cinzas e rua Sem Saída. Encorajada e curiosa, Beatrice caminhou devagar pela rua Sem Saída, que terminava num muro. Quando se virou para olhar para o lugar de onde viera, ele também pareceu não ter saída. As linhas dos tijolos e os tons terrosos e mal iluminados das paredes mouras corriam juntos. Seu pulso se acelerou, ela resolveu voltar. As longas ruas em ziguezague que pareciam se aprofundar pelo velho bairro judeu começaram a confortá-la. Passou por outros exploradores da noite — casais, turistas que falavam baixo em alemão, adolescentes dividindo enormes garrafas de cerveja, crianças risonhas e mesmo outras mulheres caminhando sozinhas. Deparou-se com encontros abertos nas ruas, onde havia mesas de cafés repletas de espanhóis e turistas, jovens e velhos, tomando vinho que aparentava ser negro na noite. Para Beatrice, pareciam mortos que haviam voltado à vida naquelas horas entre a meia-noite e a madrugada, despertos e vestidos nos pequenos bolsões que tinham o aspecto da paisagem de uma possível versão espanhola do musical *Brigadoon*.

Chegou à rua Judería, na parte mais baixa do bairro, apoiado nas muralhas do Alcázar. Dois arcos negros marcavam cada um dos extremos da rua. Sentada no apoio baixo e empoeirado de um poste, observou os casais que surgiam do arco à sua direita. Escolheu essa direção e passou por uma pequena fonte de azulejos que gotejava pela muralha do Alcázar. Ao alcançar o arco, pareceu-lhe um equívoco; na verdade, era um túnel escuro em ziguezague, com uma iluminação cinzenta em cada uma das pontas e uma escuridão preta e agourenta no centro. Irma surgiu desse centro negro, detendo-se sob um arco baixo, de tijolos.

— Beatrice — falou. — Qual é? — Usava um vestido de verão e parecia delicada ali, apoiada nos tijolos ásperos.

— Achei que você estivesse em Córdoba — disse Beatrice. Surpreendeu-se com o tremor na própria voz e levou uma mão ao peito. O suor umedeceu sua pele sob a clavícula.

— Voltei para espionar — respondeu Irma.

— Espionar quem?
— Tudo. Gosto de espionar a minha própria vida. Como seria se eu não estivesse nela.
— Mas, então, por que se revelar agora? — perguntou Beatrice.
— Porque estou com tesão.

Tomou a mão de Beatrice, guiando a mulher rapidamente para o centro negro do túnel retorcido, e a beijou, primeiro no pescoço para provar seu gosto, depois suavemente na boca, depois novamente na boca, com firmeza. Irma tinha um jeito de alinhar os lábios com os da outra pessoa e sugar suavemente para criar fusão, depois abrir os lábios juntamente com os do outro. Esperava com a língua até que o outro desse o primeiro impulso. Apertou Beatrice contra a parede e deixou-a sentir que não usava nada sob o vestido leve. A seguir, tomou-lhe a mão e a encaminhou à outra ponta do túnel, chegando à ampla praça que cercava a enorme catedral, onde os amantes se sentavam à beira do chafariz e os turistas da noite cambaleavam na luz e nas sombras das torres góticas. Homens e mulheres limpavam estrondosamente os degraus da catedral com uma mangueira de incêndio, brilhando como insetos em seus coletes refletores. A água na pedra enchia o calor noturno de um aroma mais estimulante que qualquer perfume.

Irma levou Beatrice por uma travessa lateral, chegando a um bar de esquina chamado Os Filhos de José Morales. Não havia cadeiras nem bancos no lugar, apenas um balcão angulado com um apoio para os pés e dois grandes barris, ao redor dos quais as pessoas bebiam em pé. Um grupo de velhos amigos bebia em torno de um deles, revezando-se para pedir porções de alcachofra, pêssegos e amêndoas. Um casal jovem, que parecia alemão, bebericava café no balcão e examinava um mapa. Irma e Beatrice pediram xerez e só pensaram na maciez e no calor que logo sentiriam quando se livrassem da bebida e daquela platéia.

— Tem umas coisas que eu não pude experimentar com o Philip entre a gente — disse-lhe Irma.
— Eu também — respondeu Beatrice. — Tenho algumas idéias.

Alguns dos que estavam ao redor do barril, talvez os que entendiam inglês, olharam na direção delas. Os alemães ergueram os olhos, depois olharam um para o outro. Beatrice afastou o olhar de tudo o que havia no Filhos de José Morales e fitou a noite além das entradas arqueadas do bar. Sentiu a mão de Irma em seu punho. Sentiu que tudo se conectava a ela, tudo buscava seu calor. Imaginou Philip no apartamento que dividiam, dormindo intermitentemente no colchão sobre o piso, a luz e as sombras da Lua entrando enviesadas pela sacada aberta e brincando com seu rosto, guiando seus sonhos superficiais. E quando Irma finalmente a conduziu para fora do bar, fazendo-a atravessar a praça da catedral — agora vazia, a não ser pelo aroma inebriante da pedra molhada —, até chegarem ao seu quartinho num albergue, Beatrice levou consigo essa imagem de Philip. E o imaginou sonhando com as coisas que ela e Irma faziam juntas. Irma, nua sobre ela, as pernas unidas como tesouras entrelaçadas, beijou e lambeu as pálpebras fechadas de Beatrice. Depois, com uma voz rouca de prazer, sussurrou:

— Abra os olhos... olhe para mim... pare de pensar nele.

Lançou-se então com suavidade e precisão, criando uma sucção entre as pernas semelhante à de seu beijo. Beatrice abriu bem os olhos e tentou abafar seus rugidos e gemidos com os seios de Irma.

Nesse ponto, Beatrice fez uma pausa para perguntar a Philip, ao telefone:

— Quer que eu pare agora? Ou prefere ouvir mais detalhes?

Philip respondeu apenas com o silêncio.

— Tudo bem, então — disse Beatrice. — Só mais um pouco, que depois preciso dormir.

Contou-lhe que, naquele quartinho quente de um albergue que já fora um monastério, os seios úmidos de Irma eram como um líquido quente em seu rosto. Ela poderia respirá-los.

— Nunca vi isso como traição — disse Beatrice. — Sempre pareceu ser uma extensão das coisas que nós três fizemos juntos. Pelo menos em Sevilha. Talvez tenha parecido traição nas poucas vezes que nos encontramos depois de voltarmos.

— Depois de voltarem? Poucas?

— Três — respondeu Beatrice num tom compreensivo ante a necessidade de precisão do matemático. — Cinco, na verdade.

Philip se manteve em silêncio ao telefone.

— Você quer que eu passe por aí agora? — perguntou Beatrice. — Eu lhe devo essa. Imagino que você deva estar meio... sobrecarregado.

Novamente, a resposta de Philip foi o silêncio.

— Espere aí — disse Beatrice, e desligou. Espere aí, como se ele estivesse num bar e não na poltrona reclinável de sua casa provisória. Philip se perguntou qual dos dois carros ela dirigiria.

Se você pudesse espiar pela janela de Philip no terceiro andar em frente à Eleventh Street, o veria demorar para atender a porta, caminhar primeiro para a estante de livros, passar suavemente os dedos pelas lombadas, como se procurasse um volume em particular. Quando finalmente começa a se mover em direção à porta, pára novamente — desta vez para ligar o laptop, deixado sobre a mesa vazia. O brilho azul da tela se lança contra a aura amarelada da luminária, e a luz divide o lugar em dois. É como observar a multiplicação de uma célula, o modo como as duas luzes resistem e ainda assim se unem. Quando Philip abre a porta, Beatrice o cumprimenta com um beijo na bochecha e então avança, passando por ele, para investigar a casa. Retira o chapéu de lã e sacode o cabelo preto e liso, inclinando-se ligeiramente para trás, para deixá-lo cair e arejar. Olha para a prateleira enquanto retira o sobretudo. Ela está na luz amarela. Joga o chapéu e o sobretudo na poltrona. Usa um vestido marrom de cetim e está bronzeada, com a cor da Espanha e do verão, e não da primavera fria da Filadélfia. Philip, ainda ao lado da porta, a cumprimenta seriamente, surpreso, e ela dá de ombros, ergue as mãos e caminha para a luz azul. Beatrice se inclina sobre o laptop e toca de leve as teclas com os dedos. Sorri e se aproxima ainda mais da tela, balançando os ombros — é fácil perceber que ela está em busca de música. Talvez encontre uma de suas peças preferidas para violino e violoncelo, "Common Tones in Simple Time", de John Adams. Posta-se na fronteira entre a luz azul e a amarela, como se soubesse, e espera até que ele se aproxime.

Philip tentou mandá-la para casa, tentou caminhar do modo como Gregory Peck caminhou na direção de Audrey Hepburn quando os dois se conheceram, tentou se manter na luz amarela enquanto Beatrice retrocedia para a azul e para a música de Thomas Ades, "Visible Darkness". Colocou de leve as mãos nos ombros dela e a beijou suavemente no ponto entre os olhos, um ângulo que ela já o deixara medir.

— Vá para casa, Beatrice — sussurrou Philip. Ela curvou de leve a cabeça como se consentisse, depois ergueu depressa o rosto à altura do dele e encontrou seus lábios, criando aquela fusão precisa que os dois haviam aprendido com Irma. Seu hálito cheirava a aipo. E quando os lábios de Beatrice abriram os de Philip, Irma estava ali entre seus pensamentos tumultuados. Beatrice apertou os quadris contra os dele.

— Ah, você não vai agüentar muito tempo — sussurrou Beatrice —, e isso não vai servir. Queremos agüentar um *pouquinho*. — Ajoelhou-se, deixando o cheiro de aipo novamente no ar ao se abaixar. Abriu-lhe a calça, e o pênis ereto de Philip acertou-a na testa. Segurou Philip com firmeza pela parte de trás das coxas, de modo que ele não pudesse de maneira nenhuma escapar de sua mordida suave, de sua língua áspera, da pressão de seus lábios. Beatrice quase caiu para trás quando ele se arqueou com força, mas não soltou suas pernas, mantendo a boca sobre Philip mesmo quando ele cambaleou para a frente, adentrando a luz azul que lhe consumiu a visão.

Depois que retomou o fôlego, Philip a ergueu, envolvendo-lhe o queixo com as mãos. E desta vez foi ele que se ajoelhou, invertendo as posições. A princípio não levantou o vestido de Beatrice, apoiou os lábios e o nariz no cetim marrom. Começou a levantar o vestido e ela o ajudou, apressou-o, pôs as duas mãos na nuca de Philip e puxou seu rosto com força para dentro dela. Philip moveu os lábios para criar aquele vácuo, o vácuo de Irma. Beatrice empurrou o corpo contra o rosto de Philip, arqueando-se sobre ele com os olhos fechados, a boca aberta, o cabelo caído para a frente. "Common Tones in Simple Time" tocava baixo. Finalmente se separaram, mas permaneceram suficientemente próximos, mantendo-se na fronteira entre a luz amarela e a azul. Terminaram de se despir, pragmáticos, como se acabassem de chegar do trabalho. Beatrice viu que ele já estava pronto outra vez e sorriu, prendendo o cabelo atrás da orelha.

Philip acordou na poltrona, sozinho no apartamento, uma luz cinzenta e atemporal entrava pela janela. Debaixo do cobertor, sentia-se dolorido e pegajoso. Beatrice deixou a música ligada, Aleck Karis tocando a "Sonata nº 9" de Cage para piano preparado. Havia também um recado. A proteção de tela do laptop repetia uma mensagem: *Um jeito muito melhor de acertar as coisas.* A cama estava torta, as cobertas amarrotadas, o colchão e o estrado empilhados como livros no chão. O grande Cervantes amarelo se equilibrava perto de Philip na mesinha de metal. Não se lembrava de ter apanhado o livro na prateleira, mas lembrava-se de todo o resto. Pegou-o, e seu peso lhe pareceu esmagador. Era um belo trabalho de Irma. O couro de porco era suave como um líquido, e a cor amarela parecia boticária. Estava frio e cheirava a notas de vinho. Vou levar um ano para terminar de ler este livro, pensou. Não o abriu.

Evitou seus caminhos habituais e correu pela cidade nesse dia, sem registrar a hora exata em nenhum momento, deduzindo, pelo tráfego impaciente, que era de manhã. Os dois rios da cidade trocavam brumas no ar frio da primavera, arrastando uma névoa baixa pelo centro. Ele gostava da corrida com obstáculos da Sansom Street, as saliências súbitas na calçada de ladrilhos, coleiras de cachorros, motonetas, bicicletas, pilhas de jornais e canteiros de árvores. A proximidade dos edifícios o fez recordar vagamente Sevilha. Correu com grande energia e velocidade, uma certa leveza no modo como saltava as calçadas e poças. Atravessar a névoa imóvel aumentava a sensação de velocidade.

Philip correu firme até a livraria preferida de Irma — ela tinha uma em cada cidade. Retomou o fôlego em frente à vitrine empoeirada da Hibberd's. Pedaços do toldo esfarrapado da loja roçaram os ombros de Philip quando ele fitou a vitrine, que havia mudado muito pouco nos últimos três anos. Toda a loja, na verdade, parecia como que selada. Todas as coisas em seu interior — os livros, as prateleiras, o atendente encurvado sobre um volume aberto, seu chapéu e luvas empilhados sobre a velha caixa registradora — pareciam uma paisagem dentro de um globo de vidro. Se o sacudíssemos, lascas de papel velho rodopiariam por entre as figuras estáticas. Um livro que Irma restaurara e reencapara para o dono em troca de crédito na loja ainda estava ali, inclinado no canto inferior esquerdo da vitrine, uma edição modesta de *Pepys à mesa*, uma seleção de anotações retiradas do famoso diário do marujo e relacionadas a comida.

Pepys..., disse-lhe Irma uma vez, ...ele poderia ter sido um matemático.

Irma respondeu à expressão de Philip, a pausa enquanto erguia a bebida. Ele usava símbolos e códigos secretos, escritos de modo que fossem facilmente decifráveis. Era uma expressão de liberdade do século XVII. Olhe para mim. Estou escrevendo em código. Estou sendo subversivo, até mesmo ao lhe contar que tipo de sanduíche estou comendo na hora do chá de hoje. Você sabia que ele tinha um símbolo especial nos diários para quando batia punheta?

À mesa?, perguntou Philip.

Irma contraiu os olhos, fitou-o com um olhar perverso. Depois afrouxou e o olhou de soslaio. Sabe, disse Irma, sempre que leio Pepys, noto uma coisa triste e importante. A maioria de nós não aceita ser o protagonista da própria vida. Mesmo que só assistamos à TV ou a esportes ou leiamos milhares de livros, só estamos tentando encontrar outro protagonista para as nossas vidas. Além de nós mesmos. Mas Pepys se aceitou como protagonista da própria vida. Irma observou a reação de Philip, bebericando seu *bourbon*. Sei o que você está fazendo, acusou Irma. Está bolando alguma equação para isso. Para a inevitabilidade de ser o protagonista da sua própria vida. Nossa vida = n elevado a $x - 1$ sobre i — ou qualquer merda assim. Você deveria escrever uma história com números, Pip.

— Ou algo assim — disse Philip, dirigindo-se ao seu reflexo na vitrine da loja. Começou a sentir um friozinho, já que o suor da corrida esfriava rapidamente a gola de sua camisa e as pontas úmidas do cabelo em seu pescoço e têmporas. Olhou fixamente para o livro de Pepys no canto inferior direito da vitrine e sentiu um calafrio.

Continuou a corrida até o Schuylkill. Na Califórnia, Irma o deixava ficar na loja por quanto tempo quisesse. O ar lá dentro parecia claramente diferente, contemporâneo. Um radiador que ocupava uma parede inteira mantinha o ambiente numa temperatura e umidade constantes. O ar tinha um sabor limpo, destilado, uma leveza, mas seus aromas mudavam conforme a tarefa em que Irma estivesse empenhada. Se estivesse moldando o couro para uma capa, havia um cheiro de vinagre. Se estivesse costurando tomos na prensa, o cheiro era de roupa lavada. Philip passou a acreditar que aquele odor vinha do hálito e da língua de Irma quando ela unia as pontas do fio de linho com os lábios. Às vezes se beijavam longamente na loja de Irma, com mais freqüência nos primeiros dias, quando ela estava apenas começando o trabalho, e ele provava aquele aroma na boca dela, lençóis limpos e úmidos se abrindo. Ela trabalhava na claridade cônica de uma lâmpada, mas mantinha o resto da loja sob luz natural. Se ele estivesse ali à noite, Irma lhe acenderia uma vela. A fumaça não vai fazer mal aos livros?, perguntou Philip, tentando mostrar que entendia a delicadeza e a complexidade do trabalho dela. A fuligem não é problema, explicou Irma. As maiores ameaças são as variações de umidade e temperatura. Especialmente aqui — referia-se a Santa Cruz, onde havia musgos nos postes de telefone, onde a maresia incrustava cristais de gelo na superfície dos musgos. Esses textos que estão na prensa poderiam se inchar ou contrair um bocado no tempo que levo para costurá-los. Irma tinha cinco cópias na prensa, o máximo que a ferramenta suportava.

Quando Philip e Irma ficavam calados, ouviam apenas o gemido límpido da sovela atravessando o papel comprimido ou o sussurro da linha puxada. Ele nunca se cansou de vê-la preparar meticulosamente seus livros, a necessidade de precisão em cada um dos processos — a exatidão dos cortes, das formas, as medições finas como um pergaminho. Philip apenas se afastava, perambulando, ou se forçava a encontrar algo mais que fazer, porque não queria admitir fisicamente para ela, ou para si mesmo, que para ele era suficiente estar ali na loja, vê-la na loja, provar seu ar e respirar seu aroma. Irma alinhava as pontas dos dedos, as unhas cortadas com cuidado para que servissem como ferramentas, na margem de trás de uma capa enquanto a guiava lentamente em seu couro, ou tela, ou musselina, ou linho. Costumava segurar a dobradeira com leveza, do modo como uma violinista segura seu arco, e Philip se espantava pela força oculta na delicadeza de seu movimento. Irma olhou para ele e sorriu enquanto passava uma linha por um botão de cera, preparando a encadernação. Durante essa tarefa, conseguia desviar o olhar. Às vezes aproximava a cera, recém-raspada, do nariz de Philip, que ainda sentia o cheiro do mel.

Do que você gosta mais?, perguntou-lhe Philip, com o botão de cera ainda perto de seus lábios. Escrever livros ou fazê-los?

Os dois. Um me faz querer fazer o outro.

Philip chegou às margens do Schuylkill sentindo-se forte. A névoa começava a se dissipar, e o sol, que parecia uma moeda cinzenta sobre o horizonte da Filadélfia, já reluzia em amarelo. Correu três arrancadas de oitocentos metros ao longo do rio, sobre a grama da primavera que lhe amortecia agradavelmente os pés. Dos plátanos caíam gotas de orvalho, minúsculos respingos gelados; um deles acertou a base de seu nariz com um toque macio. Desacelerando após os últimos oitocentos, sentiu que a névoa da primavera se condensava com o suor em seu rosto e pescoço, e acreditou que poderia correr para sempre e viver de uísque e livros. Eu sabia alguma coisa naquela época, pensou, que não sei agora.

Mais tarde, sofreu com a corrida e com seus pretensiosos exercícios de velocidade. Naquela noite, sentou-se na poltrona reclinável com as pernas elevadas, uma compressa quente apoiada no quadril e uma bolsa de gelo envolta na planta do pé esquerdo. A mesinha de metal vacilava com o peso do Cervantes, do Borges e do Turgenev, os manuscritos encadernados de Irma — *Deslize* e *A teoria de Peter Navratil* —, uma nova garrafa de *bourbon*, o copo e o abajur. Não havia espaço suficiente para tudo aquilo na mesinha, portanto os livros se equilibravam precariamente sobre a borda. No chão havia um balde de gelo a postos, para repor a bebida e reabastecer a bolsa atada à sola de seu pé esquerdo.

Sem saber exatamente qual texto queria, ainda assim se esticou em direção aos volumes, talvez para ajeitá-los. Apanhou *A teoria de Peter Navratil* depois de passar os dedos sobre a lombada ondulada do Cervantes. Ficou encantado ao descobrir que tinha marcado a página do manuscrito com o brinquedo chinês que a mulher da Vespa lhe dera. Lembrava-se de ter procurado passagens que descreviam Feli/Sefi. A passagem que marcou, por outro lado, descrevia Sylvia. Philip enfiou o indicador no brinquedo de palha entrelaçada e se pôs a ler.

Sou a filha de uma pescadora portuguesa e de um pescador italiano que pescavam na costa de Monterey. As línguas que me rodeavam nas docas e nos desembarcadouros das fábricas de conservas soavam como música. Português, espanhol, italiano, russo, japonês. Quando criança eu não as entendia, só fui aprender as duas primeiras por meio do estudo, mas gostava de escutá-las, com todas suas inflexões, formas e timbres. Meus pais sempre foram parte desse mundo. Todas as famílias bebiam os vinhos guardados nos porões das demais, provavam-nos e discutiam qual deles era o melhor. E depois provavam mais um pouco. Porém, meus pais se mantiveram independentes da comunidade de três maneiras, e isso acabou por fazer toda a diferença na minha vida. Em primeiro lugar, a minha mãe continuou a pescar depois que eu nasci, o que gerou a desaprovação de muitos dos imigrantes, a não ser das famílias mexicanas, que, em sua maioria, trabalhavam nas fábricas de conservas e nos campos de morangos próximos e não entravam muito na água, e que eram sempre sinceras quanto à qualidade dos vinhos. Em segundo, meus pais economizaram algum dinheiro e compraram uma cabana por $1.500, cinco anos antes do meu nascimento, mas em preparação para a minha chegada. Ficava num pequeno declive rochoso, virada de costas para o mar. No alto do morro havia um pinheiro de Monterey que tinha os ramos esparramados pelo vento, os mais baixos tocavam o solo, sua silhueta ante o céu noturno tomava a paisagem da nossa janela da cozinha. Quando a brisa do mar soprava com mais força, a árvore se sacudia como um caranguejo sobre o morro. Em terceiro, estudaram inglês e falavam inglês um com o outro, e comigo. As pessoas de Monterey, que por minhas roupas ou modo de falar não percebiam que eu era a filha de empregados da fábrica de conservas, seriam incapazes de adivinhar se eu era portuguesa, italiana, mexicana ou russa. Quando adulta, por qualquer país em que eu viajasse, as pessoas acreditavam que eu era nativa, ou uma imigrante de alguma colônia. Na França, eu era argelina. Na Inglaterra, talvez panjabi, egípcia ou até mesmo francesa. Na Austrália, indonésia.

Meu pai, Clement Torano, não fazia um vinho particularmente bom. Mas no nosso pequeno declive rochoso, construiu uma casinha de pedra parcialmente incrustada na encosta entre os fundos da cabana e o pinheiro. Construiu-a assim porque não tínhamos um porão. Ali, produzia e armazenava seu vinho, e para esse propósito, a casinha era melhor que qualquer porão ao longo da costa central. Um pescador português chamado Albuquerque Santos, que fazia, sim, um bom vinho, começou a estocar suas melhores garrafas na nossa casinha de pedra. Minha mãe se servia de boas doses do melhor tinto de Albuquerque, mais do que aquilo que nos correspondia. Apollonia Silva gostava de vinho, não em excesso, mas certamente tomava até estar satisfeita, e dizia ser impossível tomar de garrafas inferiores quando as de Albuquerque Santos estavam logo ali, ao alcance das mãos. Não tentou esconder ou negar seu roubo; em vez disso, disse a Albuquerque Santos que seu vinho era irresistível.

Apesar da adulação certeira, Santos exigiu, como recompensa, que encomendássemos um bom concentrado em São Francisco e o transportássemos de volta. Isso levou à minha primeira expedição, aos nove anos de idade, rumo a essa cidade de luzes e livros. A princípio, fiquei completamente intimidada com tudo o que cercava São Francisco, e essa intimidação foi o que me levou a uma livraria.

— Aonde você quer ir? — perguntou minha mãe enquanto esperávamos até que meu pai obtivesse o concentrado tão desejado por Albuquerque Santos. Era noite, as ladeiras da cidade brilhavam, reluziam as janelas das lojas, cafés e tabernas. Um pop psicodélico, que soava vagamente francês, vazava dos apartamentos mais altos. As pessoas caminhavam apressadas e não falavam com a gente. Apontei para um lugar de iluminação suave, dentro do qual as silhuetas se mantinham paradas ou só se moviam em pequenos incrementos — viravam uma página, puxavam um volume da prateleira, examinavam-lhe a frente, o verso, repunham-no. Uma livraria.

— Ali — respondi, ainda apontando.

Minha mãe concordou. Talvez se sentisse exatamente como eu. Era econômica e via São Francisco basicamente como um lugar que pretendia sugar o dinheiro suado que ganhara com os peixes. Deve ter se sentido aliviada quando apontei para uma livraria. Os livros lá dentro eram todos usados. As brochuras custavam dez centavos, e os de capa dura saíam por quarenta e cinco. Escolhi romances, porque disse ao atendente que gostava de histórias e ele nos indicou a seção de ficção. Fiz minhas escolhas estritamente em função do título e do que ele poderia prometer. Levando na mão o dólar que ganhei da minha mãe, escolhi brochuras de *A peste*, *O homem invisível*, *O polvo*, *Longe da multidão estulta*, *O mago*, *Os demônios*, *O marinheiro que caiu em desgraça com o mar*, *O cinéfilo*, *Os nus e os mortos* e *Carmody, Tough Bullet — Duro no Gatilho*. Eu não conhecia nenhum daqueles livros, mas todos tinham capas vibrantes em muitas cores chamativas que ilustravam as coxas musculosas de homens e mulheres. Minha mãe parecia conhecer alguns dos títulos. O único que checou foi *Os nus e os mortos*. Empurrou-o pelo balcão em direção ao atendente, um homem magérrimo de cabelo castanho longo, com aparência de uma *pootah* (uma entidade celta mítica), barba falhada e uma camisa de musselina que pendia como uma cortina de seus ombros ossudos.

— É adequado para ela? — perguntou minha mãe.

Com o punho dobrado, ele afastou rapidamente a brochura de Mailer e disse:

— Não, mas não pelos motivos que você está pensando.

Olhou para mim e sussurrou:

— Talvez mais tarde.

Minha mãe e eu nos entreolhamos.

— Experimente este aqui — disse o atendente. Aproximou *Madame Bovary*, deslizando-o pelo balcão.

O título não me prometia nada — uma história maçante sobre uma senhora pomposa. Mas a capa foi suficiente. Uma mulher de cabelo negro, cheio e cacheado, pele verde-oliva, um decote de renda, coxas delineadas por um vestido vinho agitado pelo vento, uma expressão de angústia inteligente, ligeiramente boquiaberta, descendo de uma carruagem. Dentro desta via-se apenas o vestígio de uma mão masculina, aberta, dedos velhos e estendidos, o punho bordado.

Levei a pilha para casa. Aos nove anos de idade, só consegui ler o faroeste barato. Não era um faroeste de fato porque se passava em Nova Orleans, mas Carmody era certamente um caubói. O texto no verso me dizia que "Carmody estava em busca de bons momentos em Nova Orleans. Levando no bolso os onze mil que roubara, decidiu se aproveitar da boa bebida e das mulheres devassas antes de voltar para o Texas. Mas quando começava a se sentir confortável, viu-se metido numa cilada que o incriminou por um assassinato brutal". Assim como na capa do livro, ele tinha uma cicatriz no lado direito do queixo, um corpo pequeno, porém musculoso, e levava um revólver na cintura. A mulher da capa se chamava Minnehaha e era filha de colonos franceses com algum sangue *choctaw*. Trabalhava num bordel, fumava ópio e usava blusas transparentes. Na capa, sua blusa era translúcida, mas os mamilos não passavam de sombras. O cabelo, como o de Madame Bovary, era abundante, preto e cacheado, agitando-se num vento que não parecia deixar de soprar naquelas brochuras. No fim da história ela é revelada como a vilã, a pessoa que tramara toda a maldade que Carmody precisava derrubar a tiros. Ela seduz Carmody ao perceber que ele está em seu encalço e então o envenena, derramando ópio em seu vinho. Mas calcula mal a quantidade de ópio necessária para destruir o corpo bruto e calejado, mas ainda bonito, de Carmody, Duro no Gatilho. Carmody mata Minnehaha por acidente quando ela tenta dar cabo dele com uma faca, girando instintivamente o punho da moça e invertendo o golpe da lâmina. Os seios mestiços de Minnehaha se mantêm perfeitos sob a tela transparente de sua blusa, banhada em sangue. Jamais deixei de adorá-la.

Aos nove anos de idade, não conseguia entender os outros livros da minha pilha. Não conseguia lê-los de fato. Porém, muitas vezes segurava um deles por longos períodos, espreguiçando-me na minha caminha depois da escola. Lia o texto da quarta capa, as orelhas, girava-o para ver a capa outra vez, depois o abria em alguma passagem aleatória e lia até empilhar uma quantidade suficiente de pensamentos e imagens incompreensíveis, enturvando meu cérebro e borrando as palavras na página. Eu adorava o cheiro de folhas mortas que traziam e o modo como as brochuras mais velhas começavam a amarelar nas pontas. Decidi mantê-los em ordem entre dois apoios montados com concha de abalone que meu pai me fizera. Ele mesmo pegara os abalones. A ordem dos livros mudava conforme o meu temperamento e interesse. Por bastante tempo, ordenei-os segundo o espectro de cores. No apoio direito ficava *A peste*, uma brochura vermelho-escura que trazia na capa um médico francês muito bonito — segurava uma maleta preta de médico para consultas em domicílio. Como está lidando com a peste, sua camisa tem as mangas enroladas até a altura dos bíceps musculosos e vários botões abertos, revelando uma parte do peito. Na parte de baixo da capa vê-se uma mulher reclinada numa cama, virada de costas para o leitor e de frente para o belo médico. Seu quadril se eleva sob uma camisola sedosa, cor de pérola. No apoio esquerdo, ao final do espectro, estava

O cinéfilo, em violeta, com Binx Boiling e sua secretária na capa. Ambos estavam de costas, fitando profundezas nebulosas e purpúreas. Binx cruza o braço pelas costas da secretária, puxando-a para si, e ela apóia a cabeça em seu ombro. A mão de Binx aperta a cintura da moça, quase pronta para envolver sua nádega arredondada. Ela veste uma saia marrom apertada, sapatos de salto alto que enrijecem suas pernas atléticas. Eu sabia, aos dez anos de idade, que o homem da capa era o herói Binx Boiling e que a mulher não era a heroína Kate Cutrer. Sabia disso porque Kate e Binx, assim como a prostituta Minnehaha, se tornaram minhas primeiras paixões literárias. Eu lia e relia o último diálogo entre Kate e Binx ao final de *O cinéfilo*. Eram como super-heróis emocionais, o modo como sabiam em detalhes o que lhes aconteceria no futuro próximo e distante. Eu adorava o modo como Kate repuxava, com o dedo médio, o pedaço de cutícula que se descascava de seu polegar. Ela a repuxava para sentir dor enquanto conversava agradavelmente com Binx.

No fim das contas, fiquei com os livros por tempo suficiente, selecionei suficientes passagens de cada um deles, encontrei todas as cenas que correspondiam aproximadamente às ilustrações da capa, até chegar ao ponto em que podia afirmar que tinha efetivamente *lido* todos eles.

Philip se pôs a pensar. Ele gostava de comparar as passagens mais autobiográficas de Irma com o que sabia serem suas experiências reais. Neste caso, Sylvia era praticamente Irma. Como autora, Irma mudara a família um pouco para o norte, mas mantivera a cabana, o pinheiro de Monterey na colina, a casinha de pedra que servia como adega e alguns dos nomes. Philip marcou *A teoria de Peter Navratil* com o brinquedo chinês e mancou até a prateleira, com a bolsa de gelo ainda presa à sola do pé esquerdo. Levou consigo o *bourbon*. Lembrou-se de ter visto algumas das brochuras ao desembrulhar e ordenar os volumes de Irma, mas não conhecia os autores, portanto não poderia buscá-los alfabeticamente entre as 351 lombadas coloridas. Entre os autores mencionados na passagem, Mailer era o único que ele já havia lido, mas não estava na coleção de Irma. A dor fria no pé esquerdo o deixou impaciente demais para procurar os títulos. Lembrou-se do nome francês Flaubert, e assim foi para os Fs na esperança de encontrar *A peste*, com seu vistoso médico gaulês, musculoso, com as mangas recolhidas. Não o encontrou, mas ali estava *Madame Bovary*, o que já era bom. Bem perto, ainda nos Fs, encontrou *O mago*. Também perto, na outra direção, encontrou *O homem invisível*, de Ellison. Empilhou os três delicadamente no chão.

Recordou-se de um autor japonês ao pensar no título longo, lindo e inesquecível de *O marinheiro que caiu em desgraça com o mar*, mas só conseguiu se lembrar de que começava com *Mi*, o que foi suficiente para encontrar Mishima. Ali perto encontrou *O polvo*, de Norris, e mais à frente, *O cinéfilo*, de Percy. Notou que o tomo de Percy estava encapado com a mesma cor violeta descrita na brochura de Sylvia. Nenhum outro livro da coleção trazia aquele tom. Philip parou para pensar, deu um passo atrás, investigou as cores, encontrou a lombada do vermelho mais escuro e puxou *A peste* da prateleira. Ali estava o belo médico francês.

Só restavam três, mas entre eles estava o livro pelo qual estava mais curioso. O faroeste barato estaria na prateleira? No chão, Philip dispôs os sete livros que encontrara segundo o espectro de cores. Havia uma lacuna no laranja-escuro. Buscou essa cor entre as lombadas na prateleira e encontrou, quase imediatamente, *Os demônios*, de Dostoievski. A lacuna no verde-claro foi preenchida após uma rápida busca que o levou ao Hardy. *Longe da multidão estulta*. Fitou os nove volumes, abertos em leque no chão conforme o espectro de cores. Bebericou seu *bourbon* e pressionou o calcanhar coberto de gelo sobre o chão, ficando com a sola do pé dormente.

Se você pudesse olhar pela janela que dava para a Eleventh Street, veria que ele mantinha uma pose bastante elegante, apesar das roupas estranhas que usava — um casaco de moletom da Universidade Rutgers que ganhara de presente da enteada e calças *mariachi* que alguém o desafiara a comprar em Tijuana, há muitos anos. O modo como posicionava o pé machucado, estendendo a perna *en garde*, o fazia parecer mais alto e com melhor postura. O ângulo de seu pescoço ao fitar os livros no chão o tornava muito parecido a um herói na capa de uma brochura, talvez um cientista de feições duras prestes a avançar sobre a bela brasileira que o guia pelo rio rumo ao paradeiro secreto da orquídea medicinal que o ajudará a conter a peste. O cabelo negro da moça, agitado pelo vento, parece se enroscar para cima, tentando enlaçá-lo. Ou talvez seja apenas o Dr. Arrowsmith, austero e infinitamente compreensivo.

Philip pensou que talvez houvesse uma lacuna no espectro em algum ponto entre o verde e o azul. E certamente seria um livro fino. Procurou o tomo fino, azul-celeste, e, com mais trabalho do que gostaria, encontrou *Carmody, Duro no Gatilho*, de Peter McCurtin. Irma o encapara num elegante linho azul. Dentro, montara as capas originais da brochura, tanto a frente como o verso. Lá estava Carmody, com sua cicatriz branca no queixo forte. E lá estava a bela Minnehaha, com sua blusa transparente e rímel carregado, parte francesa, parte *choctaw*.

Philip imaginou Irma como uma menininha segurando aqueles livros, acomodada em seu quartinho minúsculo. Ela gostava de deixar o vento entrar, por mais fria e úmida que fosse a maresia. A janelinha em seu quarto, no alto da parede, não se encaixava bem no batente e era difícil de abrir e fechar. Irma disse a Philip que costumava comer uma certa marca de biscoitos enquanto lia seus livros após a escola, *wafers* de baunilha, duros, com buracos no meio e cobertos por listras de chocolate. Levou-os uma vez para a faculdade, dividiu um com Philip. Ele lhe falou que era como comer cera. Os dois concordaram e comeram mais. Irma o levou de carro pela costa num fim de semana no meio do semestre, durante a primavera, para lhe mostrar onde antigamente a casa ficava. Um campo de golfe cobria o morro, mas o pinheiro de Monterey ainda se mantinha em pé, um caranguejo escuro sob o céu nublado. Caminhou com Philip pelo gramado para lhe mostrar exatamente onde estivera a casinha de pedra e onde ficava seu quarto. Comeram mais alguns biscoitos ali, onde um dia fora o quarto de Irma, até que dois casais que jogavam golfe gritaram com eles, ameaçando chamar a segurança do clube.

Mas foi aqui que li Hardy e Camus pela primeira vez, disse-lhes Irma. Apontou para o pinheiro de Monterey. Perdi a minha virgindade debaixo daquela árvore.

Ah, se você pudesse ver o desempenho de Philip naquele momento, talvez do ponto onde estava um dos *caddies*, um dos filhos de Albuquerque Santos que também conhecia a história da casinha de pedra e seu tesouro. Poderia ver como Philip envolveu as costas de Irma com o braço, como Binx Boiling reconfortando sua secretária. O enorme sorriso que abriu ante aqueles paspalhos enfurecidos. É um de nós, pensam eles, só está à nossa frente no campo. Me digam suas pontuações, pediu Philip aos jogadores. Eu as posso multiplicar antes que vocês consigam soltar uma bola ao chão. Estavam no décimo quinto buraco, e os números eram altos: 68 × 73 × 67 × 78.

25.941.864, disse-lhes Philip.

Como sabemos se você acertou?

A gente já vai ter caído fora desta merda quando vocês terminarem de calcular, disse Irma.

E a raiz quadrada é 5.093,3156, acrescentou Philip. Aproximadamente.

Então a levou até o pinheiro de Monterey, como Binx conduzindo Kate pela Loyola Avenue depois de terminado o Mardi Gras.

Eles se deram mal, disse Irma.

E um olhar triste cruzou o rosto de Philip quando se aproximaram da árvore, uma expressão fora de contexto, como se, de alguma forma, ele soubesse que não veriam o oceano quando chegassem ao alto do morro, apenas as profundezas nebulosas e purpúreas da capa daquela brochura.

QUATRO

Philip voltou à poltrona reclinável e novamente apanhou o *Teoria*, deixando-o no colo. Abriu-o na página marcada com o brinquedo chinês e enfiou o dedo indicador no tubo de palha. Leu a descrição de Irma da viagem noturna até Michoacán, de trem. Como ela poderia saber o que ele estivera pensando naquele trem, o que imaginara, o que sonhara? Usando a narrativa de Sylvia, Irma descreveu perfeitamente o sonho que ele tivera, o sonho em que, estando montada suavemente sobre ele, Irma se transformava em várias mulheres. Philip só mencionou o sonho uma única vez, sem detalhar muito. O último desenho das luzes vindas do trólebus cruzou o teto, o último retângulo carmesim.

Enquanto lia, Philip brincou, distraído, com o brinquedo chinês, enfiando agora os dois indicadores no tubo e puxando-os de leve. Os livros de Irma, os que ela encapara ou restaurara, sempre se mantinham abertos quando apoiados na mesa, eram cuidadosamente elaborados para que oferecessem suas páginas ao leitor, que poderia servir o seu drinque enquanto os lia, tricotar, manusear um brinquedo chinês. Philip viajou para o México com Irma, antes e depois de seu primeiro casamento. Tem uma equação aí, disse-lhe Rebecca mais tarde, quando se encontraram num bar em New Brunswick para beber e conversar sobre os filhos dela e sobre a esperança de que Philip pudesse manter sua amizade com Nicole e Sam. Na primeira vez em que visitaram o México, Philip e Irma tinham acabado de ser rejeitados por seus companheiros e passaram a maior parte do tempo nos arredores de Colima, explorando as velhas fazendas de café nas encostas dos vulcões e as ruínas intocadas no declive para o Pacífico. Viajaram como amigos, fiéis a um celibato que curaria as respectivas mágoas. Então, ainda no início da excursão, que duraria um mês, tomaram ponche de romã em Comala, um povoado nas montanhas. Fizeram sexo durante a sesta, imitando deliberadamente os movimentos e posições preferidos e detestados por seus antigos amantes. E depois deram um ao outro o que lhes fora negado pelos ex-parceiros. Só mais tarde, quando voltaram a Colima, o dono de uma cantina lhes contou do ponche de Comala e sua lenda. Os casais em lua-de-mel vão a Comala para tomar o ponche. E se comerem as sementes do fundo, é melhor reservarem o quarto mais próximo por três dias. Irma e Philip tinham comido as sementes embebidas em ponche. Todas as sestas depois daquilo foram muito bem aproveitadas.

— Já é a hora da sesta? — perguntava Irma, fitando-o por sobre uma mesa, uma ruína, uma exibição de cerâmicas, uma calçada, um chafariz.

Uma outra viagem pelo México os levou aos planaltos de Michoacán e às cidades coloniais espanholas de Morelia, Pátzcuaro e Uruapán. Não fizeram nenhum trato nessa viagem, mas concordaram em evitar, a princípio, quaisquer bebidas nativas. Irma adorou a biblioteca de Pátzcuaro, uma antiga catedral sem paredes internas nem cômodos — apenas prateleiras e mais prateleiras de livros e, nos recantos escuros, uns poucos artefatos do povo indígena *purépecha* e estranhas coleções de espécimes animais em frascos. As pessoas liam juntas nas mesas longas e estreitas que dividiam a biblioteca cavernosa. O sexo que Philip e Irma faziam em Michoacán era furtivo, inquieto, zeloso, dificultado por seus temperamentos contrastantes e definido por longas conversas, nas quais Irma falava a maior parte do tempo. Ela parou de correr com Philip pelas manhãs e passou a fumar charutos curtos e pretos vendidos numa tabacaria em Morelia. Ele a via falar e fumar, sentada nua na cama durante a sesta. Irma lhe falava de algum grande romance, de seus personagens, do que faziam e de como se pareciam a eles. Deixava que a fumaça lhe escapasse da boca.

Sylvia narra, quase ao final de *A teoria de Peter Navratil*: Eu sentia que ele me observava ao escalarmos o cone de cinzas até a borda do vulcão, quando eu guiava a caminhada pelas trilhas tortuosas. A superfície não passava de cinzas e pedras-pomes. Nossos pés e mãos afundavam muitos centímetros a cada passo, cada vez que nos apoiávamos e escalávamos. Eu sentia que ele me via estender e flexionar as pernas, calculando o primeiro e o último ângulo a cada novo impulso. Ele me observava por inteiro, a minha composição, e deve ter me visto, naquele ângulo íngreme de subida, marcada contra o céu azul da montanha. Acho que ali ele finalmente me reconheceu. Ali, logo abaixo da boca de um vulcão que cresceu e morreu ao longo de apenas trinta anos, ainda assim conseguindo sufocar dois vilarejos no caminho. Senti seu reconhecimento como um florescer súbito de suor, resfriado pelo ar da montanha.

Às vezes somos por demais como Port e Kit em *O céu que nos protege*, só que eu sou ele e você é ela, disse Irma a Philip, sentada nua na beira da cama, as pernas cruzadas como quem anota um ditado. Puxou a fumaça do charuto, e as cinzas lhe salpicaram os seios e coxas. Em Michoacán, ela parecia sempre querer alguma coisa de Philip. Não algo para si mesma, apenas algo que emergiria do interior de Philip, algo que ela pudesse testemunhar, mas não tomar. Certo dia Irma lhe disse, apagando o charuto no cinzeiro: Você vai ler todos estes livros, Pip. E então você vai saber tudo.

Os indicadores de Philip estavam presos no brinquedo de palha. Tentou separá-los, mas as entradas do tubo se estreitaram ainda mais. Quando puxou os dedos mais uma vez, esticando a trama do tubo, sete números se revelaram entre os minúsculos trapezóides de palha: 339-9613. O telefone de Vespa. Quando conseguiu livrar as mãos do brinquedo — é preciso entrar para poder sair —, telefonou para ela. Só depois de digitar o número, enquanto escutava o toque, pensou que já era bem tarde. Ele apenas respondeu ao número, usou-o porque o descobriu, seguiu-o porque isso é o que fazemos com números descobertos. Ela atendeu antes que Philip pudesse desligar o telefone.

— Sou eu — explicou Philip. — Da casa de shows. Fiquei com o seu brinquedo chinês.

— Ah, sim — respondeu a moça. — Borges. Que legal. Acho que vi você correndo pelo rio outro dia. Quase tentei parar e conversar. Você corre rápido.

— Meus pais eram corredores.

— Entendo.

Lucia, era como se chamava a moça, que pronunciava o nome com suavidade. Philip concordou em encontrá-la à noite no bar do Hotel Latham, na South Street. Trocou a camisa, mas ficou com as calças *mariachi*. A primavera desaparecera novamente, e uma chuva fina e gelada molhava as calçadas e prédios do centro da cidade. Mas as multidões da madrugada da South Street ainda empurravam, talvez um pouco mais calmas, precavidas contra o tempo, embora quiçá também um pouco mais inquietas em virtude da chuva e do fato de estarem nela. Philip também sentia aquela inquietude, a água como um anúncio de possibilidades e do desconhecido. Ao se aproximar do Hotel Latham, tirou o gorro de lã e deixou que a mistura esparsa de gelo e garoa lhe umedecesse o cabelo e lhe enchesse o rosto de gotas.

O bar do hotel era escuro, espaçoso e vazio. O jovem atendente parecia contente em vê-lo ali. Philip pediu um trago de *bourbon* para se aquecer e um outro puro, de melhor qualidade, para degustar devagar. Tirou as roupas de inverno, empilhando seu odor úmido no banquinho ao lado. À sua frente havia um pôster gigante, que ocupava todo o espaço do chão até o teto e trazia o desenho de um *brewmeister*, um mestre-cervejeiro, em laranja, preto e branco. O alegre cervejeiro carregava uma bandeja de canecos com uma mão; com a outra, despejava na boca o conteúdo de um deles. Debaixo do pôster, o atendente se ocupava de ordenar os copos dos coquetéis, enchendo as bandejas com fatias de limões e cerejas e depois cortando habilmente cascas de lima de modo que formassem delicados cachos amarelos, como se esperasse, tarde da noite, a chegada de uma multidão. Olhava de relance para Philip e seus copos, ansioso por saber se o *bourbon* se mostrava satisfatório. Incitado, Philip tomou o trago, sorriu e acenou com a cabeça.

Lucia entrou. Usava um vestido leve, sem mangas e talvez laranja, e um par de sapatilhas que ressoavam de leve a cada passo. Não trazia nenhum casaco, chapéu ou bolsa. Tinha os braços livres e caminhava com as mãos à frente da cintura, as pontas dos dedos juntas, como se revirasse uma moeda. Isso mantinha seus cotovelos num ângulo curioso. Avançou diretamente na direção de Philip; seu passo não tinha nenhuma timidez ou reflexão. Ao chegar mais perto, sorriu. Sua pele parecia mais escura que na memória de Philip. Levantou um dedo para chamar o atendente, incumbindo-o silenciosamente da tarefa de lhe preparar um drinque. Philip ficou em pé para cumprimentá-la.

Lucia levantou uma sobrancelha ao ver os dois copos à frente dele e sorriu com um dos lados da boca.

— Está frio lá fora — explicou Philip.

Lucia tomou seu lugar no balcão, cruzando as pernas e puxando a barra do vestido até a ponta do joelho. Apoiou o cotovelo sobre o balcão, dobrou o pulso e esperou até que o atendente pusesse a bebida sob seus dedos ansiosos.

— Você é a dona deste hotel? — perguntou Philip.

— Estou morando aqui há quase um mês — explicou. Ela vivia em hotéis como aquele, mudando-se de tantos em tantos meses, em diferentes partes do mundo. O Latham era perfeito para ela: um hotel pequeno e independente no centro de uma cidade. Lucia traduzia livros do português e do espanhol. Podia fazer aquilo de qualquer lugar, portanto escolhia qualquer lugar. Estava naquele momento terminando um texto em espanhol sobre engenharia de materiais. As ciências exatas pagam mais, de longe, contou-lhe. Geralmente escolhia uma cidade por tradução, alugava motonetas para se locomover, mostrava aos garçons locais como preparar seus drinques. Precisava apenas do laptop e de uma biblioteca universitária próxima, para o caso de que precisasse pesquisar alguma referência obscura ou resolver dúvidas com um professor. Sua cidade preferida era Sevilha.

— Não ganho muito dinheiro — contou-lhe. — Mas não tenho muitas coisas. Não quero muitas coisas.

— E quanto aos amigos? — perguntou Philip.

— Engraçado — disse Lucia. — A maior parte das pessoas pergunta primeiro sobre o dinheiro. Não chegam à amizade.

— Acabei de perceber — respondeu Philip — que eu poderia viver como você. A partir de agora. Mas e quanto aos amigos e às pessoas na sua vida?

— Tenho muitos amigos. Bons amigos. Eles gostam de mim porque não estou por perto por muito tempo. E quando estou por perto, sempre estou ansiosa para fazer alguma coisa com eles, estar com eles. Eles se divertem me rastreando.

— Onde você esteve antes da Filadélfia?

— Na Córsega. — Fez um círculo com as mãos. — É uma ilha.

— Ajaccio?

— Corte — respondeu. — A universidade fica ali. Já foi?

— Ajudei a procurar livros num forte.

Lucia bebericou do drinque, que parecia um copo alto de água gelada.

— Talvez fosse mais fácil na biblioteca. Você falou que poderia viver como eu. O que é que você faz? Além de procurar livros em lugares estranhos...

— Você entende a matemática? — perguntou Philip.

— Matemática?

— Você falou que estava traduzindo engenharia de materiais.

— Ah. Eu só copio e colo as equações e fórmulas. Não faço idéia do que signifiquem. Mas posso explicar o que você quiser sobre a vibração de estruturas cristalinas. Tirando a parte da matemática.

— Eu sei tudo sobre a vibração de estruturas cristalinas — respondeu Philip.

— Você é físico?

— Não — disse Philip. — Eu faço a matemática das coisas. Toda a parte que você copia e cola. Isso que você trata com tanta frieza e desconhecimento sou eu.

— A gente faria um bom time — disse Lucia.

Philip a viu tomar um gole da bebida, de perfil. Procurou a mecha clara em seu cabelo negro; a princípio não a encontrou, depois viu que estava por baixo, presa com um elástico simples, mas que combinava com o vestido. Ela dizia a maior parte das palavras sem olhar para ele, depois o fitava ao pronunciar a última frase ou palavra, do mesmo modo que Sefi no Borges e Feli no manuscrito de Irma.

— Tenho uma amiga que traduz — contou Philip. — Ela faz livros, também.

— Como assim, faz livros?

— Escreve os livros, e depois ela mesma os encaderna. São incríveis. Lindos. Você talvez a conheça. Vocês duas viajam pelos mesmos círculos, da mesma maneira. Ela traduz do português e do espanhol. O nome dela é Irma. Irma Arcuri.

Lucia fez que não.

— Não conheço ninguém que faça livros. Quem me dera. Só lido com pessoas que *vendem* livros.

— Acho que você a conhece, sim.

A matemática o conduzia, como sempre, e ele não parou de pensar fora dessa linguagem. O vestido leve, a mecha de cabelo, Sevilha, o modo de falar, sua semelhança nos livros de Irma — *ela*. Na matemática, seria incoerente não buscar uma conexão entre essas fortes impressões dentro do denominador comum que era ela.

Lucia franziu a testa, pensativa, e balançou a cabeça.

— Não, tenho certeza de que não conheço ninguém assim.

Philip não acreditou nela. Porém, não queria correr o risco de afastá-la, por isso se distraiu imaginando-se com ela na capa de uma das brochuras de Irma. Sem exageros, sem sequer muita elaboração, ela possuía curvas e determinação o bastante para habitar uma daquelas capas. Bastava uma porta aberta para deixar entrar a brisa da noite que lhe ergueria o cabelo negro em pequenas ondulações e assopraria aquele vestido fino, demarcando suas curvas. Ela talvez erguesse um ombro, sedutora, mas do resto emanaria uma inimizade ante o matemático parado sobre ela, embora claramente à sua mercê. Para resolver o teorema, ele precisava da fórmula que só ela possuía.

— Mas a paranóia cai bem em você — disse Lucia. — Minha mãe emigrou do Brasil — contou-lhe. — Os antepassados do meu pai vieram no *Mayflower*. Ele é de Trenton. Eu sou de Trenton e, sabe, não são muitas as pessoas que confessariam isso. Elas diriam "Nova Jersey", ou "daquela região", ou "perto de Nova York". Esse é meu preferido. Qualquer pessoa que diga que é de perto de Nova York é de Trenton. — Abriu os braços para Philip. — Sou de Trenton. Não há por que temer.

— "Trenton Faz" — disse Philip, citando o cartaz na ponte que levava à cidade.

— "O Mundo Recebe." Isso praticamente me define — disse Lucia, dirigindo-se ao espelho atrás do bar, virando-se depois de uma pausa para encará-lo.

— Esse seu jeito de falar — disse Philip. — De onde você tirou isso?

— O quê? Isso de falar e depois olhar? — disse Lucia. — Acho que vem da tradução.

— Você falava assim antes de começar a traduzir?

— Eu sempre traduzi. A língua natal da minha mãe é o português. — Terminou a bebida, esvaziando o copo alto e deixando o gelo deslizar para os lábios. Então equilibrou o copo no joelho. — É fácil perceber que você é matemático. Eu quase escuto as equações nas suas palavras e perguntas. O que se encaixa. O que se aplica. O que equivale.

— Não é possível que você já saiba isso ao meu respeito.

Ela se abriu novamente para ele. Virou-se no banco, pôs uma mão no quadril, o cotovelo para fora, os ombros retos.

— Que suspeita é essa que você tem? Acha que eu andei seguindo você, observando? Ou que eu fui enviada? — Levantou o pé e apontou uma sapatilha, apreciando-a. — Espero que seja a última opção.

O quarto de Lucia no hotel era pequeno, coberto por um papel de parede com flores no estilo vitoriano. Ela havia removido as cortinas e a colcha, que estavam dobradas e empilhadas num canto. As duas estão cobertas com as mesmas flores, explicou. Tudo tem um limite. Sobre uma mesinha num dos cantos do quarto estava seu laptop, uma grande xícara de café e o texto sobre engenharia de materiais que ela estava traduzindo. Lucia reduziu as luzes e mexeu no laptop, que começou a tocar um fado suave, um meio-soprano cantando acompanhado de acordeom e violão.

— Irma ouve fado — disse Philip.

— Hum, como tantas outras pessoas. — Caminhou até a janela, que tinha as cortinas abertas. O hotel baixo estava aninhado em meio aos arranha-céus do centro da cidade. Philip se pôs ao seu lado, olhando a paisagem com ela. Os edifícios altos do outro lado da rua lhes enchiam a visão. Mesmo àquela hora da noite havia várias luzes acesas, espalhadas pela grade de janelas.

— Tem sempre alguém acordado em algum lugar — comentou Lucia. — Espero que tenham telescópios.

Tirou o vestido, deixando-o escorregar pelos ombros. Nua, aproximou-se ainda mais da janela, as luzes da cidade em seu corpo.

— Agora você — falou, fitando a cidade, observando as janelas acesas do prédio alto em frente.

Philip se despiu em frente à janela, sem nenhum constrangimento. Antes de cumprir quarenta anos, jamais teria feito aquilo. Mas essa perda de constrangimento era um acontecimento característico de sua idade, e não se limitava à perda da inibição. Aquilo representava, Philip sabia, uma triste revelação. As pessoas não estavam nem aí. Talvez se sentissem inicialmente chocadas, repelidas, excitadas, irritadas, empolgadas, até mesmo compreendidas. Porém, rapidamente acabavam sem nenhuma preocupação real com o outro, divididas dele pela lente voyeurística, que talvez lhes desse uma sensação de poder. Ao se dar conta disso, sentiu que havia adquirido um conhecimento singelo. Suspeitava que

Lucia tivesse se dado conta disso ainda nova, buscando desafiar ou até mesmo refutar as pessoas que buscavam conforto e poder por trás daquilo. Lucia rangia os dentes para elas.

Ainda olhando pela janela, agarrou o membro ereto de Philip.

— Naquela noite, na minha moto, estava pelo menos tão duro quanto agora.

— Desculpe — respondeu Philip. — Ele fala por si mesmo. — Philip olhou para a mão que Lucia mantinha nele. Notou que ela ainda estava calçando as sapatilhas. Isso o levantou ainda mais e Lucia riu baixo, mas o agarrou com mais firmeza.

— Quer saber uma coisa que eu realmente entendo da matemática que copio e colo? — Lucia o observou tentando responder enquanto ela o puxava com mais força. — Qual é o problema? O gato comeu sua língua?

Philip se concentrou no fado, o controle delicado do meio-soprano, quase um pranto.

— O que entendo da matemática é que os matemáticos e físicos não chegam nem perto de ser as pessoas claras, frias e racionais que as pessoas imaginam. Que eu imaginei um dia. — Lucia parou de mover a mão, mas não o soltou. — Vocês são tão obscuros quanto o resto de nós. Mais, até. Tantos *is* e *es*. E πs.

Philip se virou de frente para ela e a agarrou suavemente pelo pulso, afastando a mão que o agarrava. Apoiou delicadamente as mãos nos ombros de Lucia e a conduziu de costas até a cama. A luz cinzenta da cidade ainda os acertava ali. Sentou-a na beira da cama e se ajoelhou no chão. Afastou os joelhos de Lucia, que manteve os lábios abertos, os dentes fechados numa mordida delicada.

— *i*, *e* e π são mistérios infinitos com... com posições exatas — disse Philip. Pôs então o rosto entre as pernas de Lucia e a tocou apenas com a ponta da língua. Sentiu que ela se inclinava para trás. Moveu a língua segundo seus gemidos e expirações. Lucia levantou seus joelhos e soltou um silvo entre os dentes trincados. Philip deslizou os dedos por baixo das sapatilhas e lhe envolveu as solas dos pés. Isso a fez gemer ainda mais alto. Ele continuou, sem parar. A princípio, pareceu-lhe trabalhoso, concentrando-se nos sons que ela emitia e na posição e movimento da língua e dos dedos, que entrelaçou entre os dedos dos pés de Lucia. Mas depois aquilo se tornou a melhor coisa que poderia estar fazendo, e Lucia quis que ele soubesse disso. A cada novo movimento que fazia com a língua, os lábios ou os dedos, ela emitia sons e movimentos mais profundos.

— De novo — dizia ela, às vezes.

Temo que você esteja contando os meus orgasmos aí embaixo, disse-lhe Irma uma vez, durante a viagem por Michoacán. Ela fumava um charuto preto enquanto Philip lhe segurava as coxas. Você sabe que são impossíveis de contar, não é mesmo? Porque muitas vezes um deles anula o anterior. Às vezes cinco se tornam um, e então esse um floresce em sete.

Lucia apoiou os pés nos ombros de Philip e finalmente o afastou. Levou o punho à testa e piscou os olhos, levantando-se então da cama. Passou por ele, que se manteve ajoelhado no chão. A panturrilha de Lucia roçou seu pênis ereto. Ela caminhou novamente até a janela, então se inclinou para a frente e apoiou as mãos no vidro, dispôs as pernas num ângulo firme. Olhou para Philip por sobre o ombro e esperou. As curvas úmidas de seus ombros, dos músculos das costas e das coxas refletiam as luzes da cidade. Ao se aproximar dela, Philip pôde ver silhuetas nas janelas do prédio alto em frente.

— Assim vamos quebrar o vidro — sussurrou Philip.

— Ele agüenta — garantiu Lucia. — Vamos logo.

Impelindo-se para dentro dela, Philip agarrou os tendões de seus quadris, segurando-a junto a si, acreditando que poderia ditar o passo. Mas Lucia flexionou algo lá dentro, agarrando-o suavemente na ponta de seu empuxo, algo aprendido e sincronizado. Algo que ela também sentia. Philip percebeu isso. Podia ouvi-la, estalidos suaves em sua garganta, como que libertando algo ali. Lucia ficou na ponta dos pés e empurrou o vidro para lançar Philip ainda mais para dentro dela. Ele sentiu como se fosse atravessá-la, chegando à parede de luzes do outro lado da janela. No arroubo crescente de prazer, aquela aceleração audível, imaginou que o vidro se encurvava para fora. Lucia levantou o rosto para ver a vista e Philip viu o pulsar de sua respiração, que embaçava a janela. Ela grunhiu para conter e controlar a voz.

— Vamos pra longe, Philip.

D E MANHÃ, ACORDOU com vontade de correr. Ficou deitado de lado, de frente para a janela sem cortinas e sua luz cinzenta. Pôde ver as marcas deixadas pelas mãos de Lucia no vidro. Sua calça *mariachi*, camisa social e botas estavam empilhadas no chão sob a janela. Não poderia correr com aquelas botas. Nesses hotéis, basta pedir o que se deseja. Ainda reclinado na cama, ligou para a recepção — falando baixo para não acordar Lucia — e perguntou se, por acaso, não teriam roupas de moletom e um par de tênis para lhe emprestar. Sentiu o braço de Lucia, que se esticou ao lado do seu e lhe agarrou de leve o punho para interromper a chamada. Não se preocupe, disse Lucia. Eu tenho alguma roupa que você pode usar. No canto direito do armário, embaixo. Apontou para lá e jogou o cabelo para trás, recolhendo-o no alto da cabeça. Olhou-o de relance. Quer se alongar antes?

Vestindo roupas de tenista felpudas na cor vinho e tênis impecavelmente brancos, correu por três quilômetros, seguindo a South Street rumo ao Delaware. Os pedestres caminhavam desanimados para o trabalho, obviamente irritados com Philip e a liberdade de seus trajes. Cansou-se rapidamente e parou para tomar um café, que lhe deu energias para mais oito quilômetros ao longo do rio. Os tênis emprestados lhe deram bolhas nos dedos e calcanhares, mas a corrida, ganhar velocidade no ar frio e úmido, estava boa demais para que ele parasse. A roupa felpuda tinha vestígios de uma colônia cara, um aroma que lembrava casca de melão.

Em Sevilha, Philip corria quase todas as manhãs com Irma, a menos que ela estivesse explorando alguma outra parte da Espanha. Deixava Beatrice em seu profundo sono matinal e tentava vencer o sol andaluz. Philip e Irma geralmente corriam pela esplanada sobre o Guadalquivir, passando pela torre moura, as três pontes, a praça de touros, a Plaza de Armas. Nas praças de pedra calçada logo acima do rio via-se sempre a sujeira das festas da noite anterior, e os varredores removiam as garrafas e guardanapos com vassouras largas. Uns poucos espanhóis, ainda vestidos para a noite, arrastavam-se para o trabalho, ou finalmente de volta para casa, só para dormir. Não era raro passar por grupos que voltavam lentamente de uma festa de casamento, apanhados de súbito na luz do sol, piscando e começando a suar em seus *smokings* e vestidos longos enquanto se decidiam sobre um mergulho coletivo no rio. Correndo do rio ao Barrio Santa Cruz, Philip e Irma encurtavam e aceleravam as passadas para avançar pelas calçadas repletas de pedestres.

— A Beatrice acha que estamos trepando? — perguntou Irma uma vez.

Fez uma curva e entrou no parque Maria Luisa — era isso que Irma fazia quando precisava correr mais. O parque oferecia um grande labirinto de jardins, pátios, praças, lagoas, alamedas e bosques, todos muito bem sombreados por árvores e conectados por caminhos e trilhas de terra. Philip praticava ali sua corrida com obstáculos, saltando bancos mouros do século IX e pequenos chafarizes que mal se erguiam sobre a terra socada, ou então contornava um círculo de sapos de porcelana do tamanho de crianças. Philip a acompanhava, era o que preferia fazer durante aquelas corridas, sempre que Irma se desviava do trajeto esperado e o deixava pensando sozinho, ou com ela. Se a acompanhasse, porém, sabia que seria um desafio, era quase certo que teria problemas, tanto físicos como emocionais.

— Não — respondeu, na esperança de que ela reduzisse o passo. — Mas acho que ela tem ciúme de alguma outra coisa. Ligada a você.

Irma desacelerou um pouco, escutando.

— Amor, união, eternidade, filhos, construir um lar, envelhecer — disse Philip, eliminando todas as palavras desnecessárias para não perder o fôlego.

— Ela não entende por que não me preocupo, ou não nos preocupamos, com essas coisas? — perguntou Irma, desacelerando um pouco mais.

— Algo assim — respondeu Philip. Engoliu saliva e olhou à frente, onde havia um chafariz longo e raso. Estendia-se por cinqüenta metros, não passava de um retângulo estreito coberto por arcos de água que o ladeavam.

— Foi por isso que ela se casou com você?

— Acho que sim.

— Para ter essa percepção com você? Ou para extrair isso de você?

— Um dos dois — respondeu Philip.

— Mas por que *você* se casou com *Beatrice*? Por que se casou com Rebecca? Por que você se casa, Pip?

Philip reduziu o passo, esperando que ela continuasse em seu ritmo próprio. Irma também reduziu o passo, acompanhando-o. O sol de Sevilha já havia atingido uma altura escaldante, mesmo com as sombras da manhã ainda longas. Estavam na trilha de terra, já longe das árvores, avançando em direção ao chafariz comprido. Pelos caminhos sombreados caminhavam espanhóis vestindo camisas brancas, mas com alguma noção do dia, aquele dia único num lugar único composto de uma centena de ambientes distintos para contemplação.

— Você tem os seus livros, Irma. Os que você faz, os que restaura. Você lhes dá existência ou lhes restaura a vida, e são belos.

— São ilusões, Pip.

— Mas o ato de criá-los não vale a pena, de qualquer maneira?

— Qual é a sua equação para isso? — perguntou Irma.

— Você quer mesmo saber?

Irma ficou calada, e os dois iniciaram uma arrancada forte até o chafariz. Philip sentiu a expressão de Irma, o recuo aritmético de uma criança.

— Foi o que pensei — disse Philip.

— Então, eu construo as minhas ilusões — disse Irma. — E você se une às suas?

Apostam uma corrida até a água. Pombos cinza e brancos debandam à frente deles, levantando poeira. A água tem uns poucos centímetros de profundidade, o que permite que corram dentro dela como numa corrida com obstáculos. Um túnel de água se arqueia acima deles e o sol se divide em milhares de soizinhos ínfimos. Philip precisa se agachar um pouquinho para correr ali, para caber no arco. Isso permite que Irma veja a expressão em seu rosto, o que a faz perder a meia passada que acaba por lhe custar a corrida. O rosto de Philip, franzido pela água, o sol e o cansaço, é sincero — a um ponto infantil, a um ponto de carência. Ele é o protagonista da vida de Irma, e não há nada que ela possa fazer para apagar ou impedir esse fato.

CINCO

O PLANO DE PHILIP E LUCIA era comerem juntos o mais simples dos jantares, para começarem a mostrar um ao outro suas respectivas versões da cidade. Porém, desde o início, a equação simples cresceu exponencialmente. Para mostrar a Philip sua versão da cidade, Lucia escolheu o que talvez fosse seu restaurante preferido na época, uma pequena *taquería* na South Street chamada O Baseado. Essa escolha não escapava completamente às leis da probabilidade. O lugar era inteiramente despojado. Os pedidos eram feitos no balcão, toda a comida era cozinhada atrás do caixa pelos funcionários que anotavam o pedido e conversavam em espanhol; todas as bebidas custavam o mesmo preço, bastava apanhá-las no refrigerador — cerveja, vinho, refrigerante, suco, chá — e conseguir uma mesa na parede lateral ou nos fundos. Da parede lateral, via-se a South Street. Nos fundos, ficava-se isolado de tudo. O salão dos fundos estava inacabado — havia canos expostos, tijolos à vista nas paredes e piso.

A *taquería* supria as necessidades de Lucia: barata, boa, um pouco exótica, mas mesmo assim com a cara da Filadélfia, e ela ainda tinha a opção de ser vista ou de se esconder. O nome se devia ao formato do prato típico da casa, um *burrito* envolto em papel-alumínio, com as pontas enroscadas. Mas a Filadélfia, contando apenas o centro da cidade, tinha ao menos vinte lugares que se encaixavam nesses critérios. Só na South Street havia cinco. Portanto, a chance de que o lugar escolhido por Lucia fosse o mesmo que o de Philip, ainda que estivesse perfeitamente dentro das leis da probabilidade, era grande o suficiente para despertar suspeitas.

A equação permaneceu simples, mas divergente. Se, de alguma forma, ela já soubesse algo a respeito de Philip, então a escolha de O Baseado representava um excesso de confiança intencional da parte dela. Uma jogada com o objetivo de distrair o matemático. Basta pensar como Philip. É aí que a equação diverge — pois as equações podem divergir e depois se reencontrar. O excesso de confiança, a escolha de O Baseado, poderia indicar uma simples inocência. Nenhum jogador inteligente cometeria tamanho excesso, a não ser que fosse completamente inocente. Aquilo também poderia indicar uma audácia com o objetivo de enfraquecer a posição de Philip ao amplificar a intriga e a paranóia. Ou então — e a motivação para isto, M, permanece obscura para ele — poderia representar uma tentativa eficaz de distraí-lo, dirigindo o matemático por caminhos divergentes da mesma equação. A equação de Lucia. Ela sabe alguma coisa sobre vibração de estruturas cristalinas.

No caminho para encontrá-la, Philip levou consigo o grande Cervantes amarelo, como uma espécie de talismã contra o desejo físico. Como poderia ele saber que aquilo teria o efeito oposto? Ele não era um homem das letras, e ainda assim tinha que lê-lo. Estava vestindo um longo sobretudo felpudo, e puxou a gola para cima para se proteger do vento do rio e da noite fria. Se você o visse passando pelos velhos edifícios de granito do museu Mutter e da Faculdade de Medicina, com seu longo sobretudo verde e o grande livro amarelo numa noite fria de primavera, imaginaria que, de alguma forma, ele *pertencia* àqueles edifícios. A menos que percebesse que o livro era Cervantes, e não algum livro antigo sobre a identificação e tratamento de objetos engolidos. E saberia que, no caminho para encontrar Lucia no Hotel Latham, ele se desviou consideravelmente do caminho mais direto para vagar por aqueles edifícios, que adorava.

Depois de comerem, sentados na parede lateral do restaurante, de onde podiam ver o fluxo de jovens negros que passava pela South Street, Philip e Lucia levaram algumas cervejas ao salão dos fundos. O lugar estava vazio, a não ser por um grupo de quatro garotas da universidade que bebiam garrafinhas de Chianti e mostravam umas às outras as fotografias em seus celulares. Philip carregou o Cervantes e o soltou pesadamente sobre a mesa. A mesinha vacilou com o peso do tomo. Lucia apontou para o livro enquanto se sentava.

— Posso?

Philip o empurrou na direção dela. Lucia acariciou o couro amarelo, as ondulações suaves. Brincou com a capa dura, ricocheteando-a entre os dedos, depois analisou compenetradamente as folhas de rosto.

— Onde você conseguiu esta edição?
— Foi um presente de Irma. Ela me deixou os livros dela.
— Deixou? — Lucia o fitou tendenciosamente.
— Ela desistiu — disse Philip.
— De ler ou escrever?
— De tudo — explicou Philip.
— É possível alguém fazer isso? Desistir de tudo? — Lucia falou olhando para as páginas do Cervantes. E não levantou o olhar logo depois, como geralmente fazia. Continuou a fitar as páginas, esperando até que a resposta viesse. Só levantou os olhos um pouco depois, reflexiva.

— Ainda estou tentando descobrir — disse Philip. — O que ela quer dizer com isso. Será que ela realmente pode fazer uma coisa dessas? Eu também já desisti de algumas coisas. De tentar acompanhar. Mas não sou tão corajoso quanto ela, nem um pouco. Estou como que tentando desistir, mas sem desistir realmente. Eu poderia explicar isso melhor com matemática. Na matemática usamos equações experimentais para sondar a superfície de uma operação mais ampla. É uma maneira de entrar na operação de alguém sem afetá-la. E você pode reverter o processo a qualquer momento.

— Para não se perder nela? — perguntou Lucia. — E destruir a operação? Como Teseu e seu novelo de lã?

— Algo assim.

— Você alguma vez já se viu perdido dentro de uma operação? — Com um olhar logo abaixo das palavras, Lucia fez com que isso soasse mais como um chamado do que como uma pergunta, uma ênfase rouca no *perdido*.

— Nesta operação — disse Philip — eu sei que me perderia. Se a seguisse longe demais, com muita pressa.

— Você não parece preocupado. Com a idéia de se perder.

— Mas estou — disse Philip. — Eu leio os livros de Irma para encontrar conforto, entendimento, direção. Mas o efeito que causam é sempre o oposto.

Lucia abriu os lábios, mastigando a língua pensativamente, e lhe lançou um olhar ao mesmo tempo misantropo e inclusivo. Como se ela sempre tivesse acesso a um lugar aonde ninguém podia ir.

— O seu erro é ver a coisa como uma operação. Como um novelo de lã. Quando você se perde em outra vida, no labirinto de outra vida, isso não se limita a novelos e operações. É um ato. Um ato físico, que põe em risco o seu corpo, até a medula. Mas mesmo um pequeno mergulho no labirinto é capaz de lhe dar a vida. Quando Teseu retorna, ele e Ariadne se lançam nele, você não acha?

— Antes mesmo de percorrer todo o caminho de volta — disse Philip. — Em algum lugar nas paredes externas. Onde ela o espera.

Lucia fez que sim enquanto examinava as páginas do *Quixote*, como se compreendesse. Mas então as páginas pareceram deixá-la perplexa. Prendeu o cabelo atrás da orelha e se inclinou sobre o livro. Philip poderia perceber que Lucia estava acostumada a fazer esse movimento, deixar cair o cabelo, um modo de começar seu trabalho.

— Não tem nenhum tradutor — falou, fitando a página, depois olhando para Philip de relance. — Na verdade, nem os créditos nem o copyright parecem corretos.

— É um livro velho. Essas coisas não ficam todas confusas? Ao longo dos séculos? Depois de tantas edições?

Lucia fez que não.

— Se tem uma coisa que não se confunde ao longo dos séculos, é essa. Não quando há dinheiro envolvido.

Lucia esquadrinhou outra vez as folhas de rosto, o copyright e os créditos, passando as páginas para a frente e para trás, curvando-as ante os olhos. Separou os lábios e relaxou as pálpebras, a luz fraca se refletia na curvatura de seus cílios escuros. Deixou que o livro se abrisse sozinho, baixando delicadamente as capas com as pontas dos dedos. Sorriu ao ver como o peso e o equilíbrio do livro faziam com que as páginas se separassem. Acariciou o papel, cruzando a página em diagonal, depois a seguinte.

— Ela acreditava que os livros não devem precisar de mãos — disse Philip.

— O sonho de um tradutor — disse Lucia.

Philip se esticou sobre a mesa e pôs a mão no meio do texto, como se a mergulhasse numa piscina.

— Você já leu esse livro? — perguntou.

— Em português, veja só!, para uma aula de tradução muito tempo atrás. — Cobriu as mãos de Philip com as dela, deslizando as pontas dos dedos pelas cúspides dos ossos do metacarpo de Philip, entre seus dedos. Ele conhecia a anatomia do metacarpo porque, em *Deslize*, um pintor fotorrealista se apaixona pelas mãos de uma pianista enquanto ela toca a "Tzigane" de Ravel. Lucia pressionou cada cúspide, uma de cada vez, em ordem, como se tocasse escalas. Com a borda do polegar, acariciou a curva do polegar de Philip.

— Mergulhar no labirinto — falou Lucia — tem um preço.

— O escurecimento dos nossos corações.

— Corações, não. Almas. Você acha que estou brincando? — Lucia pressionou a mão de Philip firmemente contra o livro, o polegar de Philip metido no sulco frio e macio. — Isso existe até mesmo aqui. Nesta história existem mulheres absolutamente lindas, mulheres fortes, cujas almas se tornam escuras como o ônus pelas emoções que vivem, pelas expressões arriscadas de sua beleza. Por seus atos. Mas na queda da Espanha de Cervantes, uma leve escuridão na alma é perdoada, omitida, desapercebida, até. Por algum tempo.

Philip sentia o calor da palma da mão de Lucia nas costas da sua, e sentia o papel frio como mármore.

— Você sabe onde é a Ionic Street? — perguntou Lucia, e depois olhou para ele.

Philip fez que sim, mas a fitou intrigado.

— Passe por lá.

— Não tem nada lá — respondeu Philip. — Quase não chega a ser uma rua.

— Passe por lá. — Lucia o olhou de relance e depois acenou com a cabeça, indicando que fosse embora. — E não vá esquecer o seu livro. — Tomou um gole da cerveja enquanto ele se levantava da mesa, equilibrando a garrafa com dedos leves, seus lábios tocando suavemente o vidro. As meninas da universidade ergueram as sobrancelhas, juntas, ao vê-lo passar.

Durante uma de suas primeiras corridas noturnas na Filadélfia, logo depois de se casar com Beatrice, Philip descobriu a Ionic Street. Entrou nela porque era estreita demais para os carros. Não passava de uma travessa de tijolos à vista, e Philip conseguia tocar as duas paredes com os dedos enquanto corria por sua escuridão, de asas abertas. Mas pôde deduzir imediatamente que ela se uniria a algum ponto do rio. Uma brisa fria, trazendo o cheiro de metal e água do Delaware, soprava entre os tijolos. A travessa se tornou mais negra, pareceu chegar a um beco sem saída, comprimiu-se, mas então formou um ângulo fechado em direção a uma abertura que o levou a uma paisagem abrupta dos píeres e de duas cidades inteiras refletidas como luzes na água.

Os velhos tijolos, banhados em séculos de fumaça, respiração, suor e sangue, pareciam aquecer o ar. Estavam empilhados ao longo de três andares em ambos os lados e pareciam se inclinar uns sobre os outros na escuridão. Nenhuma porta se abria para a Ionic Street. A rua já não tinha nenhuma finalidade. Depois de percorrer a metade do caminho, Philip apoiou as escápulas nos tijolos e olhou para a fenda castanha de céu noturno sobre sua cabeça. Uma lufada vinda do rio, mais quente que o ar, soprou pela travessa e depois se aquietou. Os sons dos pedestres reverberavam pela abertura estreita que dava para a Second Street, fragmentos de risadas, conversas e saltos de sapatos golpeando o chão. A voz dela veio da outra direção, onde estava escuro, mas de onde emanava a brisa saborosa. Larga a droga do livro. Philip o pôs no chão, ela o abriu e se ajoelhou em suas páginas macias. Abriu o zíper da calça de Philip, buscou-o com os dedos frios e riu baixo ao ver como ele respondia rápido. Teve dificuldade em livrar seu membro ereto da calça, mas chupou-o imediatamente com um vigor que o suspendeu contra os tijolos, como um navio jogado em direção à costa. Ela tinha os lábios frios, a língua morna. Emitia um som grave, uma vibração que o atravessava. A luz de uma lanterna surgiu da Second Street. Encontrou o rosto de Philip, depois desceu até ela, onde se manteve por um momento antes de desaparecer nos passos e palavras de alguém que pedia informações. Ela não parou nem por um momento. Tinha os lábios frios, a boca morna, a garganta quente. Girou a base de seu pênis com os dedos. Parou com os lábios e a língua bem na ponta. Inspirou como se fosse deixá-lo ali, inacabado. Depois engoliu-o novamente, prendendo-o com força, usando os dentes. Philip se inclinou para a frente, depois para trás, pressionando dolorosamente os ombros nos tijolos, e rugiu sem controle. Sentiu um ardor na garganta ao erguer seus ruídos rumo à fissura no céu.

A seus pés, ela sumiu por um momento, como houvesse desaparecido no escuro sem sequer se levantar. O livro estava aberto no chão da travessa. Então ela surgiu de repente ao lado de Philip, o ombro apoiado na parede, sorrindo.

O seu apartamento fica mais perto, resolveu ela. Caminharam de braços dados, do modo como andavam mães e filhas nos passeios noturnos de Michoacán. O Cervantes servia como um contrapeso, apoiado no quadril de Philip. Lucia, como uma turista, fitava a passagem dos edifícios. Beijou-o como uma amante em frente aos portões fechados da Bolsa. Ao chegarem ao quarto de Philip, ela o levou imediatamente para a cama. Mais uma vez se sentiu jogado em direção à costa, a onda suspensa sobre a areia. Lucia montou nele enquanto tirava o casaco e a blusa, os seios arrepiados balançaram quando libertados. Abriu o casaco e a camisa de Philip, arrancando-os, depois agarrou-lhe os bolsos da calça jeans. Philip a tocou nos braços. Não é melhor irmos devagar desta vez? Ela fez que não com os lábios entreabertos, o cabelo escuro lhe caía à frente. Depois desta podemos ir devagar. Abaixou a calça de Philip, queimando-lhe a pele por causa da força e rapidez.

Philip a viu sob a primeira luz da manhã, ainda deitado no fundo dos lençóis. Lucia examinava a biblioteca, passando os dedos pelas lombadas, as únicas cores reais naquela luz corroída. Estava nua em frente aos livros, o cabelo preso no alto, a solitária mecha branca lhe sobressaía da nuca. Ante os olhos pesados de Philip, ela parecia hesitante em frente aos livros, como se estivesse se exibindo para eles, pronta para entrar nua na passagem secreta atrás da estante. Qual deles puxar? Philip fechou os olhos para lhes aliviar a secura. Quando os abriu, ela havia desaparecido, e o quarto estava preenchido por uma luz amarela e límpida e pelo som do tráfego na Eleventh Street. Faltavam quatro livros na coleção, os espaços nítidos como dentes caídos.

Caminhou nu até os livros, como havia feito Lucia, imaginando o caminho que ela percorrera, quase esperando encontrar a estante ligeiramente entreaberta. Correntes de ar — uma mais fria, outra mais quente — passaram por Philip, e ela parecia ter acabado de partir, apressada, deixando seu calor, levando embora parte do dele. O Borges não estava lá; Philip conhecia o livro, e fazia sentido que Lucia o levasse, como algo prometido. Também faltava um livro nos *D*s, outro nos *R*s e mais um nos *S*s. Pôs os dedos nos espaços e não pôde deixar de pensar que Lucia saberia melhor do que ele o que fazer com os livros de Irma. Conforto, entendimento, direção. Ela provavelmente tinha rido por dentro. Talvez ainda estivesse rindo.

Philip já tinha visitado a Filadélfia muitas vezes antes de se mudar para lá com Beatrice. Irma também gostava da cidade. Ela a via como uma folga de Nova York. Durante a faculdade, os dois fizeram uma excursão especial pela Costa Leste oferecida pelo Departamento de História — nenhum dos dois cursava a faculdade de história, mas a oferta era irresistível. Separaram-se demasiadas vezes do resto do grupo, perderam-se, atrasaram o ônibus, dispararam alarmes de museus por se aproximarem demais das pinturas e faltaram sistematicamente às aulas noturnas. Quando a excursão, que se arrastava para o sul, chegou à Filadélfia, Irma e Philip já mal se apresentavam a qualquer atividade, a não ser às refeições ruins e ao transporte gratuito. Numa noite na Filadélfia, correram juntos e ela o levou por uma travessa de tijolos muito estreita, sem portas nem janelas, que poderia ter sido a Ionic Street. Era escura e fria, mas então um bafo cálido cresceu pela travessa, como se alguém tivesse aberto um forno em alguma parte. Irma o deteve, empurrou-o contra os tijolos e o beijou com força, cortando-lhe o lábio ao chocar os dentes com os de Philip. Tirou o casaco de moletom que vestia, o som de um desenrolar, um estalido e um murmúrio. Foi a única vez em que fizeram sexo naquela viagem, embora tivessem certeza de que todos os alunos da excursão acreditassem que eles estavam trepando atrás de cada estátua e monumento por que passavam. Ao final do passeio, de volta a Santa Cruz, Irma entregou seu trabalho final para receber os créditos pelo curso — e os dois foram informados de que, se não fossem aprovados, a universidade poderia lhes cobrar os custos de toda a viagem. O trabalho de Irma era intitulado "Trepando com Philip Atrás do Carpenters' Hall" e ganhou uma nota alta. O que ela escreveu para Philip, que passou com uma nota regular, chamava-se "Sensos Comuns" e emulava o estilo dos panfletos de Thomas Paine, mas não usava a sua conotação de senso e argumentava convincentemente que a liberdade sexual fora uma das causas subjacentes da revolução. Mais tarde, ela lhe contou — talvez tenha sido dez anos depois — que também teve vontade de trepar com ele na Casa de Betsy Ross, mas não conseguiu bolar nenhuma maneira de fazê-lo. Philip lhe contou que sentira o mesmo no túmulo de Franklin.

Philip trabalhou naquela manhã vestindo as roupas de corrida, primeiro no trabalho de consultoria, depois em sua história escrita com números. Começava a se sentir irresponsável. No apartamento, só tinha café, *bourbon* e água da torneira para consumir. Não tinha com o que cozinhar, a não ser pela cafeteira e por um frigobar, que só usava para fazer gelo. Pôs-se a digitar no laptop, com um copo alto de água gelada, uma xícara de café quente e uma garrafa cheia de *bourbon* ao seu lado. O *bourbon* estava ali só para apanhar a luz da manhã e o lembrar de que hoje ele realmente começaria o Cervantes. Dois e-mails, convidando-o para correr, esperavam por Philip na barra de tarefas: o primeiro de Nicole, três palavras longas, loquazes para ela, determinando um novo trajeto; o segundo era de seu amigo Isaac, lembrando-o da corrida mensal que faziam, e desta vez Philip seria o time visitante. Sentiu-se pronto para enfrentar o dia.

A sensação de irresponsabilidade em relação ao trabalho de consultoria se dissipou rapidamente quando começou a lidar com os números que lhe haviam enviado. Ainda tinha dificuldade em acreditar que eles não percebessem o que precisava ser feito com aqueles números. Às vezes se sentia culpado por aceitar o dinheiro. Mas já tinha aprendido, há muito tempo, em boa parte graças à ajuda de Irma, que as pessoas não pensavam como ele, não entendiam e enganavam-se como ele. Isso não se limitava às barreiras de linguagem que aprendera a superar quando criança. A linguagem, e a nossa relação com ela, explicou Irma, molda incessantemente o modo como pensamos e reagimos. Cria caminhos que não podemos deixar de seguir. O que você lê, o que acumula dentro de si, molda tudo o que sente, percebe e compreende. Isso vale para todos, até para os que dizem que não lêem. Até para as tantas pessoas do mundo que só assistem à TV. Os *seus* caminhos são diferentes, Pip. Estão mais marcados e profundos onde não deveriam estar, e mais encobertos, quase indiscerníveis, onde deveriam estar nítidos.

O trabalho para a companhia de seguros se mostrou tão fácil que Philip precisou ter o cuidado de não analisar excessivamente tudo aquilo. A história escrita em números representou um desafio bem maior ao seu senso de responsabilidade. Philip falou da história a Lucia, parcialmente de brincadeira. Mas o humor, como lhe explicara Irma, geralmente revelava a verdade, como os rápidos duelos de espada em Shakespeare. É, esses duelos, respondeu Philip.

Decidiu primeiro escrever a história usando a matemática e depois traduzi-la, ou pedir a alguém que a traduzisse. O título e a introdução lhe vieram com facilidade, como o início de um jogo de xadrez. No entanto, logo a seguir o jogo se tornou consideravelmente mais lento à medida que as jogadas contrárias se tornavam evidentes. A página em branco era igual a responsabilidade elevada ao cubo. As mensagens de Nicole e Isaac apoiadas na barra de tarefas azul na parte de baixo da tela multiplicavam esse expoente. E passaram a representar todas as outras mensagens que se ocultavam na compreensão que ele tinha de si mesmo. Respostas a Rebecca e Beatrice, a Sam e Nicole, aos seus pais corredores, a Irma, aos pais dela, a Isaac, com quem só falava agora uma vez por mês, a Cervantes, do qual ainda não lera uma só palavra, mas cujas páginas serviram como amortecedor para os joelhos de Lucia e para o seu prazer.

Você acha que as pessoas adoram o fato de terem um emprego, pergunta Sylvia a Peter no *Teoria*, porque ele lhes oferece uma responsabilidade falsa, mas recompensada, que mascara, ao menos oito horas por dia, a verdadeira responsabilidade? Somente uma pessoa que nunca tenha tido um emprego de verdade poderia fazer essa pergunta, responde Peter. Tudo bem, admite Sylvia. Mas a pergunta não deixa de ser válida. Os dois nadam no lago Pátzcuaro e Feli está com eles, a atriz mexicana que se parece com Sylvia, mas também com a mulher que Peter está tentando encontrar. As duas nadam ao redor de Peter, que drogaram algum tempo antes, criando um redemoinho que o desorienta ainda mais. O sol baixo, brilhando sobre as ondas, o impede de entender qual das mulheres é qual, e ele começa a acreditar que também existe uma terceira. E não consegue distinguir qual delas lhe conduz o leme do desejo incontrolável que dificulta seus movimentos no lago frio. Mais tarde, já seco, mas ainda cheirando à água do lago, faz amor com uma delas, mas não consegue definir que mulher é aquela, por causa da luz, e porque ela ameaça interromper tudo aquilo se ele sequer tentar remover a máscara fina que lhe cobre o rosto, e que não parece realmente esconder coisa alguma.

A história escrita em números, decidiu Philip depois do título e da introdução, na verdade tratava-se do modo como os números mais valiosos só se revelam por meio do que todos os demais números ao seu redor se mostram incapazes de descrever; e, i e π se revelam dessa forma, por exemplo. Mas esses três números em particular eram por demais importantes, famosos e históricos para protagonizarem uma historinha. Philip aprendeu isso tudo ao escutar as conversas de Irma com seus amigos. Ele queria compor *Narrativas de um caçador*, e não *Carmody, Duro no Gatilho*. Na introdução que escreveu, ficou-lhe claro que seu protagonista seria a hipérbole retangular $x^2 - y^2 = 1$, e que, de alguma forma, ela precisava se libertar, em certos sentidos mas não em todos, de e^{φ} e $e^{-\varphi}$. Inicialmente, dentro dessa introdução, sentiu-se empolgado com a liberdade que tinha para criar sua própria matemática, sem as restrições da matemática real. Terminada a introdução, lutou com as regras ficcionais da história, estabelecidas à medida que avançava. Precisava inventar as regras, além de segui-las. Ainda assim, tudo deveria possuir uma coerência.

Uma nova mensagem surgiu na barra de tarefas. Vinha de Lucia e era tão breve quanto as de Nicole e Isaac: Alguma coisa, dizia. Philip olhou para a faísca de luz do sol nas profundezas âmbar da garrafa de *bourbon*.

O trem cruzou o rio pela ponte Trenton Faz. Philip viu a ponte de aço e seu cartaz, estranhamente iluminados pelo sol, embora a manhã estivesse cinzenta. Trenton Faz. O Mundo Recebe. Talvez visse na ponte o vestido leve de Lucia e o modo como abria os braços e a si mesma ao dizer que O Mundo Recebe. Philip vestia o longo sobretudo felpudo por sobre as roupas de corrida, e levantou a gola ao apoiar a cabeça no vidro frio da janela. Na estação de Trenton, comprou um café e o tomou no ônibus que o deixou na metade do caminho para Princeton. O ônibus parou em algum lugar às margens do bosque de Princeton, e desse ponto, Philip encontrou um dos caminhos que levavam ao Instituto de Estudos Avançados.

Isaac estava parado na margem da lagoa do instituto; vestia roupas de corrida e jogava pedrinhas na água, observando as ondas. Usava roupas de corrida mesmo quando não pretendia correr. Dormia com elas. Quando trocava de roupa, como quando dava aulas, parecia estar vestido para um primeiro encontro com alguma mulher. Isaac arremessava as pedras como uma criança, começando o movimento muito à frente do ombro. Philip notou também que Isaac fechava os lábios com força ao lançá-las, irritado com seu alvo. Seus olhos escuros, porém, ainda guardavam uma incerteza. Os cachos pretos de Isaac sempre pareciam um pouco molhados, dando à sua pele pálida e lábios vermelhos um aspecto inocente, uma falsa inexperiência. Na largada da corrida, se você não o conhecesse pensaria que ele terminaria em primeiro ou em último.

Isaac estudava as formas. Escreveu uma fórmula que explicava o formato do Universo. Plano. A fórmula ainda estava em disputa, embora estivesse perdendo para uma outra que explicava o Universo como um plano, mas com costuras, uma bola de futebol murcha. A maior parte das pessoas, vendo Isaac à beira da água, ali no instituto, acharia que ele estava examinando as ondas, talvez suas medidas e imperfeições. Mas Philip sabia que ele estava pensando nos filhos, porque Isaac arremessava as pedrinhas por sobre o ombro, tentando aproximar a mão da orelha antes de lançá-las, do modo como Philip lhe mostrara, do modo como se ensina a uma criança que pareça mais interessada em aprender aberturas de xadrez. Isaac não vivia no instituto; como sempre explicava num tom humilde, eles apenas lhe permitiam que tivesse um escritório ali, enquanto lecionasse na Universidade Rutgers — a única universidade de Nova Jersey verdadeira, comentava sempre.

Isaac dormira com Irma durante cinco noites seguidas logo antes de conhecer Melissa, sua esposa. Isso ocorreu enquanto Philip e Isaac terminavam seus trabalhos de pós-graduação em Ann Arbor e Irma fazia um estágio em Chicago. Irma tomou o trem, percorrendo as três horas rumo ao norte para correr com Philip, e acabou ficando por uma semana, como freqüentemente fazia.

— Tem certeza de que está tudo bem para você? — perguntava Isaac a Philip depois de cada noite.

Depois, na estação de trem, Isaac conheceu Melissa, quase imediatamente depois de acompanhar Philip e Irma até a plataforma. Quando Irma embarcou no trem, parou sob a porta do vagão. Segurou com as mãos o batente de metal e manteve um pé ainda na plataforma; sua saia se enroscou na perna estendida e seu colete se levantou, revelando a curva dos quadris. Olhou por sobre o ombro, os olhos apontados para Philip, em nenhum momento para Isaac. Ficou ali por um momento. O condutor se aproximou para apressá-la, mas se deteve com a mão erguida, deixando-a estar. Na corrida em que se transformara a amizade entre os dois, Philip pensou, naquele momento, que Irma havia ganhado a maior liderança possível. O cabelo dela, que começava a crescer depois de um corte mais curto, já estava longo o suficiente para lhe cair sobre o rosto. E para Philip, Irma parecia uma atriz de um filme em preto-e-branco com diálogos intensos, e aquele era o único segundo em que nada foi dito, em que a ascensão e a dúvida se combinavam em um silêncio. Irma era uma aprendiz de restauradora que começava a ganhar a inveja de sua mentora. Philip era um matemático prestes a abandonar seus planos de fazer um doutorado.

É a capa de uma brochura que deveria ter sido escrita. O ar movimentado pelos freios do trem levanta as roupas de Irma, que grudam em seu corpo, levanta-lhe o cabelo, fazendo com que uma mecha escura se agite sobre seu rosto. Ela tem os lábios separados, como se estivesse prestes a falar, ou não. Prende firmemente o batente do vagão com as mãos enquanto olha por sobre o ombro. O leitor, ao segurar o livro, observa a cena por cima do ombro do homem; o desenho é emoldurado pela lateral de seu rosto, pela vertente musculosa de seu pescoço, e o corte reto do terno. Ele tem a mandíbula ligeiramente trincada. Como a moça parou sem concluir o passo, com um salto alto negro erguido, o outro ainda na plataforma, tem os músculos da panturrilha longos e delineados, oferecidos. Poderia estar voltando para sua casa em Argel ou partindo para Istambul numa viagem de negócios. Sobre a cabeça dela surgem jatos de vapor.

Cinco anos depois, Isaac (cuja figura se prolonga para fora da moldura da brochura) se casou com Melissa. Em mais cinco anos, começaram a ter filhos. Philip sabia — sabia perfeitamente — que o amor de Isaac pelos filhos o impediria de, um dia, desvendar a forma exata do Universo, determiná-la com tal precisão que suplantasse a teoria da bola de futebol. Talvez estivesse contando as ondas na lagoa do instituto, notando suas formas, as aberrações que a desviavam da perfeição circular; mas somente porque tais processos ocorriam de maneira automática e independente, sob a superfície de seus pensamentos, de suas preocupações com relação à incapacidade do filho de lançar a bola da segunda para a primeira base.

Pareceu espantado ao ver Philip surgir do bosque, aproximando-se da margem da lagoa. Interrompeu um arremesso e olhou para ele, com seu sobretudo longo e tênis de corrida.

— Você parece um paciente do manicômio.

Philip deu de ombros e abriu o sobretudo para mostrar a Isaac que vestia roupas pronto para uma corrida.

— Estou trabalhando no arremesso do Jake — contou a Philip.
— Ele não quer jogar na segunda base. Quer jogar na terceira. Mas não consegue fazer o arremesso longo até a primeira. — Isaac jogou a pedrinha na água e balançou a cabeça. — Na verdade, ele nem consegue fazer o arremesso da segunda base.

— Vamos bater umas bolas com ele alguma hora — respondeu Philip. — Um dia desses. Os campos logo vão ficar bons.

Correram pelo bosque do instituto. Philip segurou o passo por algum tempo enquanto corriam sem trocar palavras pela intrincada teia de caminhos sob os bordos, carvalhos e nogueiras. As folhas das amoreiras já surgiam e os ramos despertos se esticavam pelas trilhas, agarrando as mangas das roupas dos corredores. É bizarro, disse Irma algum tempo depois do casamento de Isaac e Melissa, passar por toda uma amizade sem nunca ficar com raiva do seu amigo. *Nunca*. Não é possível que você seja assim, Pip. Eu sei por que motivos *deveria* ter ficado com raiva, explicou Philip. Não é o bastante?

Philip mediu o esforço de Isaac enquanto corriam pelos arredores do bosque do instituto, ao terminarem uma rápida disputa perto do templo *quaker*. Numa pista de cavalos que corria pela circunferência externa do bosque e depois retornava à lagoa, Philip partiu em disparada, afastando-se de Isaac. Disparou exatamente no momento em que sentiu que o amigo começaria uma conversa e reduziria o passo para desaquecer. Philip não se preocupou com a corrida que faria ainda naquele dia com Nicole. Correu forte, enrijecendo os músculos das costas, quase tornando aquilo uma corrida de velocidade. Não se esqueça da arrancada, Irma o alertava sempre. Especialmente quando envelhecemos. O corpo pode perder a capacidade de dar uma arrancada. Os nervos da coluna começam a se atrofiar. Você perde até mesmo a capacidade de começar a arrancada. Passa a sentir as costas. É como tentar gozar. Você tenta gozar?, perguntou Philip. Nunca com você, Pip querido. Nunca com você. Irma partiu numa arrancada, distanciando-se dele.

As folhas nas trilhas do instituto tinham sido socadas pela neve de todo o inverno; estavam lisas e escorregadias como um pergaminho recém-enrolado. As raízes dos sassafrás e carvalhos se enroscavam, claramente aliviadas por se erguerem da terra lisa. Esses pequenos obstáculos intensificaram a arrancada de Philip, que se afastou de Isaac. Forçavam-no a se concentrar em cada uma de suas passadas rápidas, a ajustá-las. Depois de desertarem, os pais de Philip continuaram a treinar para a corrida com obstáculos nos bosques de Palo Alto, onde as trilhas lamacentas aliviavam o impacto nas articulações, e as raízes de sequóia e as poças de água serviam como uma série ininterrupta de obstáculos. Revezavam-se para cuidar de Philip quando o outro precisava estar no campus. E cuidar dele significava correr com ele, segurando-o pelas mãos enquanto ele ainda estava aprendendo, deixando-o seguir em frente mais tarde, depois de ganhar confiança, quando parecia voar sobre as trilhas sulcadas. Mesmo que Isaac tivesse disposição para mais uma disputa, mesmo com seu corpo de corredor, seu fôlego e determinação, não conseguiria alcançar Philip, que era alto demais para ser um verdadeiro corredor, mas que aprendera a cadenciar os três mil metros com obstáculos ao longo de 2.333 passadas muito bem medidas.

Isaac recuperou parte da distância na clareira entre o bosque e a lagoa do instituto, mas xingava Philip em meio à respiração agitada. Philip parou ao lado do banco de pedra onde tinham deixado a água e as roupas de inverno. Enroscou-se no longo sobretudo felpudo enquanto Isaac caminhava ao redor, apanhando pedrinhas e jogando-as na água com movimentos bruscos. Quando recuperou o fôlego, quando parou de arfar em seu casulo felpudo, Philip falou baixo com o amigo.

— Dois meses atrás viemos patinar aqui. O gelo estava perfeito. A Melissa nunca foi tão legal comigo como dessa vez. Provavelmente por causa das crianças, e porque ensinei o Jake a patinar de costas.

— A Melissa sempre gostou de você.

— Ela nunca gostou de mim.

— É verdade — admitiu Isaac, assentindo enquanto fitava a água. — Mas ela não gosta muito de nenhum dos meus amigos anteriores a ela.

— Ela sempre gostou da Irma.

— Não sei por quê — disse Isaac. — Entre as amigas dela, a Irma é a que mais deveria lhe causar ciúme.

Isaac olhou para Philip com uma expressão distante, incomum. Mesmo durante expressões de dúvida, os olhos de Isaac pareciam rápidos e prontos, presentes.

— Eu ainda penso nela — falou. — Naquela época, quero dizer. O corpo dela. Os contornos. — Girou a cabeça um pouco para o lado, mas manteve os olhos em Philip. — Faz quase quinze anos.

— Dezesseis — respondeu Philip. — Quase exatamente. Mas, na verdade, o tempo não é um divisor nessas memórias.

— Essas memórias?

— Memórias de forma e sensação — respondeu Philip. — Acho que, ao lado das fragrâncias, são as mais compostas entre as memórias.

— Você deveria escrever um livro sobre a mnemônica dos contornos.

— Não — respondeu Philip. — Você é que deveria.

Philip se inclinou para a frente, com as mãos nos joelhos, e respirou fundo mais algumas vezes para se recuperar, inalações que lhe resfriavam os pulmões. A adrenalina da arrancada descendia em etapas, como sempre. Olhou fixamente para a margem da água esverdeada, vendo-a se encaixar entre as pedras e a lama.

— Tem uma coisa acontecendo comigo, Isaac.

Sobre o ombro, sentiu o peso suave da mão do amigo.

— A Irma foi embora — disse Philip, ainda inclinado, descansando.

— Eu sei. A Beatrice contou à Melissa. — Isaac apertou o ombro de Philip. — Mas ela está quase sempre indo embora, não é?

— Desta vez é diferente. Ela me deixou os livros.

— E você está lendo?

Philip fez que sim.

— E eles parecem ter algum propósito.

— Você desconfia muito de propósitos.

Isaac manteve a mão no ombro do amigo, enquanto Philip se endireitava. Três gansos deslizaram pela lagoa e flutuaram até o centro, mandando uma série angulada de ondulações até a margem. As cores das aves — verde, preto, branco — pareciam desbotadas naquele meio-dia cinzento.

— Imagino que você os esteja lendo segundo aquele método de amostragem de sempre.

Philip fez que sim.

— Você alguma vez mostrou a ela como usar o método? — perguntou Philip.

Isaac riu, e depois, como sempre fazia, moldou o final da risada às primeiras palavras da resposta.

— Phil, nem *eu* sei como usar esse método.

Mesmo assim, explicou Philip ao amigo. Alguma coisa estava acontecendo. Nele. Os livros de Irma oscilavam no centro de sua vida, o centro retalhado de sua vida marrom. Ele tinha conhecido uma pessoa. Essa pessoa lembrava uma personagem dos livros de Irma, ou da vida de Irma, ou da dele. A vida deles. A enteada o procurava agora com mais freqüência que quando era realmente sua enteada. Corria com ele sem conversar. Mais tarde, naquele mesmo dia, correria cinco bem levinhos com ela, sem falar nada. Quando ela por fim se pôs a conversar, depois, falou mais dos meus pequenos problemas, embora eu pudesse ver que os dela não eram pequenos. Eles a impeliam à digressão — e ao silêncio. Um silêncio que a tornava mais aguçada. Um silêncio triste, para mim, mas também bonito. Philip notou pela primeira vez, enquanto Nicole corria à sua frente sob os postes da rua, quanto ela se parecia com a mãe, embora não tivesse o cabelo ruivo e a pele clara de Rebecca. Notou aquilo com uma espécie de alívio, cobre sobre vermelho. Mas também notou uma mudança em suas passadas, um ajuste no modo de caminhar que lhe era familiar. E alguma coisa se esvai dele. Alguma coisa está se esvaindo dele.

— Beatrice e Melissa almoçaram juntas — disse Isaac.

— É. A Beatrice também.

— Ela contou que vocês transaram, que foi a melhor transa que já tiveram.

— Sempre adoramos as nossas transas.

Isaac deu de ombros.

— Então ela estava falando demais.

Philip o olhou nos olhos.

— O que mais ela contou?

— Contou a Melissa que Irma tinha desaparecido. Que você talvez a estivesse procurando. Que vê-lo procurar... *começar* a procurar, foi assim que ela disse... fez com que ela ficasse pensando no divórcio. Ficasse pensando em você.

Philip se admirou um pouco com a pequena revelação feita por Beatrice. Dessa forma era mais fácil, para ele, manter-se discreto por consideração a ela. O sabor de aipo do hálito de Beatrice cruzou o ar frio.

Em Trenton, durante o almoço após a corrida, Philip e Isaac caminharam pelo cemitério no centro da cidade. As velhas lápides, inclinadas e cobertas de líquen, lembraram Philip do conto de Borges.

— Por que a maioria das lápides é arqueada? — perguntou ao amigo, o especialista em formas.

A resposta de Isaac foi rápida.

— Elas imitam portões.

Almoçaram no Restaurante do Gus, onde Isaac traçou arcos na mesa de fórmica e usou a garrafa de ketchup, o saleiro, a pimenteira e os guardanapos de papel para indicar as impostas, as aduelas e as chaves.

— Até onde sabemos, os etruscos foram a primeira civilização a desenvolver o arco. Mas esse é um exemplo típico do ego ocidental em ação. O arco é uma formação natural. É formado pela gravidade. Outras civilizações provavelmente aprimoraram, e até mesmo imitaram, as aberturas naturais das cavernas. Os seres humanos simplesmente não achavam que o arco fosse esteticamente interessante. Os etruscos não achavam. Mas o usavam em portões, pontes e aquedutos. Os romanos, depois de assimilarem os etruscos, o usaram para as mesmas funções, e mais tarde o adicionaram como um símbolo de vitória. É claro, ele simboliza a vitória apenas porque representa uma ponte para as terras conquistadas e uma passagem para a vida após a morte, toda a morte necessária para a obtenção da conquista.

Philip sabia que não havia como aquietar Isaac depois que ele atingia esse ponto. Mas ao menos poderia redirecioná-lo, mover a chama de vela em vela.

— Você acha que conseguiríamos desvendar o formato do mundo dela? E depois a encontrar lá?

O cálculo rapidamente se tornou maior que a mesa, o saleiro e os talheres se cruzavam até as bordas, os guardanapos cobertos de equações escritas com a caneta emprestada pela garçonete. Isaac se lembrou tardiamente de inserir P (Philip) na equação que previa a direção a partir de S (Sevilha).

— Você será um fator, naturalmente. De aproximação ou afastamento, essa é a questão.

— Tente os dois — respondeu Philip.

Isaac interrompeu o movimento com a caneta e ergueu o olhar, encarando Philip.

— Perceba que ela provavelmente já esperava por isto. Da nossa parte. Onde quer que esteja, já visualizou esta cena, ou uma cena bem parecida.

— É melhor você se acostumar com isso — disse Philip.

Isaac continuou a compor a forma do mundo de Irma, transformando os arcos. Philip contribuiu com todos os fatores e variáveis que pôde encontrar.

— Ela deve estar se escondendo em qualquer lugar onde haja livros — disse Philip. — Isso já concluí. Mas ela é diferente. Ela se resignou, de alguma forma. Ela nunca foi assim. A mãe dela me leu a nota, e havia muita resignação nela. Irma não se resigna. Você sabe disso. Então, precisamos levar essa diferença em consideração. Essa diferença nela.

Isaac mexeu em dois garfos, apontando-os para fora do centro. Escreveu a palavra resignação na equação e a encaixou na forma do mundo de Irma. Piscou os olhos ante o que havia feito. Revirou a língua dentro da bochecha.

— Talvez não seja resignação — falou. — Talvez... — Colocou a pimenteira no espaço entre os garfos. — Talvez seja um convite, Philip.

Por um momento, Philip apenas olhou para o amigo.

— Acho que você me valoriza demais. Você me torna singular demais nisto tudo.

Isaac girou a mão por cima da bagunça que havia feito e deu de ombros.

— Quando você realmente a procurar... — disse Isaac. — Digo, fisicamente. Para mim, está bem claro que já começou a busca... você correu como se estivesse em outro tempo. Parece estar vendo coisas. Mas quando começar a procurar fisicamente, comece por aqui — apontou para o *S*. — *S* — falou. — *S* de Saída.

Quando a garçonete voltou para limpar a mesa, perguntou se queriam ficar com alguma daquelas coisas. Responderam que não, obrigado, e ela lhes falou que aquilo ao menos parecia mais interessante que os rabiscos jurídicos deixados pelo pessoal do fórum.

Saíram do restaurante e, seguindo a sugestão de Isaac, voltaram ao cemitério de Trenton e passearam ao redor das lápides. Fazia frio sob a sombra dos carvalhos, a grama estava alta e encharcada. Philip se enroscou no sobretudo felpudo e ergueu a gola. Isaac se lançava em pequenas corridas e saltos em busca dos arcos mais perfeitos entre as pedras; parecia alheio ao frio úmido, nada afetado pela corrida forte.

— Por que eles não achavam os arcos esteticamente interessantes? — perguntou Philip.

— *Porque não* — respondeu Isaac. — Porque o arco parecia natural demais. Não estavam interessados em repetir a natureza. Isso era fraco, autodestrutivo. Eles queriam reformular o mundo. Não é disso que se trata a arte? Uma grande, intrincada e progressiva reformulação do mundo? Os livros preciosos de Irma. Não são todos grandes reformulações? E depois, suas próprias reformulações das reformulações?

Uma chuva finíssima começou a cair, e Isaac abriu os braços ante todas as lápides arqueadas, convocando-as com as mãos.

— Mas olhe só para nós agora.

SEIS

SYLVIA DESCREVE A CHEGADA de Peter à maturidade no *Teoria*, logo antes de seduzi-lo no lago: durante os tempos do colégio, sua barreira de linguagem ainda o impedia de compreender as palavras de sedução, provocação, admiração, incitação, adoração e rejeição que preenchiam os dias na escola. Em termos físicos, era relativamente alto; seu temperamento era como o de um pássaro, parando em completa imobilidade para compreender, movendo-se então de pouco em pouco. Jogava todos os esportes e era bom o suficiente para integrar os times titulares, mas não socializava com os demais jogadores. Gostavam dele por causa disso, apreciavam sua disposição para jogar em qualquer posição em que fosse necessário: emboscada, desapercebido, reboteiro, especialista, titular problemático, craque, ingênuo, arma secreta, acadêmico temperamental, alguém para manter as médias da equipe suficientemente altas. A corrida com obstáculos, naturalmente, era seu esporte preferido, mas poucos campeonatos promoviam a modalidade nas escolas. Não muitos treinadores sabiam exatamente do que se tratava. Peter muitas vezes tinha que enviar solicitações aos treinadores dos adversários e se reunir com os árbitros do evento para organizar a corrida. Os outros corredores, que participavam das corridas com barreiras e de longa distância, geralmente ficavam bastante intrigados, principalmente com o fosso de água, e concordavam em participar da prova, mas só depois de terem se esgotado praticando suas respectivas especialidades. Assim, Peter geralmente ganhava. Quando competia nos poucos eventos que traziam a corrida com obstáculos, não ganhava, mas sorria ao longo de todos os três mil metros.

Ele buscava descanso nos colchões do salto em altura, relaxando os olhos no contraste entre o campo verde e a pista laranja, a reta e a curva da oval. A corrida com obstáculos exige um nível excepcional de concentração visual, um controle constante da alternância entre o campo visual próximo e o distante, ao mesmo tempo que se corre o mais rápido possível. Ao final, ele se deitava no colchão fundo e fitava o céu, escutando os últimos estrondos da competição sem formar na mente nenhuma das palavras, nomes, tempos ou chegadas que os alto-falantes anunciavam com voz metálica. Certa vez, uma menina de uma equipe adversária, que praticava salto em altura, encontrou-o afundado no colchão. Ela pediu um cigarro e sorriu, surpresa, ao ver que ele realmente encontrou um no capuz do casaco de moletom, um pouco achatado e encurvado. Você é o cara da corrida com obstáculos, disse a menina depois de acender o cigarro, levantar uma perna e apoiar o calcanhar na borda do colchão. Meu namorado competiu nessa corrida. Depois de perder na corrida de uma milha. Ele estava curioso. Ficou vendo você preparar o percurso. E você parecia tão sério, tão meticuloso.

Como é que ele foi na prova?, perguntou Peter.

Ele ganhou de você. Foi a primeira corrida com obstáculos dele.

Peter assentiu. Quase todo mundo ganhou de mim hoje. E como é que você foi?

A menina tragou o cigarro e se inclinou para a frente com o calcanhar no colchão, uma perna esticada, a outra dobrada, levantando o short, expondo assim um pouco mais as coxas.

Fiquei em último. Na verdade, não consigo saltar muito alto. Só gosto de cair nos colchões macios.

Encontrou a menina em três outras competições, e ela só conseguiu seduzi-lo na última. Empurrou para o lado o cigarro que Peter lhe ofereceu, deslizou os dedos para dentro de seu short e o masturbou. A menina então se pôs por cima dele e conseguiu fazer com que ele a penetrasse sem que precisassem tirar as roupas, puxando só um pouquinho para o lado os shorts. Mantiveram os movimentos o melhor que puderam, abaixo do horizonte profundo do colchão e do radar dos alto-falantes, que soavam como o chiado solitário de uma ave marinha. O aperto e a fricção causada pelas roupas lhes conteve o ímpeto e a desinibição, prolongando e complicando a sensação de prazer, obrigando-os a ficar mais atentos, com mais consideração um pelo outro. Quando ela teve seu primeiro orgasmo, inclinou-se para cima, os olhos fechados para o céu. Ele a puxou rapidamente pelos ombros, de volta à cobertura do colchão, e depois rolou por cima dela. Permaneceram atracados, atados pela engenhosa ida e vinda que enroscava seus shorts. Por cima, Peter reduziu o ritmo ainda mais. Era sua primeira vez, e queria saboreá-la. Para sempre, pensou, sentindo o contato cálido do vento nas costas e pescoço, respirando o cheiro da grama cortada. Ah, isso é bom, disse a menina. Isso é bom. Desse jeito é bom, dizia sempre que ele diminuía o ritmo para se poupar.

Por fim, perdeu o controle e a empurrou bem fundo no colchão, pressionando a espuma ao limite, a menina podendo quase empurrá-lo de volta. Por pouco não sufocaram um ao outro naquela intensidade, e, em uníssono, ergueram-se no ar para conseguir respirar. Pode ter certeza que vamos fazer isto de novo, disse a menina. Mas não estava olhando para ele, parecia quase ter falado consigo mesma. Encontraram-se mais três vezes, num motel que tinha uma roda de carroça presa à parede de ladrilhos, e então ela partiu para a Universidade do Texas com o namorado.

A narração de Sylvia continua no momento em que ela nada ao redor dele no lago, roçando-lhe às vezes as pernas, sentindo o contato da carne macia debaixo da água: se na escola ele tinha o temperamento de uma ave, quando o encontrei na faculdade já tinha se suavizado, se transformado em outra coisa. Quando trocamos nossas histórias de virgindades perdidas, no começo pensei que a história dele, como a minha, fosse completamente forjada. Mas eu estava enganada. Pude vê-lo reunir as palavras com cuidado antes de falar, erguendo o rosto para o Sol, sereno, e dirigindo então o olhar para mim quando começou a falar. Depois olhou para baixo e piscou devagar antes de continuar, tão seguro — seguro demais — de suas palavras. Nos conhecemos no banco de reservas de um jogo de *frisbee* e trocamos histórias de virgindades perdidas; quando ele terminou a dele, eu já comecei a me dar conta de que ele provavelmente seria incapaz de forjar qualquer coisa, porque precisava se concentrar simplesmente para expor a verdade. Num certo momento, cheguei a perguntar qual era sua língua natal. Ele sorriu, quase generoso, mas percebi que era uma tentativa de disfarçar a mágoa. Suas feições, de tão firmes, músculos e ossos mal camuflados, expressavam emoções de imediato, instantaneamente. Perguntei-me como se sentiria uma pessoa tão exposta, incapaz de mentir, incapaz de fingir. É preciso aprender — de alguma forma — a deslizar entre os inevitáveis momentos de exposição.

Quando chegou a hora de voltarmos ao jogo de *frisbee*, falei que não queria jogar, para poder observá-lo. Quando o jogo recomeçou, fingi estar me alongando na grama. Ele realmente parecia jogar com uma espécie de leveza contida, liberta por momentos abruptos de revelação, ou talvez eu já estivesse projetando nele as minhas concepções. Jogava na defesa como um jogador de basquete, seguindo seu oponente a toda parte e a todo momento, encarando os ombros do adversário, impelido por seu movimento. Dava a impressão de que poderia correr em qualquer velocidade, o tempo todo, e soube em seguida que ele ainda era corredor (e eu logo o convidaria a correr comigo). O adversário o driblava com facilidade, mas Peter sempre se recuperava, obstinado, retomando sua posição de sombra do oponente. Não jogava o disco particularmente bem, mas sempre o segurava com delicadeza, na ponta dos dedos. Tinha um jeito engraçado de recebê-lo, de observar seu vôo e rotação por tempo demais, como se, a cada vez, estivesse infinitamente fascinado por sua física. Então o apanhava no ar, no momento exato em que, para mim, o disco já estava fora de seu alcance (que era sempre maior que o previsto). Os adversários sempre o faziam sorrir, ou rir baixo, mesmo enquanto ele se concentrava intensamente nos ombros. Qualquer piada boba tirava sua atenção, ao menos momentaneamente. Se você o observasse por algum tempo, acharia que ele era um homem sério sempre prestes a cair no riso, como o ator Gregory Peck numa comédia.

O amor, eu sempre soube, é uma característica evolutiva. É um impulso complexo, sensível e delicadamente ajustado, mas ainda assim é uma característica herdada, uma reação, um instinto de cópula complexo e continuamente mutável, aperfeiçoado ao longo de milhões de anos. Podemos agir em função dele, como fazem quase todos os seres humanos, ou resistir à sua natureza. Acredito que o mais nobre empreendimento humano consista em resistir à natureza humana e encontrar — aprender — maneiras de preencher as lacunas resultantes para reconstruir os caminhos entre nós.

Dessa forma, sim, confesso que me apaixonei por Peter Navratil durante aquele jogo de *frisbee* e que ainda o amava ao nadar ao redor dele nas águas do lago Pátzcuaro. Amava-o, mesmo que ele não soubesse que era eu a pessoa que o circundava, mesmo que ele não me visse atrás do mais sutil dos disfarces, mesmo que ele não conseguisse me distinguir claramente da outra mulher que o circundava ao meu lado, que me ajudava a agitar as águas. Feli, minha Ofélia. Mas o amor, para mim, é um traço, como o desejo de matar, algo a ser fundamentalmente negado, tornado irrelevante em função da iluminação. Se a iluminação calhar de nos levar a esse mesmo ponto instintivo do amor, talvez estejamos com sorte.

E eu percebia que, com ele, ocorria quase o mesmo. Mas de uma maneira diferente, matemática. O amor era uma equação fundamental numa fórmula mais longa, uma equação que poderia ou não dificultar a conexão e o entendimento. Sendo um matemático, trabalhando com palpites, ele precisava testar a equação uma, duas vezes. Quantas vezes?

No trem que o levava de volta de Trenton à Filadélfia, Philip tentava se livrar das câimbras causadas pela corrida com Isaac. Não teve como estender as pernas até que uma senhora mais velha, a avó elegante de alguém, vestida de azul-marinho, ajudou-o a inverter o banco vazio à sua frente, criando uma cabine. Ela se sentou no outro lado do corredor e apoiou um livro no colo, pelo visto mais acariciando-o que o lendo. Ela tinha um cheiro forte de charuto. Acenou com a cabeça ao ver o livro nas mãos de Philip, *A teoria de Peter Navratil*.

— É um belo livro. Não ouvi falar dele. Foi lançado há pouco tempo?

Philip revirou o livro nas mãos, mostrando a cor e o suave brilho.

— Só foram impressas cinco cópias.

— Posso ver? — pediu a senhora.

Philip lhe passou o livro, disse que podia ficar com ele pelo resto da viagem. Apoiou então a testa na janela fria e observou a paisagem da Pensilvânia, salpicada de verde e cinza. Nos bolsões de povoados e cidades-satélite da Filadélfia, buscou os arcos de que Isaac falava e os encontrou, surpreso, nas margens das comunidades, no modo com que os vilarejos e pequenas construções invadiam os bosques de vegetação fechada. E nos cemitérios, seus portões e lápides. Embaçou o vidro com o hálito, traçou um arco com o dedo e o viu evaporar. Olhe só para nós agora, pensou. Veja tudo o que aprendi. Rápido, antes que você o perca.

A mulher no outro lado do corredor não leu o livro que Philip lhe emprestou. Apoiou-o no colo, o couro verde-esmeralda sobre a saia azul-marinho. Com uma mão sobre o livro, olhava por sobre os bancos do trem, mordendo os lábios de tempos em tempos, como se já houvesse lido o romance e estivesse agora refletindo sobre suas complexidades e implicações. Os livros não são só para ler, Pip, disse Irma quando Philip descobriu a paixão que ela guardava por eles, por seu conteúdo e aspecto físico. São coisas emprestadas, pedidas e roubadas. Uma vez, Pepys pegou emprestado o livro de um amigo sobre bizarrices humanas e o devolveu quinze anos depois, dizendo: Obrigado, gostei dele. Eles unem e ressuscitam amizades. São afagados em busca de conforto. As pessoas agarram suas lombadas para se refrescar ou aquecer. Se demoram pensando nas capas. Eu ainda adoro deslizar os dedos entre as páginas frias, é como encontrar os recantos frescos dos lençóis com as pernas nuas. São portáteis, os mais eficientes dos navios. Você pode carregar um país, uma civilização inteira na dobra do seu pulso. Abrir uma vida, ou toda a amplidão de um relacionamento, com o toque suave do seu polegar. São incrivelmente leves e manejáveis para o que contêm, para o que podem induzir.

O primeiro livro que Irma lhe deu era uma versão restaurada, do século XVIII, do *Cânone* de Neper. Esse projeto, um dos primeiros de Irma enquanto ainda estavam na faculdade, chegou-lhe sem capa e sem lombada, mas com todas as páginas. Philip o viu pela primeira vez num saco plástico e a ajudou a ordenar as páginas, as tabelas logarítmicas. Na vez seguinte em que o teve nas mãos, estava encapado num linho ocre — e era seu. Guardou-o numa caixa com suas coisas na casa dos pais, na Califórnia.

A vovó elegante desceu do trem uma estação antes de Philip, na estação da universidade. Devolveu-lhe *A teoria de Peter Navratil*, passando-o com as duas mãos. O terno azul-marinho se mantinha sem um único vinco, as mangas cuidadosamente dobradas na altura dos cotovelos. Philip fez menção de responder ao agradecimento da senhora com um de nada, mas se viu um pouco confuso e ergueu as sobrancelhas.

— Não consigo mais ler ficção — explicou a senhora. — Prometi que não leria mais, até ter entendido perfeitamente tudo o que já li.

— Mas uma nova obra não a ajudaria a interpretar as mais velhas? — Era uma matemática simples para Philip.

— Ainda estou pensando nisso — respondeu a senhora. — Quer saber? Será que a nova carga vale o tesouro que contém? Mas eu adoro segurar novos romances. Especialmente os que têm um peso tão agradável quanto este.

O trem balançou e se deteve, a mulher desembarcou. O trem completou então o breve trecho até o centro da cidade, deslizando pelo túnel sob o rio e tornando-se parte do sistema de metrô. Lucia estava lá para recebê-lo na estação East Market. Beijou-o como se acabasse de voltar de alguma espécie de *front*, não da guerra, mas de uma expedição. Ela afastou as lapelas do sobretudo felpudo e apoiou o nariz no peito de Philip.

— Você está fedendo — falou, erguendo então o olhar. — Quanto foi que vocês correram?

— Dez quilômetros. — Parou para pensar, convertendo a distância. — Um pouco mais de seis milhas.

— E você pretende correr outra vez esta noite?

Philip fez que sim.

— Com a Nick. Vou tentar, pelo menos.

— Vem. — Lucia o puxou pelo bolso do sobretudo, enquanto Philip jogava sua bolsa por sobre o ombro. — Quero lhe mostrar aquilo de que falei. Mas precisamos ir até os seus livros. Está lá dentro.

Uma absurda neve de primavera começava a cair no momento em que chegaram ao apartamento de Philip. A família de manequins na vitrine da Roupas Baum vestia trajes de banho verde-limão, pronta para uma excursão pelas praias de Jersey organizada pela paróquia. A neve caía em frente à vitrine. Quando entraram no apartamento, Lucia não o deixou seguir direto para o banho. No laptop, clicou no acesso ao grupo Theatre of Voices, que apresentava *De Profundis*, do compositor Arvo Pärt. Abriu então a janela do apartamento, deixando entrar lufadas de neve e vento frio. Despiu-se em frente à janela, cruzou os braços sobre a cintura e estremeceu na ponta dos pés.

— Vem sentir — falou.

Rajadas frias os acertavam enquanto faziam amor, encontrando frestas nos lençóis bagunçados. Philip sentia as rajadas como línguas de metal nas costas, depois nos ombros e barriga quando ela rolou por cima dele. Lucia conversou baixo com Philip, empurrando-o com cuidado e ajustando-se aos seus impulsos.

— A luz da tarde é a melhor. Posso ver a textura da sua pele. A linha dos seus ossos, no seu pescoço. Posso ver que você está feliz, mas ainda pensativo.

Lucia aumentou levemente o ritmo e se inclinou para a frente. Tocou com a ponta da língua uma linha de sal que ressecara sobre o esterno de Philip. Montada em seu corpo, parou e falou mais um pouco.

— De tarde, podemos ver, ouvir, cheirar, sentir e provar. Não deixamos nada para a imaginação. A porra da imaginação.

Tentou recomeçar os movimentos, com força; mas ele a freou, erguendo os braços e segurando-lhe firmemente o cabelo com as duas mãos. Lucia fechou os olhos e deixou que ele lhe puxasse a cabeça para trás. Philip girou de leve a cabeça de Lucia, para um lado e para o outro. Ela sorriu, ainda de olhos fechados. Ela não poderia jamais ser Irma, era impossível. Não poderia. Ele estava apenas enlouquecendo. Os lábios de Lucia eram mais cheios, os olhos tinham um castanho diferente, a pele mais escura por natureza. O rosto era mais largo, as maçãs do rosto mais proeminentes. O cabelo tinha uma textura diferente em suas mãos, uma aspereza agradável. Ela era mais, simplesmente. Philip puxou o rosto de Lucia para mais perto.

— O quê? — Ela abriu os olhos. — Quem você acha que posso ser?

— Só estou delirando — respondeu Philip.

— Eu, não — disse Lucia.

Levantou-se, quase se separando dele, depois se abaixou calculadamente. Mudou um pouco os ângulos ao continuar, sorrindo para Philip, debaixo dela, sabendo que o impossibilitava de falar ou interromper. Moveu-se e se ajustou de acordo com os ofegos de Philip, não os dela. Quando encontrava um ângulo ou investida particularmente eficaz, ria baixo e então repetia o movimento de imediato, depois buscava um outro. Mordeu o lábio inferior, concentrada.

— Feche os olhos.

Mas ele teve medo de fechar os olhos, de fazer desaparecer uma tarde que dava a impressão, a sensação de estar inteira e delicadamente equilibrada. A neve entrava pela janela em redemoinhos horizontais que rodopiavam para a vertical e depois tombavam no chão logo antes da cama. Lucia, movendo-se suavemente sobre Philip, acompanhou seu olhar até os desenhos criados pela neve e sorriu como se fossem algo familiar, reconhecido, esperado, convidado.

— Agora feche os olhos. — Philip novamente teve medo de fechar os olhos. Ela parou de mexer os quadris e se pôs a enroscar o cabelo num coque frouxo. Quando levantou os braços, seus seios se ergueram e ela riu ao senti-lo se flexionar dentro dela. Manteve os braços erguidos por um momento. Depois se levantou, separando-se de Philip, e se ajoelhou entre as pernas dele. Segurou-o com as duas mãos, girando de leve, aproximando os lábios. Philip sentiu a respiração de Lucia.

— Feche os olhos. — Lucia esperou, acariciando-o, a respiração suave.

— Isso vai me matar — disse Philip.

— Vou tentar, com certeza.

Olhando para cima, esperando, ela abriu a boca. Philip fechou então os olhos e a tarde desapareceu imediatamente, num lento rodopio, uma guinada. Agarrou os lençóis, temendo estar prestes a se afundar num mar negro salpicado de centelhas brancas. Foi isso o que viu. Então, por um momento, ela se separou dele — sem boca, sem mãos. Philip a sentiu enroscar as pernas em seus quadris e voltar com muita força e velocidade, apoiando todo seu peso sobre ele. Lucia cobriu a boca de Philip com a dela, sem deixá-lo respirar, fazendo com que ele entrasse em pânico ao atingir o orgasmo. Philip teria perdido a consciência se Lucia não afastasse os lábios dos dele para respirar e gemer, acompanhando-o.

Juntos, desdobrando-se no ar frio, retomaram o fôlego. Lucia se manteve quieta à beira da cama, tentando alcançar a neve que vinha caindo levemente pela janela. Separou os dedos e moveu as mãos em círculos, como se tentasse guiar suavemente os flocos. Philip se levantou da cama e caminhou cuidadosamente até o chuveiro, o corpo inclinado pela vertigem.

Quando voltou ao quarto, banhado e vestido, ela estava sentada à escrivaninha, com os óculos de leitura, folheando alguns dos livros. Tinha o cabelo desarrumado e vestia uma das camisas de

Philip. Havia fechado a janela, aquecendo o quarto. O Borges que apanhara estava aberto sobre a mesa.

— Quais são os outros? — perguntou Philip, mantendo uma distância que lhe permitia ver Lucia e a prateleira. Philip caminhou até a estante e apontou para o primeiro espaço. — *Ficciones* — falou. Então inseriu dois dedos no espaço seguinte, ao final dos *D*s.

— Duras — disse Lucia, ajustando os óculos, cobrindo os quadris com as barras da camisa de Philip. Cruzou novamente as pernas. — Só por diversão.

Philip não se lembrava de Duras. Pôs os dedos no espaço seguinte, depois olhou para Lucia. Ela o acompanhou com os olhos por sobre os óculos, brincou com a caneta.

— Robbe-Grillet — falou, sorrindo do fato que Philip não o conhecesse. — *O ciúme*. É sobre ciúmes. Não é ótimo quando os livros são sobre o que dizem que são?

Philip a ignorou e moveu os dedos até o último espaço, um *S*.

— Sarraute — disse Lucia. — Acho que você me colocou num ânimo francês. Naquela hora.

— É sobre o quê?

— Você e mim — disse Lucia. — É sobre você e mim.

— O que está fazendo com eles?

— Vem ver — disse Lucia, olhando para o Borges aberto. Tinha uma mão apoiada no Cervantes, também.

Philip se sentou ao lado dela, e Lucia lhe tocou o punho.

— Quando você me falou do Borges, quando nos conhecemos, não pensei muito no assunto. Só pensei em quanto tinha gostado dele, e que deveria ler esse livro outra vez. Eu o li há muito tempo, numa aula de tradução. E como você não me ligou, fui à biblioteca buscar uma cópia. Foi como que uma forma de invocar você. E eu não conseguia me lembrar do conto do líquen, nem de outros. Você disse que eram dezoito contos. Eu me lembro, porque você disse dezoito várias vezes lá no bar.

Lucia empurrou a cópia encadernada do *Ficciones* na direção de Philip, arrastando-o pela mesa com a ponta dos dedos. Tirou então da bolsa uma versão bastante velha do mesmo livro, em brochura, e a apoiou sobre a versão em capa dura.

— São só dezessete contos, Philip — disse Lucia. — O do líquen não está aí. Já chequei todas as edições. Todas as coletâneas de Borges.

Philip passou o polegar por sobre a brochura. Os cantos da capa estavam encurvados, marcados por rugas marrons.

— Alguma outra pessoa escreveu "Líquen". A sua amiga, suponho. É uma falsificação. Mas muito boa. Já li o conto várias vezes, e ela acertou em todas as expressões idiomáticas. Deve ter escrito a história em espanhol, espanhol argentino, veja só, e depois a traduziu. E a colocou no lugar onde melhor se encaixa. Na Parte Um, "O jardim das veredas que se bifurcam", entre "Pierre Menard, autor do Quixote" e "As ruínas circulares". Li o livro na outra manhã, enquanto você dormia. Teria lhe pedido, mas preferi deixá-lo dormir. É uma falsificação divertida. Ela se preocupou com tudo: dicção, sintaxe, ritmo, todos os padrões possíveis. Enganaria o próprio Borges, que desejaria ter escrito o conto. É claro que...

— O quê? — perguntou Philip.

— É claro que ela não precisa enganar Borges. Nem a mim. — Com a ponta dos dedos, ajustou o canto dos óculos. — Ela só precisa enganar você.

Lucia abriu o Cervantes e apontou para uma nota feita a lápis, muito de leve, numa das folhas em branco. Philip não a notara antes. E não podia acreditar que não a houvesse visto, dado que Irma o tinha agora em busca dessas notas. Mas a caligrafia era leve, apenas emergia da invisibilidade. Dizia, no que poderia ser a caligrafia de Irma: *Ver mudanças*. Embora a última letra da primeira palavra não passasse de um leve sulco feito com o lápis, a perninha restante de alguma consoante apressada.

Lucia fechou o livro e o afastou um pouco, como para vê-lo se mexer. Os dois olharam para o Cervantes, apoiado ali, amarelo, grande, planetário sobre a mesa. Ela sorriu ao olhar para o volume, depois espiou Philip por sobre os óculos.

— Pode ter qualquer coisa aí dentro.

Olhou para ele como quem olha para uma pessoa prestes a cair numa brincadeira, o menor dos sorrisos, visível apenas nas maças do rosto.

— E quanto aos outros? — Lucia ergueu as sobrancelhas, um sim e uma pergunta.

— Você *já terminou* aqueles? — perguntou Philip.

— Dei uma olhada.

— Quando é que você trabalha?

— Estou terminando. Vou embora logo. O Duras foi difícil para mim. Mas foi um bom contraste em relação aos outros. As cores se transformam em sons, sabia? — Lucia passou a mão por toda a coxa exposta, como se limpasse fiapos com a ponta dos dedos. — Mas você não sabe, não é mesmo?

Philip fez que não.

— Então escolha um.

Philip pensou. As cores se transformam em sons. Alguma coisa sobre eles dois. O ciúme.

— O que é sobre nós dois.

— Escolha outro — disse Lucia.

— O dos ciúmes, então.

— Nesse aí, você meio que precisa estar presente. É sobre um cara... com o ponto de vista dele, mas nunca usa *eu*... que observa a esposa, uma mulher bonita, por trás das persianas. *La Jalousie*, em francês. Entendeu? Esses franceses espertos. O nome dela é *A Três Pontinhos*. — Lucia apontou com o dedo para indicar as reticências. — Ele a observa penteando o cabelo. Vê um homem que talvez seja seu amante, que esmaga uma lacraia na parede para salvá-la. Vemos essa cena cinco, talvez sete vezes. Ele conta as árvores na plantação para o leitor.

— Por que você disse que o outro era sobre nós?

— Porque foi o que mais me fascinou. E os livros que me fascinam fazem com que eu me imagine neles, com alguém. — Lucia encarou Philip muito precisamente ao dizer essas palavras, uma calmaria sedutora em seus olhos. Moveu as pernas, para fazê-lo olhar para elas.

Philip se sentiu enganado, mas enganado com uma condição de compreensão, um voto, até. Deixe-me mentir para você, e lhe darei prazeres inimagináveis. Verdades melhores.

— Prometo devolver os livros — disse Lucia.

Preparando-se para encontrar Nicole em sua segunda corrida do dia, disse a Lucia que podia ficar com os livros. Ela se sentou à mesa, folheando os volumes que retirava de uma pequena pilha que havia compilado. O laptop tocava um solo simples de violino. Lucia havia feito café e ainda usava a camisa de Philip, como um roupão.

Tinha o cabelo bagunçado, os óculos postos, as pernas cruzadas. Quando Philip saiu, o olhar que ela lhe lançou foi inesperado, uma expressão cética definida pelo levantamento agudo de uma sobrancelha e um ligeiro repuxar dos lábios. Seu dedo marcava a página no ponto em que deixara de ler. Ao fechar a porta ante a imagem de Lucia, Philip sentiu como se a estivesse ao mesmo tempo seqüestrando e libertando. Como se ela fosse em parte guardiã, em parte invasora.

A capa da brochura talvez deixasse a camisa que vestia com uma cor mais viva, até um pouco mais alta nas coxas. Mas não seriam necessárias muitas melhorias. A luz de fundo, vinda da janela, seria mais clara e mudaria para o amarelo, sugerindo uma tarde tropical, o bangalô de um exilado no México. Um ventilador de metal sopra um vento quente que lhe abre a gola da camisa. Seus dedos seguram uma caneta, como se estivesse prestes a abri-la, brincar com ela, em vez de escrever. Os óculos e a expressão da moça são representados sem nenhuma mudança, sugerindo ao mesmo tempo a guardiã e a invasora, aliada e espiã. A imagem inclui a metade do homem, visto de costas, um terno de linho com abotoaduras. Sua postura se abre para ela. Vê-se que ele está comprometido, mas tem o punho levemente dobrado, como se tentasse esconder uma última carta. Não se sabe ao certo se ele está indo ou voltando, mas o apartamento certamente é dele, pois é sua a camisa que a moça veste. De qualquer modo, ela o possui, ao menos neste momento.

Os livros são melhores quando compartilhados, Pip, disse Irma uma vez, enquanto ele a via desmantelar um volume em desintegração de *O céu que nos protege*. Usando apenas a dobradeira de osso, ela raspou os resíduos de cola da lombada do livro e, delicadamente, separou os cadernos, correndo o gume do osso pelo tecido deteriorado. O som era suave e calculado, um longo cabelo sendo escovado. Este livro em particular passou por muitas mãos. Sei disso. Muitos estilos de leitura dobraram estas páginas. Já foi lido no deserto, já choveu um pouco em cima dele. Não é velho o suficiente para ter esta aparência. Separou os últimos dois cadernos com um movimento delicado da dobradeira e então soprou de leve, gerando uma espiral de poeira.

Irma tinha uma coleção de dobradeiras, presentes de amigos. Algumas eram antiguidades, a maioria era ornada. Mas ele só a via usar uma. Era a mais simples de todas, parecia um abaixador de língua utilizado por médicos, afiado na ponta. Às vezes a segurava como quem segura uma caneta, depois como uma faca, depois como uma agulha de costura, depois como um arco, depois como um pincel. Certa vez, Philip ficou sentado na loja de Irma durante cinco horas, vendo-a desmembrar uma edição do século XIX de *Fausto*, de Goethe, usando apenas essa dobradeira, segurando-a de muitas maneiras para alterar sua função. Usava a borda afiada para fazer uma incisão na junção e depois atravessar o centro da lombada, depois para raspar os restos da musselina, que já se esfarelavam. Limitando-se a usar apenas a dobradeira, disse-lhe Irma, ela se assegurava de que todas as partes expostas do livro se manteriam originais e razoavelmente intactas. Mas o interior da lombada e a musselina, por exemplo, seriam inteiramente novos. Ela o fitava cética, arqueando o cenho. Você se pergunta, Pip, como posso levar tanto tempo para fazer isto. Como posso passar um dia inteiro apenas para separar a lombada. Ele fez que sim, avançou rumo à luz que a iluminava e tocou a ponta da dobradeira que ela lhe ofereceu. Goethe passou sessenta anos escrevendo isto aqui. O mais bonito do livro é o modo como Fausto, Margarida e Mefistófeles falam uns dos outros e de si mesmos de distâncias variáveis, mesmo enquanto estão juntos. Quanto mais pessoais, mais reveladores, quanto mais dolorosas as palavras, maior é a distância que Goethe dá aos seus pontos de vista, ao modo como enxergam a si mesmos. E nessa distância, você se vê correndo até eles, de braços abertos, tentando alcançá-los, mas mudando de direção cada vez que um deles fala. Nossa, Pip. Não é como ler. É como ouvir música, ser tomado pela música. Eu sei que você consegue entender isso. Isso se traduz para a sua matemática, não é mesmo?

Sim, aquilo se traduzia. Ele compôs a equação naquela noite e a levou à loja de Irma no dia seguinte, foi o presente que Philip lhe deu em seu aniversário de vinte e oito anos. Transcreveu-a cuidadosamente em nanquim sobre um pergaminho. Usando letras pequenas, conseguiu fazê-la caber em uma página. Vou deixar que você faça o resto, disse Philip, caso a queira emoldurar ou encapar. Apontou para o d^{x-1} em itálico. Isto, é claro, se refere à distância. Precisei lhe dar um expoente e uma variável para acomodar as mudanças rápidas e profundas. Acréscimos e decréscimos, entende? E então deixar que se dobrem de acordo com a visão que cada pessoa — isto é, personagem — tem de si mesma e das demais.

Irma fitou a página, sem dizer nada. Philip prosseguiu, tentando explicar. O que não pode ser evitado é isto. Apontou para os parênteses na equação, que se repetiam diversas vezes. Isto dá conta do nível de conexão que se desenvolve inversamente à distância. Portanto, à medida que Fausto, Margarida e Mefistófeles revelam coisas sobre si mesmos, inevitavelmente se tornam mais ligados uns aos outros, mesmo que essas revelações tenham a intenção de inspirar desapego. Percebe? Se a sua breve descrição dos personagens e da narrativa que os retém for precisa, então Fausto, Margarida e Mefistófeles terão que se aproximar uns dos outros, independentemente das distâncias que construam, *e* independentemente de qualquer distância que Goethe construa.

Irma continuou a fitar a folha, segurando-a com as duas mãos. Você leu o livro?, perguntou.

Só algumas partes, aqui e ali, para ver se a equação se sustentava. Pareceu se sustentar, disse Philip. Fausto estava certamente mais próximo de Margarida no final da Primeira Parte, até no momento em que precisa se libertar de seus braços e empurrá-la, tornando-se literalmente frio. E quando ele pergunta, Como posso atravessar este sofrimento?, está falando do sofrimento como uma coisa física, palpável. E Margarida aparentemente está falando *de* Fausto e *para* Fausto ao mesmo tempo, e você se pergunta se ela será mesmo capaz de vê-lo, se ele realmente estará ali, mas então ela o abraça e o beija e sente quão frio ele está fisicamente, embora pareça tão cálido. O ato caloroso que ele finalmente realiza para ela. E Fausto e Mefistófeles parecem se aproximar ao longo de toda a narrativa. Isso é bastante fácil de perceber, até para mim. Eu sei que supostamente se trata do Demônio, mas ele definitivamente se torna um amigo, no sentido mais abrangente do termo.

Philip ficou envergonhado e se esticou para tomar de volta o pergaminho. Irma o puxou, afastando-o de Philip. E como o movimento o inclinou para a frente, ela lhe deu um beijo na bochecha. Falou com leveza. Você conhece bem o seu demônio.

Vendo-o caminhar pelas calçadas da cidade, combinando passadas leves com trotes, saltos, pulos, fintas ante as paredes, você veria que ainda conhecia bem seu demônio. Os demônios dos outros, de seus amigos, ex-mulheres e enteados, o confundiam e incomodavam. Vestindo o moletom de corrida, apressou-se até o ponto de encontro com Nicole, na esperança de apanhar o próximo metrô que cruzaria o Schuylkill até a Cidade Universitária. Atraiu olhares freqüentes de muitos outros pedestres ao longo da Eleventh Street, depois da Market Street, pois sua expressão corporal era a de quem está correndo contra o tempo. O dia de trabalho terminava e a estação East Market já emitia multidões, pessoas que balançavam os braços na liberdade das calçadas amplas, pisando firme, não mais se agarrando com tanta força aos seus salários, perplexas ante mais um dia de neve na primavera, neve que rodopiava sobre suas cabeças. Na expectativa de se encontrar com Nicole, Philip sentiu um aperto no peito, um leve nervosismo que o surpreendeu e o confundiu, dando-lhe a expressão de quem procura alguma coisa, um corredor ao mesmo tempo em busca da chegada distante e da largada imediata. Se você estivesse com ele na corrida, teria a sabedoria de mantê-lo ao alcance da vista, pronto para segui-lo aonde quer que fosse.

No laptop, Philip tem um vídeo digital da corrida de cinco mil metros da Olimpíada de 1972, em Munique. Assistiu a essa corrida quando criança, ao lado dos pais. No meio da corrida já estava claro que se tratava de uma disputa entre apenas dois corredores, embora esses dois homens estivessem em meio a uma multidão de competidores. Ambos corriam misturados ao grupo que liderava a corrida, mas já marcavam um ao outro. O norte-americano, Steve Prefontaine, seguia no encalço do finlandês, Lasse Virén. O pai de Philip lhe mostrou o que ocorria. A mãe também lhe explicou, tocando a tela com os dedos. Prefontaine, dizia ela, e o sotaque eslovaco que ela adquirira suavizava o nome, transformando-o em algo que parecia se referir a uma espécie de interlúdio musical. Mostrou a Philip o modo como Prefontaine, por diversas vezes, olhava de relance para o ombro direito de Virén, mesmo quando o norte-americano parecia correr perdido em meio a um mar de ombros. Ele era mais baixo que os demais corredores e tinha uma aparência diferente, com cabelo longo e solto, costeletas e bigode. Os pais de Philip tentavam prever o momento em que ele faria sua jogada, mas Prefontaine os surpreendeu, e a todos os outros, antecipando sua aceleração. Virén também ficou surpreso, o que pôde ser facilmente percebido nas feições geralmente estóicas do finlandês. Uma expressão oblíqua de preocupação lhe cortou o rosto quando Prefontaine, que era mais jovem e menos experiente que os demais corredores, abriu uma distância considerável quando ainda restava um terço da corrida. Virén apertou o passo, passando à frente do grupo que perseguia o norte-americano, e se manteve atrás de Prefontaine, numa distância cuidadosamente medida. Aproximou-se então na entrada da última volta, arrastando consigo os melhores corredores. Quando assumiu a liderança, os locutores e os pais de Philip, vendo que Prefontaine ficava para trás e Virén começava a ganhar terreno, disseram que a corrida estava acabada para o norte-americano.

Mas todos se calaram quando Prefontaine, com uma expressão de raiva, se aproximou de Virén e o passou. Virén olhou de viés ao ver que Prefontaine o passava. Usou suas passadas muito mais longas para emparelhar com Prefontaine, passou-o com desdém e iniciou sua arrancada final. Lá vai Virén, disseram todos. Mas se enganaram novamente, porque Prefontaine corria com uma expressão inadequada para um corredor. Tinha os olhos bem abertos, um olhar de medo, como se estivesse de frente para algo completamente desconhecido. Movia os braços como que se debatendo, o que não era um bom sinal. Porém, de alguma forma, conseguiu ultrapassar Virén logo antes da reta final. Virén olhou para baixo, horrorizado, ao ser ultrapassado novamente. Aquilo não acontecia na corrida de cinco mil metros. Se você fosse pego tentando roubar em uma corrida, supostamente estaria arruinado. Mas Prefontaine estava vendo algo novo, encontrando algo novo. E assim, o olhar de Virén também se alterou, ganhou uma expressão de determinação dolorosa, o olhar de quem se dirige ao desconhecido. Passou Prefontaine dez metros antes da linha de chegada, e nesse momento, enquanto Virén se tornava o desconhecido, Prefontaine mergulhou de cabeça, os ombros baixos, os braços erguidos para trás. Outros corredores o passaram de súbito, e ele não subiu ao pódio. Os demais corredores pareciam egoístas e despreocupados, como se tomassem algo que não mereciam, o dinheiro de um soldado morto. Virén, apesar da vitória, olhou para trás, preocupado com Prefontaine, que cambaleou cegamente pela linha de chegada, as mãos quase tocando a pista. Ainda havia algum medo e confusão na expressão de Virén, que parecia se perguntar o que ele teria feito com seu corpo, seu coração. O pai de Philip chorou em silêncio, embora estivesse torcendo pelo finlandês. A mãe de Philip soltou um forte sopro entre os lábios comprimidos, seu modo de suspirar. Às vezes, ao assistir a corrida, Philip torcia por Virén, às vezes por Prefontaine. Imagino que dependa do meu humor, disse a Irma ao lhe mostrar a corrida pela primeira vez.

Na verdade, a corrida não se desenrolou assim. Prefontaine, mais jovem e inexperiente, foi completamente subjugado por Virén e pelos demais corredores que o derrotaram. Mas quem quer ouvir essa história? Quem quer assistir a uma coisa dessas? Quem quer reduzir a vida a suas essências e inevitabilidades?

Nicole levou Philip às pistas logo atrás da estação de metrô da Cidade Universitária, onde a linha subia à superfície e se misturava ao sistema de trens. O Schuylkill se mantinha imóvel e encurvado, formando o horizonte cinzento dos corredores. O trajeto começava ali. Nicole apontou para a trilha terrosa, avermelhada, entre os dois primeiros trilhos.

— É perfeita.

Philip olhou para a menina, cético. Fingiu se alongar e olhou para a linha do trem, os túneis escuros a distância, a ocupação, árvores que margeavam os trilhos mais distantes. Os muros dos velhos bairros próximos à linha férrea pareciam papel sob o crepúsculo. A neve caía leve, sem grandes conseqüências. Não parecia chegar ao solo.

— Este lugar era parte do trajeto dela.

— De quem? — perguntou Nicole.

Philip girou os ombros e fez careta, como se precisasse se alongar mais, protelando, perguntando-se se conseguiria fazê-la dizer mais de três palavras por vez.

— Não finja que não sabe de quem estamos falando. Eu vejo o modo como você corre. É um jeito novo para você, e é muito parecido com o jeito dela de correr. Sempre que corro com você, acabo pensando nela. Passadas mais longas, braços mais baixos, deslizando à frente como se estivesse num trilho. Eu poderia até achar que vocês têm se encontrado bastante. Ultimamente. Ao menos antes do desaparecimento dela.

— Não temos nos encontrado.

— Não finja, Nicole. Não combina com você. — Philip balançou a cabeça, reprovando. — Quando você contou a ela das suas mudanças de maré, aposto que ela adorou. Ela lhe disse alguma coisa sobre isso? Corrigiu você, de alguma forma? Ela lhe disse que as mudanças de maré não são reais? Que são apenas o que fazemos das coisas, depois de tudo? Que *nós* fazemos as mudanças, e depois jogamos a culpa no mar?

Nicole estremeceu de leve e cruzou os braços sobre o corpo. Afastou o olhar, e o crepúsculo brilhou em seu rabo-de-cavalo acobreado.

— Vou tentar adivinhar — disse Philip. — Você desistiu. Do basquete e de todo o resto. Talvez esteja praticando corrida corta-mato. Entrou na equipe de *frisbee*. Está pensando em mudar de faculdade. Está sempre pensando em desistir dos estudos.

— Não faz isso, Philip — respondeu Nicole em voz baixa, afastando com a manga do moletom os flocos de neve que lhe caíam nas bochechas. — Não gosto de quando as pessoas invadem a minha cabeça.

— Desculpe — disse Philip.

Nicole fungou, mas não deu nenhum outro sinal de estar chorando. Ainda assim, pareceu enrijecer o corpo.

— E você não acertou tanto assim — disse Nicole. Sua voz vacilou, depois se recuperou. — Ela não disse que jogamos a *culpa* no mar. Disse que damos o crédito ao mar. Foi a coisa mais gentil, mais agradável que eu ouvi em muito tempo.

Saltitou três vezes para se manter aquecida, para mostrar a Philip que estava ansiosa por correr. Para mostrar que não estava chorando, não iria chorar.

— Quando você entrou na nossa vida, nós detestamos você. O Sam e eu. Os seus presentes idiotas, Philip. O jeito como você e a minha mãe às vezes se abraçavam, como se estivessem se aconchegando entre ruínas, se escondendo de um mundo enlouquecido. Mas não conseguimos detestá-lo por muito tempo. Como é que a gente poderia? Você era tão incrivelmente estranho para a gente. A gente sempre achou que a mamãe era estranha. Mas você... e a Irma. Vocês vieram de outro mundo. E apesar de sermos crianças pequenas e irritadas, percebíamos que a mamãe estava melhor. O papai estava melhor. Mesmo depois que você teve que ir embora. E então você foi embora. E a gente sentiu saudades.

Cruzou os braços e o encarou diretamente. Ela era a mãe, Rebecca, mas sem todo o vermelho — em vez disso, tinha todas as cores de uma moeda americana de um centavo quase nova, com o brilho exato no anoitecer que se aproximava. Aquele olhar tão direto pretendia ser uma demonstração de força, mas abriu-a para ele, revelou-lhe ângulos medidos, mostrando que ela fazia um grande esforço por não desfalecer — os ombros erguidos um pouco demais, os punhos cerrados, agudos e brancos.

— Vamos só correr então, Nicole. Mas só prometa que nunca vai correr aqui sozinha.

— Eu nunca corro aqui sozinha. Tem sempre alguém comigo. — Deu de ombros e abriu bem os olhos, encarando-o.

Philip queria muito lhe fazer ao menos mais uma pergunta. Mas ficou calado quando se puseram a correr pelo caminho de terra vermelha entre os trilhos. Flocos de neve sem rumo caíam entre eles. A princípio, Nicole deixou que Philip definisse o passo. A neve velha se amontoava, negra e como uma pele, sobre os trilhos. Os aquecedores nos desvios dos trilhos haviam sido acesos, e suas chamas azuis se inclinavam para a frente enquanto Philip e Nicole passavam por eles. Philip queria lhe perguntar quantas vezes ela tinha corrido ali com Irma.

Nicole ganhou uma vantagem de meia passada quando se aproximaram da primeira passagem subterrânea e as opções de trajetos aumentaram. Mas Philip se lembrava do trajeto de Irma e sabia para que lado se encaminhavam. A terra úmida cedia agradavelmente sob os pés, e Philip correu bem, apesar das dores no quadril e no calcanhar causadas pela primeira corrida com Isaac. Nicole o guiou em diagonal, cruzando os trilhos na primeira passagem subterrânea. Saltaram os dormentes e pequenas poças, semicongeladas, chegando rapidamente ao outro lado.

Em certo sentido, admitia Philip, seria um lugar maravilhoso para se correr, um caminho aberto com obstáculos ocasionais e cercado de uma variedade de formas e cores no crepúsculo — a abóbada cinzenta do céu, as copas arredondadas das árvores negras, os muros e esteios de cimento com pichações emaranhadas, a extensão dos dormentes e dos trilhos. Ouviram o ruído abafado e reconfortante do tráfego que vinha da estrada interestadual I-76. A primeira onda de suor o atravessou, apesar do frio, e Philip começou a apreciar a corrida com Nicole, imaginando que estivessem marcando um ao outro durante uma corrida de cinco mil metros, no meio do caminho. Assumiu a liderança para mostrar a Nicole que conhecia o trajeto de Irma, desviando-se e saltando três pares de trilhos. Mas reduziu o passo quando se aproximaram da passagem subterrânea seguinte, que Philip sabia ser um túnel longo e encurvado. O arco negro do túnel cresceu à frente deles.

Não é necessário, quis dizer a Nicole, como tentara dizer a Irma. Você não precisa realmente correr aqui. Não precisamos correr em lugares assim. Poderíamos estar correndo pela bela Kelly Drive, como todo mundo. O rio lá é tão sereno nesta luz...

Sempre que passavam pelas primeiras sombras enroscadas na parede do túnel, Irma olhava por sobre o ombro para chamá-lo, o eco de sua voz soava como água. O que eles vão fazer? Correr atrás de mim? Me *pegar*? Nem *você* consegue me pegar, Pip.

E quando ele e Nicole se aproximaram da entrada do túnel, Philip reduziu o passo, esperando assim reter Nicole. A luz alaranjada no interior do túnel apenas aumentava a escuridão sob o arco, derramando sombras pelos trilhos. Mas Nicole aumentou o passo e ganhou distância. Philip parou de súbito, acreditando que Nicole o esperaria. Ela correu. Sua figura clara deslizou pela garganta negra da entrada, uma imagem que parecia quase bidimensional, a não ser pelo sacolejo do rabo-de-cavalo de Nicole. Philip gritou para a menina, mas ela não parou. Pareceu se apressar ainda mais, ser puxada para dentro do túnel ao desaparecer nas sombras. Antes de sumir, virou-se para olhar para Philip e disse alguma coisa. Mas subestimou a distância que havia ganhado, e Philip não conseguiu distinguir as palavras. Nem *você* consegue me pegar, Pip.

Sentindo-se lento e desajeitado, correu atrás dela. Dentro da passagem havia um cheiro de maquinaria, de ozônio e diesel, e não o fedor de urina e humanidade que ele previra. Com a luz das lâmpadas alaranjadas acima, na tangente da curva, era difícil enxergar o caminho entre os trilhos ou a saída cinzenta à frente. Sentiu movimento e vida na escuridão amontoada na base das paredes. Uma voz cansada e embriagada gritou várias vezes:

— Corre! Corre! O mais rápido que puder!

Philip escutou o eco da própria respiração ao se esforçar para aumentar o passo, dessa vez completando a frase com uma referência à literatura infanto-juvenil: Não consegue me alcançar, eu sou o Homem Biscoito de Gengibre!

Ao sair do túnel, Nicole havia desaparecido. Philip correu de costas e gritou seu nome, que ecoou forte no túnel. Pôs-se de frente e alargou as passadas, chamando-a outra vez. Sentiu-se molhado, frio, pesado. Se entrasse de volta no túnel para procurá-la, poderia perdê-la completamente se ela houvesse seguido em frente. Tentou conservar energia o melhor que pôde, decidido a alcançá-la, mas sem saber até onde teria que correr, e sabendo que estava nos quilômetros finais de um dia de corrida, de um dia em que correra mais do que deveria. As luzes da ferrovia tinham uma cor rosada no anoitecer. A neve já quase não caía, e os trilhos lisos refletiam o brilho da cidade. O céu entre as nuvens ainda tinha algum azul. Philip pensou ter tido um vislumbre de Nicole num desvio dos trilhos, mas poderia ter sido um pássaro voando baixo, uma garça buscando o rio. Acompanhou a volta que Irma fazia, queimando suas reservas sob uma fina camada de pânico. Era o melhor que podia fazer.

Numa curva na ferrovia, onde o rio seguia em linha reta por um breve trecho, trilhos e água formando uma hipérbole, fez uma coisa que Irma jamais se dispusera a fazer. Porque era um desses pontos geográficos em que a matemática se mostrava contrária à percepção e à intuição. Certa vez em Colima, finalmente chegaram ao lugar chamado pelos moradores locais de La Ilusión Óptica, um local em que a estrada passava por campos de lava e parecia subir, quando na verdade descia. O taxista desligou o motor e deixou o táxi descer. Para Irma e o motorista, pareciam estar andando ladeira acima. Philip, por outro lado, teve uma sensação de liberação ao ver a linha nítida do asfalto que recortava os ângulos, medidos, das camadas de lava. Na esperança de cortar o caminho de Nicole, Philip se afastou dos trilhos e se embrenhou num bosque negro, passando por um brejo congelado. Lá dentro já parecia ser noite, e a trilha, fria, lamacenta e repleta de lixo, era cortada por caminhos e buracos feitos pelos moradores dos túneis. Mas isto é um *atalho*, disse Philip a Irma na primeira vez em que foram correr ali. A linha passa por um grupo de curvas exponenciais. Você pode *ver* a equação na paisagem. É trivial: $dx/dy = ay$, onde a constante a determina a taxa de variação em cada curva. Ela o encarou como se estivesse louco e manteve seu curso, enquanto ele cortava caminho pelo bosque. Philip surgiu das árvores mais adiante e a esperou de braços cruzados, bem à frente dela.

Correndo de maneira instável pela exaustão, ainda conseguiu surgir do bosque de volta aos trilhos umas poucas passadas atrás de Nicole. A neve fraca caía como eletricidade estática, enturvando a visão que tinha da menina. Ela corria com a confiança de quem se aproxima sozinha da linha de chegada, os ombros altos, a cabeça erguida, os punhos fechados. Philip a agarrou por trás e Nicole se assustou, quase caiu ao chão.

Quando viu que era Philip, pôs as mãos na barriga e gritou, aliviada. Ele tentou passar o braço ao redor dos ombros da menina, mas teve que se inclinar à frente para respirar. Abraçou os joelhos e os puxou com força, arfando profundamente. Ele também estava à beira das lágrimas.

— Desculpe — disse ele por fim, quando conseguiu se endireitar um pouco. — Não consegui gritar para chamá-la. Estava sem forças. Desculpe.

— Não — disse Nicole em tom baixo, recuperada. — Eu é que peço desculpas, Philip. Desculpe ter feito isso com você. Não sei o que eu estava fazendo. Não sei o que estou fazendo. Mas queria lhe mostrar. Realmente lhe mostrar.

— Me mostrar? Mostrar o quê?

A neve se dissipava logo acima dos trilhos, como vaga-lumes.

— Queria que você soubesse como me sinto. O tempo todo.
— O tempo todo? Sobre o quê? — perguntou Philip.
— Sobre tudo, Philip. Sobre todas as pessoas de quem gosto. Todas as pessoas importantes para mim. Minha mãe. O Sam. — Parou para encará-lo, para deixá-lo pensar. — A Irma — suspirou forçosamente e então prosseguiu. — E você. Você. Nunca se sente assim em relação a *alguém*?
— Assim como, com medo?
— É, com medo. Medo de que desapareçam. De que todos logo desaparecerão. Mas não só por eles. Medo por você mesmo, porque eles vão desaparecer. Realmente aterrorizado?

Medo, pensou Philip, de que desapareçam porque você decidiu, só por um momento na vida, retardar, ou esperar, ou seguir em outra direção, uma direção em que você se sentia mais pronto para seguir. Philip sorriu ao ver que suas pernas tremiam de exaustão.
— O que você está tentando decidir, Nick? — perguntou.
— Depois de você, minha mãe ficou diferente. Até meu pai ficou diferente. Nós também, eu e o Sam, ficamos diferentes. *Eu* fiquei diferentes. Você... você e a Irma nos mostraram um tipo de vida que poderíamos viver. Não sei se vocês vivem essa vida agora. Mas nos mostraram.
— Isso foi há muitos anos, Nick.
— Você é tão bobo às vezes. É como ela fala. Mas você pode saber. A versão da mamãe que você deixou para a gente. É melhor. Ainda é melhor. Do papai também. Depois de tantos anos. Mas *eu* quero ser melhor. A gente, o Sam e eu, quer ser melhor. Eu poderia continuar vivendo do jeito que vivo agora. Posso simplesmente seguir o que o meu pai diz. São bons conselhos. Me deixam feliz. Mas essa é só uma versão de mim. Eu posso ser diferente. Mas talvez fique solitária assim.
— Olha só, Nick. Você está exausta. O que quer que a Irma tenha lhe dito. O que quer que tenha feito. Trouxe você aqui e lhe mostrou o lugar em que ela...
— Ela? — Nicole levou as mãos à boca e trotou um pouco pelos trilhos, afastando-se de Philip. Se ela corresse, Philip não seria

capaz de segui-la. Nicole se virou e parou, as mãos em prece em frente aos lábios, os ombros retos. — *Ela*, não. Ela não me trouxe aqui. Você me trouxe aqui. Você foi o responsável, Philip. Eu corro aqui por *sua* causa. Ela me mostrou este lugar porque eu pedi. Ela só me ajudou a encontrá-lo.

Caminharam ao longo da ferrovia até a estação da Cidade Universitária. Philip passou o braço por sobre os ombros de Nicole e limpou os flocos de neve que a menina tinha no cabelo. Dentro da estação do metrô, outros corredores se misturaram aos passageiros e Philip se sentiu reconfortado por eles, por suas expressões fadigadas e suas roupas cinzentas e úmidas. Ficou com Nicole enquanto esperavam o trem. O trem de Philip chegou primeiro e Nicole insistiu em que ele fosse embora, mas Philip se recusou e disse que gostava de ficar com ela, parado, daquele jeito. Quando chegou o trem de Nicole, ela tocou o ombro de Philip, olhando primeiro para a própria mão, depois para o rosto dele, antes de cruzar as portas do trem com alguns dos outros corredores. Philip caminhou para casa no início da noite, preocupando-se em manter os passos longos, para resistir ao enrijecimento das pernas. A família de manequins na vitrine da Roupas Baum o esperava em suas roupas de praia verde-limão. Mantiveram-se em guarda quando Philip passou por eles a caminho de seu apartamento, dois andares acima.

Você tem um jeito de chorar, escreve Irma em *Deslize*. Deixa cair o que pode, o que tiver à mão. Casaco, luvas, relógio, um pedaço de papel, caneta — tudo menos lágrimas. E depois vira a cabeça de lado e olha para baixo, desviando os olhos do que quer que tenha despejado no chão. Só me dei conta disso depois de conhecer você há bastante tempo e me perguntar como seria possível que uma pessoa — uma pessoa reflexiva — nunca chorasse. É certamente bonito, ao menos.

Philip tomou um banho, preparou um uísque e estava prestes a escolher um livro ou dois e se recostar na poltrona quando alguém bateu à porta. Duas batidas leves e indecisas, suaves o suficiente para que Philip fingisse ter apenas imaginado o ruído.

Estava prestes a dar o dia por encerrado e já não tinha força física para dispensar a nenhuma pessoa. Mas uma outra batida o levou até a porta.

Era Nicole, ainda vestindo as roupas de corrida, com um gorro de lã da Universidade Rutgers na cabeça, quase cobrindo-lhe os olhos.

— Nicole — disse Philip, indicando à menina que entrasse. — Você não deveria ficar andando por aí sozinha. A esta hora da noite.

— Você anda. Ela anda. — Passou os olhos pelo apartamentinho vazio de Philip. — Além disso, consigo ficar nos caminhos mais movimentados. Acredite, sou muito boa nisso.

Olhou para a poltrona de Philip, sua inclinação azul-água, o suave reflexo da lâmpada de leitura sobre os contornos gastos. Viu o uísque na mesinha de metal. Acalmou-se.

— Esquece o que falei sobre detestar você. Eu não deveria ter dito que a gente detestava você. Tive que voltar para dizer isso. Nada mais.

— Não tem problema. — Philip apanhou seu casaco de inverno. — Vem. Eu levo você até o trem.

Nicole levantou uma mão.

— Espere. — Ainda usava o gorro dos Scarlet Knights, o time da universidade, que quase lhe cobria os olhos, e precisou inclinar a cabeça para trás para enxergá-lo direito. — Eu precisava lhe mostrar. O que tentei lhe mostrar. Se eu só dissesse, se só lhe falasse, soaria como algo tolo. Para você. Soaria como um calouro qualquer. Você acharia que estou passando pelo que todo mundo passa. Pelo que você passou. Talvez seja isso. Mas talvez, se eu *mostrasse* a você, levasse você ali, você sentiria o que quero dizer. Entenderia.

— Não acho que você seja como todo mundo, Nick. Eu não faria isso.

— Só mais uma coisa — disse Nicole. — Voltei para mais uma coisa. Mudei de idéia sobre os livros. Quero vê-los.

Nicole se aproximou das prateleiras. Esticou-se e pôs os dedos na fileira mais alta, quase tocando as lombadas. Deu então um passo atrás e olhou para a coleção como um todo, observou as cores. Ao vê-la assim com os livros, observá-la tirar o gorro do cabelo despenteado, limpar as bochechas com a manga, ficar à vontade em frente à coleção, Philip entendeu o tipo de coisa que Irma teria transmitido a Nicole. Por que você precisa levá-lo a ferrovias, ruínas, ilhas em lagos, travessas esquecidas e talvez aos confins da Terra, onde as palavras e folhas são levadas pelo vento. Por que você precisa levá-lo. Por que precisa levar todas as pessoas. Todas as pessoas que importam.

— Você pode pegá-los emprestados sempre que quiser — disse Philip.

SETE

Philip acordou no meio da noite após umas poucas horas de sono. Era um tipo particular de despertar, que ele compreendia bem, um despertar que lhe deixava claro que não conseguiria voltar a dormir em pouco tempo. Já estava bastante acostumado a acordar assim, no meio da noite, após um dia de corrida intensa. Alguma coisa explosiva nos sonhos o lança para cima numa consciência súbita, o coração salta e os pensamentos cintilam, claros e direitos. Os sonhos, Philip sabe, não têm imagens nem sons e só podem ser lembrados como emoções e impressões.

Vestiu-se e caminhou até o Ludwig's, onde tomou um *bourbon*, comeu amêndoas defumadas e assistiu a parte de um filme de samurais em preto-e-branco. Um techno-pop alemão tocava baixo, uma mulher cantava em francês com sotaque alemão. No filme de samurais havia um moinho de vento, apresentado como pano de fundo de muitas das cenas. Era um moinho ao estilo japonês, com dobras de origami e pontas nas pás, mas ainda assim um moinho. Um homem negro, que vestia uma jaqueta verde e prateada do time dos Eagles, sentou-se a dois bancos de distância de Philip, o único noctívago além dele.

— Ei — disse o homem, dirigindo-se a Philip. Apontou para a tela da TV sobre o bar. — É, você.

Os dois olharam para a tela. O garçom, cansado, também olhou. Viram Toshir-Mifune comer um bolinho de arroz com as mãos sujas enquanto as sombras do moinho passavam por ele.

— Eu não pareço com ele — disse Philip. — Pareço?

— Não exatamente — disse o homem com a jaqueta dos Eagles. — Não fisicamente.

O garçom fez que sim.

— Estou vendo. — Colocou mais amêndoas defumadas na tigela de madeira falsa.

Philip voltou ao apartamento, resistindo ao ímpeto de caminhar pela noite, que começava a ficar quente e nebulosa. Recolocou nas prateleiras os livros que Lucia deixara na mesa e levou *Quixote* e *Deslize* à mesinha de metal, tentando em vão criar algum equilíbrio entre o Cervantes enorme e o pequeno romance de Irma. Recostou-se na poltrona de couro sintético, tomou um gole de água gelada e leu *Deslize*, por pena de seu tamanho diminuto, e por ser um livro completamente desconhecido. Também esperava que o livro logo o fizesse voltar a dormir, como fizera em muitas ocasiões. Porém, pela primeira vez na vida, leu-o do início ao fim, bebericando a todo momento a água gelada e descansando os músculos e as dores.

O romance tinha precisamente duzentas páginas, divididas em dez capítulos de vinte páginas. Philip tinha quase certeza de que todos os capítulos tinham exatamente o mesmo número de palavras. As frases eram controladas e medidas. A história era estruturada de acordo com um armário de espécimes com cem gavetas e uma sonata de Ravel, e cada aparelho estrutural surgia fisicamente na história num momento exato para desempenhar seu papel, exercer sua influência. Quando Philip se deu conta desse jogo, a natureza escorregadia e evasiva da prosa se tornou mais cativante. Em *Deslize*, Irma é Alma e ele é Simon, estão casados há quinze anos e têm uma filha de oito anos chamada May, que adora patinar no gelo em lagoas, canais e lagos congelados nos bosques de Nova Jersey. Alma, a narradora, é uma pintora fotorrealista desconhecida, fadada a lecionar história da arte numa faculdade de música das redondezas, e Simon é um pintor que precisa trabalhar como editor de livros de arte numa editora universitária próxima. Vivem separados, ele na casa que os dois compraram, ela num sobrado no qual se exilou por diversos motivos, que se tornam claros ou confusos conforme a interpretação que dermos às coisas.

O livro quase parecia ter sido escrito para ela mesma, cheio de lembretes e iterações. Ela insere a mesma frase, ou série de frases, muitas e muitas vezes em diferentes cenas e contextos. Os dois personagens principais, Alma e Simon, parecem estar vivendo as vidas erradas — ainda assim, são vidas gratificantes e refletidas, até certo ponto. Quando arrumam tempo e oportunidade, os dois pintores esboçam uma e outra vez seus estudos em carvão, pintam e repintam suas telas, até que pareçam reais como fotografias.

Irma encadernou *Deslize* quase imediatamente após terminá-lo. Enviou-o cerimoniosamente a editoras de Nova York, cônscia de sua rejeição iminente. O número de críticas que recebeu e o número de pedidos de desculpas a surpreenderam, ainda assim. Eu me sinto como que usada, disse Irma a Philip. Como a puta mais bonita na festa de formatura de uma universidade de elite. Eles me desejam, mas nunca na vida se casariam comigo. Falam de mim, mas só uns com os outros. Manteve-se sarcástica quanto a isso, mas Philip a viu costurar meticulosamente os cadernos em sua loja. Mordia o lábio pensativa, piscava os olhos ou olhava para o lado por um momento. Fitava-o de relance, encabulada, ciente de que ele percebia.

O capítulo final, intitulado "E20" — como a última gaveta do armário de espécimes de Alma —, dá a volta ao mundo, dizendo ao leitor aonde viaja cada personagem depois de deixar o sobrado de Alma. Enche-se de revelação mas se aquieta bem ao final, ao seguir Simon por uma caminhada num dia de neve pelo depósito atrás do MoMA, o Museu de Arte Moderna de Nova York, que está sendo reformado. Alma desaparece fisicamente da página no meio do último capítulo. Patina sozinha no gelo, numa névoa invernal. A bruma se aglomera branca em seu longo sobretudo felpudo, apagando-a gradualmente da paisagem nevada e do céu de inverno. Também desaparece como personagem do restante da história, mas permanece como a voz, a consciência e a narradora. E o livro consegue terminar naturalmente sem ela. O leitor vê todos os personagens, em toda parte, através dela. Na imagem final vemos Simon, sozinho sob a neve fraca, caminhando rumo ao MoMA, esquecendo-se da reforma, encontrando então a arte (obras menores que ele precisava ver) dentro de um galpão de armazenamento num beco ao fundo, pronta para ser embarcada. Philip ainda não conseguia enxergar a matemática ali presente, mas depois de terminar o livro, sentiu que poderia ao menos começar a compô-la — que era possível.

Leu mais uma vez a imagem final antes de se reclinar na poltrona. Levou o Cervantes a uma casa de chá em estilo georgiano, onde pediu um prato de *borscht*, iogurte natural e um chá aromático muito forte. Era final da manhã e estava bastante quente, a tal ponto que o dono da casa de chá abriu bem as portas, deixando entrar o ar e o cheiro dos tijolos molhados da Sansom Street. Pela primeira vez em anos teve o desejo de fumar: um cigarro amassado, especificamente.

Finalmente começou *Dom Quixote*, tendo o cuidado de não respingar o molho de beterraba nas páginas encadernadas tão minuciosamente por Irma. O dono, um georgiano de cabelo gorduroso que nunca chegava realmente a sorrir, mas que praticava sorrisos repetidamente quando não estava olhando para os clientes, trouxe para Philip um atril de bronze com a forma de uma mão de Rodin. Já estava acostumado a ver Philip ali, lendo textos de matemática e física. No Cervantes, Lucia deixara um recado para Philip, um Post-it amarelo na segunda página do romance, com uma seta pequenina que apontava para a linha: — Com essas palavras e frases o pobre cavaleiro perdeu a cabeça. O recado, que também começava com uma seta, dizia: — ¡Cuidado! Beijo, L. Philip esperava encontrar alguma coisa deixada por Irma, algo parecido às suas inserções no Borges, mas nas primeiras páginas tudo parecia estar em ordem. Mas como ele poderia saber? Depois de começar o romance, surpreendeu-se ao notar que se sentia solitário, desejando que Lucia estivesse ali, lendo o livro sobre seu ombro, com os óculos parcialmente caídos no nariz, respirando em sua orelha.

Na página quatro, onde o segundo capítulo se inicia contando a primeira aventura do cavaleiro louco, Lucia colara outro recado, que dizia: — Como Cervantes é atemporal, seria impossível saber em que momentos ela está interferindo. Marquei algumas possibilidades para você. Mas a droga do livro é tão grande... Beijo, L. Para que todas as palavras coubessem no pequeno bilhete amarelo, Lucia escreveu com letras reduzidas e ordenadas, ocupando os dois lados do papel, com uma caligrafia diminuta, íntima e atenciosa. Mas Philip percebeu que ela provavelmente usava essas anotações em seu trabalho. Uma seta estilizada no bilhete, com uma filigrana rebuscada do século XVII, apontava para a primeira linha do segundo capítulo: — Concluídos, pois todos estes arranjos, não quis esperar mais tempo para pôr em efeito seus pensamentos, impelido pela grande falta que, acreditava, seu retardo provocava no mundo.

Philip terminou o *borscht* e o iogurte e pediu mais um pouco do chá aromático. Foi divertido comer e beber enquanto lia esse capítulo, porque na aventura de Quixote, tal como é, ele sacia sua fome extrema comendo restos de bacalhau salgado e pão preto imundo e tomando vinho num pedaço de um bambu oco enfiado pela viseira de seu elmo improvisado com a ajuda de "duas mulheres moças de boa avença" que ele acredita serem nobres. O que mais surpreendeu Philip foi a elegante matemática de Cervantes, sua capacidade de criar dois protagonistas simultâneos — ele próprio e Quixote — por meio de uma prosa que parecia transcender o conceito da perspectiva. Havia Quixote e o escritor Cervantes e o espanhol Cervantes e a pessoa Cervantes, e até mesmo um impostor Cervantes. Na matemática, muitas vezes começamos provas gigantescas tentando alcançar esse tipo de quantificação coletiva, que, ainda assim, deve permanecer singular, sem contar com a onisciência. Isso raramente é alcançado. Einstein conseguia fazê-lo. Neper também. A mulher cuja forma do universo competia com a de Isaac, o amigo de Philip, era bastante boa nisso — melhor que Isaac.

Ao final do quarto capítulo — eles são curtos —, quando Quixote está tombado no chão, imobilizado pelo peso de sua armadura depois de cair de Rocinante durante um ataque, Lucia deixou outro bilhete para Philip: — Vou para Madri na terça-feira. Depois de ler este capítulo, resolvi ir para a Espanha, no lugar da Argentina (que teria sido muito mais barato). Você tem o meu e-mail e eu tenho o seu. Mas assim é mais divertido... Beijo, L.

Philip desviou os olhos do livro e, pela porta aberta, observou os tijolos e o asfalto iluminados pelo sol. Contou os dias até terça-feira, embora não soubesse exatamente que dia era, não antes de espiar a data num jornal que um cliente próximo tinha nas mãos. O dono deixou que Philip usasse o telefone que havia atrás do balcão para ligar para Lucia. Mas a saudação da caixa postal avisava que ela estava cancelando o serviço para economizar. Lucia lhe explicara aquilo durante o jantar no Baseado. É fácil nos convencermos de que precisamos de alguma coisa, especialmente qualquer coisa ligada à tecnologia. Philip contou os dias. Qual era a grande carência do mundo, a carência causada por seu retardo?

Desejou mentalmente uma corrida, mas sabia que, naquele dia, estaria fisicamente incapaz. Sentiu-se bem em apenas caminhar. Nos tijolos quentes da Sansom Street, porém, viu-se em busca de orientação.

Eu queria que você soubesse como me sinto. O tempo todo. Precisava lhe mostrar como me sinto em relação a todas as pessoas importantes para mim. O tempo todo. Você nunca se sente assim em relação a alguém? Não acha que vão desaparecer porque você decidiu, só por um momento na sua vida, retardar, ou esperar, ou seguir em outra direção, uma direção que se sentia mais pronto para seguir? Philip se sentia daquela maneira agora, mas não conseguia ter certeza quanto a quem. Irma, Lucia, Nicole, até mesmo Beatrice? Isaac? Sam? Todas as pessoas que importam para mim?

Do apartamento, mandou uma mensagem a Lucia: Não vejo a hora de ler o Sarraute. Sobre nós. Sentiu-se um pouco como um bibliotecário, lembrando docilmente um leitor da data de devolução do livro. Mas esse mínimo contato também fez com que sentisse uma cumplicidade com Lucia, um cúmplice em seu tipo de roubo, seu modo de pegar coisas emprestadas agressivamente. Isso desencadeou uma torrente de pensamentos sobre ela, o contato da pele de Lucia, imagens de seu corpo, do interior de suas coxas onde Philip apoiara o rosto, as mãos do lado de fora, os sons em sua garganta. A delicadeza dos bilhetes amarelos, dando-lhe algo de Irma, talvez nada mais que um dos talismãs de Quixote, pateticamente imaginados, mas ao menos isso. Ao menos isso ela poderia lhe dar. Deixou o laptop e se aproximou das prateleiras. Notou que seus dedos tremiam ao esticar a mão em direção aos livros de Irma, roubado em sua própria biblioteca, enganado com sua própria fórmula. Escolheu pelo título e pela cor. *Os anéis de Saturno*, um azul básico, que parecia mais escuro em virtude das estrias delicadas no estranho material com que era feita a capa, como algo preso a um rochedo à beira do mar. Depois *Ava*, verde-esmeralda, a cor da toalha que Irma usou para seduzi-lo na primeira vez. Por fim, *A insustentável leveza do ser*, feltro preto, aparentemente, um tecido que poderíamos encontrar num excelente chapéu. Libertos da estante, longe do colorido regimento de lombadas, os três livros se acomodaram confortavelmente na dobra de seu pulso. Os dedos não mais tremiam. Mas Philip acreditava estar levando esses livros a algum lugar. E diria a Lucia que lugar era esse, depois que ela partisse para Madri. Escondeu-os em sua mala de viagem.

Depois telefonou para Nicole e a convidou para comer uma boa comida naquela tarde — nada de correr. Tomou o trem para New Brunswick, comprazendo-se com as estações de Nova Jersey, seus nomes estranhos, parados no tempo. No Café Cedar, da George Street, Philip e Nicole dividiram um prato típico do Oriente

Médio, disposto entre eles na mesa. Nicole parecia brincalhona e distraída, não levando a sério o último encontro dos dois. Segurava delicadamente a comida em frente à boca, os olhos oblíquos sobre Philip. Nicole estava num intervalo entre as aulas da tarde, e Philip sabia que seu tempo com ela era limitado. Não podia se intrometer de nenhuma maneira. Ela parecia esgotada, quase em pranto, por tantas conversas e perguntas. Mas Philip também sabia, melhor que ninguém, que era possível chegar à maior parte dos valores por meio de soluções distintas. Qualquer quantidade revelada por meio da adição também poderia ser revelada pela subtração. Philip a subtraiu.

— Como estão os tempos do Sam? — perguntou. Sam corria os quatrocentos metros com barreiras baixas no time da escola, e Philip sabia que o garoto estava começando a se destacar, naquele que era seu último ano no colégio.

Nicole segurou uma azeitona em frente aos lábios e contraiu levemente os olhos, quase sorrindo. Engoliu a azeitona.

— O Sam também desaparece. Como a sua amiga.

— Desaparece? — Philip sentiu o início de uma vertigem leve, uma sensação quase agradável de fraqueza, que tantas vezes lhe ocorria nos dias em que corria demais. *¡Cuidado!* — Como assim, *desaparece*?

— Desaparece. Não sei onde ele está. Meus pais não o encontram. Some da escola. Depois reaparece, geralmente a tempo da próxima competição. A escola permite que ele volte, porque é muito inteligente, e querem provar desesperadamente ao Sam que ele não está jogando tempo fora. Os treinadores deixam que ele fique no time porque é o único garoto bizarro que corre os quatrocentos metros com barreiras.

— Você deveria ter me contado.

— Não vem me dizer o que fazer, Philip. O que pensar. O que sentir. Eu lhe mostrei como me sinto. O tempo todo. — Apanhou uma azeitona e a apontou para ele. — Além disso, o que você pode fazer? Você nem sabe quando é que ele some. Se você estivesse mais próximo da vida dele, saberia.

— Eu não posso me aproximar muito dele, Nick. Tenho que me manter afastado. Essa é a minha posição, a posição em que me disseram com todas as letras para ficar. O que é compreensível.

— É. Mas você poderia ter ajudado o Sam com os tempos dele. Você é bom em barreiras baixas.

— Eu não queria me intrometer. — Philip balançou a cabeça. — É frustrante.

Nicole mastigou uma azeitona e o olhou nos olhos.

— Quando foi a última vez que ele desapareceu? — perguntou Philip.

— Duas semanas atrás. Depois voltou. — Nicole abriu bem os braços, fechou os punhos, soltou um bocejo. — Você sente saudades dela?

Embora Philip já esperasse essa pergunta, a pergunta que evitou cuidadosamente fazer a *ela*, a princípio foi pego de surpresa. Tomou um gole de água, e então:

— Sinto. Mas é estranho. Eu a vejo muito mais, com mais nitidez. Penso nela mais que nunca na vida. Então, de certa forma, não sinto saudades. Quero encontrá-la e me livrar dela.

Viu Nicole empalidecer imediatamente ao ouvir isto, embora ela tenha mantido a postura informal e o queixo levantado. Philip se arrependeu imediatamente de suas palavras. Só estava tentando acompanhar os caprichos de Nicole.

— *Eu* sinto saudades dela — disse Nicole, endireitando os ombros e fitando-o de frente. — Eu sairia para procurá-la. Mesmo sem saber aonde ela foi. Só para saber por onde ela tem andado. Mas também não sei nada disso. Não muito, enfim.

— Não é tão simples, Nick. Ela foi embora no tempo, não só no espaço. Não é como um esconde-esconde. Ela não se enfiou simplesmente numa pilha de livros em algum lugar, esperando até que alguém a encontre ou a declare liberta. A mensagem de Irma não é um chamado. Desta vez, ela não disse: Vem me pegar se conseguir.

— O quê? Como foi que você leu a mensagem? "Vá pro inferno: aqui estão meus livros. Cuida bem deles"?

— Isso — respondeu Philip. — Foi bem por aí, Nick. Ela enfeitou a mensagem porque se dirigia a todos seus amigos e parentes. Não só a mim.

— Você acabou de receber *todos* os livros dela. — Nicole tinha um tom de inveja. Ela o usava para restabelecer a distância. Philip tentava mantê-la próxima, para que ela não desconsiderasse a última corrida que haviam tido na ferrovia. Queria pegá-la em meio a uma de suas mudanças, ver o que poderia haver ali, que revelação poderia surgir. Ele conseguiria enxergá-la? Irma conseguiria?

— O que você está tentando decidir, então? — perguntou Philip.

— Tudo.

— Tudo é igual a nada.

— Nossa, eu detesto matemáticos. — Nicole abanou os dedos ao lado das orelhas, como se estivesse refrescando os sons e idéias. — Depois da aula vamos jogar *frisbee*. Vem com a gente. Podemos conversar mais. Mas não agora. Preciso ir para a aula. Preciso me concentrar nisso.

— Não posso correr hoje.

— Só jogar um ou dois pontos. Sempre aparecem uns jogadores mais velhos, usando roupas de passeio, e pedem para jogar um pouco com a gente.

— Eu vou para assistir. Talvez.

— Você vai jogar.

— Como você sabe disso? — perguntou Philip.

— Porque você quer saber do Sam. Eu o chamei para vir jogar depois da escola.

— Eu não sabia que ele estava jogando *frisbee* de novo.

— Você não sabe de um monte de coisas.

Philip acompanhou Nicole em silêncio até o campus, cruzando a ponte sobre a ferrovia que, como um rio, separava a Universidade Rutgers da cidade. Acompanhou-a por todo o caminho até a sala de aula. Antes de entrar na sala de leitura, ela se virou de frente para ele com o caderno apertado em frente ao peito, o rabo-de-cavalo caído sobre o ombro.

— Vejo você no campo.

Sorriu por um breve instante, ficou na ponta dos pés e lhe deu um beijo na bochecha antes de se meter na sala de aula.

Você não sabe de um monte de coisas.

Philip caminhou até o Departamento de Matemática, as articulações doloridas se afrouxavam ao sol quente. Os estudantes que passavam também pareciam brilhar, agitando cigarros apagados, jaquetas amarradas na cintura ou jogadas sobre os ombros, celebrando o retorno da primavera. Philip se lembrou de si mesmo daquela maneira, e de Irma também, encontrá-la entre as aulas, ouvi-la reclamar de algum escritor ou namorado que Philip não conhecia muito bem, responder quando ela o desafiava a uma corrida, ao *frisbee*, talvez ao sexo, encantar-se com o modo com que ela falava de algum projeto de restauração, como se ele conhecesse todos os detalhes daquele ofício. Queria ver Sam caminhando entre aqueles estudantes, ao menos para que tivesse a oportunidade de saber se era aquilo que queria.

Philip tinha assistido a duas competições de Sam naquela temporada. O garoto quase venceu a segunda, avançando sobre a fita de chegada ao lado do vencedor, um corredor de quatrocentos metros com barreiras baixas a quem já haviam oferecido uma bolsa de estudos para competir pela Universidade Temple. Sam parecia baixo e pálido em meio aos outros competidores, tinha os ombros ossudos e cheios de pintas, o calção frouxo, como se o tivesse pegado emprestado de uma era em que contadores e médicos batiam os recordes mundiais. Não fique intimidado com toda essa altura e esses músculos, disse uma vez a Sam, antes de uma corrida. É só um peso a mais que eles precisam carregar. Mostrou a Sam uma foto em preto-e-branco, tirada em 1967, do grande decatleta Bill Toomey durante um arremesso de vara. Toomey tem a camisa sem mangas enfiada no calção, meias brancas puxadas por sobre as panturrilhas finas e a expressão concentrada de um garotinho jogando beisebol. Ele ganhou a medalha de ouro nas Olimpíadas de 68, contou Philip a Sam. Bateu nesse dia o recorde mundial nos quatrocentos metros do decatlo, que ainda não foi superado. O que é absurdamente incrível. Sam apenas fitou a foto.

Ele talvez fosse ainda mais reservado que a irmã mais velha, mas isso não lhe caía tão bem. Esse jeito reservado tornava Nicole bonita e distante, satisfeita e indiferente a absolutamente qualquer coisa que lhe trouxessem, mas dava a Sam um ar de busca. Dava-lhe a impressão de estar distraído por pensamentos profundos, de modo que, quando lançava seu olhar de reconhecimento, a pessoa com quem estivesse conversando sentia-se de súbito intrinsecamente incluída. Tinha o cabelo ruivo-escuro da mãe, só que menos cacheado. Suas pintas esmaeceram com a idade, mas ainda estavam ali, escuras e pequenas como grãos de pimenta.

Estou apaixonada por ele, disse Irma a Philip um dia, depois que os três jogaram *frisbee* nos campos de Sourland. Ele parece você — mas sem a matemática. E os vinte e cinco anos.

Philip só se lembrava de ter levado Sam sozinho aos campos uma única vez, quando o garoto tinha dez anos. Sam tinha planejado uma fuga. Nicole mostrou a Philip o pedaço de pão e o canivete que o menino escondera embaixo da cama. A reação de Philip foi levá-lo a Sourland naquela tarde, programa de homens. Treinaram arremessos de beisebol — com isso poderiam conversar melhor —, mas quando a noite começou a cair sobre os bosques das montanhas de Sourland, ameaçando interromper o jogo, Philip se viu sem palavras. Tinha planejado dizer ao garoto que havia maneiras melhores de fugir, de encontrar seu próprio caminho. E que sempre podíamos compartilhar esses caminhos com as pessoas que escolhermos — Nick, ele, um amigo, uma menina. Mas os arremessos de Sam se tornaram mais fortes, quase transformando a brincadeira num jogo de queimado. Philip se assustou com alguns dos arremessos do garoto, que lhe chegavam rasantes à meia-luz, girando e silvando, fazendo-lhe arder a palma da mão. O que foi que eu ensinei a ele?, pensou Philip, concentrando-se nas bolas violentas que lhe chegavam, defendendo-se de sua velocidade e efeito. Mas no dia seguinte, o pedaço de pão e o canivete foram devolvidos.

Philip abriu caminho entre os estudantes, avançando para o edifício de Rebecca. Como dar vinte e cinco anos a alguém? Sam nunca pareceu receber coisa alguma de Philip além dos conselhos esportivos, breves e esporádicos. Escutava atento, educado, e então via-se que ele arquivava aquela observação, aquele pedaço de sabedoria, aquele elogio em alguma parte, onde posteriormente o consideraria e avaliaria. O herói de Sam era Edwin Moses, o maior dentre todos os corredores de quatrocentos metros com barreiras. Austero, culto, correndo sozinho em sua excelência durante mais de uma década, Moses dava sempre a impressão de viver numa espécie de isolamento positivo. Será que existe uma forma de distanciamento positivo?, perguntou Philip certa vez a Irma. Ela apenas riu dele, parou, depois riu mais um pouco, cobrindo a boca e inclinando-se um pouco à frente. Havia uma fotografia de uma atriz italiana, alguém como Pier Angeli, apanhada num momento sincero, rindo daquela maneira, entre a gravação de duas cenas para algum filme. Philip às vezes a deixava como o papel de parede de seu laptop.

Entrou no edifício da matemática, tomou o elevador até o andar de Rebecca e soube, pela mensagem que havia no mural em sua porta, que ela estava dando uma aula. Desceu um lance de escadas para ver se encontrava Isaac e descobriu que ele também estava dando aula. Philip comprou um café num quiosque do primeiro andar e tentou esperar num dos bancos ao ar livre. O café estava muito bom, não como o das máquinas automáticas dos seus tempos na faculdade. Mas a espera se mostrou impossivelmente fragmentária, abstrata, multidirecional.

Você poderia se colocar sob a sombra de um plátano próximo, tomando o café da tarde ao lado dos estudantes que o observavam e se perguntavam se ele seria um novo professor. Poderia ver o modo como Philip se sentia e dizer a ele, ou a si mesmo, que aquele homem simplesmente não estava trabalhando o suficiente. Que ele não estava *fazendo* o suficiente. Que ele precisava de um emprego de verdade, uma vida de verdade, uma amante, um aparelho de televisão. Mas quanto é que *você* faz? Quando tem um dia pela frente, o que é que *você faz*?

Philip decidiu assistir ao final da aula de Rebecca e esperar por ela depois. Reuniam-se conexões entre seus filhos e Irma.

Todas as perguntas da vida de Philip se aglutinavam numa só. Onde está você? Encontrou a aula de Rebecca e conseguiu se meter ligeiramente na última fileira do anfiteatro. Todos os alunos estavam amontoados ao redor do palco, como ela sempre os obrigava a ficar, deixando muitas e muitas fileiras vazias entre eles e Philip. Rebecca não o viu entrar. Ela vestia uma saia verde e um paletó preto. Tinha o cabelo ruivo preso e os óculos sobre a testa, até o momento em que um aluno perguntou alguma coisa sobre a equação que preenchia o quadro atrás dela. Rebecca precisava dos óculos para enxergar as equações, mas gostava de manter as caras dos alunos ligeiramente fora de foco. Virou-se para ver a equação com um dos pés apoiado sobre o calcanhar, girando-o pensativa. Estavam discutindo o problema da tautócrona.

Rebecca considerou sua equação como quem observa uma obra de arte questionável.

— Não sei — respondeu, sem se virar para os alunos. Então, deu meia-volta e ergueu o olhar até Philip, levantando um pouco a voz. — Qual é a sua opinião, sr. Masryk? O senhor, de certa forma, é um especialista em pêndulos.

Os alunos se viraram em conjunto e olharam para Philip.

Ele sempre ficava nervoso ao projetar a voz, e Rebecca sabia disso. Ela também sabia que Philip poderia responder à pergunta sem nem precisar pensar.

— Fixando... — Fez uma pausa para que a hesitação em sua voz remitisse. — Fixando a extremidade superior do pêndulo para que oscile entre dois ramos de uma ciclóide, fazemos com que o período se mantenha o mesmo independentemente da amplitude das oscilações. — Pigarreou. — O que é exatamente como deveria ser.

Os alunos olharam de volta para Rebecca.

— Aplicações? — perguntou, recolocando os óculos no alto da cabeça e olhando para os alunos.

— Incontáveis na área mecânica — respondeu Philip, do alto.

— Hoje estamos falando de teoria.

— Bem, poderíamos inverter a aplicação e testar os pontos fixos, por exemplo. Dar a eles valores inteiros e definidos.

— Isso não limitaria a exploração da sua teoria? Não acabaria por simplesmente *terminar* a sua exploração numa série de repetições predefinidas? — perguntou um dos alunos, dirigindo-se a Rebecca, não a Philip.

— Sim — respondeu Rebecca. Olhou para Philip antes de continuar. — Mas poderia ser útil no meio de um problema. Uma inserção que podemos remover depois, já que nos forneceu algumas possibilidades. Obrigada, sr. Masryk.

Quando eram casados, Rebecca muitas vezes lhe pedia que fosse assistir às suas aulas. Ela o chamava de sr. Masryk — chamava todos os alunos de senhora ou senhor — e ele facilitava o andamento da aula, acompanhando-a e respondendo às perguntas. Era uma das maneiras utilizadas por Rebecca para que os alunos acompanhassem uma equação, mantendo o tom das aulas menos repetitivo. Você deveria dar aulas, Philip, dizia-lhe muitas vezes.

Philip permaneceu ali pelo resto da aula e a viu responder às perguntas e preocupações dos alunos ao final com amável precisão, acenando sincera com a cabeça, sem palavras nem sorrisos, mas erguendo expressivamente as sobrancelhas. Depois caminhou com ela até seu escritório. Disse a Rebecca que ela estava ótima e perguntou como andavam as coisas. Ela lhe contou que o trabalho ia bem, mas sabia que não estava passando muito tempo com Andrew; notava que o marido estava preocupado. Ele sempre quer que eu passe menos tempo no trabalho.

— Mas desta vez é diferente — falou, após uma longa pausa enquanto passavam pelas portas duplas de vidro e cruzavam a passagem coberta que conectava os edifícios. Rebecca interrompeu Philip ao final da passagem, tocando-o no ombro. Ela olhou ao redor, surpresa pelo ar quente que soprava. — Passo tanto tempo no trabalho que as crianças vêm me ver aqui. É quando mais consigo ficar com eles. E gosto deles assim. Estão começando a me procurar. Gosto deles cada vez mais.

— São crianças ótimas, Bec. E o mérito é todo seu.

— Estou sabendo que a Nicole tem corrido mais com você. Vocês têm se encontrado mais. — Baixou os olhos e cutucou com o pé uma rachadura no cimento. — Acho que isso é bom.

Parados na passagem entre os edifícios, deixaram que o vento quente soprasse entre eles. As mechas avermelhadas que se soltavam do cabelo preso de Rebecca tremulavam sobre a gola de seu paletó. Ela ergueu o rosto para o vento, de olhos fechados.

— Por acaso a Irma falou com você mês passado? — perguntou Philip.

De olhos fechados, ela se manteve completamente imóvel ante a lufada de vento, depois separou os lábios como se fosse falar. Fechou então os lábios e abriu os olhos. Sempre que fazia aquilo — abreviava suas primeiras palavras ou gestos — Philip tentava apenas imaginar contra qual tangente ela estava lutando. Ele se perguntava, ao longo de sua vida de casados e divorciados, que diálogo e relacionamento alternativo se formavam na correnteza não dita e não buscada que corria sob a vida de Rebecca com ele. Você acha que a coisa prossegue dentro dela?, perguntou uma vez a Irma. Um mundo completamente diferente, no qual dizemos e fazemos outras coisas, vestimos outras cores? A resposta de Irma foi um olhar arqueado de interesse e desdém. Foi você que se casou com ela.

— A Irma — disse Philip outra vez a Rebecca —, ela lhe pediu alguma ajuda com matemática nos últimos tempos?

— Ajuda com matemática? Irma? — Rebecca sorriu e pôs os óculos para observá-lo, ainda que estivesse bem próximo. Depois recolocou-os sobre o cabelo. — Não. Faz tempo que não me encontro com ela. Não a vejo desde que a gente... Ela veio a um dos nossos almoços, não foi? Mais de um ano atrás, se não me engano. Foi ela quem sentou com a gente? No Cedar?

— Isso foi há mais de dois anos, Bec. Só perguntei porque... — Philip preferiu não explicar o caso da coleção de livros e do que poderia estar acontecendo com ela, ou nela. — Só perguntei porque a Nicole se encontrou com ela. Recentemente.

— A Nicole? É mesmo?

Philip fez que sim.

Na passagem entre os edifícios, a corrente de ar quente se tornou mais forte e Philip se virou na direção do vento, de costas para Rebecca, dizendo que não queria interromper seu dia, só viera fazer uma visita após o almoço com Nicole.

— Mas eu queria, sim, saber do Sam — comentou. — A Nicole me falou do que ele tem feito.

— Acho que ele vai ficar numa boa. Está terminando o colégio. Está entediado. Isto é, mais entediado que o habitual. Não tem nada para fazer por aqui, a não ser correr. E em casa ele questiona tudo o que o Andrew diz. Então... — Ergueu os braços e os deixou cair. — Tenho bastante certeza de que ele fica na casa de alguém. Uma nova amizade. Espero que seja uma menina. O Andrew, é claro, presumiu que fosse isso e perguntou. E *isso* acabou tornando as coisas impossíveis para todos nós.

Olhou intrigada para Philip, tirou os óculos do lugar onde estavam acomodados em seu cabelo ruivo e os ajustou nos olhos. — Eu fiz a mesma coisa quando estava no segundo grau. Você sabia disso, Philip?

— O quê? O que você fez? — perguntou Philip, já sabendo que história ela lhe contaria.

— Eu saía de casa por períodos curtos e era meio vaga sobre isso. Não sei por que o fazia, na verdade. Mas pensando bem, fico feliz em ter feito aquilo.

— Você saía com algum garoto? — perguntou Philip, novamente já sabendo a resposta.

Rebecca fez que não.

— Uma vez saí por conta própria. Outra, com uma amiga que conheci no terceiro ano. Lembro que o nome dela era Nilmarie. Como poderia esquecer *esse* nome? Mas eu imaginava o garoto.

— E o que você e Nilmarie faziam?

— Nada. Alugamos um quarto num hotelzinho barato e nadamos na piscina. Ela tinha um cartão de crédito. Era divertido fingirmos que estávamos nos virando sozinhas. Pedimos comida em domicílio pela primeira vez na vida.

Rebecca ainda parecia aturdida pelo ar da primavera. Olhou para cima, depois para Philip, como se ele estivesse fazendo alguma coisa ligeiramente ilícita. Tocou seu braço.

— Não vá embora ainda. Tenho uma coisa para lhe dar. Posso trazer aqui, se você esperar um pouco.

Deixou-o ali na passagem, voltou um pouco depois com um DVD dentro de um envelope, que dizia *Com Philip*. Rebecca tinha uma péssima memória. Mais precisamente, tinha uma baixa capacidade de relembrar momentos da vida. Era brilhante em sua área, com uma memória rápida, exata e abrangente. Mas da vida que vivera, geralmente só conseguia extrair memórias usando gatilhos mnemônicos elaborados e calculados. Philip dizia que a memória de Rebecca não era pior que a da maioria das pessoas, que seu desejo de ter uma memória completa era o que a fazia se sentir incompleta, mas ela jamais aceitou essa idéia. Freqüentemente gravava instantes — eventos e pessoas que, em sua opinião, seriam importantes — com qualquer tecnologia disponível. A princípio mantinha um diário, acompanhado de algumas filmagens em 8mm. O diário não era como o que normalmente escreveria uma menina adolescente. Era composto de cenas desconexas, cheias de observações exatas, porém aleatórias, e absolutamente desprovidas de interpretação. Ela costumava chamá-las de marcadores. Pareciam as anotações de campo de um antropólogo, mas não se concentravam em nenhum povo, costume ou lugar específico. A experiência com Nilmarie no hotelzinho provavelmente estava registrada em algum ponto do diário, contando qual era a cor e o estilo das roupas de banho que usaram, o que compraram na máquina de refrigerantes e guloseimas, que desenhos surgiram nas nuvens quando observaram o céu boiando na água. Com certa apreensão, ela deixava que as pessoas lessem o diário. Quando eram casados, incentivou Philip a folheá-lo, desculpando-se por ser tão maçante. O diário escrito terminou quando a gravação em vídeo se tornou barata e acessível. Ela se filmava então em fragmentos da vida. Philip se lembrava de uma gravação em que ele aparecia cozinhando um omelete para Rebecca. Você usa azeite de oliva?, pergunta Rebecca por trás da câmera enquanto Philip seca a testa com o punho, segurando a espátula. Agora era digital. Ela tinha transferido todo o material mudo do vídeo em 8mm para DVD.

Passou-lhe o disco *Com Philip*. Ele o recebeu com um sorriso.

— É uma cópia, ou você está expurgando sua vida de mim? — perguntou Philip. Ela mordeu o lábio inferior, preocupada, e apoiou a mão no rosto.

— Não. Não. Eu não faria isso.

Philip fez que não com a cabeça. Ela nunca sabia quando ele estava brincando.

— Eu sei — falou.

— O Andrew me convenceu de que estou usurpando os outros quando os gravo para meu uso próprio. Diz que eu devo alguma coisa a eles. Que deveria pelo menos compartilhar. — Apontou para o disco na mão de Philip. — Então...

Philip lhe estendeu o disco, para que o tomasse de volta.

— Sempre vou me lembrar de tudo a seu respeito, Becca. Eu consigo me lembrar de tudo. E me lembro, de tempos em tempos. Além disso, discordo do Andrew.

Rebecca empurrou o envelope de volta para Philip.

— Fique com ele.

Ele sabia o que havia ali dentro.

— O Andrew chegou a ver isto?

Rebecca assentiu de leve, abrindo um sorriso frouxo.

Philip lhe deu um beijo na testa, a linha rosada na margem do cabelo. Naquele momento, queria matar o nobre Andrew, atravessá-lo com uma lança montado num cavalo. Enquanto o vento quente crescia entre ele e Rebecca, desejou que ainda estivessem juntos, que fossem casados, tendo Nicole e Sam como seus adolescentes felizes, embora geralmente ausentes, que detestavam qualquer coisa ligada a matemática.

Rebecca tirou do bolso do paletó a pequena câmera prateada e filmou o vento que soprava no cabelo de Philip. Ele sorriu para ela, mas se manteve de perfil.

Gravado, Philip falou de como era bom encontrá-la outra vez naquele dia em que a primavera finalmente acabava com o inverno, vê-la durante a aula, e disse que estava indo assistir ao jogo de *frisbee* de Nicole e Sam, talvez jogar um ou dois pontos. Deixou que o beijo na testa de Rebecca fosse sua despedida. Enquanto se afastava, sentiu que ela ainda o gravava.

No caminho para o campo, perguntou-se a quem Irma teria pedido ajuda com a sua fórmula. Isaac, Rebecca e ele eram os únicos que poderiam ajudá-la. Seria preciso saber matemática muito bem — calcular o movimento de um pêndulo — e conhecer *Philip* muito bem. Beatrice também poderia ter ajudado Irma. Não com o cálculo, mas certamente com a abordagem. E agora, ele sabia que teriam bastante tempo para aquilo. Imaginou-as fitando as sombras e a luz no teto, os cotovelos em contato. Beatrice lhe diria para não perder tempo aprendendo a matemática ou explicando o tema em questão. Apenas dê a cada livro um número correspondente de 1 a 351. Depois peça o cálculo. Então Philip se deu conta de que Irma teria chegado a conhecer Beatrice bastante bem, em certos momentos seria capaz de pensar como ela, sem ter que lhe perguntar.

Antes de se dirigir aos campos, parou no diretório acadêmico e usou um dos computadores do quiosque da área comum para enviar um e-mail a Isaac, avisando-o de que estava no campus. Aproveitou para enviar uma mensagem a Rebecca, outra despedida, perguntando-lhe mais uma vez se tinha certeza de não ter dado a Irma nenhuma série de números, sabendo que Bec adoraria esse adendo eletrônico à visita da tarde. Temos que parar de inventar maneiras novas e mais eficientes de nos comunicarmos, discutiu Philip com Rebecca e Irma numa tarde de verão que os três passaram juntos enquanto Andrew tomava conta das crianças. Temos que deixar desculpas uns aos outros, motivos para a incomunicabilidade, motivos além do nosso controle. Sempre temos que ter a possibilidade de dizer: "Tentei ligar pra você, mas..."

Lembrou-se de como Irma olhou para Rebecca naquele momento, do modo como se esticou na direção dela e passou um braço por sobre o encosto de sua cadeira no quintal, dizendo: "Você às vezes odeia completamente os homens, não é?" Aquilo soou como um convite, e Rebecca pareceu aceitá-lo como tal, baixando os olhos, tímida, arriscando um sorriso, o rabo-de-cavalo ruivo lhe roçava a nuca. Ela estaria balançando a cabeça em comiseração, em desacordo ou numa recusa educada e temerosa?

Os três se beijaram na piscina, bêbados, um pouco chapados, mas ainda pensando, ainda sabendo. Philip sentiu o contato das pernas das duas mulheres nas dele, Irma empurrando com força, Rebecca acariciando. Foi Irma quem se retirou, nadando de costas para longe deles, um sorriso leve e pesaroso em seu rosto. Mais tarde, quando estava para ir embora, olhou para Philip e levantou uma sobrancelha, sorriu um pouco, o que talvez Rebecca tenha notado. Philip e Rebecca fizeram sexo logo depois que Irma fechou a porta; Rebecca colocou a câmera no tripé e filmou toda a cena. Philip estava ciente da câmera, mas àquela altura já estava acostumado com ela. O ato de ajeitar o tripé, de fato, serviu como uma boa dose de preliminares. Naquela noite, Philip notou que Rebecca manteve os olhos fechados o tempo todo, estava imaginando algo diferente, talvez ainda melhor que aquilo. Perdeu-se em cima dele, inclinando-se para cima, distanciando-se e estendendo os braços bem para o alto, enrijecendo assim seus seios brancos. Philip teve que erguer bem o corpo para se manter junto dela. A figura branca de Rebecca parecia perfurar a ampla escuridão que havia acima, como uma criatura marinha em ascensão.

Quando Philip chegou ao campo onde estavam jogando *frisbee*, sentou-se à sombra de um salgueiro e observou. Não viu Sam entre os jogadores, mas Nicole estava lá. Ela o convenceu a entrar, e Philip concordou em jogar só dois pontos. Os jogadores usavam calções e chuteiras, e Philip não conseguiu acompanhar o rapaz que estava marcando na defesa, tampouco conseguiu se livrar de seu marcador no ataque. Assim, correu dando voltas pelo gramado e se manteve fora do caminho, satisfeito em aproveitar a movimentação fácil, o sol do fim da tarde. Num momento em que cruzou inadvertidamente a trajetória do *frisbee*, apanhou-o no ar e se livrou dele em seguida, lançando-o ao seu companheiro de time mais próximo. O jogador que Philip seguia conseguiu se livrar dele e marcar os dois pontos. Voltou ao seu canto sob o salgueiro e esperou por Sam. Nicole pediu para sair do jogo por um momento e se sentou ao lado dele, descansando com as pernas esticadas para a frente e os braços apoiados atrás.

— O Sam não vem — falou, fingindo continuar atenta ao jogo.
— Não vem. Foi embora *de verdade*. Sei disso.

Olhou para ele. A princípio sorriu, depois o sorriso se desfez em lágrimas, um choro profundo que a abalou. Philip hesitou, levantou a mão como se fosse lhe acariciar o cabelo. Depois segurou seu braço, e Nicole lacrimejou e tremeu no ombro de Philip.

— Quer saber o que estou tentando decidir? — Nicole fungou, mas se manteve aninhada no ombro de Philip, soprando as palavras em seu peito. — Estou tentando decidir se vou ou se fico. Se eu for, talvez viva uma vida de grandes maravilhas. Se ficar, vou ser bem-sucedida do modo como os outros são bem-sucedidos. Só que assim ela vai continuar distante. E você também, acho. Mas talvez eu possa ficar com o Sam, se ele voltar. E com a minha mãe. Talvez possa ficar com eles. Eu queria... — Pressionou o rosto no ombro de Philip. — Quando vocês estão longe, eu queria que nunca tivessem entrado na nossa vida. Na minha vida. Mas quando você está aqui, Philip... quando você está aqui, não penso nisso.

Philip não disse nada, apenas a abraçou.

— Vá encontrar o Sam para mim — disse Nicole com as palavras suaves e úmidas. — Por favor, vá buscá-lo.

Philip sentiu o queixo de Nicole apoiado em sua clavícula, a testa em seu pescoço, molhando-lhe a camisa com lágrimas e suor. Deixou-a ficar assim por bastante tempo. Os gritos do jogo ressoavam no ar enquanto ele observava o vôo do disco. Em *Deslize*, Simon patina no gelo do canal ao lado de May, sua filha de oito anos de idade. As lâminas dos patins deixam as primeiras marcas no gelo novo, e os traços leves refletem as finas nuvens no céu do inverno. Alma os observa secretamente das árvores à margem e escuta seus risos, que sibilam no gelo e no ar frio, vê o longo vapor branco de suas respirações.

    Se você os observasse da sombra de uma outra árvore, disfarçado entre um grupo de jogadores que também descansavam, veria que Philip fez tudo o que pôde para aliviar os soluços de Nicole. Evitou palavras ou carícias e manteve os braços ao redor dela, com uma pressão suave e constante. Olhou em outra direção, assistiu ao jogo. Você saberia, vendo aquela expressão contida, que Philip acreditava que as pessoas boas, as raras pessoas realmente boas, eram tristes o tempo todo, aquela tristeza era sua base. Caso se libertassem de si mesmas, de seu autocontrole, logo cairiam num choro leve, porém interminável. Tudo isso era visível em sua expressão, nas feições frugais e precisas de seu rosto. E sim, ele fez cálculos mentais, mas não foram menos calorosos, menos reflexivos que quaisquer pensamentos, qualquer linguagem que se pudesse levar à situação, ao ato de abraçar alguém que já fora brevemente sua filha, alguém que ele não podia reconfortar ou guiar, ainda que isso fosse o que mais desejava.

OITO

Quando parou de chorar, Nicole se desprendeu dos braços de Philip e retornou calmamente ao jogo. Philip ficou ali assistindo, e Nicole jogou exatamente como ele tinha previsto. Jogou com força, séria, intensificando o jogo ao seu redor. Os melhores jogadores em campo seguiram seu comando, marcando a grama com suas chuteiras. Philip ficou impressionado com a precisão com que ela dirigia a própria vida, a profundidade com que cogitava seu caminho. Tentou encontrar os olhos de Nicole para se despedir, mas ela se manteve concentrada no jogo. E assim, ele foi embora, com o ombro molhado pelas lágrimas e o suor de Nicole.

Procurou Isaac e o encontrou em seu escritório. Philip ficou do lado de fora da porta aberta enquanto o amigo conversava com um aluno. Isaac acenou brevemente para Philip, depois voltou a aconselhar o estudante. Mas deve ter visto algo na expressão de Philip, algo em sua postura, e assim encurtou a sessão, cortando a conversa do aluno e chamando Philip, que se desculpou pela interrupção.

— Que nada — respondeu Isaac, reclinando-se então na cadeira, um pouco encurvado, vestindo as roupas amarrotadas com que dera suas aulas. Usava um paletó que parecia ter sido emprestado pelo irmão mais velho. Encarou Philip, deixando que o silêncio se acumulasse na sala.

Em *Deslize*, Irma tenta por diversas vezes representar Isaac e sua amizade com Philip. Na história, os dois são Bernard e Simon. Mas as cenas em que aparecem juntos, que são repetidas algumas vezes, e às vezes sem variações, não parecem avançar. Poderíamos quase pensar em Irma como uma matemática, explorando os limites da tautócrona e seu potencial. Fixando a extremidade superior do pêndulo para que oscile entre dois ramos de uma ciclóide, fazemos com que o período se mantenha o mesmo independentemente da amplitude das oscilações.

O laptop de Isaac tocava o *Concerto conciso* de Thomas Ades, que mal se ouvia no silêncio que crescia entre os dois homens. A coisa mais fascinante sobre a amizade, disse Irma, sentada nua numa cama de ferro rangente em Pátzcuaro e fumando um charuto negro amassado, é o modo como avança, embora pareça construída com base em nada mais que a repetição. Pense em nós, por exemplo. Você e eu, Pip. Você é o meu melhor amigo. Realmente meu melhor amigo, quer estejamos trepando ou não, quer você esteja casado ou não. Ainda assim, fazemos basicamente as mesmas coisas, dizemos as mesmas coisas, muitas e muitas vezes. Como é que essa repetição gera algum avanço?

Pelo acúmulo de pequenas variações, respondeu Philip. Ao longo do tempo.

Ah!, disse Irma, esquecendo que estava nua e deslizando até a beira da cama, onde cruzou os braços e balançou as pernas. Ah. Por uma única vez, minha matemática é mais rápida que a sua. O tempo *é* um fator, sempre é. Mas a ressonância é um fator muito mais significativo. O modo como essas ressonâncias desencadeiam eventos subseqüentes na vida de uma pessoa, de um amigo. Independentemente da presença do outro.

Embalou-se um pouco na cama. Captou? Deixou o charuto, espanou as cinzas dos seios e abriu as mãos na direção dele. Fazemos ou dizemos algo que já fizemos muitas vezes antes na nossa amizade. Você percebe ou não percebe uma pequena variação. Carrega essa variação por aí, percebida ou não, até que ressoe contra ou com alguma coisa que você ouça ou sinta ou vivencie. Essa ressonância afeta então tanto a experiência imediata como a amizade. Certo?

Philip compôs aquilo como uma equação, um esboço breve no verso de um mapa que indicava o caminho de uma ilha num lago que pretendiam visitar. Levou menos de um minuto. Quando terminou, ela desceu da borda da cama para ir olhar. Manteve intencionalmente os seios perto do rosto de Philip enquanto fingia ler, um mamilo roçando-lhe a orelha. Pôs então a mão por baixo do mapa, já sabendo que encontraria ali seu pênis ereto. Repetição, murmurou, com o hálito espesso do tabaco. Ressonância. Repetição. Ressonância. Você é o meu melhor amigo, quer estejamos trepando ou não.

— Você está a anos-luz de distância — disse Isaac.

Philip ergueu o olhar.

— Nem tanto.

— Está tudo bem?

Philip fez que sim, embora não estivesse tudo bem, embora as lágrimas de sua enteada lhe houvessem molhado a camisa.

— Teoricamente, você poderia conhecer uma pessoa se convivesse com todas as pessoas significativas da vida dela. Se as conhecesse profundamente. A tal ponto que seus pensamentos mais íntimos, suas reações, seus *movimentos* poderiam ser previstos. Moldados, talvez. Não?

— Acho que você não seria capaz de fazer isso com ela — disse Isaac. — Ela é esperta demais para você. Para nós.

Philip não fez nenhum esforço por corrigir a inversão de Isaac. Deixá-lo seguir por aquele caminho provocou um desligamento em Philip, fez com que, de certa forma, flutuasse por sobre o diálogo. Deu-lhe a sensação de estar sendo levado ao âmbito de Irma, ainda que de modo infinitesimal, fugidio. Como entrar e sair de um devaneio, essa correnteza que flui eternamente entre a consciência e o sonho, cheia do que realmente queremos fazer, dizer e acreditar, sem qualquer racionalidade ou ordem. Cheia de sussurros baixos e próximos. Philip suspirou, como que aceitando o mal-entendido de Isaac e deixando o amigo continuar.

— Mas você deveria voltar à Califórnia e falar com a família dela. Eu liguei para eles. A mãe de Irma me contou que você só falou uma vez com ela. Para ouvir a nota e perguntar sobre os livros. Você precisa deles, Phil. Eles precisam de você.

Philip fez que não.

— É aí que você se engana. Seria um erro terrível. Eles iriam tentar me encher de arrependimento. Seriam amáveis quanto à situação. A mãe dela seria ao menos cortês. Mas apontaria para o arrependimento. E quer conseguisse provocá-lo ou não, só me daria mais um peso para carregar.

— Você realmente não tem nenhum arrependimento? Em relação à Irma?

— Nenhum. E isso é o que ela esperaria de mim. Acho que é disso que ela gosta em mim. Se, de alguma forma, eu sou uma causa para o que ela fez, ainda não sei ao certo que causa poderia ser. Mas o arrependimento não tem nenhuma participação nisso. Na visão dela, o arrependimento é para os tolos.

Isaac franziu o rosto.

— Você é a pessoa mais importante na vida dela.

— Existem muitas pessoas importantes na vida dela. Todo um rastro de pessoas ao redor do mundo. Leitores. Em todo lugar onde haja livros. Eu não tenho nada a ver com livros. Livros de verdade. Não sou a pessoa mais importante na vida dela.

— Tudo bem. Legal. Então você não é a pessoa mais importante na vida dela. É uma das pessoas. Não pode discutir quanto a isso. E ela abandonou você e *todos* os demais? "Tchau, todo mundo. Amo vocês. Estou indo. Tudo pelo que trabalhei foi em vão. Tudo uma merda. Por isso vou embora."

— Não zombe dela, Isaac.

— Zombar dela? Ela está zombando da gente, seu babaca. Ela sempre zomba da gente.

— Não acho que ela esteja zombando da gente, nem um pouco — disse Philip. — Desta vez. Acho que ela está falando completamente sério. Para mim, o que ela fez foi cuidadosamente refletido e planejado. Por anos, eu diria. Talvez ela já soubesse desde sempre. Já praticou um bocado disso, em alguns momentos. Se afastando da própria vida.

— Não acredito nisso — respondeu Isaac. — Ela certamente está em busca de uma mudança profunda. Uma pessoa que vive como ela precisaria fazer algo assim, reavaliar a própria vida de alguma maneira. O trabalho, os relacionamentos também. Vidas pensativas. — Isaac juntou os dedos, formando uma esfera com as mãos. — Vidas pensativas precisam ser interrompidas por divergências graves, viradas. Retiros — falou a palavra que lhe veio à cabeça. — Ela está num retiro.

— Não — respondeu Philip.

— Você acredita que ela foi embora permanentemente? Puf! Desapareci.

— É.

— Ela não vai precisar voltar para espiar de tempos em tempos? Só por curiosidade? Ela é tão curiosa.

— Não por curiosidade — respondeu Philip. — Só por mera mecânica. Ela precisaria nos incitar de tempos em tempos. Para nos manter em movimento. Manter a vida dela em movimento. A vida que ela deixou.

Isaac permaneceu em silêncio por um momento, seu único sinal de derrota. Uma espécie de temor diminuto lhe correu pelos olhos, seu queixo caiu, quase separou os lábios. Philip quis lhe dar alguma coisa, algo sobre o que pudesse ponderar.

— Você não se pergunta sempre aonde vai o mágico?

— Ele desce os degraus atrás do palco — respondeu Isaac. — Seca o suor com uma toalha, toma um uísque e ouve os murmúrios e suspiros maravilhados da platéia. Se gaba um pouco. Depois volta em meio a um mar de aplausos. Mas eu nunca aplaudi. Todo mundo desaparece, o tempo todo. Se não formos cuidadosos, podemos viver vidas inteiras desaparecidos. Sem que ninguém jamais pense em nós. Ninguém nos procure. O verdadeiro truque é *aparecer*. Não é *reaparecer*. Não é terminar o uísque e voltar pelos degraus ocultos. Apenas aparecer pela primeira vez.

— Isso tem um nome? — perguntou Philip. — Existe um termo para o tipo de aparição que ocorre rapidamente logo antes do desaparecimento? Imaginei que um cosmólogo ou um mágico saberiam. Você conhece o fenômeno? Para um mágico, é preciso que a platéia esteja hiperciente do objeto que ele logo fará desaparecer. O truque seria mais eficaz se o objeto começasse a acumular aparição. Um lenço chamativo. Uma assistente com pouca roupa. Uma supernova.

Isaac ergueu a mão de um modo que indicava estar prestes a citar as mais recentes explicações matemáticas para a iminente explosão e desaparecimento de supernovas. Philip interrompeu.

— Não. Não a matemática. A palavra. A palavra?

— A PALAVRA QUE VOCÊ deve estar buscando é *eidolon* — respondeu Lucia. Ela o tinha numa cadeira em seu quarto de hotel, a última noite em que ficaria ali, e estava prestes a partir para cima dele. Segurou os adornos no encosto da cadeira e envolveu Philip com as pernas, nas pontas dos pés. Philip pôs as mãos nos músculos flexionados das coxas de Lucia, erguendo-se. Olhou para ela, com o rosto no V de seus seios. — Não o sentido vazio que tem agora. O sentido real. Real. Ah — disse Lucia, baixando o corpo sobre Philip e buscando onde apoiar os pés, agarrando-se melhor ao encosto da cadeira. — Ah!

— Hoje em dia, a palavra se refere a fantasmas. Mas na verdade, significa a essência. A essência visível e palpável que se acumula logo antes da extinção de uma vida, para o mundo dos mortos ou para o nada, dependendo do que você acredita. — Moveu-se lentamente em cima de Philip, experimentando, ajustando os pés para encontrar a melhor posição, impelindo-se com um pouco mais de força, para testar. — É a tradução ocidental de *Kâma Rupa*. Assim está bom? Está gostando? — perguntou ao se lançar com firmeza para a frente, cobrindo-o. — Não vamos falar de livros por agora. Da sua boca só podem sair sons sem palavras. Está bem?

Lucia foi embora para a Espanha e Philip ficou ali, para devolver as chaves do quarto ao Hotel Latham. Foi embora apressada, antes da madrugada, dando-lhe um beijo no pescoço; da porta aberta entrava a única luz do quarto. Jogou uma bolsa por sobre o ombro e arrastou uma única mala atrás de si.

— Leve o que quiser — sussurrou para Philip. — Deixe o resto para o hotel. Eles sabem.

O Hotel Latham serviu café e pão pela manhã. Philip tomou seu café-da-manhã enquanto revistava o quarto. Lucia tinha deixado roupas, algumas dela, outras obviamente não. As roupas felpudas para aquecimento estavam ali, ao lado de um casaco de linho amassado, mas ainda bonito, que Philip vestiu e decidiu guardar para si. Havia três frascos de perfume, de um vidro muito pesado, aromas não reconhecidos. Tinha deixado dois livros: o Borges e *As curvas da vida*, a obra de Cook sobre o papel da espiral logarítmica na arte e na natureza. Philip pensou que talvez houvesse mencionado o título com ela. Ambas eram versões surradas que pertenciam à Biblioteca Pública da Filadélfia. No Cook, Lucia havia marcado uma página que falava do girassol e que trazia uma fotografia em preto-e-branco do redemoinho logarítmico nas sementes da flor. Usando um batom, Philip desenhou certa vez uma espiral logarítmica na barriga de Irma, o umbigo no centro. Estavam na faculdade, traindo o namorado de Irma na cabana de surfe dele. Um dos aspectos mais bonitos, disse Philip, é o fato de que a espiral tem a mesma aparência vista de qualquer direção. Com o dedo, traçou uma linha cortando a espiral. Todas as retas que cruzam o centro, explicou Philip, intersectam a espiral exatamente no mesmo ângulo. O dedo de Philip corou levemente o torso de Irma. O mesmo ocorre nas conchas de caracóis, em girassóis, filigranas e galáxias.

Não dê tanta importância a isso, Pip, disse Irma anos depois, quando ele repetiu a espiral em sua barriga. Estavam matando o tempo de uma tarde numa estalagem minúscula perto das ruínas de Tampumachay, uma cidade enterrada nos arredores de Colima, aguardando para explorar as tumbas sob uma luz mais suave e tardia. Philip traçou a espiral na barriga despida de Irma com um pedaço de molar de mamute fossilizado que ela encontrara. As galáxias e conchas de caracóis têm exatamente o mesmo desenho e matemática apenas porque nós as vemos dessa forma. Somos nós que criamos as formas que pensamos ver. É o que fazemos. Sei disso melhor que ninguém. Eu restauro constantemente o que se despedaça. Vejo, muitas e muitas vezes, o que as pessoas querem fazer, o que precisam fazer. Restaurar seus pensamentos e sensações e compartilhá-los com os outros. E assim, isso é tudo o que fazemos, repetidamente, produzindo um mundo, uma galáxia, um universo que acreditamos estar além de nós. Quando vejo a sua preciosa espiral logarítmica numa concha e numa galáxia, eu não penso: Que maravilha!, Que desconcertante!, Que distante de nós! Eu só vejo a frente e o verso de um livro.

As pessoas enterradas sob os nossos pés, os Tampumachayas, nem sequer veriam a sua espiral. Se você lhes mostrasse uma galáxia, eles a veriam moldada de acordo com a matemática própria deles, há muito perdida. Eles talvez vissem isto: usando o pedaço de fóssil, traçou um desenho na barriga de Philip, φ. Se eu fosse uma grande escritora, poderia reescrever o mundo de alguém. Poderia reescrever e encadernar o seu mundo, Pip. Eu poderia fazer com que você visse galáxias e girassóis espiralados cujas aparências e ângulos se alteram quando você desenha uma linha que lhes corta o centro.

Philip deixou o Hotel Latham, encontrou a Twentieth Street e caminhou pelo bairro dos museus, vestindo o casaco de linho e carregando os livros, para devolvê-los. A sociedade de horticultura acabava de abrir os portões, assim como a Academia de Ciências Naturais e o Instituto Franklin. Na praça Logan, avançando pelo redemoinho de tráfego, pôde sentir quanto aquele dia seria quente. Estava ansioso por se livrar dos livros e correr. Apertou o passo na Vine Street e foi um dos primeiros a entrar na Biblioteca Pública. Enfiou o Borges e o Cook na gaveta de devoluções e estava prestes a sair apressado dali quando notou um livro amarelo vívido apoiado no mostruário redondo, situado no meio do saguão. O livro tinha uma cor mais intensa que os outros da prateleira. Liso, aberto, estava de frente para as gavetas de devolução onde Philip se encontrava. Aproximou-se lentamente, inclinando um pouco a cabeça de um lado para o outro, mas mantendo o olhar diretamente sobre o livro amarelo, como para testar sua substância e existência, do modo como alguém se aproximaria de um belo prisma numa parede, esperando que se mantivesse ali por tempo o bastante para que pudesse tocá-lo.

Era o *Pepys à mesa*, da Hibberd's, resgatado da livraria moribunda e depositado na biblioteca, onde passaria completamente despercebido, nem mesmo registrado, mas a salvo. Leu a anotação feita no diário para a data daquele mesmo dia, em 1669: E ela me deu um pouco de pão de gengibre em bolinhos como chocolate, muito bons, feitos por uma amiga. Irma lera bastante Pepys para Philip, o que o tornou capaz de interpretar. Pepys estava comendo barrinhas densas de pão de gengibre, provavelmente duras como pedra e conservadas para durar até o século seguinte. Philip teve vontade de comer uma. As mulheres vivem dando pedacinhos deliciosos de comida a Pepys, disse Philip a Irma. E daí?, respondeu Irma. Será um código para alguma outra coisa?, perguntou Philip. Você disse que ele muitas vezes escreve em código. E se for tudo um código? E se todo o diário for escrito em código? E se a vida escrita de Pepys mascara e preserva sua vida real?

Atenha-se à matemática, Pip, disse Irma. Não tente ser como eu.

Philip se lembrava de que estavam no México, mas não conseguia se lembrar com qual Irma estava falando naquele momento. Teria sido na primeira viagem ao México, antes do casamento com Rebecca? Ou então a viagem entre os casamentos? Seria a Irma esportista, cor de mel, que corria nas manhãs orvalhadas do parque de Colima, tida por espanhola pelos moradores locais, arrastando-o para a cama em cada sesta e cada noite cálida? Ou seria a Irma distante, partindo em corridas secretas, sem Philip, no Parque Uruapán, fingindo ter abandonado o esporte, tida por moradora local, fumando seu *diez minutos*, desafiando-o a tocá-la ou não tocá-la? Desejou a segunda, mas talvez apenas por conhecer também a primeira. E não havia diferença.

De pé em frente ao Pepys, sentindo-se envolto pela manhã branca que preenchia o saguão, Philip calcula probabilidades como o resto de nós respira. Quatro possibilidades se apresentam como salvadoras do livro: Irma, Lucia (caso ela conhecesse Irma), o dono da Hibberd's (tentando salvá-lo antes que sua loja finalmente caísse aos pedaços, inevitavelmente) ou alguém que tivesse comprado o livro (tentando fazer o mesmo, e desejando compartilhá-lo). As duas últimas eram as menos prováveis, em virtude do tempo. O livro está aqui, agora. A segunda é a mais provável, por causa — novamente — do tempo. E do espaço. Os livros que Philip devolveu por Lucia — ela sabia que ele faria isso — o levaram ao único lugar e ao fragmento geral de tempo em que ele veria o livro. A primeira é quase tão provável quanto a segunda, dependendo, de certa forma, da variável que é a relação de Lucia com Irma. Irma poderia decidir se esconder no tempo, em vez do espaço. Ela conhece seus hábitos e preferências bem o suficiente para residir nos mesmos locais, mas em tempos ligeiramente diferentes. Para complicar a questão, se somarmos as chances da terceira e da quarta possibilidades, em conjunto elas se tornam mais prováveis.

Folheou mais um pouco o Pepys, depois examinou as folhas de rosto. A inscrição a lápis feita por Irma para a Hibberd's dizia: *Para garantir que permaneça em boa mão.* Por que ela omitiu os *s*, mantendo *boa mão* no singular? Irma soava como Pepys. Sim. Mas também estava escrevendo em código. Philip riu como se ela estivesse bem ali ao seu lado, vendo-o finalmente entender a piada.

Quando foi até o balcão para retirar o livro da biblioteca, a bibliotecária lhe informou que aquele volume em particular não havia sido registrado no sistema. Poderia haver várias razões para aquilo, explicou. As doações muitas vezes passam pelo primeiro inventário sem serem adequadamente registradas. Além disso, as pessoas tentam constantemente deixar livros — geralmente seus próprios trabalhos não publicados — nas prateleiras das bibliotecas, achando que, assim, vão ser incluídos no nosso catálogo. Mas vemos isso o tempo todo, e simplesmente os jogamos no lixo. Só porque parece um livro não significa que seja um livro. Mas este aqui — a bibliotecária sentiu-lhe o peso nas pontas dos dedos pálidos —, vamos ficar com ele. Volte na semana que vem, que já vai estar disponível para retiradas.

Philip caminhou depressa até a Hibberd's, convencido de que estava se aquecendo para uma corrida, mas sentindo-se puxado em ziguezagues pelo centro da cidade. Na livraria, o atendente se lembrava de que o Pepys tinha sido comprado por uma mulher nos últimos dias (eles não vendiam muitos livros). Isso eliminava uma possibilidade. Ela era bonita. Isso não eliminava nada, mas incrementava as duas primeiras possibilidades. Philip imediatamente se deu conta de que qualquer característica relacionada a Irma também se relacionava a Lucia, e não eliminava completamente a possibilidade de uma terceira pessoa. O atendente, segurando nas mãos o livro que estava lendo antes que Philip o perturbasse, parecia nervoso. Philip agradeceu e foi embora.

Teve a sensação de estar se separando do tempo e do espaço e buscou refúgio, consolo e retorno correndo pela Kelly Drive. Correu rápido pelas margens do Schuylkill, cobertas de grama, sentindo-se forte depois de um dia de descanso, bombeando intensamente o ar do rio para seus pulmões. Espaireceu a mente nas curvas que passavam pelo Museu de Arte, pela estação de águas e pelos clubes de remo. Você não sabe de um monte de coisas. Mas estava começando a saber. No trecho reto em direção a Germantown, quando o suor começou a fluir em camadas por suas costas e peito, sentiu-se compelido a lançar seus pensamentos à frente. Equipes de corrida, homens e mulheres, das universidades Penn e Drexel, passaram na direção contrária, apenas se aquecendo, conversando, mas avançando num ritmo que o impressionou. Dividiram-se e convergiram ao redor dele como a correnteza ao redor de uma pedra.

Philip acreditava agora que, na primeira vez em que abriu o Borges, ao ler o convite escrito a lápis pelo autor e pela encadernadora, soube de algum modo que buscaria Sam e buscaria também um modo de se aproximar de Nicole. Já havia compreendido esses empreendimentos antes mesmo de notar a necessidade de realizá-los. Seu medo do escuro, seu entendimento da luz no Turgenev, seu desejo por Lucia, o brinquedo que ela lhe oferecera, tudo isso era ele, já compreendendo antes de se dar conta, o garoto puxando a espada da pedra, o matemático encontrando a solução antes do experimento. Mas essa elevação, essa súbita ausência de peso que lhe permitia acelerar a corrida, respirar mais profundamente, também fazia rodopiar o giroscópio de seu passo. Então essa seria sua vida? Nos livros dela? Retroceder para compreender sua própria presciência? Abrir *Ficciones* e entender que iria à Espanha, o centro do desaparecimento de Irma, para encontrar seus enteados, sua própria paternidade, sua própria vida?

E medos. Abrir *Ficciones*, meramente estudar rabiscos a lápis nas folhas de rosto e meditar profundamente sobre uma mulher que ele ainda iria conhecer. Desejá-la, temê-la, unir-se a ela. Ler aqueles primeiros contos — nem sequer eram contos, eram pequenos mundos criados — e desejar uma mulher que existia de fato, mas que ainda teria que sair da luz azul para adentrar sua vida.

Sabia também, lutando para ajustar o ritmo e a velocidade da corrida, de seu temor por Lucia. Ela poderia ficar decepcionada e irritada se Philip a encontrasse, ali na Espanha. Em *O marinheiro que caiu em desgraça com o mar*, de Mishima, Irma lhe contou que o marinheiro cai em desgraça quando volta para Fusako em vez de abandoná-la e seguir em frente em busca de novas conquistas. Se Lucia lhe havia dado um fragmento de graça, Philip queria retê-lo. Haveria algo como a graça? Algo recebido sem intenção nem mérito? Algo concedido por razões incognoscíveis? O marinheiro tem o poder do mar, que lhe foi concedido, com sua natureza caprichosa, pela própria água. Ele talvez despenda sua graça em troca de maiores possibilidades, uma vida na terra com a bela Fusako. Fusako é viúva, o que também lhe dá algum poder, como o mar, e ela talvez tenha também a capacidade de conceder a graça. Na matemática de Philip, a graça seria equivalente a π. Um número que inquestionavelmente existe, não pode ser localizado com precisão e é conhecido fundamentalmente por seu efeito nos demais e por seu papel crucial na compreensão da mais importante entre todas as formas do Universo, a esfera.

Irma, por meio da narradora Sylvia, escreve no *Teoria*: A capa da brochura de Mishima era a mais explícita. Nela, o homem e a mulher estão nus, unidos, cruzando toda a imagem na horizontal, formando uma paisagem humana. A curvatura e as elevações de seus braços e pernas mal escondem o que não pôde ser mostrado. Suas formas estão unidas no turbilhão do mar, o cabelo de Fusako se transforma em ondas, o cotovelo erguido do marinheiro forma um penhasco no oceano. A mulher é apenas um pouco exótica, tem lábios vermelho-sangue, abertos e cheios, seus olhos cobertos de rímel trazem uma ínfima elevação. O cabelo negro da moça é reto até o momento em que começa a se mesclar à arrebentação. Sua pele branca como arroz contrasta com a cor castanha dos músculos do marinheiro. Minha mãe me avisou que o papai talvez me pedisse para jogar o livro fora, ou ao menos para deixá-lo de lado até que eu fosse mais velha. Mas quando levamos a primeira pilha de brochuras para casa e ele as folheou, fez apenas uma breve pausa para observar a capa do Mishima e disse que nós duas éramos as únicas coisas que ele amava mais que o mar. E fez os apoios de livros de abalone com conchas que mamãe e ele tinham colhido.

PHILIP DECIDIU VIAJAR para a Espanha o mais cedo possível. Sua principal promessa seria encontrar Sam. Acreditava que se buscasse a solução mais difícil, a solução quase impossível que era Irma, as equações menores seriam resolvidas. Seu ponto de entrada na operação — a operação de Irma — permanecia um tanto arbitrário. Ela se esconde em qualquer lugar em que haja livros, em que possa haver livros. Mas certos pontos traziam mais significado que outros. Levaria consigo o Cervantes e os três outros livros que roubara da coleção, uma mala cheia de roupas, tênis de corrida e algumas coisas que haviam se juntado em sua mesa para serem consideradas; e levaria o laptop.

Numa confeitaria próxima à praça Rittenhouse comprou biscoitos de gengibre, sabendo que tinham sabor muito forte, para comer no avião. Não ficou completamente surpreso ao encontrar Beatrice na loja, tomando café e comendo bolinhos com uma mulher e um homem que ele não reconheceu. Pelo comportamento dos dois, o modo como sorriam e roçavam os cotovelos, Philip não soube se o homem estava com Beatrice ou com a outra mulher. Era um homem muito bonito, de pescoço forte e queixo reto. Philip se aproximou da mesa, cumprimentou-os e ouviu Beatrice apresentá-los. Ela fez menção de ficar em pé e lhe deu um beijo na bochecha.

— Estou indo para a Espanha — disse Philip.
— Com alguém?
— Sozinho — respondeu. — Você está ótima, B.

Deixou-os, acenando com a cabeça e piscando cuidadosamente um olho para Beatrice, e ouviu que o homem começava a contar às mulheres sobre a Espanha, falando dos lugares que elas *tinham* que ver. Quando chegou à porta, Philip olhou de volta para Beatrice, que deu de ombros. Será que ela lhes diria que não era realmente preciso ver nada, que bastava fechar os olhos e sentir o ar, cheirar as flores das laranjeiras e a pedra quente, ouvir as famílias, o tilintar dos copos e a música até de madrugada? Ela lhes diria que, com a ajuda de outra mulher, quase matou um homem de prazer lá? Ela lhes contaria como é a sensação de estar quase perdida na Calle Sin Salida, como podemos entrar nessa minúscula travessa e perder todo o senso de entrada e saída?

Se você ficasse por ali e não o seguisse imediatamente, escutaria o que ela tem a dizer. Veria o modo como ela interrompe a conversa. Eu poderia ir com ele. Poderia, diz Beatrice. E eles se apóiam nos encostos, rígidos, jogados. A capa da brochura teria que indicar visualmente a grande vidraça. O antigo amante caminha em frente à janela. Está quase fora da imagem, mas vemos que sua cabeça está ligeiramente encurvada, melancólica. A mulher de cabelo escuro atrás do vidro o observa, ignorando a mesa e seus acompanhantes. Tem os lábios e as pernas abertos, o vestido verde lhe pende do corpo no café esfumaçado, e sua cor está no centro da figura. O movimento faz com que o cabelo dela se levante e rodopie, e uma mecha negra cruza o decote baixo de seu vestido, metendo-se na fenda entre os seios. O nome do café, pintado acima da janela, é também o título da brochura.

Depois de comprar a passagem para Madri, Philip colocou no computador o DVD que Rebecca lhe dera, *Com Philip*, preparou um *bourbon* com gelo, recostou-se na poltrona e abriu o Cervantes. As luzes do disco de Rebecca projetaram reflexos aquosos no teto e nas paredes. Philip olhava de relance para a tela entre os parágrafos do *Quixote*, ou quando ouvia Rebecca gemer. No início do quinto capítulo, Cervantes escreve: Vendo então que não conseguia se levantar, lembrou-se de recorrer ao seu ordinário remédio, que era pensar em alguma passagem dos seus livros. Ouviu um grito de Rebecca e olhou para a tela a tempo de ter um vislumbre das costas encurvadas de alguém, formando um S. Costas que não eram dela, nem dele, mas perfeitamente familiares. Eram de um moreno-claro e esguias; Irma, sem dúvida. Desapareceram numa cena luminosa, um piquenique que ele e Rebecca fizeram sozinhos em algum ponto do vale Raritan. Philip não se apressou em direção à tela, aproximou-se com cuidado. Retrocedeu o DVD, voltando à cena anterior, na qual ele e Rebecca faziam amor sob uma intensa luz laranja. A imagem das costas ocorre por um mero segundo, a forma em S apenas divide as outras duas cenas. Ele talvez não a houvesse notado se não erguesse o olhar no exato momento em que apareceu, imediatamente após o grito de prazer de Rebecca. Ouve-se o gemido no laranja intenso, vê-se então, num relance, as costas de Irma e a seguir o branco do piquenique, o céu branco, as cristas brancas de um rio, o branco de suas camisas de verão.

Philip passou o DVD para a frente e para trás entre as cenas, vendo a imagem das costas de Irma que piscava entre elas. Tentou determinar em que momento de sua vida aquela cena teria ocorrido, mas a iluminação era fraca. A imagem quase não passava de curva e cor, como os desenhos derretidos que se vêem num filme de celulóide. E as cenas a cada lado da imagem não estavam em ordem cronológica; o piquenique ocorrera logo no início de seu relacionamento com Rebecca, a cena anterior ocorrera ao final, quando o sexo parecia mais urgente.

Philip se sentou à mesa e examinou o quadro a quadro das costas de Irma. Sentiu-se tolo: Irma alguma vez lhe pediu ajuda com matemática? Ligou para Rebecca em seu escritório, esperançoso, embora fosse tarde. Ela atendeu e não pareceu surpresa em ouvir a voz de Philip. Disse oi como se estivessem continuando uma ligação interrompida.

— Você mentiu — disse Philip.

— Menti? — Rebecca pronunciou a palavra como se não soubesse sua definição. — Essa é a sua pergunta? A sua acusação? O melhor que consegue dizer?

— Não inverta as coisas, Bec. Não sou eu que tenho dormido no escritório. As coisas estão mais calmas aí?

— Não. Não estão mais calmas. Nenhum lugar está mais calmo. Mas a Nicole talvez venha para cá. Trazer a calma com ela. Não dizer nada além de "oi" e "tchau" ao longo de algumas horas. As coisas estão calmas aí, Philip?

— Quando foi que isso começou? Com ela?

— A minha vida é mais estranha do que as pessoas pensam, Philip — disse Rebecca. — Eu trabalho tanto tentando evitar a estranheza.

— Quando, Becca?

— Quando? — Ouviu-se um som forte ao telefone, a manga de Rebecca roçando o nariz. — Não existe quando. Não existe t na equação.

— Onde começamos, então? — perguntou Philip. Ouviu-a fungar e pigarrear, o roçar da manga outra vez. — Com ela?

— Começamos? Você sabe onde começou. Na piscina. Há bastante tempo. Ao longo de todo o nosso casamento. Eu lhe disse que não existe quando, não existe tempo. O tempo não existe com ela.

— Quando terminou? — Philip balançou a cabeça. — Onde terminou?

— Terminou? — Rebecca fez uma longa pausa. — Não chegou realmente a terminar. Continuamos nos vendo. Sempre que ela vinha para o Leste. Sempre que eu viajava para o Oeste. Às vezes almoçávamos juntas, fazíamos caminhadas. Não a encontrei muito nestes últimos dois anos, mas isso foi porque ela não viajou muito por estes lados. Nunca terminamos. E sei que ela foi embora. Ela me deixou dois livros. Restaurou uma primeira edição do *Curvas*, de Cook, e uma edição delicada do *Cânone* de Neper.

— Não estou perguntando sobre os livros.

— *Não termina* — disse Rebecca. — As coisas não terminam com ela. Ela diz qualquer coisa a qualquer momento.

Philip quase se uniu a ela, quase tocou o telefone com os dedos. Em vez disso, perguntou se ela estava arrependida.

— Não estou. Não peço desculpas. No começo, parecia que eu não poderia estar com você sem também estar com ela, daquele mesmo jeito. Aquele mesmo jeito. Eu disse isso a ela. A princípio, acreditei que vocês dois estivessem fazendo a mesma coisa. Eu disse a ela que podiam. Ela disse que não, que não queria aquilo. — Fez uma longa pausa. — Você sabe por que ela desapareceu? Você seria o único a saber. Sabe?

— Não. — Philip não hesitou em machucá-la. Pela primeira vez em seu relacionamento, quis deixar Rebecca súbita e agudamente triste. — O Sam já voltou?

— O Sam? — perguntou Rebecca. — Ainda não.

Philip esperou.

— *O Sam?* — perguntou Rebecca.

— Ele foi à procura dela.

— Não é verdade.

— É, sim — respondeu Philip. — Talvez você consiga fazer com que Nicole lhe fale sobre isso. Pode fazê-la falar.

— Não. Não, eu nunca consegui. Você era melhor. O Andrew se acha melhor, porque consegue fazer com que ela fale muito, revele muitas coisas. Mas eu sei que ela simplesmente inventa histórias para ele. Para ser simpática.

— Ela não me conta muito — disse Philip. — Me contou do Sam, de certa forma. E de si mesma. A Nicole se tornou muito astuta. Ela me surpreende. Calculou exatamente o que precisava me dar, e não me deu nada além disso.

— *De si mesma?* — O roçar ao telefone se tornou mais bruto, com pancadas e pulsos. — O que você está dizendo, Philip? — perguntou Rebecca. — O que você está me dizendo?

— Estou dizendo... — Desculpando-se, fez uma pausa. — Estou dizendo que os seus dois filhos tiveram, têm, alguma espécie de relacionamento com ela. Muito além do nosso conhecimento e imaginação.

— Não sexual? — Houve um colapso na voz de Rebecca.

— Certamente para eles. Certamente com Nicole. E é um chute bem fácil em relação ao Sam. Ele tem dezessete anos. Qual seria a dificuldade? Irma o fisgaria apenas com um olhar.

Philip ouvia a respiração de Rebecca, sentia-a pensar.

— Estou indo para a Espanha — disse Philip. — Acho que vou encontrar o Sam.

Não conseguiu dormir após a ligação. No escuro, escutava a *Sinfonia nº3, das almas desoladas*, de Górecki, e fitava a janela cinzenta. Depois tentou ler Cervantes, mas já havia chegado aos capítulos sobre Marcela, a pastora cuja beleza e intelecto míticos seduziam todos os homens a ela expostos, e isso apenas agitou ainda mais os pensamentos e imaginação de Philip. Cervantes escreve: Destes e daqueles, e daqueles e destes, livre e desenfadadamente vai triunfando a formosa Marcela, e todos os que a conhecemos estamos à espera de ver em que irá parar sua altivez. Todas as faias dos campos da região têm entalhado seu nome. Rebecca telefonou de volta, também incapaz de dormir ou trabalhar.

— Acho que você está enganado, Philip. Está apenas aumentando a coisa sem necessidade. Por causa do que aconteceu entre nós duas, do que você ficou sabendo. Está aumentando a história. Ele simplesmente foi aonde quer que tenha ido tantas vezes neste último ano.

Philip esperou. Ouviu então o suspiro de compreensão de Rebecca.

— Ah... — disse ela.

Embora Rebecca tenha se mantido em silêncio absoluto, Philip imaginou que ela estivesse chorando. Ela raramente chorava, mas aquele silêncio parecia ligeiramente distorcido.

— Bec.

Sentiu que a distorção se aprofundava.

— Talvez não seja ruim — disse Philip. — O Sam sabe cuidar de si mesmo. Pelo menos com as coisas práticas.

— Coisas práticas? Ultimamente, ele quase não passa de puro pensamento e distração. Você tem visto o Sam? Quando ele corre, parece estar saltando as barreiras em direção a algo aterrorizante. Se jogando num abismo.

Rebecca ficou calada, esperou, depois encerrou a ligação. Antes que Philip pudesse apagar a luz, o telefone tocou, ainda em sua mão.

— Não sou tão viajada quanto você — disse Rebecca. — A distância me incomoda. E se ele conseguir pegar a Irma?

— Não vai conseguir — disse Philip.

Nem você consegue me pegar, Pip.

Ficou deitado por uma hora, contou a passagem de quatro ônibus, observou suas luzes que deslizavam pelo teto. Telefonou de volta.

— Bec?

— O quê?

— Se ele estiver na Espanha, está num dos melhores lugares do mundo. As pessoas vão ser legais com ele. Vão gostar do cabelo ruivo e das sardas, vão pensar que ele talvez seja de Madri, até que ele tente dizer alguma coisa. São pessoas legais, de verdade. Não dizem por favor e obrigado e tudo bem até passarem a conhecer você. Eles dizem oi, sim. O Sam vai gostar dos espanhóis, como é capaz de gostar de qualquer pessoa, porque eles olham nos olhos sem dizer nada. Eles não presumem, como os americanos, que todo mundo é igual a eles. Quanto mais penso nisso, mais percebo que o Sam não poderia ir a um lugar melhor. E enquanto estiver lá, vai sentir saudades de você e de Nicole o tempo todo. Vai se surpreender ao ver pessoas ruivas ao acaso e pensar em você. Vai ver a juventude, *los jóvenes*, tão esperta, rápida e segura de si, e vai pensar na irmã. Vai ficar numa boa, Becca. E eu vou encontrar o Sam. Tentando procurar Irma, vou encontrar o Sam.

— Você deveria estar com raiva de mim, Philip. Deveria estar com raiva dela.

— Eu sei disso — respondeu Philip. — Ao menos sei disso. Mas não estou com raiva. É bom que não tenhamos ficado juntos, Bec. Porque à medida que envelheço, vou só piorando. Começo a compreender tudo. Você diz que é estranha, estranha como ninguém poderia imaginar. E é mesmo.

— Obrigada — disse Rebecca. — Acho.

Havia um flerte na voz de Rebecca, que também soava cansada. Philip encerrou aí a ligação. Eu tinha o costume de espioná-lo na faculdade, narra Sylvia no *Teoria*. De um lugar escondido, eu o observava na biblioteca, ou numa sala de aula, ou enquanto conversava com colegas e professores debaixo de árvores, em gramados, ao lado do chafariz. Faltava-lhe autoconfiança, parava no meio dos gestos e palavras, desviava o olhar. E ele não notava o modo como as pessoas o fitavam durante esses segundos, com sorrisos intrigados que ficavam menos intrigados. Era sempre fácil espioná-lo, porque, inconscientemente, ele se fazia visível. Posicionava-se no centro das janelas, escolhia cantos abertos, gostava de caminhar ou ficar parado em espaços iluminados entre conglomerados de coisas e pessoas. Inicialmente, eu não tinha planejado espioná-lo tanto; ele apenas parecia se oferecer dessa maneira.

No México, sem ele, Feli e eu orquestrávamos cenas de teatro de rua usando pedestres que jamais se davam conta de estarem em meio a uma encenação. Feli aprendeu a fazer aquilo nas calçadas e *zócalos* de Colima, onde sua trupezinha aperfeiçoou a técnica. O verdadeiro truque era ganhar uma platéia disposta a acompanhar, até mesmo ajudar com a performance e a burla. Eu falava bastante a Feli sobre ele, sobre como seria o alvo perfeito para esse tipo de brincadeira. A coisa poderia prosseguir por dias, semanas, falei. Na primeira vez em que Feli o viu sair de um táxi rumo à praça da catedral de Colima, Peter já era uma lenda para ela.

Philip finalmente adormeceu no capítulo oito do Cervantes, que traz o longo poema salvo do esquife de Crisóstomo, o pastor morto. O belo pastor morre, de fato, em virtude de seu amor não correspondido por Marcela. Ele escreve livros inteiros sobre seu amor e desespero, e depois ordena que tais livros sejam queimados com ele em sua morte. Dom Quixote e seus companheiros de viagem argumentam que o pedido deve ser ignorado para que alguns dos escritos possam ser salvos. Eles vencem a disputa ao observarem que Virgílio também pediu que a *Eneida* fosse destruída após sua morte, e que, para benefício de todos, seu testamento não foi honrado. Mas o longo poema fez com que Philip adormecesse, o efeito habitual da poesia sobre ele. Os poetas, disse Philip a Irma mais de uma vez, acham que são grandes matemáticos, mas não são. Esta é a essência da matemática deles: se a = b e b = c, então a = c e tudo mais. Seu trabalho sempre parece depender de saltos imerecidos. Irma respondeu com um desdém sereno, perdoando-o muito mais tarde ao dizer de súbito: "Não acho que você realmente acredite nisso." E ele sabia ao que Irma se referia, apesar de tudo o que fizeram e conversaram nesse meio-tempo. Ela disse aquilo dias depois, olhando-o com desprezo depois de marcar um ponto contra ele num jogo de *frisbee*, enquanto ele jazia esgotado no gramado.

Philip acordou, como de costume, no meio da noite, sentindo-se pronto para partir. Partir para a Espanha e encontrar Sam. Mas havia uma grande inquietação em seu âmago, um torcer de nervos, um crescente que lhe comprimia a base da respiração. Isso, explicaram-lhe os pais muitas vezes, antes de muitas corridas, é apenas o seu corpo se acanhando, hesitando, antes de se comprometer com o que você lhe pede que faça, seguir aonde você quer que ele vá. É bom. Sempre faziam esta última declaração em eslovaco. E Philip sabia, pela métrica e sintaxe da frase anterior, que aquelas palavras também já haviam sido *slovenský*. Mas ele aprendera que os eslovacos eram especialistas em construir coisas boas a partir do sofrimento, da desgraça e do equívoco. E assim percebia que, enquanto a primeira frase era provavelmente verdadeira, a segunda era apenas relativa, ou questionável, ou absolutamente falsa.

Esperando pela madrugada, por alguma luz sob a qual pudesse correr, observando as luzes da cidade que deslizavam por seu teto, Philip quis ligar para sua mãe e seu pai e lhes contar o que estava prestes a fazer, e como se sentia naquele exato momento. Queria ouvi-los explicar a mesma coisa mais uma vez e dizer: *Sa dobre, Filip*.

NOVE

No vôo noturno a Madri, Philip leu o *Quixote*. Marcela, a pastora cuja beleza mata Crisóstomo, faz uma aparição súbita ao final do funeral, surgindo entre as árvores e revelando ser ainda mais bela do que contava a lenda. Quando os viajantes, com os olhos momentaneamente nublados de sofrimento e raiva, a repreendem pela morte e pela desgraça que causou, Marcela se defende com um discernimento que se equipara à sua beleza física. Depois de se explicar, ela volta ao bosque: todos os presentes ficam repletos de admiração por sua inteligência e beleza. E alguns — os que foram atingidos pela seta poderosa do brilho em seu lindo olhar — dão indicações de que pretendem segui-la.

O cavalheiresco Quixote, com a mão no punho da espada, diz a todos que obedeçam ao desejo de Marcela de ser deixada só, ameaçando impedir qualquer pessoa que tente segui-la. Quando os viajantes partem em caminhos separados, deixando Quixote sozinho (com Sancho), ele, naturalmente, resolve procurá-la e se oferecer a servi-la como possa. Quixote e Sancho adentram a floresta e cavalgam à procura da moça: depois de cavalgarem por mais de duas horas, procurando-a em vão por toda parte, decidem parar num prado cheio de relva nova por onde passa um riacho fresco e suave, tão acolhedor que praticamente os convida e obriga a passar ali as horas mais quentes do dia, pois os rigores da tarde apenas começavam. Por quanto tempo você procuraria, Pip, antes de desistir?

Philip quase continuou a leitura, captando a intrusão de Irma omente com a margem da consciência, um galho na correnteza. O livro jazia aberto na bandeja de sua poltrona, e Philip apoiou a mão sobre a página. Como que apanhado, passou os olhos pela cabine do avião, em penumbra. Quase todos os passageiros dormiam, seus roncos e respirações se misturavam ao som suave das turbinas. Pálidas lâmpadas amarelas marcavam os passageiros que cruzavam o Atlântico absortos em leitura.

Continuou a ler. Quando eu finalmente desaparecer da sua vida, por quanto tempo vai me procurar? E qual será o ângulo inicial da sua busca? Qual será a curva? Com quanto cuidado vai escrever a fórmula antes de começar? Vai buscar auxílio nas equações?

Envergonhado, empurrou a pasta que continha seu caderno de composições e equações para o fundo do bolso da poltrona, por trás das revistas de bordo. Sim, buscou auxílio. Ele não tinha tempo, realmente, de fazer oscilar um pêndulo ao redor da Espanha. Rebecca o ajudou, aparentemente entretida e tentando se desculpar, ou algo assim. Juntos, passaram a madrugada revendo as equações de Philip no brilho amarelado do escritório de Rebecca. Por vezes, escutaram os golpes distantes do esfregão de um zelador, o ressoar de um balde. Rebecca refinou o trabalho de Philip, usando os conhecimentos que ela própria tinha de Irma para editar considerações desnecessárias e acrescentar, argumentou Rebecca, explorações essenciais.

Ela enviou um e-mail a Sam. Sei que você está na Espanha, escreveu.

Estou numa boa, respondeu Sam. Depois disso, não respondeu mais às mensagens.

— Foi esquisito — disse Rebecca a Philip — mandar aquelas mensagens à sua própria casa.

Mas sentiu-se aliviada, pois assim Sam poderia usar seu cartão e não dependeria de qualquer sistema que houvesse bolado para ganhar dinheiro.

— Mas ele não é tonto — disse Rebecca. — Ele pegaria um trem e viajaria a dois mil quilômetros de distância só para conseguir dinheiro e esconder as pegadas. É *possível* viajar por dois mil quilômetros dentro da Espanha? — perguntou.

— Ou então ele poderia tomar um barco para Tânger. Ou para uma ilha.

— Não faça isso, Philip — respondeu Rebecca. Tirou os óculos e o fitou por um longo momento. O rosto de Rebecca estava acima do brilho da lâmpada da escrivaninha, de modo que a luz se filtrou através do cabelo ruivo, corando sua compleição pálida. Philip viu a cena e lembrou que os cílios dela também eram ruivos. Rebecca recolocou os óculos e fingiu analisar as equações.

— O que ela faz com ele? — perguntou Rebecca. — Com ela? Eles?

— Você é que deveria perguntar a eles, Rebecca.

— Eu sei. Mas você conhece Irma melhor.

Philip deu de ombros.

— Ela faz sexo com eles. Levam um ao outro ao orgasmo, de maneiras prolongadas, e às vezes não tanto. Mas não é exatamente isso o que você quer saber, não é mesmo? Você quer saber o que ela conta a eles, o que revela. Sobre nós. Sobre você.

Rebecca fez que sim.

— Mas você já sabe, Becca. Você já disse. Ela diz qualquer coisa, a qualquer momento. Parta desse princípio.

Rebecca considerou as palavras de Philip, baixando os óculos até a ponta do nariz, depois recolocando-os nos olhos, mordendo o lábio.

— Você mudou — disse por fim. — Está um pouco mais comprometido que quando estávamos juntos. Mais irritadiço. Isso cai bem em você.

Philip riu baixo, mas ela ainda esperava uma resposta maior.

— Metade da minha vida foi embora — disse Philip. — Eu moro num apartamento barato em cima de uma loja velha. Não tenho nada. Não realizei nada, não tenho nada para mostrar. Quando caminho por estes corredores até o seu escritório, ou o do Isaac, passo por matemáticos que fazem muito mais do que eu, que fizeram muito mais do que fiz, muito mais do que eu poderia fazer com o tempo e talento que me restam. E ainda assim, eles têm famílias, hobbies e diversões. Meu maior medo, quando estiver na Espanha procurando o Sam, que está à procura da Irma, é o de não ter nenhum senso de regresso.

Rebecca levou uma mão à têmpora de Philip, depois correu os dedos ao redor da orelha, como se estivesse prendendo o cabelo dele.

— As pessoas sentem sua falta, Philip. A Nicole e o Sam sentem sua falta. A Irma sente sua falta. Tomas e Anna também devem sentir.

— Você quer dizer Stefan e Tessa. Tomas e Anna são a versão de Irma de minha mãe e meu pai. Do livro que escreveu.

Rebecca deu de ombros.

— Eu misturo os personagens, às vezes. O tempo todo, na verdade.

Rebecca voltou às equações, mas Philip sabia que sua concentração estava em alguma outra parte. Ela correu os olhos pelo papel, subindo e descendo, sem seguir nenhuma direção. A luz se refletia e ramificava com o movimento dos dois.

— No que você está pensando?

Ela sorriu sem tirar os olhos dos papéis, depois se inclinou na direção dele, apoiando-se em seu ombro como se fosse beijá-lo. Tinha um cheiro de lavanda, o aroma de sua fronte rosada. Philip observou as curvas da orelha de Rebecca, o tronco pálido de seu pescoço, todo banhado na cor do cabelo. Ela mordeu o lábio inferior, depois o soltou, e Philip a beijou ali. Rebecca separou os lábios dos de Philip, virou o rosto mais na direção dele. Quando se uniram com mais força, os óculos de Rebecca escorregaram, caindo entre seus narizes, batendo-lhes nos dentes. Ao se separarem, Philip apanhou os óculos e os ofereceu a Rebecca. Ela aceitou a oferta e os fechou na mão, fechou-se, afastando-se de Philip.

— As coisas sempre caem entre nós — falou. — Estão sempre caindo ao meu redor.

Levou os dedos ao queixo de Philip, depois se envolveu nos próprios braços, segurando os cotovelos. Soltou um suspiro hesitante, estremecido.

— Por favor, encontre o Sam — sussurrou de olhos baixos, abraçando-se com força.

Philip tocou-lhe o ombro por um momento ao ficar em pé, depois o cabelo, e deixou o escritório.

Não me interrompa e eu não vou interrompê-lo, disse Irma na última vez em que fizeram amor. Isso foi no dia da conclusão do divórcio de Philip com Beatrice. Ele foi à Califórnia visitar a família. Viajou pelas estradinhas do sul para cumprimentar os Arcuri e se surpreendeu ao encontrar Irma ali, sozinha. Sou toda sua, disse Irma. Me possua. Ela abriu a porta nua. Tinha deixado o cabelo crescer, parecia mais cheio. Ela parecia mais cheia, mais jovem, talvez por estar na casa da família. Na Espanha, com Beatrice, tinha parecido muito mundana e sofisticada, levando sua aparência com a graça e a facilidade das mulheres espanholas ao redor. Ela corria demais, dizia Irma, ao ponto de ficar magra, mas Sevilha era um lugar tão bom para correr. Na primeira vez em que Philip a viu depois que voltaram, em sua loja, ela parecia contrita, lavada, o cabelo puxado para trás, fora do caminho, para não interferir no trabalho. E essas imagens provocaram a surpresa que ele sentiu ao bater à porta da casa da família de Irma. Para Philip, não fazia sentido fingir resistência ou buscar complicações. Ela segurou o batente, o braço erguido, absolutamente nenhuma inclinação em sua postura. Nenhuma quebra no quadril, os pés juntos, os dedos dos pés erguidos, pressionando a lajota da entrada. Vejamos a que você veio.

Na cama de Irma, ela se pôs sobre ele, decidida, beijando-lhe a palma da mão e distribuindo todo o peso do corpo sobre Philip. Quando por baixo, envolveu-lhe o pescoço com a mão e o puxou para si, primeiro junto aos seios, depois empurrando-o mais para baixo. Girou os quadris, prendendo-o. Chorou duas vezes ao atingir o orgasmo, mas apenas limpou as lágrimas e seguiu em frente, rindo de si mesma, brincalhona, e depois dele, quando ele gozou. Ao final, Philip lhe disse que já estava esgotado.

Só mais uma vez, disse Irma.

Philip fez que não e ficou deitado na cama, exaurido. Irma o meteu na boca ainda assim, com leveza, o cabelo caído ao redor dos quadris de Philip. Continuou flácido por um bom tempo, apesar dos esforços de Irma. A sensação foi boa, e Philip ficou surpreso. Quando começou a endurecer, Irma riu, ainda envolvendo-o completamente com a boca. A vibração do riso o acelerou. Ela se colocou rapidamente por cima dele, sem correr o risco de perdê-lo. Depois encarou Philip debaixo dela com um olhar amável, um sorriso incomum, leve, porém curioso. Philip teve uma sensação de inversão, estranha, mas não desagradável, o tempo correndo para trás, uma impressão impelida pela expressão de Irma, que o media e avaliava, e pela tarde, a luz do horário de saída da escola. Por quanto tempo você buscaria, Pip, antes de desistir? Quando eu finalmente desaparecer da sua vida, por quanto tempo vai me procurar? E qual será o ângulo inicial da sua busca? Qual será a curva? Com quanto cuidado vai escrever a fórmula antes de começar? Vai buscar auxílio nas equações?

Philip jantou naquela noite com os Arcuri, sem ninguém para se sentar entre Irma e ele. Tinha pouco a dizer, pouco a acrescentar quanto a suas realizações na vida, mas sentiu-se à vontade com todos eles, um bom amigo da família que podia ajudá-los a pôr a mesa, pois sabia onde ficavam guardadas as coisas.

Philip apoiou uma mão em cada lado do *Quixote* aberto e passou os olhos pela cabine do avião, para checar se os olhos dos passageiros mais próximos estavam fechados. Depois relaxou as mãos e deixou que o livro fosse um livro aberto. Ninguém se importa, disse Irma uma vez. Ninguém lê. Continuou o Cervantes, ansioso por acompanhar a história de Quixote, e também a de Irma. No bosque, Quixote e Sancho não chegam a encontrar a bela Marcela. Em vez disso, o pangaré Rocinante, deixado solto, vagueia atrás de um grupo de éguas em busca de um pouco de diversão, deixando Quixote e Sancho num confronto com iangueses desalmados. Em grande desvantagem numérica, Quixote e Sancho apanham bastante e, tidos como mortos, são abandonados, como são tantas vezes abandonados por Cervantes: toda sua habilidade e coragem não lhe valeram de nada. Só me resta adivinhar quanto é que você sabe, Pip. Quanto é que sabe agora, quanto soube o tempo todo. Às vezes, você é tão inteligente que me faz sentir erguida ao seu redor, carregada junto de você. Às vezes parece eternamente perdido numa bruma matemática, pesado, desnecessariamente ancorado. Não nos perguntamos as mesmas coisas.

Philip marcou a página do *Quixote*, depois alcançou seu caderno de composições e arrancou uma folha em branco. Encheu a grade com respostas às perguntas de Irma, reunindo as equações correspondentes a partir da operação composta para procurá-la. A seguir, traduziu-as da maneira mais simples que pôde. Por quanto tempo vou procurar? Mostrou a Irma que podemos usar o teorema do binômio de Newton para expressar equações de várias curvas como séries infinitas na variável x. A seguir, aplicamos a fórmula de Fermat, $x^{n+1}/(n+1)$, como fez Newton, a cada termo da série. Isso me permite efetuar a quadratura de muitas curvas novas. Mas aprendi coisas além das que Newton e Fermat nos deixaram. Então, é isso o que você tem diante dos olhos. E se não consegue acompanhar tudo isto, se ficou sonolenta e entediada, então note a palavra "infinitas".

Qual será meu ângulo inicial? Já lhe mostrei essa resposta. Desenhe uma espiral logarítmica. A mais bonita que conseguir. Trace-a na sua barriga. Estenda a espiral o mais para fora que puder, cutuque o que quiser. Desenhe um eixo y e um eixo x, cortando o centro. Meça todos os ângulos formados. Todos eles, como você sabe, terão a mesma medida.

A curva? É aí que eu pego você. A elipse. πab (onde a e b são as extensões dos eixos maior e menor). Isso é uma extensão da geometria simples, do método da exaustão de Arquimedes aplicado à parábola. Mas você certamente não é parabólica. Portanto, é a elipse. Só que a palavra-chave para os seus olhos sonolentos e entediados é "exaustão". Nós nos perguntamos, sim, as mesmas coisas, escreveu Philip em resposta. Nos perguntamos as mesmas coisas, de maneiras diferentes.

Quase amassou o papel. Em vez disso, inseriu-o cuidadosamente no *Quixote*, na página que havia marcado.

Percebeu, ao continuar a ler e reler os primeiros capítulos no avião, que ela tendia a aparecer mais diretamente nos momentos em que Quixote se vê imobilizado pelo peso de sua armadura, ou pelo peso de suas decisões mirabolantes — o que ocorria com freqüência. Mas surgia por breves momentos praticamente em toda parte. E, naturalmente, Philip nem sempre sabia quando era Cervantes e quando era Irma, porque não conhecia o livro e porque Cervantes muitas vezes se dirigia ao leitor e usava um ponto de vista decadente e retraído. Lucia estava lá, para ajudá-lo intermitentemente com seus recadinhos amarelos. O livro parecia vivo nas mãos de Philip, traiçoeiro e sedutor, o couro ondulado da capa servia como uma pele provedora. Como leitor, Philip estava numa desvantagem de no mínimo três para um. No entanto, conforme observado por Lucia, também era preciso considerar todos os tradutores envolvidos, todos os transcritores, historiadores e censores. A sua desvantagem é descomunal. Mas isso nunca parece refrear Q. Beijo, L. Ela colou esse recado em meio à fracassada batalha de Quixote contra os vinte iangueses.

Philip tentou dormir, mas acabou simplesmente num estado mais agitado, as tentativas de cair no sono apenas despertaram ansiedades superficiais, ligadas às cercanias imediatas. As paisagens do *Quixote*, combinadas à imensa capacidade de Irma de prevê-lo, fizeram com que o avião parecesse muito pequeno, um tubo que o isolava do mundo que ele queria investigar, pairando pelo mais trilhado dos trajetos sobre o Atlântico. A única maneira de seguir o rastro de Irma seria abandonar esses trajetos o mais rápido possível, como ela fizera. Philip jamais vira alguém sair de aeroportos com tanta rapidez quanto Irma. Segui-la ao sair de um avião, seguir no vácuo atrás dela, se possível, era regozijante. Seu principal objetivo era se mexer, chegar a alguma parte, entrar no primeiro transporte disponível, o táxi mais surrado, um ônibus com os destinos pintados no pára-brisa. Não faça perguntas se a saída estiver aberta. Vá direto a uma mesa na cidade, ao caminho para uma ruína, a um drinque numa cantina, a um pedaço de fruta ou um doce caseiro num vendedor ambulante. As horas de ida e vinda no avião pareciam inúteis, desperdiçadas, de certa forma irretratáveis, como a contagem que fazemos de olhos fechados, apoiados numa árvore, enquanto todos os outros se escondem. Com que velocidade você consegue contar até cem enquanto pensa na primeira pessoa que deseja encontrar? Sempre há uma pessoa que queremos encontrar primeiro, com quem queremos nos esconder mais adiante na brincadeira. Com que velocidade você consegue contar enquanto a imagina, de olhos bem fechados?

Durante o transbordo no aeroporto de Heathrow, em Londres, a ansiedade de Philip tomou forma, passou a pulsar. A contagem recomeçou, desta vez até mil. Logo após a aduana, encontrou paredes repletas de destinos, centenas deles. Pegou-se passando os olhos pelas listas para marcar os lugares aos quais fora com ela, e a seguir, os lugares para os quais ela partira às pressas, sem ele. Não olhe para os painéis dos aeroportos se não precisar deles, disse Irma. Não faça perguntas. Não peça indicações. Vá. Um único taxista, *lá* fora, disse Irma, apontando, vai saber mais do que tudo e todos os que estiverem no aeroporto. Você em *movimento* vai saber mais.

Ao chegar a Madri, Philip teve dificuldade em ficar em pé, que dirá sentado, esperando por mais de duas horas, no saguão do portão de embarque para sua conexão. Sentiu o peso do *Quixote* — o *Quixote* dela — na bolsa que levava ao ombro, cheia dos desígnios de Irma para ele, e agora dos planos dele em relação a Irma. Pôs-se a caminhar de ponta a ponta pelo terminal para esticar as pernas, mover-se, para saber mais. Não temia escolhas erradas. Os matemáticos não conseguem funcionar com esse temor. À sua frente jazia um mar de escolhas de igual valor, ou cujos respectivos valores variavam quando considerados. Rebecca o incitara a se manter naquele curso, mas o que ela poderia saber?

Irma a fizera de tola, ainda mais que a ele. E Rebecca queria que Philip encontrasse Sam, não Irma.

Ao chegar à ponta arredondada do terminal, deparou-se com anúncios de vôos baratos que saíam de Londres com bastante freqüência e partiam para diversas ilhas da região, vários deles indicados como pulos e escapadas. Um dos primeiros vôos disponíveis era para a Córsega. A temporada ainda não tinha começado — Não perca tempo! Lucia já visitara a ilha uma vez. E a idéia de viajar para lá lembrava muito seus recadinhos amarelos presos no Cervantes. Lembrava também seu brinquedo chinês, que veio à mente de Philip com todas as cores e com o modo de empurrar para dentro para poder sair. A ilha estava na lista de Philip, embora não fosse uma de suas prioridades. Situava-se no eixo menor da elipse que ele desenhara para Irma. O jatinho que voaria à Córsega tinha um jeito leve e selvagem, pousado no asfalto em meio aos aviões gigantescos. Ela poderia estar ali, ou em qualquer outro lugar, mas como Philip se comprometera com a idéia de ir à Córsega, teve mais uma vez a sensação de estar atuando sobre alguma coisa, aquela compreensão anterior ao conhecimento. Algo se mantinha ali sobre a ilha, só uma idéia, ou imagem, ou sensação que ele precisava completar. Um aquietar dos ombros furtivos de Irma, era o que ele imaginava. Algo que deveria ter feito enquanto estava lá, com ela, por ela. E essa imagem era o que mais o empurrava em direção à ilha, sua probidade.

No ronco do jatinho, lembrou-se das mãos de Lucia desenhando a ilha para ele, formando um círculo delicado, com os dedos alinhados, a ponta de cada polegar unida. Se ela estivesse ou não, de alguma forma, com Irma, Philip faria dela sua aliada nessa tangente. Lucia já estivera em Corte, o centro rochoso da ilha. Foi fácil imaginá-la caminhando nas trilhas tortuosas, nos caminhos íngremes, buscando nos edifícios as coisas de que precisava imediatamente, dirigindo-se diretamente à biblioteca da universidade para procurar os livros de que necessitava, talvez parando uma vez nos restos de uma torre de vigia para vislumbrar uma mesquita, feita em ruínas como um brinquedo, fincada num precipício distante. Na imaginação de Philip, os movimentos de Lucia, a extensão de seus passos, o balançar de seu vestido laranja, suas sandálias nas pedras romanas contrastavam com a primeira excursão que ele fizera à ilha acompanhado de Irma, uma caminhada árdua pelas colinas rochosas de Ajaccio, ao pé das montanhas mais altas. Procuraram uma entre as várias fortificações inominadas e decadentes, tentando se manter numa trilha que desaparecia muitas vezes entre arbustos espinhosos, saliências rochosas e córregos muito bem-vindos. Irma não estava em busca dos livros em si, apenas de seus couros e fivelas que, ouvira, vinham de um tipo de cabra pigméia trazido pelos mouros e posteriormente exterminado durante a ocupação de Aragão. A vista constante que tinham do mar piorava com o calor quase insuportável da caminhada. Vamos mergulhar mais tarde, disse Irma ao se virar e vê-lo descansando, olhando para a água. Prometo. Mas não mergulharam. A busca fracassou, e a derrota a deixou irritada e desafiadora. Irma fitava duramente o rastro deixado pelo barco que os levou de volta à Sardenha, como se estivesse se certificando de que o percurso se mantinha absolutamente reto, apunhalando o mar.

Essa talvez fosse outra razão para o vôo de Philip à ilha. Ali, poderia pisar sobre o solo de um de seus poucos fracassos, assegurar-se de que ela às vezes se equivocava em seus cálculos, superestimava a própria percepção. Era possível que ela também precisasse voltar para corrigir os erros que cometera. Apanhar a Córsega como um dos livros de sua biblioteca. Philip fechou os olhos e visualizou mais uma vez o círculo delicado nas mãos de Lucia, a extensão clara de seus polegares. É uma ilha, dissera, como se isso a tornasse inofensiva.

Para passar tempo no avião, Philip examinou os outros livros que trouxera, evitando completamente o *Quixote*. Ainda tinha a sensação de que eram roubados. Quis contar a Lucia quais deles havia trazido. *Ava. A insustentável leveza do ser. Os anéis de Saturno.* Abriu o Maso ao meio e leu o que presumiu ser o centro exato do livro: Ela quer transmitir o que mal é sentido, jamais verbalizado, fugaz, nunca aprisionado, comum a todos e desenvolvendo-se em diferentes estados de consciência. Philip estivera pensando em Lucia logo antes de ler a frase, portanto, por reflexo, fez com que ela se tornasse o sujeito. Mas quem lhe dizia essa frase? Irma ou Maso? Seria um elogio ou um alerta? Folheou o romance e ficou surpreso ao saber que jamais conseguiria descobrir aquilo, pois o livro era composto por frases soltas, destituídas de seus parágrafos e cenas, quase independentes umas das outras; ela parecia ter virado o livro como quem vira um baú do tesouro, estilhaçando o conteúdo, a ordem. Estava cheio de fraseados cristalinos unidos num caleidoscópio, envoltos por um couro verde-esmeralda.

Passou ao Kundera, um autor do qual seus pais tentaram lhe falar quando pensaram que já teria idade suficiente. Alguma memória distante deve ter feito com que ele reconhecesse o livro ao escolhê-lo da coleção. Passou os dedos pelo feltro preto, apoiou a mão nele. Leu a abertura, esquadrinhando-a em busca de Irma. Conseguiu desconsiderar as passagens que poderiam facilmente ser as divagações de Irma sobre a vida, o eterno retorno, a perversidade de um mundo que se sustenta essencialmente na inexistência do retorno. Porém, deparou-se com uma passagem, leu-a três vezes, uma mera imagem que imediatamente se tornou um evento para ele: Mas desta vez, adormeceu ao lado dela. Quando acordou na manhã seguinte, viu que Tereza, ainda adormecida, segurava-lhe a mão. Poderiam ter passado a noite inteira de mãos dadas? Era difícil acreditar. Philip se lembrou de que algo assim lhe acontecera uma vez com Irma, num hotel em Pátzcuaro em frente a um velho convento para onde os penitentes se arrastavam de joelhos pelos paralelepípedos. Irma também disse ter acordado, como ele, de mãos dadas. Por que isso é tão inacreditável?, perguntou-lhe mais tarde na mesma cama, montada nele, passando-lhe os polegares por trás das orelhas, a respiração de Philip comprimida pelos seios de Irma.

No Sebald, Philip evitou as palavras. De certa forma parecia ser o oposto do Maso, os espaços todos preenchidos, parágrafos transbordantes. Mas tinha fotografias, e Philip pôde folheá-las e parar para observá-las, como se estivesse passando o tempo com uma das revistas de bordo. Depois de ter percorrido aproximadamente dois terços do livro, suspeitou de uma foto. Parecia estar mais em foco que as outras. Mostrava uma porta emoldurada por pilhas de papéis e livros, encapados ou não, equilibrando-se ante uma sala mal iluminada, com janelas de vidro revestidas por grades de chumbo, um lugar que haviam procurado juntos em Praga. Ao menos foi a impressão que teve. E ao contrário das outras fotografias, Philip não conseguiu encontrar nenhuma referência direta a ela no texto, apenas a descrição de uma despensa. Foi fácil enxergar um momento adiante na foto, quando ele surgiu do quarto para olhar para Irma, depois recuou para se esquivar da câmera.

Na saída do aeroporto corso, aproximando-se do primeiro táxi que viu, Philip foi atingido por uma forte ventania que vinha do Mediterrâneo. Como havia se lançado mais ao leste do que planejara inicialmente, seu senso de tempo e iluminação vacilou, e o vento, do qual se esquecera, o deixou mareado. Esqueceu qual era a cor dos táxis mais rápidos e seguros. Arrastou-se para dentro de um táxi laranja-escuro, com poltronas pretas pegajosas e cheiro de cachorro molhado. O motorista, encurvado sobre o volante, era excessivamente alto para seu carrinho. Parecia distraído, não chegou a se virar inteiramente para encarar Philip ao cumprimentá-lo, apenas lhe mostrou o contorno moreno e irregular de seu perfil.

— *Ajaccio o Bonifacio?* — perguntou o motorista ao chegarem à estrada costeira. O aeroporto, pequeno mas elegante, o deixara em lugar nenhum. O som da vogal entre os dois destinos era indistinto. Segundo Irma, aquela língua soava como franceses falando espanhol usando palavras italianas. Philip não respondeu imediatamente; fitou o Mediterrâneo, que golpeava a costa diretamente naquele lugar, sem praia, sem penhascos. As ondas fortes quebravam entre as pedras e a vegetação rasteira, como se estivessem inundando os pés dos morros. Poderíamos imaginar coelhos e lagartos correndo para escapar da água que se aproximava.

Na estrada para Ajaccio, passaram por fortes e torres de vigilância ancestrais que pareciam fundidos às rochas. As edificações muitas vezes sobressaíam além das bordas das escarpas, havia nelas uma ansiedade que as impelia para o mar. Philip tentou se lembrar de qual delas marcava a trilha que ele tomara com Irma. O problema não era que as construções lhe parecessem todas estranhas; na verdade, pareciam todas familiares. Philip já havia visto todas elas, com Irma. Ali, naquela busca dolorosa, Irma eliminava aos safanões qualquer tentativa de Philip de limpar a imagem dela de seus pensamentos e sentidos e postava-se vitoriosa, com as mãos nos quadris, a cintura dobrada à frente. Eliminava as visões que Philip tinha de Lucia, frustrava suas tentativas de traí-la em sua biblioteca, convencendo-o ardilosamente a voltar a um lugar no qual haviam fracassado juntos. Trouxera-o a uma sala dos espelhos.

Passando por antigos parapeitos, um após o outro ao longo da costa rochosa, Philip se lembrou de quanto era longa a viagem para Ajaccio. O táxi era sufocante, com seu cheiro de pêlo, o motorista gigante e os bancos grudentos. Philip abaixou sua janela, que dava para o mar, e o vento irrompeu no carro, uma força surpreendentemente gélida que lançou papéis em frente ao pára-brisa e fez com que o motorista xingasse a tudo e todos num corso irritadiço. Um suor frio rastejou pelo pescoço de Philip, que teve a sensação de ter feito algo muito errado. Numa das baías mais tranqüilas, perto de Cap de Freno, onde via-se algo que lembrava uma prainha e onde Philip enxergou restos de fogueiras deixados por campistas, pediu ao motorista que parasse.

— Por favor — disse em inglês, depois espanhol, depois francês, depois italiano, provocando finalmente o riso no motorista. Philip imitou o nado de peito, inchou as bochechas.

O taxista se apoiou no carro e fumou um cigarro, observando a descida de Philip até a água para dar um mergulho. Não pareceu se ofender ao ver que ele levava consigo sua mala e a bolsa que trazia ao ombro. Philip encontrou uma reentrância arenosa entre os rochedos íngremes e a vegetação e tirou as roupas. O vento lhe secou instantaneamente o suor. Avançou para a área em que a água estava mais rasa, onde as ondas vinham fracas, já quebradas.

A água ainda estava ligeiramente gelada, e um fosso súbito no fundo o pegou de surpresa, fazendo-o cair por inteiro no mar.

Fez menção de nadar para se livrar da imagem de Irma, mas quando emergiu, a saudade se mostrou quase dolorosa, uma espécie de câimbra de nadador nos intestinos. Mais intensamente que nunca, sentiu que ela havia ido embora, fora-lhe arrancada. Irma deveria ter estado ali, naquele exato momento, ao lado dele, rindo do equívoco que haviam cometido em conjunto sobre a água, a temperatura em que poderia estar, quanto estaria agitada, como seria perfeita a sensação de abraçar um ao outro dentro dela, a pele suave como as anêmonas sob seus pés.

Deu braçadas curtas em direção às ondas, o queixo metido na nata salgada. Era o tipo de água em que ele aprendera a nadar, o Pacífico frio e bravo, e deixou que as ondas lhe golpeassem o rosto, despertando-o um pouco. Fechou os olhos ante o céu azul. Poderia desfazer aquele erro, refazer o caminho que percorreram na primeira vez e retomar seu curso, rumo a Madri. Foda-se esta ilha, dissera Irma. Quero sair daqui imediatamente. Pegamos um barco para a Sardenha e dali um avião. Philip arqueou o corpo e submergiu, afundando numa escuridão esverdeada. A água fria do fundo pareceu cortá-lo, descamar-lhe uma camada morta, a casca foi levada pela corrente atrás dele, como fumaça. E naquela profundeza gélida, girando os braços para se equilibrar, pensou em fazer uma outra coisa que lhe fora negada, além daquele mergulho. Pensou em voltar a Corte, à casa da colecionadora Miriam Haupt, a amiga de Irma que os levara ali pela primeira vez.

Na praia, secou-se rapidamente no vento e deixou que o frio o punisse por ser impulsivo e criativo. Vestiu-se e estremeceu, o sal sob as roupas lhe alfinetava a pele. O motorista o levou pelo resto do caminho até Ajaccio, e Philip fitou a luz que se apagava sobre o Mediterrâneo, o mar tornando-se mais azul, como uma tinta sob a luz alaranjada. Seguiram diretamente até a estação de Ajaccio, e Philip — ainda movendo-se para saber mais — conseguiu pegar o último trem da noite para Corte. O Chemin de Fer era a ferrovia preferida de Irma em todo o mundo. Com seus vagões pequenos e trilhos estreitos, parecia um trem de brinquedo que havia ganhado vida. Mas ao embarcar, lamentou perceber que os velhos vagões retangulares tinham sido substituídos por cápsulas esguias, de pontas arredondadas, mais ligeiros pelas montanhas e túneis.

O crepúsculo já se tornava noite quando o trem escalou as montanhas altas, mas a subida rápida do vagão permitiu a Philip aproveitar o sol por mais algum tempo. Precisou se convencer de que o trem estava seguindo a alguma parte, seguindo algum trajeto, porque o caminho desaparecia nas curvas das montanhas e havia mato e flores selvagens crescendo entre os trilhos estreitos, e as paredes rochosas à frente pareciam colidir uma com a outra, fechando a passagem. Antes da escuridão total, conseguiu vislumbrar os picos mais altos e distantes, ainda cobertos de neve nos cumes, que faziam com que a ilha parecesse ter se rompido dos Alpes e flutuado para o meio do Mediterrâneo.

Em Corte, Philip sempre tinha a sensação de ter sido levado ao topo do mundo. À noite, esse efeito se tornava ainda mais forte, pois sob os precipícios que cercavam o povoado só se via a escuridão, e as velhas muralhas pareciam balançar por sobre os postes de luz, amontoadas umas sobre as outras e subindo, erguendo os pensamentos até o cume da vertigem. Mas os cafés ao redor da praça principal estavam lotados, como se tudo fosse plano, mesas espalhadas por sobre as calçadas de pedra, estudantes e professores tomando vinho em roupas de verão, brindando à brisa quente ocasional que cortava o ar frio da montanha. Philip ficou em pé sob a luz da estátua de Paoli e tentou retomar o fôlego. Ninguém mais naquela multidão noturna parecia ter problemas com o ar cortante e o chão inclinado. Mais uma vez, foi fácil imaginar Lucia ali, caminhando entre as mesas, pegando um pouco do que quisesse, de quem quisesse, seus ombros morenos captando o brilho das lâmpadas da rua, os pés leves no chão inclinado, calçando sandálias.

Quis se hospedar onde quer que ela houvesse ficado quando esteve ali. Se tivesse bastante tempo e a luz do dia, achava que poderia descobrir o lugar. Mas estava cansado e novamente se sentia perdido, muito afastado do lugar onde deveria estar, longe da solução para a grande falta que seu retardo provocava no mundo. Entrou na primeira hospedagem que encontrou, onde o casal de velhinhos que cuidava do lugar insistiu — em corso, depois em italiano, depois em espanhol — em, antes de mais nada, mostrar-lhe os pisos de linóleo do quarto e o novo boxe de fibra de vidro para o chuveiro no banheiro compartilhado. O homem, idoso, vestia uma jaqueta vinho com dragonas amarelas que já haviam perdido muitas das franjas.

A cama era curta demais para Philip, que dormiu e sonhou entrecortadamente ao longo da noite. Cada sonho o levou a um novo lugar e o fez acordar sobressaltado, perguntando-se onde estaria. A cada despertar, forçou-se a voltar a dormir lendo *Os anéis de Saturno*, voltando sempre à mesma passagem sobre um fazendeiro de Yoxford que devota os últimos anos de sua vida à construção de uma réplica em miniatura do Templo de Jerusalém em seu celeiro, usando uma grande quantidade de evidências textuais para acertar exatamente cada detalhe. A passagem é cortada pela última grande fotografia do romance, uma imagem desfocada, cobrindo duas páginas, do que poderia ser o interior do templo acolunado — sua réplica em miniatura ou o templo verdadeiro, caso ainda existisse. Vê-se a figura extremamente vaga de um homem, tornado pequeno pelo tamanho das colunas. Não é fácil notá-lo imediatamente. Na vez em que conseguiu dormir por mais tempo, Philip sonhou ininterruptamente com uma caminhada entre as colunas, ele próprio o homem em miniatura, agitando-se na tentativa de não desaparecer. *Cuidado*, sussurra Lucia acima dele, uma voz grande e quieta como o céu, silenciando a palavra num convite, no lugar de um aviso.

DE MANHÃ, TOMOU UM CAFÉ no único estabelecimento aberto na praça. Não havia nenhuma cadeira ou mesa na calçada. Philip teve que ficar em pé no balcão, ao lado de homens e mulheres que se preparavam para o trabalho tomando licor de anis e lançando seu hálito perfumado entre a fumaça dos cigarros. Philip subiu então o morro rumo à Cidadela — o castelo no céu, diz Irma — para procurar Miriam Haupt. Desviou-se em direção ao colégio Paoli e soube que estava mais perto. Todo aquele bairro estava despedaçado, numa estranha série de telhados, quase um único conjunto de telhas, cada um com sua inclinação própria, unindo-se aos demais e formando novos ângulos e planos. Caminhava-se sempre para cima ou para baixo, muitas vezes em ruas bastante íngremes. Mas esses ângulos, juntamente com os pinheiros e zimbros ocasionais, faziam sombra e mantinham as paredes frias.

Miriam Haupt adorava Irma. Negociava a venda de livros de antiquários, mas ao se aposentar, passou a se dedicar exclusivamente à atividade de colecionadora. Ela e o marido tinham um pequeno prédio residencial, pintado de azul, vizinho de muitos outros edifícios cimentados juntos, todos desbotados em tons de papel envelhecido como se fossem uma única parede. Todos os apartamentos do edifício Haupt estavam repletos de livros. Os Haupt moravam no segundo andar, cujos quartos estavam inteiramente revestidos de prateleiras. Os outros andares estavam ocupados apenas por livros e por um gato que perambulava defendendo a casa dos camundongos. Cada década da aposentadoria de Miriam parecia marcada pela expulsão de um inquilino e pela determinação de que mais um andar seria dedicado aos livros. O marido de Miriam, Vlad Ballestreros, professor de micologia na universidade, freqüentemente se perdia entre as pilhas. Adorava seus aromas, o cheiro dos bolores e fungos que estudava. Sempre que Philip os visitava acompanhado de Irma, ouviam-se os passos pesados do Señor Ballestreros em algum dos andares, até que ele finalmente gritasse em seu castelhano ronco e vacilante, dizendo que logo desceria ou subiria para juntar-se a eles. Só aparecia horas depois, piscando os olhos e sem fôlego, como se acabasse de emergir de um mergulho ou de um sonho.

Começou sua carreira científica estudando os métodos e aparelhos migratórios dos fungos, mas depois que conheceu Miriam e começou a ajudá-la com a coleta e armazenamento de suas pilhas, concentrou-se nos fungos e bolores especificamente ligados ao papel e à celulose. Colecionava e estudava *Aspergillus*, *Stachybotrys* e *Chaetomium*, aprisionava e examinava os piolhos e traças que carregavam seus esporos pelos volumes de Miriam. São os únicos que lêem os seus livros preciosos, dizia à mulher. São os que mais se preocupam com eles. São os descendentes dos que se banquetearam nas grandes coleções de Alexandria. Ele publicou tantos artigos sobre a migração física e genética de fungos especificamente ligados à celulose que chegou a compilar um livro, posteriormente publicado pela universidade, apesar da resistência do Señor Ballestreros. Queria que o livro se chamasse *Alimento para a mente*, mas não pôde publicá-lo com esse título. Eles conseguem tornar o livro o mais seco e indigerível que podem, dizia de seus editores, mas ainda assim vai ser devorado pelos *Chaetomium*.

Dizia-se que Miriam e Vlad muitas vezes passavam dias sem ver um ao outro dentro da casa, um deles avaliando e catalogando com cuidado as aquisições, o outro num piso diferente, ou então logo ao lado, escovando meticulosamente a poeira microscópica das folhas e sulcos. Miriam viajava pelo mundo, e Vlad jamais se aventurou além do Chemin de Fer que levava a Bastia. Numa das vezes em que Philip e Irma foram visitá-los, tiveram que esperar por bastante tempo na varanda até que Vlad aparecesse; foram convidados a entrar e tiveram que esperar ainda mais enquanto Vlad investigava os pisos e pilhas de livros para a mulher. Tomando xerez, Philip e Irma olhavam para o teto, ouvindo-o remexer objetos e golpear o chão com seus passos pesados, de um piso a outro. Ele voltou sozinho, segurando um pedaço de papel, e lhes informou que Miriam havia viajado a Istambul. Vai voltar... — olhou para o papel amassado — ...amanhã.

Quando convidada, Irma chegava ao edifício dos Haupt com sua dobradeira simples e se punha a trabalhar nas aquisições de Miriam. Philip e Miriam a observaram durante horas numa tarde de verão, vendo-a dobrar e perfurar os livros com sua dobradeira de osso, transformando um maço despedaçado e retorcido de papéis e couro no livro que havia sido um dia. Se fosse necessário algum trabalho adicional, Miriam enviava o livro à loja de Irma. Irma lhe dizia quando algum livro não era mais restaurável, agitando a dobradeira como uma varinha mágica sobre o volume deteriorado.

Tocou a campainha do edifício, inclinou-se para trás, apoiando-se num calcanhar, e olhou para cima. Trazia numa bolsa ao ombro o laptop e o *Quixote*, valiosos demais para serem deixados na hospedagem. Parecia Jude Fawley na capa da *New Wessex Edition* do último romance de Hardy. Nessa capa, um fotógrafo capta a cena de Jude em pé do lado de fora de um muro, olhando para cima, para as janelas das salas de aula da faculdade, que não tem como pagar. Traz ao ombro uma bolsa, destinada a livros, com suas ferramentas de pedreiro. A fotografia é clareada e então tingida com um amarelo vívido, dando à cena uma luz de fundo, enquanto Jude se mantém escuro e anguloso. Se você pudesse ver Philip parado na varanda de Miriam Haupt, esperando com um pé para trás, inclinado, talvez o confundisse com o fantasma empoeirado do primeiro inquilino do edifício, um escultor, um dos rebeldes de Paoli que viera esculpir a Cabeça do Mouro. Talvez não pensasse nisso em virtude de suas feições, e sim de sua postura, a de uma pessoa perdida num lugar familiar. A relação de Philip com Miriam Haupt se mantinha num estado de absolvição em curso. No primeiro dia em que Irma o levou àquele lugar, não muito depois de terminarem seus respectivos cursos de graduação — não muito depois do dia em que Philip e Isaac levaram Irma à estação de trens em Ann Arbor, e Irma se virou e olhou para ele com aquela expressão que Philip nunca chegou a decifrar inteiramente —, caminharam pela coleção de Miriam e depois se sentaram tranqüilamente ao redor de algumas azeitonas e xerez. Philip olhou para Miriam Haupt com um olhar de curiosidade e calculou que haveria mais de cinqüenta mil livros na coleção. Uma pessoa precisaria viver sessenta anos, lendo vinte horas por dia, apenas para terminar quarenta e três mil e oitocentos livros. Essa observação, inocente da parte de Philip e, na verdade, surgida de sua própria insegurança, pareceu magoar e ofender Miriam profundamente. Ela se retirou da sala. Irma, depois de algum tempo, teve que ir procurá-la entre as pilhas. Foram embora sem que Philip se encontrasse novamente com Miriam naquele dia. Cada visita subseqüente demonstrou ser mais um passo de Philip em direção a uma futura reconciliação, embora ele nunca tenha compreendido muito bem a ofensa.

Ela já leu todos os livros da coleção, tentou explicar Irma. Todas as edições, em todas as línguas. Alguns mais de uma vez. Estudou algumas exaustivamente.

Isso não parece ser possível, respondeu Philip.

Você já deixou bem clara essa opinião.

Não é minha opinião. É meu fascínio.

Isso ajudou, ao menos no modo como Irma o enxergava. Mas existem pessoas, explicou Irma, que não querem ouvir falar de suas realizações, ou da ausência delas. Que detestam qualquer quantificação do que fizeram, ou do que deixaram por fazer, das coisas de que não serão capazes. Quando encontravam Miriam entre suas pilhas, ela estava sempre agachada sob uma velha luminária retorcida, que levava consigo de prateleira em prateleira, de piso em piso. Ficava sentada num banquinho de ordenha, de madeira de carvalho, segurando com uma das mãos a margem de um livro, a outra apoiada suavemente sobre uma página. Às vezes, um trecho do livro a instigava a descer do banquinho de ordenha e, ajoelhada, alcançar um outro volume, que encontrava quase sem olhar, apenas sentindo e contando as lombadas com os dedos. Irma disse a Philip que Miriam obtinha indicações da existência de um livro a partir de alusões feitas em outros livros. Às vezes partia às pressas, no meio de um livro, para uma biblioteca, universidade ou casa em outro país. Levava Irma quando possível, e ela contou a Philip que, nessas viagens, sentia-se como nada mais que um mecânico carregando sua dobradeira de osso. Não é uma sensação ruim, disse Irma.

Mas ali, do lado de fora da casa de Miriam, fora do alcance auditivo, Philip não pôde deixar de se perguntar.

Como seria possível que uma pessoa que pára no meio de um livro e viaja meio mundo para encontrar outro livro consiga um dia terminar de ler cinqüenta mil livros? Ergueu as mãos, fazendo a pergunta a Irma.

Não sei, Pip. Você alguma vez já leu um livro de trás para a frente? Já leu um livro do meio para as pontas? Já leu um livro escolhendo aleatoriamente uma frase de cada vez, pegando-as aqui e ali em função de seu som e aparência, até ter lido a obra inteira? E tudo se encaixa de alguma maneira — ao menos é o que tememos, esperamos — completamente diferente da intenção do autor? Você já leu um livro fora do tempo?

Philip tocou mais uma vez a campainha dos Haupt e esperou, olhando para cima na esperança de que Miriam ou Vlad surgissem de uma das quatro minúsculas sacadas. A rua estreita estava deserta, uns poucos quadrados de luz formavam uma colcha de retalhos entre os paralelepípedos e os muros. Um calor sereno parecia separar aquele bairro do restante de Corte, mais frio. A porta se abriu de súbito com o som de um selo rompido. Uma jovem moça apareceu, uma espanhola, estudante. Tinha nos braços um dos livros de Miriam, um pincel de pintor preso atrás da orelha. Vlad usava esses pincéis para recolher seus espécimes poeirentos.

Philip explicou quem era e perguntou pela Señora Haupt ou o Señor Ballestreros.

A moça passou a falar em inglês, depois de pensar um pouco, fechar os lábios e estalar a língua.

— Não estão — falou, com um sotaque carregado.

— Quando voltam? — perguntou Philip.

— Dentro de um ano.

— Estão de férias? — Mas Philip sabia que os Haupt não tiravam férias.

— Por motivos de saúde — respondeu a moça.

— Qual deles está doente?

Ela fez que não.

— Para onde foram?

— Não posso lhe dizer. Você não está na lista.

— Que lista?

— A lista que me deram.

— Mas estou com Irma. Irma Arcuri. Ela deve estar na lista.

A moça se inclinou à frente, colocando a cabeça para fora da casa e olhando para os dois lados da rua.

— *No la veo.*

— Mas ela está na lista — disse Philip. — Posso ver a lista?

A moça cutucou a têmpora.

— *La tengo aquí.*

Philip não conseguiu explicar por que queria entrar. Talvez não quisesse fracassar em mais uma pequena tentativa de seguir o rastro de Irma, naquele fragmento de ação investigativa, nessa incursão pela equação.

— Mas ela está na lista? — perguntou Philip. — Você sabe quem ela é. Ela *esteve* aqui.

— É claro que sei. A foto dela está... — desenhou uma linha horizontal com a mão — ...*en la repisa.*

Philip pensou por um instante.

— *Sí. Mantel* — falou.

A moça enrugou o nariz.

— *Mantel?* — perguntou, imitando a pronúncia de Philip, como se estivesse falando espanhol. — *Mantel?* Por que colocariam a fotografia dela na toalha de mesa? Como uma espécie de Santo Sudário? Não são assim tão loucos. O que você está fazendo aqui?

— Você é aluna do Señor Ballestreros?

Ela fez que sim.

— Sou um amigo — disse Philip. — Dos dois. Amigo de longa data. Um bom amigo.

— Mas não está na lista.

— Isso. Não estou na lista. Nunca estive na lista. Contei todos os livros. Uma vez. Consigo fazer isso. Aqui. — Cutucou a têmpora. — Não tenho como evitar. — Cutucou mais uma vez a cabeça, talvez forte demais. A moça recuou um pouco, mas pareceu entender o que ele tentava explicar.

Sem saber exatamente por quê, Philip tirou o Cervantes da bolsa. Ela olhou para o livro e depois para ele, à espera, aparentemente, de alguma frase secreta que acompanhasse a apresentação do livro.

— Queria que a Señora Haupt visse isto. Queria perguntar a ela quando foi a última vez que viu Irma.

— Então está sem sorte — respondeu a moça. — Não vai poder fazer nada disso. Não posso lhe ajudar com o livro, a menos que você queira saber que tipo de ascomiceto poderia estar comendo as páginas. E eu nunca vi Irma Arcuri aqui, nem pessoalmente, nem como uma aparição em alguma toalha de mesa.

— Alguém mais veio à procura dela? — perguntou Philip, na esperança de ao menos encontrar Lucia.

A moça ergueu as sobrancelhas, surpresa, o pincel atrás da orelha se levantou. Philip não esperou até que ela se recompusesse.

— Outra mulher, não é? Com cabelo igual ao seu?

— Não — disse a moça. — Só um garoto. *El rojo.*

— *El rojo? Sam?* — perguntou Philip. — Quando?

Ela franziu a testa.

— Quase uma semana atrás. Queria ver os livros.

— Que livros?

A moça deu de ombros.

— Todos, aparentemente. Ele caminhou entre as prateleiras.

— Você o deixou entrar?

Ela deu de ombros.

— Ele pareceu simpático.

— Ele perguntou alguma coisa? Disse alguma coisa? Você sabe onde ele poderia estar?

A moça fez que não, uma expressão pensativa, melancólica em seu rosto.

— Ele só entrou, andou entre os livros, se deteve em alguns lugares. Esticou o braço, mas não tocou em nada.

Philip teve uma sensação de queda, a terrível percepção de que tinha muito menos que o necessário dentro de si, e nada do lado de fora, ali naquele vilarejo nas montanhas. Não lhe haviam permitido passar, não teria acesso a quaisquer códigos passados por Irma a Sam. Não conseguia encher suficientemente os pulmões daquele ar rarefeito. Faria melhor em entrar nas profundezas do mar verde e frio, onde ao menos poderia subir à tona, sufocando-se na água salgada. Você está trapaceando, pensou. Está me afogando no ar, no lugar de na água.

Philip entregou à moça um cartão com seu endereço eletrônico.

— Você pode me avisar se ele voltar? Por favor?

A jovem deu de ombros.

— Só se ele concordar.

Philip fez que sim.

— Você guarda bem o castelo — falou. Em espanhol, desejou-lhe sorte em sua pesquisa.

— O espanhol dele é melhor que o seu — respondeu a moça.

TOMOU O PRIMEIRO TREM pelo Chemin de Fer de volta à estação de Ajaccio e dali chamou um táxi que o levou à barca de Bonifacio, o meio de escape de Irma, que o manteria sempre em movimento, quase sem esperar, sabendo mais. Trem, táxi, barca, avião. No cais de Bonifacio, comprou tâmaras e um *halvah* de um vendedor ambulante. Deu o *halvah*, que parecia impecavelmente cortado, a um garoto na barca e comeu as tâmaras na viagem para a Sardenha. A barca tinha um chafariz no meio do convés, que permaneceu seco a maior parte do tempo. Então, um senhor que usava um boné preto e um macacão cáqui abriu uma manivela sob a grade de proteção da popa, ligando o chafariz como se o barco houvesse acabado de cruzar alguma linha geográfica que marcava o início da estação.

FINALMENTE EM MADRI, tomou o metrô do aeroporto à estação de Atocha e descobriu que teria três horas de espera até embarcar no trem-bala noturno para Sevilha. Tendo voltado da Córsega para o oeste, convencera-se de que havia rebobinado parte de um dia perdido, viajara momentaneamente pelo amanhã e depois voltara. Sob o amplo telhado de vidro da estação, entre os milhares de passageiros que iam e vinham, viu três garotos que poderiam ter sido Sam, por suas constituições desajeitadas, cabelo ruivo e pintas esparsas. Mesmo ao passar mais perto deles, teve de examiná-los muito bem para se assegurar de que nenhum deles era Sam, apenas versões espanholas do garoto, rondando o país, explorando sua juventude. Philip espiou duas mulheres que confundiu com Irma, duas que confundiu com Lucia e uma outra que confundiu com ambas. Teve que seguir esta última até que ela parasse na bilheteria, onde pôde então se aproximar para ter certeza de que não era nenhuma das duas. Ainda assim, mesmo quando ela se manteve parada e bem próxima, Philip não conseguiu decidir se ela o lembrava mais Irma ou Lucia. Depois de comprar a passagem, a mulher fez algo que, para Philip, foi particularmente espanhol. Fitou-o diretamente nos olhos, depois desceu até os sapatos de Philip e voltou ao seu rosto, seguindo então seu caminho e deixando-o com a sensação de ter acabado de entrar em alguma equação castelhana.

Logo ao sair da estação, onde duas ruas convergiam mais agudamente, encontrou o café que vendia tortas não muito frescas. O lugar continuava aberto durante a hora da sesta, e viam-se estudantes com seus laptops ao redor das mesas situadas do lado de fora, aproveitando a conexão sem fio. Philip encontrou uma mesa e pediu um café. Com o café, o garçom lhe trouxe duas tortinhas que pareciam tão secas quanto o vento que soprava entre as mesas. Até suas cores estavam desbotadas, como tinta sob o sol. Philip abriu o laptop e encontrou uma mensagem de Lucia a sua espera. Como uma sobremesa gostosa, guardou-a para depois. Enviou mensagens rápidas a Rebecca e Nicole, dizendo que havia encontrado o rastro de Sam e de que conversara com pessoas que lhe disseram que o garoto estava bem. Triste, mas simpático. Pensou, não pela primeira vez, em mandar uma mensagem a Sam, contando-lhe que também estava na Espanha, caso precisasse de alguma coisa. Mas não conseguiu bolar uma maneira de dizer aquilo sem soar como um caçador de recompensas. Rebecca o alertou. Apenas encontre o Sam, disse ela. E o chame para uma corrida, ou para jogar *frisbee*; encontre uma partida em algum lugar.

O café, ao menos, era bom — quente e espumante. Passou os olhos pelas outras mesas, sempre ocupadas por uma só pessoa, todos estudantes, todos fitando as telas dos laptops, todos ignorando as tortinhas desbotadas. Você acha que são as mesmas que nos trouxeram no ano passado?, perguntou Irma, apontando para as tortinhas, na segunda viagem que fizeram à Espanha. Mas naquela época, muito antes da conexão sem fio, o café atraía estudantes com absinto barato, servido puro e seco, muitas vezes grátis com o café. O maior desejo de Philip, antes de tomar o trem-bala para Sevilha, era correr. Mas Madri era péssima para correr. Em El Retiro havia árvores, água e espaço, mas pouco mais que isso. O tráfego era implacável, o ar não muito agradável de se respirar, e a altitude era considerável. Irma citou o livro de viagens para lésbicas que usaram na primeira viagem: já se perguntou onde foram parar os corredores de Madri? Morreram todos.

Afastou um pouco mais as tortinhas e abriu a mensagem de Lucia: Prometa que vai ler outra versão do Sarraute. Antes de ler a dela. Por mim? — L. A princípio, pensou em responder com um simples Por quê? Mas então se deu conta de que, dessa forma, estaria lhe pedindo para explicar e revelar tudo o que a atormentava em relação ao livro, em relação a si mesma, ao prosseguir a exploração. Isso talvez a afastasse com mais frieza que o marinheiro de Mishima, regresso e caído. Prometo, respondeu. Não conseguia sequer se lembrar do título do livro, mas se lembrava de tudo sobre Lucia, do modo como ela o circundara sob a luz azul do bar à maneira como o deixou jogado, enquanto amanhecia, sobre os lençóis do quarto de hotel. Leve tudo o que quiser.

EM VEZ DE CORRER, Philip caminhou até o Prado, deu meia-volta e regressou pelo mesmo caminho até Atocha, contando as pessoas ruivas. Simpático e triste. Esticou o braço, mas não tocou nada. A bela guardiã deve ter seguido Sam entre os livros de Miriam, mantendo uma distância que lhe permitisse observá-lo na luz entre as prateleiras, sedosa como uma asa de mariposa. Sam deve ter se demorado ao passar por títulos que conhecia, que ouvira

Irma citar. Deve ter esticado o braço em direção aos que ela restaurara, com medo de tocá-los. A suavidade dos livros lhe seria insuportável? Deixariam em seus dedos uma futilidade palpável? Ou estaria reservando aquele toque, aquela suavidade, para outro momento? Sua esperança seria tão forte?

— Onde está você? — perguntou em voz alta, caminhando vagarosamente pelas calçadas amplas perto da estação de Atocha. Como você o fez viajar tão depressa para Corte, para o topo do mundo, o castelo no céu?

Philip não parecia tão louco quanto você poderia pensar, embora a bolsa que levava ao ombro, pesada com o laptop e o Cervantes, de fato lhe desse um ar ligeiramente itinerante. Ele precisava comer e fazer a barba, e tinha corrido demais nos últimos tempos. O café contribuiu para seus passos furtivos. Na Filadélfia, os pedestres teriam lhe dado mais espaço. Mas estava em Madri, a cidade de La Movida. E assim ele se moveu, colecionando só mais uns poucos olhares breves.

Novamente em frente à estação, Philip checou o relógio de uma torre e viu que seu trem ainda tardaria um bocado; estava gostando de todo aquele movimento — o seu, o da cidade —, e assim, seguiu até Puerto del Sol. As *pensiones* de lá eram as preferidas de Irma, o que acrescentou alguma razão à perambulação de Philip. Perto do monumento do urso, comprou amêndoas fritas de um vendedor que o tomou por alemão, dizendo *Danke schön*. Sol era um lugar agitado mesmo na hora da sesta; sentado num banco à sombra do urso, Philip viu passar centenas de pessoas.

Um homem negro se agachou sobre um cravo de brinquedo na entrada de uma das ruas de pedestres. Tocou Bach em acordes débeis e abafados que ecoavam nos toldos dos vendedores. Tocava bastante bem, o suficiente para reduzir o passo da multidão e ganhar moedas. Passou então a Górecki, tocando o segundo movimento da *Sinfonia das almas desoladas*. Como o instrumento não lhe permitia prolongar as notas, a peça soou metálica, quase irreconhecível. Lucia copiou a sinfonia do laptop de Philip, do mesmo modo como tomara emprestados seus livros, contando-lhe e agradecendo só mais tarde, exatamente como esperava que os outros — ele — pegassem as coisas dela. Teria ela — Lucia? Irma? —, de alguma forma, passado o Górecki àquele músico de rua? Ela certamente passaria por aquele lugar, pelo urso, quer estivesse hospedada em Madri, quer apenas de passagem. Teria cantarolado para ele o segundo movimento, deixando então alguns euros na caixa de seu instrumento? Philip esperou que o músico terminasse sua versão do Górecki, na qual repetia várias vezes a frase de abertura sem se aventurar muito mais adiante, mas dando-lhe variações, bastante parecido a Górecki. Deu-lhe então algum dinheiro. Perguntou onde havia aprendido aquela peça, mas o homem não parecia entender inglês nem espanhol. Philip apontou para o pequeno cravo e disse:

— Górecki.

O músico ergueu os olhos e sorriu, bateu com a palma da mão no peito e disse:

— Jonny.

Philip acenou com a cabeça e saiu dali. De pé entre os dois chafarizes centrais, passou os olhos pelo grande semicírculo da Plaza del Sol, perguntando-se se conseguiria distinguir Lucia no redemoinho de pedestres, sentindo-se mais como o perdido que como o que busca. Cairia em desgraça se a encontrasse? Se apenas a procurasse? Se mandasse outra mensagem? Conseguiria convencê-la, ou a si mesmo, de que não viera para procurá-la? Estou na Espanha, escreveu por fim. Só para avisar você.

DEZ

Descendo a escada rolante até as plataformas da estação de Atocha, cai-se da cacofonia dos viajantes ao educado silêncio das plataformas de granito, onde as funcionárias, de cabelo preto preso em aprumados rabos-de-cavalo, esperam em pé e notam educadamente os passageiros. Vestem-se como executivas em saias azul-marinho e convencem a todos, com seus ombros retos e mãos apoiadas uma sobre a outra, de que são elas que comandam os trens. E embora os vagões estejam quase sempre cheios, os passageiros entre os trens são esparsos e falam baixo. Na estação acima, os viajantes vão e vêm, comem e bebem, compram bilhetes, encontram trens e destinos, apressam-se e gritam dentro da gigantesca estufa sufocante que é o terminal. Mas tudo aquilo desaparece no plácido submundo das plataformas. Philip caminhou entre o trem para Sevilha e o trem para Barcelona, contando os vagões. Ambos esperavam em silêncio, a não ser pela lufada intermitente de seus freios. Tinham um cheiro limpo, de ozônio e metal, e reluziam, chamativos, sobre a polida plataforma de granito.

Philip não teve como deixar de ver o livro amarelo, que flutuou como uma faísca ante o quadril azul de uma das funcionárias, apressada em entregá-lo a um dos vagões, mais adiante nos trilhos. Correu atrás dele como quem corre atrás de uma amiga vista na multidão, sem pensar no que dizer, pensando apenas em pôr uma mão em seu ombro, nadar em sua meia-volta súbita, em seu reconhecimento. E assim seguiu o livro, o amarelo parecia ser a mesma cor de seu Cervantes e a mesma cor do Pepys, a capa feita de um material semelhante. Foi fácil imaginar que o quadril azul que o carregava seria o de Irma. Mas Philip não teria como se aproximar o suficiente do livro sem chamar atenção. Pôde apenas correr disfarçado de homem ansioso por pegar seu trem, não como um homem tentando alcançar uma amante, numa velocidade que despertaria suspeitas. Seguiu a funcionária até um dos vagões no trem para Barcelona e conseguiu se aproximar o suficiente para enxergar a textura ondulada da capa amarela. Viu-a entregar o volume a alguém dentro do vagão; deixou-se levar pelo gesto, observando o livro que quase flutuou desprendendo-se dos dedos da funcionária, uma pluma voando-lhe da palma da mão. Mas ela então notou Philip educadamente e se compôs em frente à porta antes que ele pudesse ver quem havia apanhado o livro. Philip caminhou até o centro da plataforma, olhou para as duas pontas do trem para Sevilha. Via agora outros retalhos de cores. Uma bolsa verde, um leque vermelho, um chapéu amarelo. A matemática não o ajudou muito. Às vezes é fácil pensar como ele, às vezes não. Você vê um triângulo e pensa: três. Ele vê um triângulo e pensa sete: os três ângulos, as três distâncias que definem as retas que os compõem e o plano único formado pelo conjunto. Ele talvez se estenda ainda mais a partir daí.

Encontrou seu vagão e embarcou no trem para Sevilha. Ficou sentado por um momento, batucando de leve na janela com o punho cerrado. De olhos fechados, viu pedacinhos de papel voando, soprados pelo vento, erguendo-se das mãos que ela mantinha em concha, flutuando para a luz do Sol, amarela. No sussurro da respiração de Irma, na corrente de ar que passava por seus lábios, Philip perseguiu os próprios pensamentos. Poderia correr atrás da forma, da cor e da textura, de um objeto que cortava a visão de sua busca, um desafio amarelo vívido que cortava seus sentidos mais intensa e imediatamente que as idéias que o levaram até Corte, tão longe. Um livro que ele podia ver, tocar — segurar. Talvez já o *houvesse* segurado uma vez. Talvez houvesse até mesmo testemunhado sua criação ou salvação, vira-o encadernado numa prensa, com as entranhas costuradas. Saltou da poltrona e segurou firme sua bolsa ao sair do trem. Correndo pela plataforma até o outro trem, o coração lhe galopava no peito. Movendo-se para saber, movendo-se para manter o equilíbrio, encontrou o vagão que tinha o livro amarelo. Falou com a funcionária antes que ela pudesse falar com ele.

— Barcelona? — inclinou-se em direção ao vagão.

— Que número? — perguntou a funcionária. O trem soltou uma assustadora rajada de ar.

— Dezesseis — respondeu Philip, esperando que esse vagão estivesse distante daquele.

— Entre por aqui — instruiu ela. — O trem já está partindo. Depois, caminhe por ali, passando entre os vagões até chegar ao dezesseis. Depressa — ergueu o braço, apontando.

Philip obedeceu, e o trem se pôs a deslizar rumo a Barcelona. Na loja de Irma, num dos raros dias em que deixou entrar a brisa marítima, Arcuri lhe mostrou uma aquisição recente, um tomo de *Jude, o obscuro* em couro vermelho. Às vezes, disse Irma, este é o meu preferido. Falava aquilo de diversos romances. O couro vermelho do livro havia escurecido, ganhando uma cor de sangue, nas bordas era malhado e ainda mais escuro, quase preto. O título estava impresso na lombada; a edição não tinha mais nenhum outro ornamento. A capa era cortada em diagonal por uma cicatriz, um corte cor-de-rosa que arruinava o volume. Uma pena, disse Philip quando Irma lhe mostrou o corte. Sem dizer nada, ela ficou em pé, fitou-o logo acima dos olhos e se aproximou, como se fosse abraçá-lo. Levantou as mãos até a testa de Philip e pressionou com os dedos a margem de seu cabelo. Apertou com força, empurrando-lhe a cabeça para trás, levantando o couro cabeludo. Depois baixou as mãos até o livro e esfregou na cicatriz o óleo que tirara da cabeça de Philip. Correu os dedos pela diagonal e massageou a linha com a borda dos polegares até desaparecerem todos os vestígios do risco. Philip se inclinou, aproximou-se do volume e examinou a superfície, agora lisa. Vai durar?, perguntou. Vai causar algum estrago?

É o melhor remédio para esses casos, respondeu Irma. Melhor que isso, só as excreções do pobre cabrito que deu a pele por este livro. Irma o fitou de um ângulo intrigado. Por quê? Está pensando que sou uma charlatã? Falsária? Ladra? Eu talvez o devolva à família que me vendeu o livro. Ao menos acharam que ele merecia respeito. Não tentaram consertar por conta própria. Mas se tivessem lido o livro, acho que não o venderiam. Se um deles chegou a ler a história, realmente ler, teria corrido as mãos pelo cabelo e depois passado os dedos pelo corte. Não acha?

É uma primeira edição?

Ela fez que sim. E reencapado especialmente logo depois, disse Irma. Provavelmente foi um presente. Imagino que o corte tenha sido feito em 1895, por um leitor irritado. Hardy disse ao editor — mexeu os dedos, desenhando pontos de interrogação — que a história não poderia ofender a mais melindrosa das donzelas. Eu diria que este livro em particular encontrou uma donzela melindrosa para ofender.

Ela talvez o tenha rasgado só para fazer cena, disse Philip. Com os pais, o marido. Talvez adorasse o livro.

Não sei, Pip. Livros como este geralmente são melhores que as pessoas que os compram e os mandam encapar em couro fino.

PHILIP CAMINHOU ENTRE OS VAGÕES, avançando pelo corredor contra a aceleração do trem. Cada passo parecia ser uma extensão no tempo e no espaço por sobre a velocidade do trem. Fingiu vagamente procurar seu assento enquanto corria os olhos pelos colos e mesas em busca do livro amarelo. Teve medo de que tudo aquilo se tornasse uma repetição de sua busca pela costa da Córsega, as ruínas familiares ansiando pelo mar, ele perdido na sala de espelhos de Irma. Caminhando por todos os vagões permitidos — a primeira classe estava fora de seu alcance —, contou apenas dezoito livros entre os seiscentos e cinco passageiros. Quase todos os viajantes traziam algo para ler, mas, em sua maioria, eram revistas, jornais e laptops. Nenhum dos dezoito livros era amarelo, só três deles eram de capa dura. Mas Philip jurou para si mesmo, sentindo entre os ombros a pontada fria do equívoco e o feroz rodopio da bússola que se rompia em seu interior, não permitir que cada busca instintiva o arrojasse num mergulho desesperado, tentando subir das águas escuras em busca de ar.

Encontrou um jogo de paciência largado sobre uma das mesas, em frente a uma poltrona vazia. As cartas sempre atraíam Philip, números com personalidades. Inclinou-se sobre o jogo, sentiu o cheiro de livro. Calculou o potencial daquela mão, notou a próxima decisão que o jogador ausente teria que tomar, imaginou as jogadas certas.

Um senhor de idade, que vestia uma *guayabera* engomada e tinha óculos pesados apoiados na cabeça cheia de pintas, observou Philip da poltrona ao lado. Seu rosto inexpressivo combinava com o deslizar do trem, o olhar de um jogador de pôquer sob a luz noturna. Uma certa expressão de incredulidade passou pelos olhos do homem quando Philip ergueu a mão em direção às cartas. A princípio, pensou que o velho estivesse protegendo o jogo para o jogador ausente, talvez sua esposa. O homem acompanhou a mão de Philip, que se aproximou das cartas, depois se afastou.

Philip parou.

— É o *seu* jogo.

— *Sí*. — Ele manteve os olhos em Philip.

Philip fez sua jogada, preferindo passar no sete de paus e continuar a comprar cartas do maço, evitando também uma óbvia armadilha. O estalido das cartas sob o polegar foi uma sensação agradável, a breve exalação de ar. Philip notou algo no homem e ergueu os olhos a tempo de vislumbrar uma expressão oblíqua em seu olhar, como se houvesse alguém atrás do ombro de Philip. E é para isto que eu sirvo, pensou Philip, consertar os jogos de cartas das pessoas enquanto elas se lembram de momentos melhores, perdas, velhos amores. Quando Philip se levantou para ir embora, o homem se virou, ignorando as cartas e fitando atentamente a janela, uma juventude inesperada no modo como erguia o ombro e segurava o queixo com o punho.

Philip terminou a busca ao longo do trem, depois conseguiu encontrar um assento desocupado no vagão para fumantes, logo antes do bar, o último vagão. Os passageiros que cruzavam o vagão de fumantes eram momentaneamente arrebatados pela névoa do tabaco. A fumaça que se acumulava, acomodando-se numa camada à altura dos ombros, contribuiu com o pânico silencioso que se reunia no interior de Philip. Não conseguiu encontrar o livro que o levara ali. O trem para Barcelona não era um trem-bala e levaria quase onze horas para chegar ao seu destino, que não era o de Philip. Não poderia fazer nada além de se deixar levar pelo trem, depressa, cada vez mais longe de seu caminho, cruzando a amplidão das pradarias sob a luz do crepúsculo.

Trabalhou o máximo que pôde no projeto de consultoria, mas não teve como enviar o trabalho e receber mais. Isso viria bem, pois o trabalho lhe deu o pouco conforto que pôde encontrar. Eles mandavam um daqueles projetos e lhe pediam que identificasse e resolvesse uma anomalia num investimento. Por que estes números não atingem a quantia que previmos? Por que não estamos ganhando mais dinheiro aqui? Philip começou com a segunda lei do movimento de Newton, $F = ma$, onde $a = dv/dt$ é a aceleração, a taxa de variação da velocidade ao longo do tempo. Philip foi atrás da anomalia separando v e t, expressando-os como a razão entre duas variações, colocando-as ordenadamente em cada um dos lados da equação: $dv/g - av = dt$. Depois integrou os dois lados para encontrar a antiderivada, onde *ln* seria o logaritmo natural. Ali, no logaritmo natural, estava *e*, cujo surgimento o levou ao que era visível, mas incalculável. Era o que ele mais apreciava em sua primeira língua. A matemática não é arrogante a ponto de acreditar que pode explicar tudo. Ela concebe o âmbito do visível, apesar de incognoscível, e nos cativa a mergulhar nesse âmbito, encontrando coisas através de suas lentes, acessando-as ativamente. E ainda assim, ao contrário das pessoas — mesmo as pessoas que amamos —, não permite mentiras, omissões ou enganos.

Se tivesse mais trabalho, se não houvesse sido tão eficaz na identificação e explicação da anomalia (que resultou ser uma espécie de fraude legal, até mesmo perdoada, praticada coletivamente pelo primeiro escalão, o escalão que Beatrice recomendara eliminar), Philip teria se sentido menos tolo naquele trem. Ele e Isaac conceberam certa vez uma equação para medir a profundidade da tolice. O nível de tolice de uma atitude em particular, descobriram, correspondia geometricamente ao tempo necessário para reverter o ato, ou ao menos compensá-lo. O mergulho era acelerado pela ansiedade sempre crescente ligada à passagem do tempo. A tolice e a ansiedade geravam medo inevitavelmente, e Philip pôde provar sua amargura no fundo da garganta, pôde sentir como o medo o desequilibrava enquanto as rodas do trem estalavam sob seus pés. Não conte os trilhos que passam debaixo de nós, disse-lhe Irma. Sinta os trilhos, ouça-os, mas não os conte. Estão nos levando para longe de nós mesmos. Para bem longe de nós mesmos. Só ficamos com os nossos olhos e mentes, mas o resto fica para trás. Irma passou os dedos pela fronte de Philip.

Ele arrancou mais uma folha de seu caderno de composições. A única forma que permite nos separarmos de nós mesmos, escreveu, é a elipse. A forma que atribuí a você agora, a curva e a forma da minha busca por você. ⌢ Uma elipse é o lugar geométrico de dois pontos num plano onde a soma das distâncias de qualquer ponto na curva a dois pontos fixos é constante. Em outras palavras, a elipse precisa de dois focos.

Desenhou uma elipse para ela, à mão livre. Marcou os dois focos. Desenhou setas em cada foco, chamando um deles de $I + P$ (Irma com Philip) e o outro de $I - P$ (Irma sem Philip). Depois se deu conta, corrigiu-se. Os dois já se conheciam há mais de vinte anos; agora $I = IP$. Deixou que ela visse a correção, toda sua matemática, chamando agora os focos de $IP + P$ e $IP - P$. Foi em frente. Era algo que Nicole havia dito, ao tentar descrever o estado em que se encontrava. O estado em que I — nós, $IP + P$ — a deixara.

Agora podia ver duas versões desejadas de si mesma. Podia escolher uma e sacrificar a outra. Mas uma pessoa um pouco mais astuta, astuta em virtude da idade (Philip não resistiu à piada), poderia encontrar uma maneira de viver as duas, uma de maneira literal, a outra, figurativa — talvez até mesmo invertendo-as de tempos em tempos. Mate-se em uma versão para criar a outra. Portanto, querida, é aí que eu tenho você, certa ou errada, na minha prova. Uma elipse. Mas não fique confiante demais. É muito mais complexa do que parece inicialmente. E eu conheço *todas* as propriedades, aplicações e fraquezas da prova. Conheço-as como você conhece o seu ABC.

Ao terminar de escrever na outra página arrancada do caderno de composições, Philip enfiou a folha quadriculada no Cervantes, marcando a página no capítulo dezenove. Então, sentindo-se um pouco melhor, começou a ler o capítulo. O brilho distante que cortava a escuridão das amplas pradarias vistas da janela do trem o lembrou das luzes que Dom Quixote e Sancho confrontam no início do capítulo: quando vêem vir em sua direção, pela mesma estrada em que viajavam, um grande conglomerado de luzes que parecia, mais que nada, uma constelação de estrelas errantes. Quixote, acreditando serem carregadas por fantasmas demoníacos, ataca-as. Os portadores das luzes, padres pacíficos e desarmados que andavam em mulas, acreditam que Quixote seja um fantasma demoníaco e se dispersam, apavorados. Philip sabia que deveria ter achado graça dessa cena, por sua ironia e humor físico, mas, ao contrário, entristeceu-se. Não entendeu por quê. Talvez as luzes sobre a negra amplidão que se via da janela o tenham feito absorver as palavras da maneira errada. Imaginou um vento forte e seco lá fora, do tipo que cresce de repente ao redor das folhas secas, de dia ou de noite, aparentemente vindo de lugar nenhum, sob um céu sem nuvens. Irma escreve no capítulo dezenove do Quixote: Imagino que se eu disser que sei, neste exato momento, que estás de alguma forma à minha procura, não será surpresa nenhuma. Porque estás fora do tempo real, dentro do tempo próprio da coleção que te deixei. Esse tempo próprio se iniciou no ponto em que começaste a ler a coleção, qualquer que tenha sido. A esta altura, já te deste conta de que Rebecca calculou a ordem para mim. E te dás conta de que seria tolice desviar-te dessa ordem e estragar a beleza e a complexidade da coleção projetada só para ti. Esse tempo próprio, ao contrário do tempo real, é elástico e indulgente. Porém, mesmo que avances e retrocedas em caprichos e impulsos, ainda assim deverás proceder inevitavelmente pela linha fornecida. Pois sem dita linha, perderias completamente o senso de tempo e a noção de ti próprio — como ocorreria na realidade. Isaac certamente concordaria, não é mesmo?

Philip arrancou outra folha em branco do caderno de composições. Mas você subestima a elipse. Ela vai muito além da geometria. Ela tem, usando os seus termos, uma personalidade. Especificamente, tem excentricidade. Na verdade, a forma da elipse costuma ser expressa por um número chamado excentricidade da elipse. A excentricidade é basicamente a distância entre os focos, e quanto maior a excentricidade, mais alongada é a elipse. Vou determinar a sua excentricidade, Irma. Então, serei capaz de consertar o alongamento da elipse que você é. Não deveria ter me deixado todos os livros. Marcou o Cervantes com essa folha e apoiou o livro sobre a mesa.

Caminhou novamente ao longo de todo o trem em busca do livro amarelo, procurando, dentro de si mesmo, o voto de confiar no próprio instinto, um instinto aninhado numa matemática que aplainava quaisquer anomalias, que cobria facilmente a distância entre quaisquer estrelas dadas. Desta vez havia menos livros à vista — doze — e, como antes, nenhum deles era amarelo. A maioria dos passageiros dormia, e todos eles se mantinham em alguma espécie de estado suspenso, imobilizados pela calmaria de pensamentos e meditações embalados pelo trem. Sentiu um certo poder ao passar entre eles, ao avançar em meio a um exército drogado sob a luz da Lua. Mas também sentiu coisas que o cercavam por trás, como se sentira com Irma nas trilhas corsas que desapareciam entre arbustos espinhosos pelos quais tinham que abrir caminho à força, que desmoronavam sob seus pés ao escalarem as escarpas instáveis. Imaginou o livro amarelo voando pelos fundos do trem, uma faísca na noite de Quixote. Voltou sem ser notado à sua poltrona, a última em todo o trem, de onde poderia facilmente conjurar a inércia na ponta de seu desenrolar por sobre a Espanha. E somente ao apoiar a cabeça na janela e fechar os olhos, sentiu de súbito a exaustão que parecia haver formado o pano de fundo daquela viagem insensata a Barcelona. Mais uma vez, dormiu bem num trem. Um dia, Irma lhe deu uma fita com sons de trens, para ajudá-lo com a insônia. Mas depois arruinou seu efeito, chupando-o enquanto a escutavam no volume máximo. Depois disso, a fita passou a deixá-lo inquieto. Irma achava aquilo engraçado.

Philip acordou em Barcelona, num trem parado e vazio. Uma das funcionárias estava parada formalmente ao lado da poltrona. Talvez houvesse feito algo para acordá-lo.

— Mais cuidado da próxima vez — disse a moça. Apontou para o Cervantes em seu colo. — Alguém poderia roubar o seu livro.

Philip agradeceu a ela por ter cuidado de suas malas e saiu do trem, sacudindo a dor nas pernas. Sem sequer sair à superfície da Sants Estació, pegou o metrô até a estação Provença, subiu pela escada, evitando a escada rolante, e saiu para a avenida que levava a La Gràcia. A cidade, como tantas outras, corria para o trabalho. Atrás de cada sinal vermelho havia um pequeno exército de motonetas conduzidas por jovens homens e mulheres vestindo roupas de negócios. Atrás deles vinham os carros e táxis. Quando o sinal abria, as motonetas aceleravam num rugido coletivo como um coral de cigarras, avançando em ondas pelas ruas amplas. Gravatas e rabos-de-cavalo pretos revoavam sobre os ombros. A velocidade e a concentração dos motoqueiros fizeram com que Philip se sentisse ainda mais deslocado ao puxar sua mala pelas grandes calçadas da avenida, que eram extremamente largas. Philip adorou as esquinas, todas cortadas em diagonal de modo a formar grandes quadrados em cada interseção, abrindo a cidade. Parou num dos restaurantes de esquina e tomou um café seguido de um copo bem espesso de chocolate como café-da-manhã, observando, no outro lado da interseção, o edifício de Gaudí, cujos ladrilhos azuis e verdes pareciam derreter eternamente. Perguntou-se como seria continuar a se mexer daquela forma, dormindo em trens, barcos e aviões, comendo confeitos, carregando consigo o pouco que tinha, lendo, observando. Qual seria a sensação de viver assim depois de uma semana, um mês, um ano, uma vida? Passaria a se sentir perspicaz e asseado? Ou se sentiria leve, insubstancial, oportunamente insignificante, irreparavelmente perplexo?

Terminou o café-da-manhã e seguiu em frente pela avenida. Depois de cruzar a Diagonal, chegou a La Gràcia, onde a malha de ruas, o tráfego motorizado e as calçadas amplas desapareceram rapidamente. Depois do café e do chocolate, sentiu uma forte necessidade de correr. Seu aspecto cansado e desgrenhado e a barba por fazer se adequavam melhor às vielas estreitas e retorcidas de La Gràcia, onde passou por muitos vendedores ambulantes que vendiam frutas, roupas, livros e panelas. Os vendedores ficavam sentados tranqüilamente, lendo os jornais da manhã, alguns conversando com os vizinhos; nenhum deles assediava possíveis compradores. Ao longo da estreita Travessera, haviam unido as mesas, formando um mercado informal e deixando pouco espaço para quaisquer carros que tentassem passar. Philip encontrou a travessa estreita, marcada por uma cabeça de cachorro de Gaudí que sobressaía de uma parede, e seguiu por ela em direção à casa de Tom Salgueiro. Essa seria sua única parada prevista em Barcelona, calculada por Rebecca como uma possibilidade terciária, um lugar aonde deveria ir se não descobrisse nada em Sevilha ou Madri. Thomas Salgueiro era primo de Irma por seu lado português. Trabalhava como advogado tributarista, mas se interessou por adquirir e fornecer materiais para capas de livros depois que Irma — sem ainda conhecê-lo pessoalmente — lhe pediu que comprasse e guardasse algumas peles de cabrito. As peles eram bastante comuns, mas Irma tinha ouvido falar que haviam sido tingidas na Tunísia com um processo que lhes dava uma cor ocre singular, a cor do pôr do sol no Magreb, segundo lhe contaram. No fim das contas, as peles resultaram ser imitações, tão mal falsificadas que a tintura desbotou nos dedos de Tom. Ele se sentiu mal em relação à jovem prima, que na época era apenas uma aprendiz de restauradora de livros e estava cruzando o Atlântico para vê-lo e buscar as peles. Portanto, a princípio sem nenhum conhecimento sobre como adquirir relíquias em couro, foi atrás de algumas peles genuínas nas ruas de Tânger, apinhadas de vendedores insistentes. O vendedor desdentado que lhe vendeu as peles gritou na cara de Tom quando ele questionou seu valor, mordendo com a gengiva a frágil borda de uma das peles para mostrar que a cor não desbotava. Para provar o que dizia, pôs a língua rosada para fora e rosnou. Tom teve então muita dificuldade em passar com as peles pela aduana britânica em Gibraltar, mas conseguiu voltar ao seu escritório em Madri logo a tempo de se encontrar com Irma. Somente ao examinar o couro sob o olhar de Irma, ao seguir o trajeto de seus dedos, ele pôde ver a maravilha que eram as peles. Eram duras e leves como papelão, mas tinham a superfície suave como cobre polido. Sua cor mudava conforme a luz, um ocre-escuro sob a lâmpada de mesa, âmbar na luz do Sol que entrava pelas persianas. Quando Irma as dobrou delicadamente, não fizeram ruído algum, e a forma se manteve. Tom transferiu seu escritório para a Barcelona pós-Franco com o intuito de ganhar dinheiro o bastante para sustentar seu novo passatempo. Nunca se casou. Raramente falava. Comprou um terreno em La Gràcia que tinha um pequeno pátio, uma casa e alguns currais para cabras. Ao longo das décadas, transformou o lugar numa série de galpões para armazenar suas aquisições e em quartos e espaços para a família e outros viajantes. Seus parentes, de todos os ramos da família, eram seus amigos. Tom adquiriu linhos, gaze, papéis, sedas, metais, cortiças, tecidos feitos de palha e grama entrelaçadas que pareciam cetim.

Fabricantes e restauradores de livros de toda parte do mundo buscavam suas capas, mas ele as vendia a preço de custo, ou as dava de presente a aprendizes e mentores que trabalhavam em lojas e laboratórios humildes. Sempre que Philip e Irma o visitavam, eram colocados no mesmo quarto, que tinha uma abertura para o pátio onde gorgolejava um pequeno chafariz esférico. Tom falava umas poucas palavras com Irma, especialmente para lhe mostrar os materiais novos e interessantes que adquirira para as capas, sorrindo orgulhoso e balançando a cabeça, incrédulo. Alto e belo, vivia sozinho, embora sua casa estivesse quase sempre ocupada por irmãos, primos, tias e tios que viajavam para lá. Quase nunca falava com Philip — entendiam-se com sorrisos, apertos de mão e gestos simples. Tom gostava, como Philip podia perceber, de ficar sentado em lugares onde houvesse pessoas conversando, comendo, bebendo. Levava seu negócio de advocacia tributarista de um modo simples, que se adequava muito bem ao escritório. Os espanhóis o adoravam. *Dígame*, era tudo o que tinha a dizer aos clientes, e eles lhe diziam tudo o que precisavam.

Na primeira vez em que caminhou com Irma pelos galpões e ela lhe mostrou algumas das peças menores guardadas aqui e ali pela casa, Philip lhe perguntou quanto valia tudo aquilo. Irma balançou a cabeça e sorriu, uma expressão muito parecida à do primo. Mas depois respondeu, porque conhecia Philip e sabia que a pergunta não era tão crassa quanto poderia parecer, tendo partido dele. Uma pequena fortuna, respondeu. É claro, ela varia sempre à medida que ele vende os materiais, adquire outros e os passa adiante. Mas, sim, em qualquer dia determinado vale uma pequena fortuna. Que não tem preço para os restauradores.

Tom caminhava como um criado pelos quartos e salas de sua modesta casa de três andares. Vestia camisas de linho branco e verificava os quartos e banheiros continuamente, para ver se estavam arrumados e acolhedores para seus convidados. A cozinha estava sempre cheia de produtos adquiridos com os vendedores e em lojas de La Gràcia, e Tom muitas vezes saía às pressas para conseguir algo que um primo visitante queria, precisava, perguntava a respeito. Philip o vira passar dias inteiros sem falar nada. A geração mais jovem dos Arcuri e dos Salgueiro foi a primeira a descobrir aquela casa aberta em Barcelona, onde todas as necessidades eram atendidas e não se fazia nenhuma pergunta. Podiam viajar para a Espanha, seguir até a França, ao Mediterrâneo. Os parentes mais velhos da família também descobriram que talvez pudessem se dar ao luxo de viajar um pouco, conhecer um pouco de Barcelona, ao menos. E podiam também se perder nos pequenos corredores da casa de Tom, entre as paredes de gesso, caminhar pela sua expansão e por construções esparsas acompanhados, ou ficar a sós entre os couros, tecidos e pergaminhos. Se perguntassem a Tom como poderiam retribuir sua hospitalidade, ele dizia: "Venham outras vezes." E talvez não trocassem mais nenhuma palavra. Philip notou que Tom se sentava para ler nos aposentos em que seus hóspedes estivessem bebendo, jogando cartas, conversando, rindo e contando suas viagens. Tom tirava os olhos de seu livro ou jornal e escutava alguns trechos da conversa, sem os óculos, apoiando nos lábios um dos cantos da armação. Irma era a única que parecia ter diálogos mais longos com ele, pois sempre tratavam de capas de livros. Onde e como obter certo rolo ou feixe de linho, certo pedaço de couro. Como poderia ser modelado, trançado para formar um material trabalhável. Mas desses intercâmbios com o primo, ela garimpava suas experiências e aventuras. Irma mostrou a Philip uma peça oval de pele de cabrito, pendurada na parede como um escudo medieval. Tom a adquiriu de uma família na Turquia que vivia numa caverna. A caverna estava cheia de equipamentos modernos — carpete, TV a cabo, uma torradeira, encanamento. Era clara e arejada, com paredes de pedra branca. Uma chaminé natural eliminava a fumaça do fogão a lenha e mantinha a casa ventilada. A família tinha vizinhos que também viviam em cavernas, a vizinhança era conectada por escadas de mão e escadarias esculpidas na pedra. Toda a comunidade, que tinha uma história de milhares de anos, estava prestes a ser condenada pelo governo turco, por questões de segurança, pois se situava numa região onde havia terremotos freqüentes. A oval de couro era de uma raça de suíno levada ao Novo Mundo pelos conquistadores, que a adquiriram dos mouros. A raça havia praticamente desaparecido da América e da Espanha. Era muito valorizada por sua banha, que se acumulava em generosas camadas por baixo de rolos de pele cor de chocolate. Tom encontrou um dos poucos rebanhos remanescentes da época em que o porco começou a ser reproduzido, milhares de anos atrás. O couro era grosso e difícil de secar; esfolando-se cuidadosamente o animal era possível obter diversas espessuras de couro, que podia ser trabalhado em camadas acopladas, perfeitas para armaduras e livros. Irma tirou a pele oval da parede e bateu forte com ela na cabeça de Philip. Viu?

Philip tocou a campainha de Tom. Um garoto o observava da calçada, segurando uma bola de futebol. Philip esperou por bastante tempo. O garoto soltou a bola e a chutou, fazendo-a ricochetear na parede do outro lado da rua e voltar para si. Chutou-a de novo, muitas vezes, antes que a porta se abrisse. Um jovem alto a atendeu. Passou as duas mãos pelo cabelo preto e gritou em italiano com o garoto que chutava a bola. O menino parou de chutá-la, mas a manteve a postos sob o pé. O jovem que atendeu a porta usava apenas uma calça jeans, com os bolsos puxados para fora. Olhou para as malas de Philip, levantou uma sobrancelha ao ver o Cervantes e indicou que entrasse. Meteu um cigarro na boca, torceu o rosto ao sentir o gosto e não o acendeu. Deixou-o pender do canto da boca enquanto falava com Philip.

— Você é Arcuri ou Salgueiro? — perguntou em inglês.

— Salgueiro — respondeu Philip, tentando manter o parentesco o mais distante possível.

— Você não parece português. Parece croata. — Fez um sinal para que Philip o seguisse, arrastando os pés no chão de terracota. — O Tom saiu, foi comprar coisas para o nosso café. Uns churros. Dava para sentir o cheiro da cama. Disse que se você aparecesse, era para colocar você numa das cabanas de ordenha atrás do pátio. A casa está cheia.

— Se *eu* aparecesse? — perguntou Philip. — Você sabe quem eu sou?

— Não. Ele só soltou que, se aparecesse um cara que parece um jogador de basquete croata, era para colocá-lo no curral. Falou isso para todo mundo, assim que a gente chegou. E se ele chega realmente a dizer alguma coisa, é melhor lembrar e fazer. — Tirou o cigarro apagado da boca e o ofereceu a Philip, passando-o pelas costas, como o bastão de uma corrida de revezamento.

— Quer isto aqui? Eu nem fumo isso. Meus primos estão tentando me fazer começar. Mas olha só pra eles. Todos tombados na cama, cheirando churros e gemendo. Olha pra mim. Estou de pé e a postos. Quase.

Philip aceitou o cigarro.

— Mas talvez eu saiba mesmo quem você é — falou, ainda arrastando os pés, conduzindo Philip pelo centro do pátio. — Você é amigo da Irma. Ela é o máximo. A gente adora quando ela está por aqui. Mostra os melhores lugares para a gente. Uma vez nos levou num lugar, bem perto daqui, onde o Borges costumava beber. A gente viu o Kundera por lá um dia. Ele é croata... ou algo assim, não é?

Philip olhou para o cigarro, agora dobrado.

— Não. Tcheco ou eslovaco. Como eu.

— Rá. Tcheco ou eslovaco. Boa. TchecoouSlovaco. Tchecouslovaco. Deveriam só usar esse nome. Praga é uma ótima cidade.

Indicou a Philip a porta dupla do estábulo de ordenha.

— Vou fazer uns cafés. Você está com cara de que aceitaria um... ou dois.

A metade superior da porta do aposento de Philip estava aberta. Ele já vira o quarto antes e sabia que Tom o havia convertido da mesma forma como os missionários franciscanos, seguindo o rastro dos conquistadores da América, transformaram celeiros em quartos, com tarimbas e abajures para leitura. Quando venho sozinha, contou-lhe Irma na primeira vez em que abriu o quarto para Philip, ele me coloca aqui, porque sabe que é o meu preferido. Tem cheiro de feno. Philip fungou. Tem cheiro de cabra.

Jogou as malas na tarimba e dispôs o Cervantes e o laptop na mesa simples, de madeira. O brilho azul da tela tingiu o quarto com uma quietude, uma célula capturada num diapositivo. A cor jogou o quarto numa antiguidade muito profunda, escurecendo os cantos e as sombras, envelhecendo a cal com uma luz de lampião a gás. Uma mensagem de Lucia surgiu devagar na tela, derretendo-se a seguir como tinta invisível. Por que me avisar? Vai me conhecer melhor quando nos encontrarmos outra vez? Contei 351 antes de pegar os livros emprestados. Um número tão delicado. Terei desequilibrado toda a coleção?

Philip respondeu tranqüilo, encontrando a força para isso no velho quarto e em sua luz serena: Todos os números são delicados. Estou em Barcelona. Logo Sevilha. Adoraria encontrar você por lá. Lembrou-se de Lucia contando os livros, parada nua ante a prateleira enquanto ele a observava secretamente da cama. O que ele não vira, mas imaginara muitas vezes, era Lucia contar as espinhas com o roçar suave dos dedos, o queixo erguido. E depois pegar os livros que queria, inclinando-os para soltá-los, puxando-os suavemente com dois dedos, embalando-os sob os seios.

Philip arrancou uma folha do caderno e descreveu para ela a equação que seu e-mail não poderia conter, a que, por fim, o faria cair em desgraça, perder a graça de Lucia. Não podia ainda compô-la porque não estava completa, mas podia explicar uma parte dela, começando com uma espécie de silogismo. Eu lhe aviso porque tenho medo de você. Tenho medo porque você me dá equilíbrio, controle. Todos os números são delicados. Você rompeu ou ajustou o número que ela me deu — 351. O entendimento que ela tem dos números é simples, um entendimento literário, um número é só uma palavra. Assim, ela se volta aos mais literários dos matemáticos, os pitagóricos. Eles brincavam com seu mentor nas praias da Sicília e trabalhavam na mais famosa de suas equações, mas apenas como uma desculpa para estarem juntos ao sol italiano. Essa era a teoria dela, ao menos. Para eles, 3 era harmonia, o número mais bonito, o *único* que equivale à soma de todos os números que o precedem, 5 era casamento, 3 + 2, harmonia mais opinião, 1 era o primeiro, o primeiro indicando todos os demais, infinitude. Sempre ponha um 1 ao final se quiser que eles continuem pensando, como Scheherazade. 351. É um número delicado. Será que o tornei mais misterioso para você, ou menos? Conheço a sensação.

Philip começou a abrir o Cervantes, depois parou. Procurou os outros livros em sua bolsa, decidiu-se por *Ava*, que trazia aquela frase, bem no meio do volume, que continha Lucia. Apenas cinco frases abaixo dela encontrou outra, isolada, como todas as outras frases do Maso: Inventamos tudo isto. Philip marcou essa página com a composição que fizera para Lucia.

Saiu ao pátio para observar o chafariz e pensar. Inventamos tudo isto. O pequeno pátio o insulou mais que o habitual, com sua fonte simples, esférica, borbulhando suavemente à altura dos joelhos; aquilo já fora um espaço mouro de absolvição, onde as pessoas lavavam os pés dos pecados pelos quais haviam caminhado. Mais que o habitual, sentiu o ruído de si mesmo, como uma projeção inquieta sombreando as paredes silenciosas. Sentou-se num banco de azulejos azuis. Se Tom estava à espera dele, então Irma ou Sam teriam estado ali recentemente — ou ainda estavam ali. Praguejou contra sua matemática. Praguejou contra a matemática de Rebecca. Praguejou contra toda a matemática e desejou poder, só por uma vez, apagá-la de seu ser. Alguém que conhecesse as pessoas como Irma as conhecia, alguém que pensasse num idioma simples, teria ido diretamente àquela casa para encontrar Sam. Um espaço aberto, onde ninguém precisava falar com os demais, nem ouvir o que os demais tinham a dizer. Até mesmo o raciocínio romântico, iludido e desconexo de Quixote mostrava ser mais eficiente que o seu.

Philip precisava correr. Viu-se planejando o trajeto, cruzando La Gràcia e subindo o morro rumo ao Parc Güell, onde poderia se perder nas trilhas de terra socada entre as árvores e pelas paredes, fontes, estruturas e esculturas de azulejos feitas por Gaudí. Trocou-se, vestindo as roupas de corrida, e se pôs a procurar discretamente pela casa de Tom. No quarto menor do andar de baixo, o mais silencioso e solitário, que já fora um dia o aposento da cozinheira, encontrou a mochila de Sam. Viu-a ao espiar pela porta aberta. A cama estava bem-feita, as persianas, abertas, deixando entrar o sol da manhã. Sabia que aquela era a mochila de Sam porque ao lado dela estava amontoado o *frisbee* vermelho-vivo da Universidade Rutgers que Nicole lhe dera e um par de chuteiras. Sam estava ali, mas não estava ali naquele momento.

Na cozinha, encontrou novamente o jovem primo italiano de Irma, puxando a manivela da máquina para servir uma segunda xícara de café. O líquido correu da torneira, espesso como tinta, espumoso, e seu aroma deu a Philip uma certa tonteira.

— Não vou esperar os churros. — Passou a Philip uma das pequenas xícaras brancas.

— O Sam está aqui? — perguntou Philip ao receber a xícara.

— O Tom o mandou a algum lugar. Tem mandado o garoto a lugares. Para pegar coisas. Queria que o Sam estivesse aqui. A gente tem usado o garoto como tradutor. Ele não faz muita coisa nos lugares aonde vamos. Mas o espanhol dele é realmente bom. Fala até catalão. O que realmente nos dá uma boa vantagem com os garçons e porteiros. Depois ele desaparece na noite.

— Coisas? — perguntou Philip. — Que coisas?

— Ah, essas coisas que o Tom coleciona, sabe? Couros e tecidos. Eu geralmente não consigo distinguir um do outro.

— De Barcelona? — perguntou Philip, mas já sabia.

— De todo canto. Acho que ele está em Tânger agora. Ou está voltando.

— Tânger?

— É. Fica...

— Eu sei onde fica.

Acenou para Philip com a cabeça e olhou-o atentamente.

— É, você tem cara de que já conhece bem o lugar.

— Só preciso de uma corrida e um chuveiro. Você sabe quando é que o Sam volta?

O rapaz deu de ombros.

— Não deve demorar muito. Partiu levando bem pouca coisa. Escova de dentes, pasta e um livro. A gente achou bem singelo o jeito com que ele simplesmente fez que sim, pegou a pasta do Tom e saiu pela porta rumo a Tânger. Feito um espião. A não ser pelo cabelo ruivo e... — Pontilhou o rosto com o dedo.

— As pintas.

— É. *Pecas.* Deu a impressão de que estava saindo para comprar café. — Bebeu um gole do café. Mostrou os dentes ao sentir que estava quente e forte, depois tomou mais um gole. — Ele pergunta muito sobre a nossa prima. Acho que gosta dela. — Fez uma expressão, uma espécie de sorriso entendido. — *Realmente* gosta dela.

— Ele lhe perguntou onde ela está?

O rapaz deu de ombros.

— A gente não sabe. Quem poderia sequer saber que ela tinha ido embora? Se não está aqui, está na Califórnia, ou em algum outro lugar dos Estados Unidos. Ou em qualquer lugar. É disso que a gente gosta nela.

— Ele lhe falou de como Irma desapareceu?

O rapaz fez que sim com a cabeça, balançando amplamente o queixo, como se estivesse dançando música eletrônica.

— A gente tem umas idéias sobre o caso. Achamos que ela fez isso por amor. Feito Aída.

— Você conhece *Aída*?

— Claro. Todo italiano conhece. A gente tem que estudar na escola.

— Mas Aída morre no final.

— Essa é a sua opinião. Mas quem pode saber ao certo? Ela se esconde na cripta para morrer sufocada com o amante enquanto todo mundo dança em cima dela. Mas talvez eles estejam se divertindo juntos naquela cripta. Poderia ser uma criptona, com almofadas.

Escutaram alguém à porta de entrada, e a seguir Tom entrou na cozinha carregando churros enrolados em papel-manteiga, com cheiro de gordura e açúcar. Olhou para Philip com certa surpresa, como se acabasse de encontrar um hóspede que acordara um pouco mais cedo que o habitual.

— Philip — falou. — Henry levou você ao quarto?

— Levou, sim. Obrigado. Ele me falou do Sam.

Tom fez que sim e saiu para o pátio, indicando a Philip que o seguisse. Ficou em pé de frente para o pequeno chafariz, estendendo as mãos sobre a água.

— Você o mandou a Tânger?

Tom deu de ombros, e Philip achou que aquela seria sua única resposta, mas depois ele falou:

— Ele iria acabar viajando para lá. Deste jeito, pelo menos vai voltar. Eu queria ter ido a Tânger quando tinha dezessete anos.

Philip ficou em pé de frente para Tom, do lado oposto do chafariz. A água subia por um buraco no topo da esfera, depois fluía devagar pela pedra como um verniz que caía sobre o tanque. Mentalmente, Philip fez muitas perguntas a Tom sobre Sam, sobre Irma. Ela escreve, em *Deslize*: Às vezes, quando os dois estão juntos, sem falar, podemos pensar que são irmãos. Um deles é um pouco mais alto. Têm as cabeças curvadas, mas os dois homens ainda olham um para o outro com uma espécie de rivalidade silenciosa. Se irmãos, então ambos deram a volta ao mundo, um pelo oeste, o outro pelo leste, cruzando-se ao se aproximarem do meio do caminho — o mais alto caminha um pouco mais rápido —, depois conheceram as mesmas terras e povos em direções opostas e na ordem inversa. Mesmo que decidam não dizer nada, ainda assim serão sempre capazes de prever os pensamentos, ações, decisões, respostas um do outro, porque seus caminhos, embora tenham seguido em sentidos opostos, foram similares. Vocês parecem dois tios velhos, dissera-lhes Irma certa vez. Vamos lá. Vamos sair. Vamos encontrar um lugar novo.

Tom manteve as mãos sobre o chafariz, como se estivesse aquecendo-as. Philip lhe agradeceu.

— Por ter segurado o Sam. Foi bem esperto. Segurar o garoto por aqui, mandando-o a Tânger. Eu nunca teria pensado nisso.

Tom assentiu.

— É uma dessas coisas que só percebemos à medida que as fazemos.

— Você o mandou para Corte.

— Na verdade, eu precisava dele para isso. A Irma me deixou um livro perfurado com pequenos túneis. Escrito por Charles Fort. Estava sendo carcomido por alguma coisa, a capa e tudo o mais. Mas só dava para ver os buracos, e não o que os teria feito. Mas a cada dia tinha mais túneis. Precisava ser mandado com cuidado, em mãos.

— Quando foi que Irma deixou o livro aqui?

Tom balançou a cabeça.

— Eu só o encontrei no quarto dela. Não sei quando foi que o deixou. Talvez três visitas atrás. Talvez na última. O quarto é dela.

Começou a se virar de costas para Philip.

— Obrigado por me deixar ficar nele — disse Philip. — Foi muito gentil.

Deixando o pátio, Tom levantou a mão, num aceno simples de reconhecimento. Em seu quarto, que já fora um dia um estábulo de ordenha, Philip se sentou à mesa e mandou mensagens para Nicole e Rebecca, informando-as de que encontrara Sam e de que ele estava bem. Mas não prometeu nada. Depois foi correr. Pareceu-lhe certo correr, avançar em largos passos pelas ruas estreitas de La Gràcia, em vez de esperar calmamente por Sam. Abastecido pela resolução, por uma dieta estável — três dias de café forte e doces — e pela sensação de libertação trazida pelo simples fato de largar as malas numa cama e partir, correu rápido. Quase marcou um tempo recorde nas três primeiras milhas. Quando tinham vinte e cinco anos, Irma marcava a primeira milha num chafariz à sombra da Sagrada Família, a catedral de Gaudí eternamente inconclusa que parecia um castelo de areia de criança, instável e gotejante. A marca da segunda milha era um bueiro metido no asfalto de Lepant, e a terceira ficava num poste de pedra, usado no passado para amarrar cavalos, situado no começo da subida para o parque. Irma gostava de incluir morros na quarta milha. E assim, após o poste começava uma subida íngreme para o Parc Güell, dificultada ainda mais pelas calçadas de paralelepípedos irregulares e pelas mesas e cadeiras dos cafés, balançando-se no declive como uma colorida montanha-russa. Dessa forma, a quarta milha, que sempre é a pior em qualquer percurso, reduz o passo de Philip, seu senso de realização e libertação. Mas ao vê-lo passar, talvez de um dos bares inclinados do outro lado da rua, você poderia pensar que se tratava de um elegante atleta de meia-idade, um velho astro das pistas, das corridas com obstáculos. Embora seu rosto e pescoço se contraiam com o esforço imposto pela subida, suas passadas ainda têm uma abertura firme, um modo de socar o solo e saltar. Você quase deseja acompanhá-lo — parece mais uma dança que uma corrida.

Mas você não poderia saber que os pensamentos daquele homem eram ansiosos, torturados, até. Ele tem uma preocupação profunda pelo garoto que já foi um dia seu enteado, teme não ser capaz de fazer as coisas certas pelo rapaz, mostrar-lhe aonde ir, o que fazer, como fazê-lo. E no esforço de subir o morro, seguindo um caminho traçado por sua amiga mais antiga e querida, ele carrega o peso da sensação, cada vez mais profunda, de tê-la perdido. A imagem dela o acompanha mais que nunca. Invade, a qualquer momento, a periferia de sua visão, e ali se mantém como uma gota de água, estremecendo. Ela começa a cobri-lo, prendê-lo. Philip sente raiva dela. Sente que sua respiração se enrijece onde, ao contrário, deveria se abrir, ao se aproximar do platô que dá início ao Parc Güell. Irma escreve no capítulo vinte e três da Parte II do *Quixote*: Tenteei a cabeça e o peito, para me certificar se era eu que ali estava, ou algum fantasma vão; mas o tato, o sentimento, os discursos concertados que fazia entre mim me certificaram de que era eu ali então a mesma pessoa que sou agora aqui.

Sou a mesma pessoa que era na primeira vez em que corri com ela neste morro, e na última. Philip pensou mais. O valor de uma pessoa está ligado a um expoente variável. Mas isso não o convenceu. Conseguiu facilmente imaginá-la rindo. Parada no alto daquele morro, esperando, rindo logo após ouvir o que ele tinha a dizer. Rindo mais uma vez como a fotografia de Pier Angeli ao se dobrar ligeiramente para dentro e cobrir a boca com a mão. Há uma grande carência no mundo causada por meu retardo, alega Philip. Pier apenas ri mais um pouco.

O que os corredores podem fazer, quando seus pensamentos chegam a tal ponto, é impulsionar o corpo aos limites máximos da exaustão, expurgando-o de todas as digressões. Philip deu uma arrancada final na última subida, entrando no amplo platô de terra logo acima da entrada do parque. Seus pulmões queimavam com o esforço, trazendo à base da garganta um gosto pungente de sangue. Cambaleando em meio à grande extensão de terra, soltou o que, para ele, seria um gemido de dor e conclusão. Mas o gemido lhe saltou da garganta como um soluço alto. O suor que lhe gotejava da testa escondeu suas lágrimas. Dobrou o corpo, tentando recobrar o fôlego. Os catalães e turistas que vagavam por ali se viraram brevemente para observá-lo, com ares de preocupação passageira, depois o deixaram em sua privacidade e voltaram a fitar, do alto, a cidade e o pálido Mediterrâneo além dela. Philip também olhou para lá em busca de consolo, mas a paisagem ampla o entristeceu ainda mais. Ela poderia estar por ali, em qualquer lugar que já houvessem vivenciado juntos, e ele jamais a encontraria. Ela poderia estar descansando naquele parque, de uma corrida semelhante àquela, trinta segundos à frente de Philip. E isso seria o suficiente para transformá-la num fantasma para ele. Philip poderia triangular os pontos de posição, cobrindo a elipse, mas era incapaz de triangular o tempo. Naquela idade em particular, naquele estado em particular, sentia-se ainda mais incapaz de controlar e compreender o tempo.

ONZE

PHILIP ESPEROU POR SAM lendo o Cervantes, trabalhando, enviando mensagens. Vagava entre o estábulo de ordenha e o pátio, lendo às vezes ao lado da água, às vezes trabalhando ali. Em seu aposento, ficava deitado por longos períodos, escutando a bagunça e o riso dos primos pela casa de Tom. Um deles tocava oboé, praticava durante horas, geralmente o prelúdio ao Concerto Real de Bach, mas por vezes adaptava as sonatas para viola de Hindemith. Philip jamais se dera conta de que um oboé podia soar tão espanhol, mesmo ao tocar músicas nada espanholas. Ou seria o ar do lugar, o ruído das ruas de Barcelona ao fundo ou o Cervantes em sua cabeça que lhe transformavam a música? Perguntou-se sobre o primo oboísta. Philip os via em diferentes momentos, passando pela cozinha de Tom ou por uma das salas de estar, e tentava imaginar qual deles tocaria o oboé. Eram todos jovens, e todos, homens e mulheres, tinham alguma semelhança com Irma: o contorno escuro de uma sobrancelha, o modo de morder o lábio, uma sombra minúscula no lóbulo da orelha ou o espaço oco atrás da mandíbula. Philip poderia facilmente ter perguntado sobre o oboísta; todos conversavam abertamente com ele, tratando-o, de certa forma, como um segundo Tom, um anfitrião que realmente falava, o que lhe dava muito valor e personalidade, por ser um amigo da Prima Irma. Eles o convidavam para sair, e Philip respondia "Eu adoraria", mas jamais especificavam quando ou onde, e deixavam a coisa assim mesmo. Philip gostava do alvoroço que faziam, suas aparições e desaparições súbitas, suas piadas e músicas. Conseguiu descartar os que não poderiam ser o oboísta, os que via enquanto a música tocava, vinda de algum outro quarto. Novamente, poderia ter simplesmente rastreado o músico, refazendo o trajeto da música até o quarto de onde emanava. Mas sentia — sabia — que aquilo seria contrário às regras da casa; perambular demais e investigar os corredores, aposentos, cantos e reentrâncias azulejadas das paredes. Com a cozinha, o pátio e as salas, havia uma abundância de áreas comuns. E Philip sabia que, na Espanha, as casas eram santuários domésticos e que as pessoas se encontravam e reuniam principalmente fora de casa, naquele país de parques, cafés e *plazas*.

Restaram apenas três possibilidades quanto à identidade do oboísta. A primeira, uma bela prima que parecia muito ser a irmã de Henry e que o repreendia um bocado, dizendo-lhe que simplesmente fumasse ou não fumasse, mas que parasse de fazer tanto escândalo pela coisa. O segundo, o mais branquelo dos rapazes, tinha a aparência e os modos de um espanhol, e não italiano ou português, pela maneira como cumprimentava as pessoas bruscamente, com um *Dígame*. Seu modo de se mexer e comportar não pareciam os de um músico, alguém que poderia tocar aquele prelúdio de Bach ou a sonata de Hindemith como se ambos houvessem sido escritos para o oboé. Mas Philip sabia, talvez melhor que muitos, que as pessoas talentosas muitas vezes eram pouco mais que veículos para a expressividade, que nada em seu comportamento refletia necessariamente a beleza, a precisão e a delicadeza de sua arte. Seu palpite preferido para a identidade do oboísta era uma sobrinha que guardava uma forte semelhança com Irma quando jovem. Para Philip, Irma se tornara muito mais atraente ao envelhecer, suas feições se cristalizaram numa dureza intimidante, sua voz adquirira um tom grave e rasgado, seu corpo encontrara graça e leveza, seus gestos, confiança. Era evidente que essa jovem sobrinha não tinha nenhuma dessas características; seus movimentos pareciam tão frágeis quanto sua voz, que muitas vezes se mantinha inaudível durante as conversas na cozinha ou no jardim. Philip queria que ela fosse a oboísta, para poder lhe dizer que, por sua vocação, se tornaria bonita a ponto de ser considerada inesquecível, até mesmo invasiva nos pensamentos dos outros.

Durante uma sesta em que Philip acreditou estar sozinho na casa, trabalhando ao lado do chafariz, foi surpreendido pelo som do oboé. A música parecia se infiltrar por cada uma das aberturas do pátio, vinda de todas as direções, uma névoa musical abrindo caminho até ele. Novamente, era uma das sonatas para viola de Hindemith, pedindo ao oboé que a moldasse de um modo diferente, mais arrastada e assustadora que o habitual. Imaginou a sobrinha de Irma, sentada em seu quarto como uma encantadora de serpentes, de olhos fechados ante sua música, pernas cruzadas, cotovelos apoiados nos joelhos. Philip arrancou suavemente uma folha de seu caderno de composições. Em que momento I + P se tornam IP? Onde inserimos t na equação? E como? Devemos nos dividir ou multiplicar por ele? Aqui estou, pela primeira vez, pedindo a sua ajuda em matemática. Éramos I + P quando ficamos juntos sob os vulcões, observando o vapor de um deles, sentindo-o estremecer. Você queria correr primeiro para o topo daquele. Eu queria subir o outro. Estávamos juntos, mas separados. Como você falou, como você queria. Quando descemos correndo, respirando o enxofre, suando em seu vapor, foi esse o momento? Será esse o motivo pelo qual tive que tentar correr só mais um pouco, enquanto ainda tinha a oportunidade?

Philip inseriu a folha no *Quixote*, depois desistiu completamente de trabalhar, deitando-se de costas no banco de azulejos para ouvir o borbulhar do chafariz, as subidas e quedas do oboé. Fechou os olhos, como imaginou que o resto da Espanha estava fazendo, e viu as cores de conchas nos vulcões, captou vestígios de seu cheiro mineral e o sabor do café com açúcar.

Numa outra manhã, Tom trouxe a Philip uma aquisição recente que pretendia dar a Irma. Encontrou Philip na sala logo ao lado do pátio, a que melhor recebia a luz das manhãs, espalhando-a pelo chão de terracota. Ao ver Philip, a expressão calma de Tom se tornou mais desperta, reconhecendo um cúmplice, encontrando-o no lugar mais esperado. Segurou a aquisição como uma bandeja, erguendo-a delicadamente na direção de Philip. Era um metro quadrado de um tecido rígido que parecia linho, mas com uma urdidura fina, quase indistinguível; mantinha-se duro, como se estivesse fortemente engomado, e mudava de cor do cinza ao azul, como teia de aranha, conforme a luz.

— É fiado com ninhos de andorinha. Do tipo que usam para fazer aquela sopa chinesa.

— Posso...? — perguntou Philip. Tom deu de ombros em aprovação enquanto se retirava da sala, e Philip levou a peça à luz do pátio, ao som da água. Por quê?, perguntou um dia a Irma. Por que é tão importante, para você, publicar os seus livros? Você os imprime e encaderna muito melhor que eles. Os seus livros são bonitos, por dentro e por fora. Mais duradouros. Ninguém seria capaz de jogar fora um livro desses, pelo fascínio que causam ao olhar e ao tato. Eu só calho de gostar também do que está dentro deles. Disse isso a Irma, muito embora não conseguisse terminar *Deslize* e, àquela altura, não planejasse terminá-lo. Mas falou a verdade. Adorava segurar os livros, acariciá-los, deixá-los descansar ao seu lado enquanto cuidava do trabalho, carregá-los na dobra do punho. Muito depois de terminar de lê-los, adorava mergulhar neles, escolhendo uma passagem ao acaso e entregando-se então à antecipação e à surpresa contidas nas palavras que já lera e relera inúmeras vezes.

Não sei, era a resposta de Irma. Não sei exatamente. Cada livro é uma performance. A performance envolve os outros, as pessoas que o lêem. As pessoas que o lêem e ouvem de maneira espontânea. Você lê um livro, pensa nele, fala dele porque, de alguma forma, você acontece nele. Você pega um livro porque está entediado, e a cor do livro, a textura, parecem muito convidativas. Porque sua mãe, pai ou amigo comprou uma pilha deles, nove livros por um dólar, que pesam exatamente quanto você agüentaria carregar naquele momento. Você não escreve um livro porque precisa escrevê-lo. Não escreve um livro porque tem algo a dizer. Não escreve um livro porque tem uma história para contar, uma história que precisa ser contada. Você escreve um livro porque precisa encaderná-lo e vê-lo se despedaçar. Esse é o único motivo decente, honesto.

Philip segurou o tecido — couro? pano? — que Tom lhe dera, dobrou-o devagar e o levantou ante a luz do Sol que caía sobre o pátio. Leu uma vez, numa revista de bordo num avião, como era feita a sopa de ninho de ave, como os ninhos eram recolhidos nas paredes de chaminés naturais nas cavernas. E antes de tudo, o modo como os pássaros os faziam. Tom estava enganado; não eram andorinhas, e sim andorinhões, aves que viviam nas cavernas, saltitavam na escuridão e usavam a ecolocação, como os morcegos. Os andorinhões teciam sua própria saliva pegajosa para construir os ninhos e os prendiam às altas paredes das cavernas. E os colhedores de ninhos escalavam as chaminés, montando nas colunas altas, empurrando as paredes com os braços e pernas. O articulista, lembrava-se Philip, dizia que a sopa tinha sabor e textura de borracha. Porém, no Sudeste Asiático, acreditava-se que fosse afrodisíaca, sendo assim bastante popular. Para que tipo de livro ela poderia usar aquele material?

Philip provou uma das bordas.

— Você não sabe por onde isso aí passou — falou a sobrinha de Irma, a que tinha a voz como uma fina haste de vidro.

Philip tinha quase certeza de que ela era a oboísta. A menina estava sentada num dos bancos de pedra, no lado sombreado do pátio. Philip não sabia ao certo há quanto tempo ela estaria ali. Ao lado dela havia uma pilha com três livros — livros de Irma, de capa vívida e textura peculiar.

— Na verdade, eu tenho alguma idéia do lugar por onde isto aqui passou — disse Philip, ainda levantando o tecido para que a luz do Sol batesse nele.

Era ligeiramente translúcido.

— É cuspe de pássaro — disse a moça, descruzando e cruzando as pernas de um modo que a levou mais ao fundo do banco de pedra, mais perto da parede, mais na sombra, levando consigo sua voz.

Philip abaixou o tecido e indicou os livros ao lado dela.

— Quais foram os que ela deixou para você?

— *Jude, o obscuro*, *Deslize* e *Servidão humana*.

— Já leu todos eles?

— Só o que ela escreveu. A Irma pediu uma vez que eu revisse o texto, quando ainda era só um manuscrito.

— Pela música — disse Philip.

A menina ergueu o queixo.

— Eu me pergunto como ela conseguiu acertar aquela parte — disse Philip. — Ela não entende tanto assim de estruturas musicais. Especialmente uma coisa tão complexa. Mas quando você lê o livro, fica com a impressão de que ela entende bem daquilo.

— Eu só falei para ela mudar umas poucas coisinhas — respondeu a menina. — Estava quase tudo certo, de primeira.

Philip se manteve ao sol, ela na sombra. Esteve prestes a se apresentar.

— Eu sei quem você é — disse a menina. — É o padrasto do Sam.

— Eu era o padrasto dele.

— Dá para deixar de ser um padrasto?

— Dá, sim — respondeu Philip. — Já pesquisei o assunto. Você conhece o Sam?

— Ele saiu com a gente algumas vezes. Conversamos. Está apaixonado por mim.

— Como é que você pode ter tanta certeza? As pessoas geralmente não conversam com os alvos de suas paixões. Pelo menos não imediatamente.

— Eu transei com ele.

Philip fez que sim com a cabeça. Sorriu, depois fez que não e riu baixo.

— Isso é meio nojento — disse a menina. — A sua reação. Feito um adolescente conversando com um amigo depois do futebol.

Como se estivesse mantendo uma contagem para ele e acabasse de lhe dar nota dez.

— Não. Não — respondeu Philip. — Não é isso. Não estou pensando em nada disso. A sua tia...

— Minha tia? — perguntou a menina. — O que é que tem a minha tia?

— Você é mais parecida com ela do que pensei. A princípio.

— O que você quer dizer com *isso*?

— É a sua voz. Achei que fosse frouxa e frágil. Na verdade, não é. Só é assim quando está no meio de palavras altas e descartáveis. Mas está ficando como a dela.

A menina o fitou de lado, franziu o rosto.

— O seu inglês não tem sotaque — disse Philip. — Você é de Portugal ou da Itália?

— Eu tenho sotaque — respondeu ela. — Só que é igual ao seu. Sou da Califórnia. Por que você está tentando dar uma de especialista em sons de vozes?

— Não estou tentando dar uma de especialista em nada. Só estou com a esperança de ver o Sam antes do dia em que eu precisar voltar.

— Ele vai chegar hoje.

— Isso é o que todo mundo me diz. Todo dia.

— Mas eu sou a única que sabe de verdade. — A menina juntou os livros e ficou em pé. Segurando-os junto ao peito, levantou o olhar para Philip. — Eu vejo você lendo o *Quixote* o tempo todo. Foi o único livro que ela lhe deixou?

— Ela me deixou todos os livros.

A menina recuou.

— Todos eles. — Caminhou até a lateral do pátio, deu meia-volta ao chegar às portas amplas. — Você deve estar... — olhou para o alto dos telhados do pátio — ...desconsolado.

— Segundo o Henry, todos vocês acreditam que ela fez isso por amor. Que desapareceu de si mesma por amor. Como Aída.

— O Henry é um garoto bobo. — Levantou os livros para Philip. — A pessoa nestes livros é mais esperta que Aída. Aída é uma princesa capturada. Uma escrava. Se apaixona por um *guarda*. Troço típico. Aída é um soprano. Minha tia não é um soprano, alguém que fica por aí gorjeando as dificuldades que tem na vida. Eu a encontrava um pouco mais que eles. Na Califórnia. Para eles, minha tia é só uma brisa maravilhosa que vem e vai. Às vezes está aqui, às vezes não. Para mim, ela é uma pessoa. Vou sentir mais saudades dela que o resto do pessoal.

— Você a via muito?

— Uma ou duas vezes por ano. — Parada sob as portas largas, ela abraçou os livros junto ao corpo, balançou-se um pouco com eles. — Você sabe nos dizer o que foi que ela fez?

— Ainda estou tentando descobrir.

— Você é o motivo? Você fez alguma coisa?

— Por que você pensaria numa coisa dessas? Você mesma não disse que ela não é Aída.

A menina curvou a cabeça, roçou o queixo nas bordas dos livros que embalava nos braços.

— Desculpe, fui grossa com você. Só o que sei é que Sam está procurando Irma. Mas já posso lhe dizer que ele não vai encontrar. Ele é atraído pelas coisas com muita facilidade.

Philip fez que sim.

— Isso lhe daria uma desvantagem. Com ela. Lidar com ela. Você é muito esperta. Conhece Irma bem.

— Não bem. Eu só sei que ela é esperta. E não é legal só por ser legal.

— Quando foi a última vez que você a viu?

A menina pensou por um momento, apoiou um ombro no batente e olhou por sobre o pátio.

— Mais ou menos um ano atrás. Aqui.

— E quando foi a última vez que teve notícias dela? — Mas Philip já sabia a resposta.

— Cerca de um mês atrás. Quando ela me mandou estes livros. — Ergueu-os um pouco. — Mas vieram só com um bilhete: *Obrigada pela ajuda*.

— Espere até terminar de lê-los.

A menina fez uma expressão desconfiada, uma sobrancelha bem erguida.

— Ela mesma encadernou esses livros — explicou Philip. — Talvez sejam as versões dela. Para você.

A desconfiança da menina aumentou, um recuo pela porta. Philip abanou as mãos.

— Nada *tão* estranho assim. Como a sua música. Você toca peças compostas por outras pessoas. Mas às vezes acrescenta notas e frases nelas. Eu te ouço. Você talvez acrescente e troque frases de acordo com quem está ou não ouvindo. E a menos que conheçam bem a peça, os seus ouvintes nunca saberão.

A menina pareceu mais receptiva a essa explicação e se virou mais na direção de Philip. Mas sua postura se manteve travada, prevenida, um músico esperando sua deixa.

— Depois de vê-lo, cheguei à conclusão de que você não seria capaz de encontrar Irma. Como o Sam. Mas eu talvez esteja errada. — Deu um passo atrás. — Nos vemos por aí.

Philip acenou para a menina, mas ela já tinha se virado, afastando-se do pátio.

Passou o resto da manhã correndo até a praia de Castelldefels. Ida e volta seria uma distância longa demais, portanto Philip teve a idéia de tomar o metrô em algum ponto da volta. Lembrou-se da maior parte dos marcadores de distância de Irma: a última estação do metrô antes da água, os primeiros chuveiros na praia da Barceloneta, a escultura da torre desmoronando, o final do tablado do calçadão. Sob a beira do tablado, tirou os tênis e as meias para correr descalço na areia. A praia se tornara muito menos apinhada e menos inclinada na direção do mar. Quando se meteu debaixo das vigas que sustentavam o tablado para esconder os tênis, surpreendeu-se ao encontrar ali outro par de tênis de corrida. Os tênis estavam secos e enroscados, na forma de crescentes acinzentados, cobertos por teias de aranha. Philip ficou deitado na areia fresca debaixo do tablado, listrado pelas finas faixas de sol que passavam entre as tábuas. A princípio, acreditou que os tênis fossem de Irma. Depois pensou que fossem dele mesmo, esquecidos e encolhidos. Mas eram apenas os tênis abandonados de algum corredor desconhecido, um espanhol ou viajante que corria descalço nas praias, alguém que talvez houvesse decidido que a única maneira de correr seria voar descalço pelas margens do Mediterrâneo.

Quando chegou à praia de Castelldefels, ficou contente em encontrar o jogo de *frisbee* do meio-dia. O time se chamava Patatas Bravas, as Batatas Bravas, e jogavam descalços na areia, escapando para se refrescar na espuma das ondas. Qualquer pessoa que comparecesse para jogar se tornava uma Patata Brava. A maior parte dos jogadores era formada por estudantes, mas alguns eram mais velhos, os que haviam mantido o jogo de Castelldefels durante décadas. Philip reconheceu uma mulher que estivera presente na primeira vez em que ele e Irma tiveram a chance de jogar ali. Era professora de ecologia na universidade. Reconheceu um homem mais velho — da mesma idade que ele — que chamavam de Carteiro, porque era carteiro. Philip se ajoelhou na areia e os assistiu jogar no longo retângulo de praia marcado com uma fita vermelha. Via-se que o carteiro e a professora voltariam ao trabalho depois do jogo. Philip imaginou que a maioria dos outros faria o mesmo. Porém, só por aquele momento, estavam ali, na praia menos popular, chutando areia, perseguindo um disco de plástico, perseguindo uns aos outros. A areia grudava nas manchas e riachos de suor que tinham na pele e nas roupas. Usavam viseiras para se proteger do sol e mantinham o rosto franzido e concentrado a maior parte do tempo, sempre tentando recobrar o fôlego no passo frenético do jogo. Mas também riam com facilidade, até mesmo de comentários que não eram tão engraçados, como se estivessem todos no meio de uma piada interna. Na Espanha, não havia cidade mais agitada que Barcelona. Mas estavam ali, em pleno meio-dia, brincando na areia.

Convidaram Philip para jogar, mas ele acenou, disse que não, obrigado, e começou sua corrida de regresso. Parou para buscar seus tênis sob o calçadão e depois correu pelas tábuas em direção à Barceloneta. Terminou a corrida na escultura da torre. O tradicional grupo de jovens de jeito impertinente estava sentado na base de concreto, fumando maconha e cigarros, escutando um estilo de música que Philip não sabia classificar. Não usavam roupas de praia — na verdade, vestiam calças jeans e camisas xadrez. As meninas usavam tênis, e os rapazes, tamancos. A torre acima deles, uma pilha vacilante de quatro cubos enferrujados com janelas, parecia pós-apocalíptica. Juntando-se aos jovens na sombra da torre, Philip recobrou o fôlego e descansou. Engoliu saliva, tinha a garganta seca por causa da corrida longa e da fumaça de tabaco e maconha trazida pelo ar. Um dos garotos lhe ofereceu um baseado; Philip aceitou, deu um tapa educado, disse *Danke schön* e deixou a praia. Ao chegar às escadas do metrô já estava doidão, e teve que prestar muita atenção ao descer cada degrau, e depois ao acompanhar cada uma das linhas coloridas para encontrar o metrô certo que o levaria de volta a La Gràcia.

Uma vez a bordo, observou nas janelas escuras o reflexo do interior do vagão em que estava. Só conseguiu ver uma pequena faixa de si mesmo em meio aos passageiros, a metade deles em pé. A imagem refletida do vagão desaparecia abruptamente quando entravam nos espaços bem iluminados das estações. Quando passavam sem parar por uma estação, o desaparecimento/reaparecimento era ainda mais súbito. O que você esperava encontrar ali?, teria lhe perguntado Irma se estivesse ao seu lado no vagão, como geralmente acontecia quando ele viajava no metrô de Barcelona. Tivera uma certa esperança de se deparar com Sam, mas só por saber que ele provavelmente já teria participado do jogo de Castelldefels. Sam faria algo assim ao voltar de Tânger, seguiria pelo metrô até o jogo do meio-dia na praia, faria com que tudo parecesse ser parte do contínuo de sua válvula de escape, sua libertação, seu exílio, sua fuga. E tivera uma vaga esperança de encontrá-la em algum ponto da elipse. Para surpreendê-la, impressioná-la e depois correr para as ondas com ela, como já fizera muitas vezes após o jogo de Castelldefels ou depois de fortes dez quilômetros até a praia.

Ao voltar à casa de Tom, tomou um banho e aceitou um café de Henry, levando-o de volta ao seu quarto. Deixou as portas duplas do estábulo de ordenha abertas de par em par para o pátio e dedilhou o teclado, alternando entre o trabalho e os e-mails. A empresa estava maravilhada com a precisão e profundidade com que descobrira a última anomalia. Queriam saber se ele poderia lhes mostrar como configurar diretamente aquela anomalia em outros investimentos. Philip repassou o pedido a Isaac — uma séria quebra de contrato de sua parte. Meu amigo, escreveu a Isaac. Meu irmão de armas. Querem que eu construa uma fórmula cuja soma final pareça ser menor que as somas geradas internamente. Acrescentou a primeira equação da fórmula, mais uma vez começando pela divisão da segunda lei de Newton.

Ainda um pouco alto pelo tapa que dera no baseado sob a torre da praia, mandou uma mensagem rápida a Lucia. Vim para a Espanha com uma espécie de missão, mas agora sinto como se estivesse aqui por tudo. A seguir, uma nova mensagem de Nicole o alarmou. Por que você contou?, era tudo o que ela perguntava.

Uma corda rompida e o pequeno rodopio a seguir — o rodopio da compreensão. Foi o que sentiu, sendo tomado em seguida de uma grande solidão na Espanha, sem ponto de retorno. Voltou à sua matemática, concentrando-se na teoria cinética. Às quatro palavras de Nicole aplicou a equação catalítica:

$$dy/dt = -k_1(T)y - k_2(T)y\,(1-y),$$

onde y é a fração dos reagentes não reagidos, T é a temperatura, t = tempo e k é a constante de reação. Não era uma tentativa de responder à pergunta de Nicole. Era sua melhor tentativa de calcular o que acontecera para que ela fizesse a pergunta. As pessoas não se voltariam naturalmente à equação catalítica? Contar a Rebecca de Irma, Nicole e Sam. Juntar Nicole, Rebecca e Andrew, os reagentes não reagidos — y. O melhor que poderia fazer quanto à temperatura era dar um palpite calculado, mas ainda assim foi fácil chegar à possibilidade de que os três soubessem de tudo. Andrew, o inocente, estaria nervoso e deteria o maior poder, em virtude de sua inocência. Rebecca escolheria reter Andrew, retê-lo com força — ela teria que fazê-lo. Andrew, então, também escolheria Rebecca — ele é esperto e simpático, e a vida seguiria em frente. Foram embora, ele lhes diria. Ao menos foram embora e estamos aqui juntos, assim que Sam voltar. A variável que Philip não conseguia prever com precisão era Nicole. Quem ela escolheria? Para entender a questão, ele teria que bolar uma maneira de isolar a variável de Nicole dos demais reagentes não reagidos, porque, ao entrar na situação, seu valor certamente não teria reagido. Philip pensava saber disso melhor que ninguém.

Fitou, com o olhar perdido, a pergunta de Nicole na tela, quando então um novo alerta de mensagem surgiu na barra de ferramentas. Philip esperava que fosse de Nicole, fornecendo alguma informação a mais. Porém, era uma carta muito longa da mãe dela, confirmando a previsão de sua equação catalítica. Não havia dúvida de que Rebecca escrevera sua longa mensagem na noite anterior, na luz calma e solitária de seu escritório, e só a enviara agora, no início da manhã de Nova Jersey. Ela lhe pedia por favor que simplesmente mandasse Sam para casa. Que entrasse em contato com a polícia se necessário. Que ela entraria em contato com a polícia se precisasse. Vou fazer isso, escreveu. Vamos. A inclusão de Andrew estabelecia aquilo como uma ameaça. Rebecca contou que Andrew sabia de tudo, agora. Tudo o que Sam tinha feito, tudo o que nós tínhamos feito. E que Andrew era incrivelmente compreensivo, ela estava maravilhada com tudo o que ele dizia e entendia sobre as coisas pelas quais Sam estava passando. Aquilo a fez notar o que tornava Andrew excepcional. Pediu a Philip, respeitosamente, que mandasse Sam de volta e não se metesse mais naquilo.

Tudo o que Sam tinha feito. Compôs a equação para Rebecca. Trazia diversas variáveis, baseadas numa série de pressupostos hipotéticos, e não tinha nenhum sinal de igual. Intitulou a equação de "Tudo o que Sam tinha feito" e não ofereceu nenhuma outra resposta ou solução. Compôs outra equação intitulada "Tudo o que Rebecca e Irma tinham feito". Era longa, elegante e intrincada, centrada no problema da tautócrona, movida por arcos pendulares. Sentiu-se ludibriado por Rebecca, seduzido para dentro de sua culpa. Você me usou para se poupar de parte da culpa, perguntou Philip sob as duas possibilidades da equação, ou para me unir a ela na culpa? A princípio, não enviou nenhuma das equações, registrando-as como uma expressão da raiva que se permitia sentir. A sobrinha de Irma, a oboísta, surgiu em sua porta, apoiando o ombro no batente. Usava um vestido florido e sapatilhas, e parecia muito distante de números e fórmulas.

— Vem almoçar com a gente? — perguntou. — Só o Henry e alguns de nós. Num lugar perto daqui. A gente quer lhe pagar umas cervejas e ouvir histórias sobre a Irma.

Vendo-a sob a porta, com a luz do pátio ao fundo, mais parecida que nunca à tia — a confiança em sua postura, o modo como cutucava um pé com os dedos do outro, perpendicular —, aliviou a raiva de Philip causada pela mensagem de Rebecca. E a chance de defender Irma agora, para qualquer platéia, pareceu-lhe interessante. Olhou novamente para suas equações, ainda na tela, e as viu também de modo diferente, sem nenhuma raiva.

— Venha, por favor — disse a sobrinha. — É importante. Se quiser, podemos ser só o Henry e eu.

— Vou com vocês — disse Philip, olhando para a tela. — Você acha que existe alguma esperança quanto ao Sam? — perguntou, virando-se para ela.

— Não é a primeira palavra que me vem à cabeça... quando escuto o nome dele.

— Se você pudesse — perguntou Philip —, salvaria o Sam?

— Claro. Mas qualquer pessoa faria o mesmo, não é? — Balançou o corpo, batendo com o ombro no batente. — Venha. Você está com cara de quem precisa dar uma volta. *Dar curso libre*, como dizem por aqui.

— As sonatas de Hindemith — disse Philip.

— Hã?

— Nunca tinha visto serem tocadas dessa maneira.

— Do jeito que toco ficam aguadas.

— Não, não é verdade — disse Philip. — Funcionam bem dessa maneira.

— Eu trapaceio em algumas partes. Nunca passaria num teste. Mas estou de férias, então é o que toco. Sonatas para um instrumento, o instrumento errado.

— Como as descobriu? — perguntou Philip.

— Ela me deu as músicas. — Continuou a bater o ombro no batente. — Colocou o CD num dos livros. No *Deslize*, como um marcador. Não acho que ela realmente ouvisse esse tipo de música. Talvez só para pesquisa.

— Não ouve — contou-lhe Philip. — Eu dei o CD a ela.

— Ah — disse a menina, virando-se para sair. — Estamos saindo. *Dar curso libre*.

Philip enviou as equações a Rebecca.

Oh, Cavaleiro da Triste Figura, escreve Irma na Parte II. Quando te unires aos meus jovens Capuletos e Montéquios — e sei que te unirás —, não te esqueças de lhes contar. Mesmo que te pareças e te sintas como os fantasmas que vimos muitas vezes neste livro, assegura-te também de lhes dizer as outras coisas. Conta-lhes de como seduzi as tuas duas mulheres. Uma durante a época mais feliz do teu casamento, outra nas escuras travessas de Sevilha, durante uma espécie de segunda lua-de-mel. E de como seduzi o teu melhor amigo e os teus enteados. Como Marcela e Lucinda na Parte I, ganhei meu acesso a este livro com beleza, força, astúcia e um certo tipo de sinceridade. Não fui completamente sincera contigo, mas és o meu livro. Num livro, a sinceridade não pode surgir inteiramente até o final, até a contemplação. Portanto, se contares a minha história aos que quiserem ouvir, aos que talvez te peçam para contá-la, àqueles que a transmitiriam adiante, prometa que me atribuirás essas qualidades — beleza, força, astúcia e perseverança sincera. Juntamente com quaisquer outras que decidas me conceder.

Levaram-no ao Salambó, um café próximo que Irma lhes mostrara um dia. Fizeram com que se sentasse entre Henry e a sobrinha e pediram *cañas* para Philip, as cervejinhas servidas bem geladas em copos em forma de barril que se encaixavam na palma da mão. No total havia seis primos sentados à mesa redonda. Philip nunca se sentia confortável sendo o centro das atenções, portanto tratou de entediá-los, abrindo a conversa contando o modo como se conheceram na faculdade, durante o jogo de *frisbee*, no qual trocou com Irma histórias sobre virgindades perdidas. Mas então foi persuadido a dar mais detalhes sobre essas histórias, tanto a sua como a dela, e isso provocou risos à mesa, fazendo com que surgissem pequenas conversas paralelas entre dois ou três deles, falando em italiano, português, espanhol ou inglês, ou todos ao mesmo tempo.

E assim, na segunda, terceira e depois na quarta *caña*, contou-lhes histórias da beleza, força, astúcia e perseverança sincera de Irma, de como ela seduzira suas esposas e seu melhor amigo. O riso se aquietou mas não desapareceu, e as conversas paralelas também continuaram, mas em ritmo e volume mais comedidos. Os garçons trouxeram pratinhos de comida, alguns pedidos, outros não: azeitonas, queijo manchego, ovos cozidos, lula frita, batatas temperadas, pimentões, camarões inteiros, amêndoas fritas, fatias translúcidas de presunto cru. Philip contou que Irma lhe deixara 351 livros, mas que poderiam ter sido alterados de tantas maneiras que ele jamais conseguiria discernir, de modo que, ao lê-los, estava ao mesmo tempo à mercê do autor e da encadernadora. Graças à sua matemática e ao que Rebecca lhe dissera sobre as aulas na universidade, Philip soube parar antes de terminar, parar enquanto os presentes ainda queriam que ele continuasse. Os outros prosseguiram contando suas próprias histórias, que tinham sempre alguma relação com Irma, por menor que fosse, enquanto Philip reunia, tranqüilo, um pratinho de comida dentre a ampla seleção que tinham na mesa. Captou pedaços daquelas histórias, quase todas em línguas que ele não entendia bem. Com o tipo de iluminação que só a melancolia pode trazer, percebeu o pouco que ainda sabia sobre a pessoa que melhor conhecia.

Henry, ao lado de Philip, cutucou-o com o ombro.

— Acho que você vai encontrar a Irma.

A sobrinha, sentada no outro lado de Philip, apontou para Henry e passou os olhos pelos que estavam sentados mais perto dele. Sua voz leve, pela primeira vez, atraiu a atenção de toda a mesa.

— Por que a gente deveria querer que ele encontrasse a Irma? — Olhou brevemente para Philip, depois continuou. — Por que torcer por ele? Por que não por ela? Para mim, ela é quem está fazendo uma coisa corajosa. Uma coisa bonita. Por que deveríamos ter a esperança de que ele destrua isso?

Do outro lado da mesa, Henry olhou para ela, abriu a boca, depois olhou para Philip. Os mais próximos acompanharam o olhar de Henry. Outros trocaram olhares. Philip se virou lentamente em direção à sobrinha.

— Eu sei — falou. — Já pensei nisso. Não vou destruir o que ela está fazendo. O que quer que esteja fazendo. Prometo isso a vocês. Prometo isso a mim mesmo.

A menina tomou um gole da cerveja.

— Você parece bem seguro de si — disse um deles. Embora soasse como uma voz masculina, Philip achou que tivesse vindo de uma menina, uma menina que chegou mais tarde, abriu espaço entre os outros e se sentou do lado oposto dele. Vestia um boné que lhe cobria boa parte da cabeça, apertando-lhe os tufos de cabelo ruivo, com tiras de couro atadas às pontas das mechas curtas. Vestia uma blusa branca esvoaçante, do tipo vendido nos mercados ao ar livre de Madri, e um bracelete de couro entrelaçado com as cores do Magreb. Philip teve apenas vislumbres das linhas escuras sob os olhos da menina, e até mesmo o ângulo de seu nariz estava escondido pela sombra do boné. Ela conversava principalmente com os primos que tinha ao lado, e Philip não conseguiu ouvir sua voz muito bem.

— Não estou nem um pouco seguro. Só estou fazendo o melhor que posso — falou. — Especialmente aqui em cima — cutucou a pele macia da têmpora. — Mas ela quase sempre é mais esperta que eu, até nas minhas memórias. E o que posso fazer? Sou só um matemático.

A nova menina à frente de Philip endireitou o corpo ao ouvir essas palavras, e a seguir tirou o boné antes de falar, mostrando-se. Era Sam. Usava lápis de olho e tinha o cabelo picotado, retorcido com as tiras de couro. Emagrecera, estava pele e osso, e trazia na orelha um longo brinco de prata. Tinha uma expressão que Philip jamais vira nele, tendendo ao desdém, refletindo um dos olhares da irmã. Mas era Sam, claramente, revelado pela simples remoção do boné. Philip não teve como esconder dele o fato de que fora incapaz de reconhecer o próprio enteado, mas tentou disfarçá-lo ante o resto da mesa. A sobrinha percebeu. Percebeu o tempo todo. Cutucou Philip com o ombro, repreendendo-o com um empurrão.

— Você ama a Irma? — perguntou Sam, do outro lado da mesa.

— Não sei se posso responder a essa pergunta, Sam — respondeu Philip. — Uma pessoa da minha idade não enxerga o amor da mesma maneira que você. Para estarem profundamente apaixonados, os dois têm que amar o mesmo tipo de vida, as mesmas aspirações? Na sua idade, a resposta é não. Um ressonante Não! Vamos fugir juntos! Mas na minha idade, a resposta talvez seja sim.

— Você não é muito espanhol — disse Henry.

A maior parte da mesa riu. A sobrinha, não; em vez disso, deu-lhe um olhar severo, remetendo diretamente a Irma.

— Deixe-me ser mais espanhol, então — disse Philip. — Acredito que o amor seja uma loucura. Duas pessoas enlouquecem juntas. Ficam loucas uma pela outra, por seus corpos, por seus sentimentos. Querem se ver nos mesmos caminhos, sentir os mesmos cortes e cicatrizes. Mas o que acontece se também encontrarem loucuras divergentes? E outra, e talvez ainda mais uma? Porque uma loucura sempre nos deixa pronto para outras.

— Isso é um bocado de loucura — disse Henry. Todos riram. Mais uma vez, a sobrinha se conteve, a estudante que não estava disposta a aceitar a proteção da piada. Sam e ela trocaram olhares.

— Este mundo esconde facilmente sua loucura — disse Philip. — Todas as culturas que conheci escondem grandes quantidades de loucura. Poderíamos quase dizer que é o que fazem de melhor. Isso quase se torna a razão de sua existência.

Sam apoiou as costas no encosto da cadeira, mas manteve uma mão sobre a mesa, o braço estendido. Olhou inexpressivo para Philip.

— *Sin embargo* — falou. — *La quieres?*

O resto da mesa seguiu o olhar de Sam para Philip. Sam escolheu a palavra exata na língua certa. Em inglês, o amor se dissipa porque a palavra tem pouca precisão. O espanhol pede tipos e condições, dando à pessoa três formas de expressar um tipo particular de amor. Na matemática de Philip, $q = querer$, o amor mais profundamente ligado ao desejo, à vontade física, necessidade absoluta.

Philip lutou contra o ímpeto de jogar a pergunta de volta para Sam. E você? Sabia o que isso causaria, e sabia que queria poupar Sam dessa humilhação, do tipo de auto-revelação que o garoto sempre precisara evitar. Ou talvez temesse a resposta de Sam, a violência na afirmação do rapaz. Qualquer que fosse a resposta, Sam ficaria melhor aos olhos dos demais. Sentiu um fervilhar de raiva, uma bile trazida pelas *cañas*, dirigida a Sam, mas espalhando seus tentáculos sobre a mesa.

Evitou a pergunta, travou a mandíbula para que eles pudessem ver, deixou Sam aberto aos olhares de todos, que mudavam e se viravam para ele. Philip poderia suportar o silêncio melhor que todos eles, a não ser pela menina música.

Saíram todos juntos do Salambó e se dispersaram pela calçada agitada. A corrida longa, a praia, aquele único tapa no baseado sob a torre, a comida e as *cañas* deixaram Philip quase grogue, pronto para a sesta. La Gràcia era um dos poucos bairros de Barcelona que mantinham, de certa forma, o sentido tradicional da sesta. Philip sentiu-se grato por poder ficar por um momento sob a luz do Sol, despedindo-se dos primos com acenos rápidos enquanto eles formavam seus grupinhos e seguiam em caminhos separados. Mais pessoas caminhavam pelo lado sombreado da rua, levando bolsas de lona para a sesta ou para o trabalho. Philip ficou de olho em Sam, que se demorou por ali, conversando com Henry e a sobrinha. Esta não tratou Sam com intimidade, a não ser no momento em que enfiou dois dedos sob o bracelete de couro do Magreb em seu punho. Philip imaginou que Sam partiria com eles, surpreendendo-se ao ver que o garoto se despedia dos demais e voltava toda sua atenção a ele.

— Está voltando? — perguntou-lhe o rapaz.

Philip fez que sim, e Sam se virou para caminhar ao seu lado, como um viajante ansioso por encontrar uma parada. Tinha a pele mais escura, e os ossos das mãos, punhos e queixo lhe desenhavam linhas nítidas no corpo. O sol deixara mais claras as pontas repicadas e ornamentadas de seu cabelo ruivo. Manteve alguma distância lateral enquanto caminhavam pelas calçadas de La Gràcia. Quando os pedestres que passavam o forçavam a se aproximar de Philip, restabelecia rapidamente a distância, como um corredor medindo o adversário.

— Corre comigo? — perguntou, olhando finalmente para Philip. Mas as palavras, quase exatamente iguais às da irmã, não tinham a súplica de Nick, apenas o desafio.

— Talvez daqui a pouco — respondeu Philip.

Sam acompanhou Philip caminhando um pouco de lado, quase como um mendigo, dando saltinhos para se manter ligeiramente à frente. Philip percebeu que estava sendo cercado.

— Você está mancando? — perguntou Sam.

— Meu quadril está doendo um pouco — explicou Philip. — Não é nada. Estive correndo bastante com a sua irmã. Ela está ficando rápida.

— Eu queria que ela viesse aqui — disse Sam. — Já pedi a ela várias vezes. A Nick precisa cair fora de New Brunswick. Imediatamente. Não é bom ficar tentando resolver todos os assuntos inacabados. Não é a mesma coisa, a não ser que você simplesmente dê no pé.

Perto da placa que comemorava a revolução de 1868, Philip segurou o cotovelo de Sam e o puxou, trazendo-o para baixo de um pequeno toldo. Notou, pela pergunta de Sam à mesa, por seu tom desafiador, que ele estava levando a sério a busca por Irma. Talvez mais a sério, com mais dedicação que ele. Tom também deveria ter percebido aquilo antes de começar a mandá-lo em suas missões, de lhe dar um propósito, direção e retorno. Mas Philip também sentia que o modo como Sam compreendia Nicole — e a casa onde moravam — não se adequava bem à sua determinação para encontrar Irma. Pela primeira vez desde o desaparecimento de Irma, Philip sentiu raiva verdadeira dela. A dor no quadril aumentou. Como teve a coragem, quis dizer a ela, de escrever no *Quixote*. Eu te entretive. Por teus Capuletos e Montéquios, eu te entretive. Como pudeste me deixar assim?

No capítulo catorze da Parte II, onde estava escrito o pedido de Irma, Quixote vence o Cavaleiro dos Espelhos ao atacar seu adversário quando este se atrapalha na tentativa de manter a lança em seu bolso de couro. No capítulo quinze, revela-se que o Cavaleiro dos Espelhos é, na verdade, o bacharel Sansão Carrasco, um amigo disfarçado enviado pela aldeia de Quixote para salvar o velho cavaleiro de sua loucura — vencendo-o. Mas o bacharel Carrasco subestima o comprometimento de Quixote, sua loucura. E a prática já deu a Quixote alguma força e determinação. Ele não hesita em trespassar o Cavaleiro dos Espelhos ao perceber a oportunidade. Está cansado de ser derrubado de seu pangaré.

Debaixo do toldo, Sam pareceu estarrecido. Olhou para a mão de Philip, que lhe segurava o cotovelo. Philip esperou até que o garoto erguesse os olhos para encará-lo.

— Ou talvez a Nick seja apenas mais esperta que você. Talvez seja melhor neste jogo. — Fez uma pausa. — Talvez ela esteja além da capacidade de Irma. — Philip apertou o cotovelo de Sam. — Está vendo? Eu sou capaz de reconhecer essa possibilidade, Sam. Coisas como essa. Falhas nela. Porque eu já as vi. Já as senti.

Quase deixou escapar o cotovelo de Sam, depois o apertou novamente.

— Contei à sua mãe — disse Philip. — Tudo. Está entendendo? Talvez coisas que nem você saiba.

— Estou sabendo da Nicole. Dela e Irma. Elas não escondem as coisas de mim.

— Você sabia da sua mãe?

Sam fez que sim, mas com um gesto fraco.

— Eu contei a ela sem pensar — disse Philip. — Contei a ela porque fiquei sabendo sobre ela e Irma. E cometi o erro de pensar em Nicole como uma criança... e em você também.

— E daí? — respondeu Sam. — É bom que você tenha contado à minha mãe. Não tenho nada a esconder.

— Mas foi assim que deixamos a sua irmã, Sam. — Soltou por fim o braço do rapaz. — Nisso tudo, percebe? Ela queria que eu viesse aqui para encontrar você. Mas eu a deixei no meio de tudo aquilo. Pense. E me diga qual de nós está livre. Você não tem como dar no pé, simplesmente. Quando faz isso, dá no pé exatamente para o lugar aonde ela manda você.

Sam ficou calado e começou a caminhar ao lado de Philip, o olhar fixo à frente, os ombros retos, exatamente como Philip se lembrava dele. A postura com a qual corria os quatrocentos metros com barreiras baixas, tentando vencer atletas melhores, quase passando-os na linha de chegada. Philip se lembrou de como o corredor alto e musculoso, o que ganhara a bolsa para correr pela Universidade Temple, olhou para baixo, tomado de um temor súbito, ao ver o ruivo franzino que quase o passou. Era Sam, agitando desesperadamente os braços pálidos em busca de equilíbrio antes de tropeçar e cair na pista laranja, emborrachada. Só então a expressão do vencedor se transformou num olhar de desprezo que mal escondia o alívio. Quando Philip se aproximou de Sam para parabenizá-lo depois da corrida, fingiu não notar suas lágrimas. Um corredor completamente exausto ao final de uma corrida pode ser facilmente tomado pelas lágrimas. Se de fato se esgotar completamente, se correr além de todas as reservas de energia, gastar toda a força muscular, não poderá fazer nada *além* de chorar. Não é uma reação emocional, e sim física, uma espécie de queda e liberação.

Philip deixou que o garoto se mantivesse em silêncio enquanto voltavam para a casa de Tom. Caminhando durante a sesta tranqüila da pequena Plaza de la Virreina, o silêncio se assentou confortavelmente entre eles. Olharam para as mesmas pessoas, as mesmas caras, as mesmas coisas ao passarem entre os bancos; não conversaram, nem se sentiram forçados a conversar.

Quando chegaram à casa de Tom — silenciosa, a não ser pelo marulho do chafariz no pátio —, Philip levou Sam até sua mesa no estábulo de ordenha. Sam se manteve sob a porta enquanto Philip procurava suas anotações sobre a equação catalítica.

— Queria lhe mostrar estas fórmulas. Explicá-las. — Philip olhou para as páginas como se fossem cinzas. — Mas você consegue imaginar melhor que eu. O que está acontecendo lá na sua casa. As coisas pelas quais a Nicole deve estar passando.

— Ela é forte — respondeu Sam. — E não está em casa. Está no campus.

— Os seus pais estão irritados comigo. Sabem que eu encontrei você. Pediram que o mandasse de volta. Podem me forçar a isso... e eu realmente não os culparia.

— Eu não vou.

— Você não tem como encontrar a Irma, Sam.

Sam se posicionou bem no meio da porta, a luz do pátio às suas costas.

— Preciso encontrar. *Tenho* que encontrar.

— E quanto à Nick?

— Ela vai ficar numa boa. Sabe se cuidar.

— Sabe... talvez. Mas como falei, ela não sente o mesmo que você. Ela não é tão convicta. — Philip quase usou a palavra *impulsiva*. Quase disse a Sam, mais uma vez, que ela era mais esperta, mais cuidadosa, entendia melhor as coisas, enxergava bem mais à frente. Irma a levara mais à frente. Mas Philip sentiu que estava prestes a perdê-lo, à meia-luz, bem em frente ao túnel da ferrovia.

— Não tente usar a Nick dessa maneira — disse Sam. — Eu conheço a minha irmã. Bem melhor que você.

— Não estou usando a Nicole. Ela não me pediu apenas para encontrá-lo. Pediu para *pegar* você. Mas não estou lhe pedindo para voltar. Não estou mandando você de volta. Tudo bem?

Sam fez que sim.

— Mas estou lhe pedindo que venha a Sevilha comigo.

— Já estive em Sevilha. Ela não está por lá. Não vai estar por lá.

— Eu sei por onde você andou — disse Philip. — De certa forma, você esteve à minha frente. Ainda assim... tenho que ir para

Sevilha. Pense em como você se sentiria se não a tivesse procurado ali. Ou aqui. Ou em Corte. Ou em Tânger. Se a tivesse apenas deixado desaparecer sem seguir nenhuma das pistas que ela deixou, qualquer tênue rastro que tenha ficado. Venha comigo, e eu talvez possa lhe mostrar algumas coisas. Coisas que você pode ter deixado passar.

Sam o encarou com firmeza. Parecia um corredor em seu auge, preparado, perfeitamente trêmulo, pronto para disparar.

— Elas sabem onde você me encontrou?

Philip fez que não devagar, sentindo algum alívio.

— Não contei isso a elas.

Sam se apoiou no batente da porta. O marulho do chafariz borbulhava atrás dele. Philip fechou os olhos, respirou, soube que Sam ainda estaria ali. Abriu os olhos.

— Mandei e-mails à sua mãe. Duas equações. Uma sobre você. Uma sobre ela.

— O que diziam?

Philip deu de ombros.

— Não muito. Mas ela vai ficar ainda mais furiosa.

Sam brincou com a porta fendida do estábulo de ordenha, movendo sincopadamente as metades de cima e de baixo.

— Vou pensar sobre Sevilha — falou.

A última vez em que Philip ainda atuou como padrasto deles foi uma espécie de momento combinado. Ele os levou aos campos de Sourland. Carregaram tudo, tudo o que precisariam para jogar qualquer esporte que quisessem. Levaram bolas de futebol, um *frisbee*, bolas e luvas de beisebol. Para ele, todas aquelas coisas pareciam brinquedos, tolos bichos de pelúcia que alguém dá a um sobrinho ou sobrinha mais crescido. Andrew estava voltando, e Philip iria deixar a casa deles. Porém, aquele seria supostamente o dia que teriam para estar juntos. Haviam, todos três, planejado ficar mais tempo juntos, um piquenique mais tardio, uma tarde inteira sob o sol de Nova Jersey, pausas na sombra para escolher novos jogos. Mas todos eles encontraram maneiras separadas de postergar o encontro, ou de apenas deixar passar o momento, e a tarde lhes escapou. Só chegaram perto da noite, separados, e sabiam que não teriam muito tempo para ficar ali, sob as sombras crescentes das montanhas de Sourland. Por sobre a cerca do campo de beisebol surgiram escavadeiras, vindas para duplicar as estradas com suas cabeças pintadas de verde e roxo, cores com a intenção de torná-las menos ameaçadoras, mas que apenas as tornavam mais vivas. Comprou novas luvas de beisebol para Sam e Nick, boas o suficiente para que as usassem nos times do ensino médio.

Tentaram jogar cada esporte por breves momentos, mas até mesmo o *frisbee*, planando suave, parecia perigoso demais no ar cada vez mais escuro. Nicole foi quem tomou a decisão de correr, experimentar o mais simples e puro dos esportes, descalça sobre a grama do campo de beisebol. Marcaram com os tênis o percurso que sempre usavam da corrida de cem metros rasos. Foi o evento perfeito. Sam era ainda suficientemente novo — doze anos — para competir com a irmã. E Philip, naquela idade, já tinha perdido o pique para uma disparada tão curta. Philip ganhou a primeira corrida, perdido na largada, seguro no crepúsculo. Nicole ganhou a segunda, rindo dos outros dois. Sam, já demonstrando a resistência que, um dia, o tornaria o melhor corredor dos três, ganhou a terceira. Irmão e irmã fizeram uma rápida reunião antes da quarta e última corrida, a decisiva. Quando se separaram e caminharam até a linha de largada, Sam de cabeça baixa, verdadeiramente determinado, Nicole piscou para Philip. O que significava aquilo? Era um gesto completamente incomum, que Philip jamais presenciara nela. Por via das dúvidas, afrouxou um pouco o passo ao final da corrida, deixando a vitória para Sam. Mas foi o mais rápido que já correram juntos, todos acelerando cada vez mais em resposta aos demais, ofegos intensos à meia-luz, músculos trêmulos, no limite, mal tocando a grama com os dedos dos pés. Ao final, sentiram-se bem com o que haviam feito. Tinham alguma coisa para contar quando voltassem para casa.

Sam continuou a brincar com as portas do estábulo de ordenha, a metade de cima para um lado, a de baixo para o outro. Estava ansioso por correr, mas Philip precisava juntar mais forças, mais fôlego, de alguma forma.

— Eles já invadiram os campos? Em Sourland?

— Nunca vou lá. Não quero ver. Você quer?

— Só na minha cabeça — disse Philip. — O seu campo da vitória.

Sam segurou as portas, acalmou os olhos como um corredor antes de uma eliminatória, mostrando aos outros que não está nervoso, que mesmo dormindo poderia vencê-los.

— Era para você ter vencido aquela última corrida, Philip — falou. — Foi o que a Nick planejou. Disse para deixarmos o coroa ir na frente. Deixa o cara encontrar a amiguinha bonita. Deixa ele ir embora.

Era como escutar clandestinamente uma conversa e ouvir o que não devia sobre si mesmo, algo que ele tentava descobrir sobre outra pessoa. Philip se virou novamente para a tela, para esconder o rosto. Sentiu um aperto dentro de si, pequeno mas profundo, subindo-lhe pelos nervos do pescoço. Mas quando fitou, irritado, as equações na tela, seu objetivo, descobriu que a raiva não se dirigia a Sam, e sim a uma imagem de Irma vestida para correr, mas descalça em outro crepúsculo.

— Vou embora depois — falou. Virou-se de frente para Sam. — Depois de Sevilha.

Antes de correrem, Philip disse a Sam que precisava fazer algumas anotações e se preparar. Sozinho no quarto, repetiu sua raiva contra Irma, calculando-a cuidadosamente no papel quadriculado de seu caderno de composições. Traduziu: $x^2 - y^2 = 1$. Jogue limpo. Eu a entretenho e você me deixa assim? Você o deixa olhando para um lado quando ele deveria estar olhando para o outro. Você deu mais a ela. Deixou-o inacabado. Por quê? Percebeu o que tinha feito? Com ela? Ficou com medo? O mundo é assustador aí fora? Precisa de mim do seu lado?

Colocou essa folha entre os capítulos catorze e quinze, em que Quixote derruba o Cavaleiro dos Espelhos e descobrimos (mas não Quixote) que o Cavaleiro dos Espelhos é, na realidade, o bacharel Carrasco. É uma matemática maravilhosa e brilhante, pensou Philip, da parte de Cervantes.

Correram juntos em direção ao Parc Güell, seguindo o trajeto que Irma bolara dezessete anos antes. Sam conteve o passo para se manter ao lado de Philip. Depois da segunda milha — o bueiro em Lepant —, de onde puderam facilmente ver a rua que subia para o Parc Güell, Philip disse a Sam que fosse na frente e o encontrasse na volta. Mesmo descansado, não conseguiria acompanhar o ritmo do garoto. E agora, cansado após a corrida para a praia e drogado pela sesta, mal suportava um trote suave. Sam não esboçou nenhuma espécie de reclamação educada, avançando rapidamente à frente no que, para Philip, pareceu ser uma arrancada. Se não fosse pela intensidade medida de seu passo e pelos músculos bronzeados e pronunciados nas panturrilhas, Sam poderia ter sido facilmente confundido com um trombadinha, em sua arrancada. E ao virar a esquina, manteve a expressão com que sempre corria, o olhar de assombro e medo.

Quando Philip chegou à base de Carrer de Larrard, parou por um momento. Viu dali toda a rua que levava ao parque de Gaudí, uma subida de quatrocentos metros. Sam já tinha chegado ao topo, desaparecendo nas curvas e platôs cheios de bosques, esculturas, edifícios e chafarizes. A inclinação da rua que levava ao parque era de quarenta graus. Philip mostrou a Irma o modo de medi-la. Quarenta graus?, perguntou Irma. Não acredito em você. Parece certinho demais. Não é um número arbitrário, explicou Philip. Quando construíram a rua, mediram esse ângulo. Irma fitou toda a extensão da rua, sua inclinação absurda. As mesas e cadeiras dos cafés, que cobriam toda a calçada, pareciam prestes a tombar numa avalanche por cima deles. De qualquer forma, disse Irma, é uma subida desgraçada para a gente. Correram até o topo, Irma o alcançou e passou bem ao final. Eram jovens. Estavam ambos apaixonados por outras pessoas, nos EUA. Quando ela o passou, embora Philip já a conhecesse há anos, viajasse com ela, fizesse de tudo com ela, houvesse se tornado parte de sua família, viu-a finalmente, inequivocamente, bonita. A subida extenuante pela rua Larrard, o esgotamento físico e a respiração desesperada o deixaram completamente aberto para ela, completamente desprotegido, sem armadura. Quando ficou claro que Irma venceria, ela olhou por sobre o ombro e sorriu, como se acabasse de pegá-lo admirando suas pernas.

A ladeira que levava ao parque parecia agora duas vezes mais íngreme e duas vezes mais longa. As cadeiras e mesas amontoadas e outros obstáculos nas calçadas pareciam mais grosseiros e precários que antes. Turistas e outros visitantes se arrastavam pelo morro como peregrinos, encurvados pela escalada. Philip respirou fundo e iniciou sua corrida até o primeiro platô do parque. Não soube ao certo por que correu pela ladeira com tanta intensidade. Talvez estivesse apenas treinando. Os corredores estão sempre treinando. Portanto, talvez estivesse tentando mergulhar naquela reserva desconhecida de força e resistência que todo corredor deve provar que possui. Ou talvez estivesse tentando atingir mais uma vez aquele estado de exposição física e emocional, o fim da matemática, a redução de tudo o que o levara um dia à possibilidade de beleza de Irma, primeiro no México, mas agora, conclusivamente, ali na Espanha.

Quando chegou à crista do morro e alcançou os degraus do parque guardados pelo mosaico do dragão, sentiu um surto de energia, exuberância. Mas essa força, como uma estrela cadente, tombou-lhe de súbito do corpo, seu suor ficou frio, os músculos, frouxos. Reconheceu, com certo temor, que havia chegado ao verdadeiro estado de exaustão do corredor, o suor frio e pegajoso que atravessa o corpo, anunciando a paralisia e a inconsciência. Viu-se, absurdamente, como um desses maratonistas que tantas vezes vemos sendo carregados da linha de chegada, transportados como marionetes caídas seguradas pelas dobras dos braços e pernas, humilhados e derrotados. Parvamente, desviou-se à esquerda e acabou por cambalear em meio à incompreensível Sala Hipóstila de Gaudí, um saguão de oitenta e quatro (ele as contou uma vez) colunas retorcidas e gotejantes que, em conjunto, pareciam uma enorme caverna debaixo de raízes de árvores. Num espaço entre estalagmites, Philip tombou. Ficou deitado na terra fria, apenas a cabeça e o pescoço reclinados na pedra, para poder olhar por entre as muitas colunas e ver o claro céu espanhol.

Ficou ali, semiconsciente. Pôde ouvir os turistas que passavam e faziam comentários breves a seu respeito. *"Borracho"*, *"qué temprano"*, *"pobretón"*. E o céu entre as colunas gotejantes pareceu se tornar cada vez mais claro até o momento em que fechou os olhos.

Na Parte II, capítulo sessenta e quatro, depois que o Cavaleiro da Branca Lua derruba Quixote com sua lança e o deixa estatelado na praia arenosa de Barcelona, Irma escreve: A armadura que tantas vezes o salva também o deixa tantas vezes pregado no chão. Levanta-te, Cavaleiro da Triste Figura. Estás vencido, quase destruído. O Cavaleiro da Branca Lua que te derrubou na areia de Barcelona forçou-te a renunciar às tuas crenças e honra. Mas permaneceste fiel à única reivindicação que importa. Mesmo com a ponta da lança na tua garganta, insistindo, não renunciaste à beleza de tua Dulcinéia: "Dulcinéia del Toboso é a mais formosa mulher do mundo e eu o mais desditoso cavaleiro da Terra, e a minha fraqueza não pode nem deve defraudar esta verdade: carrega, cavaleiro, a lança, e tira-me a vida, já que me tiraste a honra."

E a lenda de sua beleza apenas cresceu.

DOZE

Sam acompanhou Philip na viagem de trem para Sevilha, doze horas em direção ao sul. Pegaram um trem diurno para poder ver o interior do país. Irma havia deixado a Sam três livros como herança: *O mago, Na pele de um leão* e *Rastros*, que o garoto empilhou à sua frente na mesa do trem, mantendo-os à vista ainda que já os houvesse terminado de ler. Sam fitava as paisagens por longos períodos, depois mergulhava num dos livros. Philip não sabia ao certo se Sam os abria em passagens aleatórias ou se procurava cenas específicas, mas ele sempre ao menos fingia saber imediatamente aonde ir em cada um dos livros. Do lado de fora do trem, as colinas baixas de Aragão, cobertas de vegetação rasteira, estavam salpicadas de pomares de laranjeiras e oliveiras, e em saliências rochosas ocasionais viam-se as ruínas de um castelo. Ao perceber que Philip virava o pescoço para manter o último castelo à vista, Sam falou:

— Sempre imaginei que fossem cinzentos, enormes e desolados. Mas eles têm as cores do sol. Também são pequenos, e parecem vulneráveis.

Philip, sentado em frente, com a janela e a mesa entre eles, encarou-o por um momento, depois disse:

— Você está diferente. Por isso não o reconheci a princípio. Será que é porque veio para cá? — Olhou para os três livros de Sam, empilhados em ziguezague. — Ou por causa dela?

— Dela — respondeu Sam, simplesmente. O trem rodou por colinas com declives cobertos de grama moribunda, açoitada pelo vento, e por carvalhos plantados em espaços regulares, jovens e escuros, ainda próximos ao solo. Sam contou a história a Philip.

Ela o encontrou num jogo de *frisbee* — pensando no assunto em retrospecto, já na Espanha, ele se deu conta de que Irma provavelmente o estivera procurando. Sam estava no jogo de Princeton, o que era jogado no campo de Broadmead, jamais utilizado, a não ser nos poucos fins de semana em que os clubes de estudantes faziam suas grandes festas no gramado. Era um jogo melhor que o da Universidade Rutgers, e era fácil chegar lá de trem. Nicole já o havia levado ali muitas vezes. Sam já sabia de Nicole e Irma. E tanto ele como a irmã se perguntavam sobre Irma e Rebecca, especulavam, esperavam. A irmã lhe contou quase tudo, embora ele não tenha contado quase nada a ela. Sam sempre quis que ela deixasse de fazer aquilo, de lhe contar tantas coisas, pois temia que, com isso, ela acabaria um dia desprezando-o, distanciando-se. E porque aquilo fazia com que ele se sentisse excessivamente singular e responsável. Mas quando Nicole começou a lhe contar a respeito de Irma, Sam ficou contente por ela — contente pelo fato de que ela tivesse mais alguém, além da mãe, do pai e dele. Contente por saber que ela teria alguém inteligente e diferente com quem conversar.

Uma fina camada de neve cobria o gramado, o céu estava claro, o ar, gelado. Os jogadores muitas vezes paravam e respiravam na direção do Sol, nublando-o. Os que tinham cabelo comprido, como Sam, surpreendiam-se com as estalactites que se formavam nas pontas de suas mechas, chocalhando quando eles freavam, partiam em disparada ou se agitavam por sobre o chão nevado. Irma, que ao chegar foi saudada pela maior parte dos jogadores, jogou por bastante tempo, aparentemente sem notar a presença de Sam. Depois se posicionou à frente dele, correu em sua direção sobre a neve e se pôs a marcá-lo, mantendo-o sempre ao alcance do braço. Quando Sam tentou se livrar de Irma para receber um passe, ela o agarrou pela roupa — as chuteiras de Sam derraparam numa placa de gelo, e ele caiu de costas. Irma quase montou sobre ele, como Ali sobre Liston. Respirou, olhando-o de cima, sem ajudá-lo a se levantar. Estava usando calças elásticas à altura do joelho, expondo as panturrilhas morenas ao frio. Com as costas apoiadas na neve, súbita e dolorosamente incapaz de respirar, vendo a silhueta de Irma ante o céu invernal, borrada pelo vapor formado por seu hálito, com o suor congelado nas têmporas, Sam, pela primeira vez, sentiu-a desejável e acessível. Na ponta dos pés, ela caminhou ao redor dele, como se evitasse pisar numa poça, mantendo-se atenta ao jogo. Sam olhou para a panturrilha de Irma, bem de perto, à vontade, para as impressões nos dois lados de seu tendão de Aquiles, para as marcas de lama congelada presas às bordas das chuteiras de Irma e à sua pele castanha e macia.

— Fique longe da minha irmã — falou, tentando se apoiar nos cotovelos.

Irma apoiou firmemente uma chuteira no peito de Sam. Sorriu, completamente intimidante.

— Não ameace alguém enquanto está caído de bunda. Especialmente a pessoa que acabou de deixar você assim.

Com a chuteira, empurrou-o de volta para a neve.

— Levante e corra atrás. Está ficando frio.

A ereção de Sam, a mais dura que ele já tivera, deixou-o confuso. Sentiu-se aliviado por estar escondida por debaixo das camadas de roupas de inverno. Mas Sam desejou que ela caísse por cima dele. Quis pôr a boca em seu tendão de Aquiles. Irma limpou o nariz com a manga do casaco e fungou. Cruzou os braços e enfiou as mãos por debaixo dos bíceps, tocando os próprios seios em busca de calor. Tudo o que ela fez, tudo o que ele viu, o deixou ainda mais excitado.

Depois do jogo, Irma pediu desculpas e dividiu com Sam sua garrafa térmica cheia de café muito quente.

— Sempre fui uma jogadora sacana.

O frio intenso e o suor lhes deixou pouco tempo para pensar. Compraram mais café no diretório acadêmico de Princeton e correram pelo campus para alcançar o trem, com os casacos de inverno envoltos ao redor das roupas malcheirosas, as chuteiras amarradas pelos cadarços em volta do pescoço. Tinham os capuzes de lã na cabeça até a altura dos olhos, o que os obrigava a inclinar a cabeça para trás para poder enxergar. Seguiram de braços dados por sobre as placas de gelo nas calçadas do campus. A ereção de Sam, que em nenhum momento desapareceu completamente, crescia sempre que a manga do casaco de Irma roçava na sua, sempre que sentia o café em seu hálito, sempre que ela fungava e limpava o nariz.

No trem rumo ao norte, sentaram-se juntos e bebericaram seus cafés. Ela tirou o casaco de inverno, mas Sam se manteve envolto no seu. Era domingo e havia poucos passageiros.

— Certas expressões físicas são mais visíveis para as mulheres do que os homens pensam — disse Irma, falando de maneira suave, mas firme. — Ao menos para as mulheres que já são um pouquinho traquejadas. E nós apreciamos as suas tentativas de serem discretos a esse respeito, o mais educados possível. Fazem com que acreditemos mais em vocês quando nos dizem que não têm como evitar. Mas eu não esperaria que um homem se deixasse derreter dentro de um trem em Nova Jersey.

Sam tentou conter um sorriso, olhou para os bosques de inverno que passavam, borrados.

— Teve um astro do cinema, bem antes do meu tempo — disse Irma. — O nome dele era Robert Taylor. Conta a lenda que ele sempre precisava ser filmado da cintura para cima quando estava no estúdio com Elizabeth Taylor. Não estava necessariamente apaixonado por ela. Nem sequer se relacionavam. Ela simplesmente o deixava duro, e não havia nada que ele pudesse fazer a respeito, ao menos era o que dizia. Atuaram juntos em *O traidor*. E *Ivanhoé*.

A imagem de Ivanhoé, talvez vestindo calças justas medievais e com uma ereção, o fez rir.

— Sei o que você está tentando fazer — disse Sam. — E agradeço. Mas só está piorando a coisa.

— Pior, melhor — disse Irma. — Depende do seu ponto de vista.

Virou-se de frente para Sam, encurralando-o junto à janela.

— Eu o convido a ficar neste trem comigo. Deixe passar a sua estação e venha ao meu quarto no hotel. Não vou facilitar as coisas para você *tanto* assim. Vai ter que conversar. Vai ter que ouvir. Mas pode ir embora a qualquer momento. Se quiser, pode sair deste trem em New Brunswick, e vai ser o fim da história. Se estiver preocupado com os relacionamentos que eu tenha tido com os outros, bom, entendo.

— A Nicole não considera que o relacionamento tenha acabado.

— Não acabou, de maneira nenhuma — disse Irma. — Só mudou.

Sam não conhecia muitas mulheres nem meninas. Embora já houvesse visto Irma muitas vezes antes, não fazia idéia de como ela seria realmente, e não fazia idéia de que poderia existir uma pessoa como ela. Ela trespassava a inibição, a indecisão e a incerteza com suas palavras ligeiras. Sam teve a impressão de que ela primeiro as deixava sair e depois compreendia seu sentido, preenchendo os cortes e buracos que houvessem causado. Naquele momento dentro do trem, fitando os bosques pantanosos e congelados de Nova Jersey, vendo o reflexo transparente de Irma na janela, seu olhar firme e escuro, Sam quis de súbito viajar para algum lugar distante e desconhecido. Quis que o trem o levasse ao México, à Espanha e à Argentina, a todos os lugares já citados por Irma e Philip. Quis que o trem o levasse em disparada aos mesmos vulcões que haviam escalado, e a outros. Vulcões que eles nunca houvessem visitado. Lugares que nunca houvessem visto. Até aquele momento, Sam sempre discutira defensivamente contra esse tipo de exploração superficial, esse tipo de gasto previsível, garotinhos endinheirados com mochilas. Ante a irmã e os professores, ele sempre defendera a virtude e o heroísmo dos eremitas, dos que serviam a mesa bondosa que salvava os viajantes e as almas rebeldes. Porém, aquele momento ao lado dela no trem, mesmo antes de chegarem à estação, explicou Sam a Philip, o colocou neste trem para Sevilha.

Sentiu o peso de justificar eternamente sua vida, de justificar incessantemente, com pretensa moralidade, sua tristeza e sua raiva, irremitentes e sem foco, deixadas atrás de si como um rastro com o avanço do trem. Era ainda melhor que correr, competir e vencer, quase voando além de si mesmo. Imaginou o peso de tudo aquilo, a massa de tudo aquilo, presa nas sombras entre as árvores secas, desfolhadas, afundando nos pântanos e lagos congelados. Quando foi anunciada a estação de New Brunswick e o trem freou, Sam segurou a mão de Irma.

— Quando você está encadernando um livro — perguntou —, por onde começa?

Quando o trem se afastou das colinas costeiras e se dirigiu às monótonas planícies de La Mancha, Sam, aparentemente já acostumado a viajar pelas ferrovias espanholas, aconchegou-se no canto, apoiado na janela, e dormiu. Parecia mais velho, queimado por suas missões e buscas, confortável demais na curvatura dura de seu assento no trem. Havia algo de novo em sua aparência, uma ameaça, simultaneamente atraente e resistente. Mas Philip ainda conseguiu ver o garoto para o qual ele arremessara bolas de beisebol, o corredor nervoso e cheio de dúvidas, correndo audacioso contra os astros da pista, e o irmãozinho corajoso e tolo o suficiente para espionar a amiga escura trazida para casa pelo padrasto.

Philip pensou em ler o *Quixote*, mas preferiu abrir seu caderno de composições. A elipse pode ser inteiramente coberta por uma série infinita de triângulos dispostos ao redor dos dois focos. A base do triângulo é fixada pela excentricidade da elipse, a distância entre os focos. A forma da elipse é desenhada pela ponta em movimento, que segue o trajeto alongado. Sentiu que estava aperfeiçoando seu modo de calcular a excentricidade, a distância entre $IP + P$ e $IP - P$. Sam, uma variável no cálculo dessa excentricidade — a excentricidade da elipse de Irma —, estava se tornando mais claramente definido. Outras pessoas poderiam entrar em pânico ao tentarem trabalhar com uma elipse que não tinha focos bem definidos. Mas Philip saboreou o desafio que isso representava, sentiu de fato que essa acomodação dos focos deslizantes tornava mais válida sua busca, acrescentava a complexidade necessária para ao menos persegui-la, ou quem sabe, em última análise, encontrá-la. E ele só precisava de um pequeno trecho do perímetro para determinar a forma exata da elipse, do modo como um astrônomo poderia medir com precisão a ampla órbita de um cometa tendo apenas uma fração de sua curvatura ao redor do Sol. O desafio que mais o enervava era mover-se entre a excentricidade e o perímetro; Philip não sabia em nenhum momento se estava deslizando pelo perímetro ou entre os focos. Às vezes, como ao ouvir a história de Sam e observá-lo cochilando no trem, tinha a impressão de estar vivenciando ambos ao mesmo tempo. Continuando com suas anotações para Irma, calculou um solipsismo hipotético e forçoso ao aprender, com o *Quixote*, o que podemos fazer com dois protagonistas: você não apenas os utiliza para me compor, você os afeta para me compor. Mas os afeta de maneiras diferentes. Ou será que os afeta da mesma maneira, gerando resultados diferentes? Sam está aqui, errante, e ainda assim, nunca o vi tão livre e cheio de vida (se não mais feliz) como agora. Nicole está lá, em crise e transição, perdendo a identidade que seu irmão ganha. Ainda assim, ela põe a culpa em mim, e não em você. Em mim. Sam também me desafia, e não a você. Eles *amam* você.

Novamente, peço a sua ajuda com a matemática. Foi você quem desfez a equação que poderia nos definir, moldar, *reter*. Philip desenhou a espiral logarítmica como a concha de um caracol, depois cruzou-lhe o centro com a cruz formada pelo par de eixos. Desfez sua equação por baixo do desenho, números amontoados, traídos e destituídos de sentido em suas posições. Quem somos agora? O que somos agora?

Depois de meter a folha no *Quixote*, inclinou-se em seu próprio canto entre a janela e a poltrona, observando as planícies e ondulações acastanhadas de La Mancha. Beatrice estava ao seu lado na última vez em que Philip visitou La Mancha. Viajavam no trem com Irma, tomando um caminho mais longo para voltar ao apartamento em Sevilha. Quando Irma, como a maior parte dos passageiros, caiu no sono durante a tarde fitando as intermináveis fazendas, muito parecidas com o centro da Califórnia, Beatrice o convidou a ir ao bar para tomarem *cañas*. Philip sabia que os moinhos de vento estavam por chegar e disse isso a Beatrice. No começo você não os vê. O trem sobe para Alcázar de San Juan até chegar à junção surpreendentemente ampla e depois retrocede por alguns quilômetros por uma linha secundária, confundindo os passageiros de primeira viagem. Quando pára ao final dessa linha para se desviar em direção a Córdoba, se você olhar por sobre a elevação mais próxima nas planícies, vai conseguir vê-los. Segundo Irma, a imagem é a mesma vista por *Quixote*, a diferença é que os braços dos moinhos não têm mais pás, deixando-os despidos e vergonhosos, especialmente quando venta.

Os outros homens e mulheres inclinavam-se sobre o bar para olhar Beatrice da maneira direta, típica dos espanhóis, erguendo os olhos por sobre seus jornais e cervejas. O cabelo escuro de Beatrice estava mais curto nessa época, partido de lado, as mechas mais claras ao redor de seu rosto caíam para a frente, e ela já estava filtrada e colorida pelo sol do Mediterrâneo. Usava um vestido comprado em Barcelona, simples e cinza, mas cortado à altura da cintura por pequenas faixas vermelhas, bem visíveis, um convite para as mãos.

— Vamos sair para ver os moinhos — disse Beatrice a Philip. — Deixe a Irma dormir. Pegamos o próximo trem atrás dela. E lhe deixamos uma mensagem. Ela vai gostar disso. — Inclinou-se sobre o bar, apoiando os cotovelos no balcão e bebendo a *caña*.

— Isso não faz seu estilo, B. Os moinhos não têm nada de especial. Só dá para andar entre eles e chutar umas pedras.

Philip ficou intrigado com a vontade de Beatrice de ver os moinhos de perto. Sabia que ela queria vê-los do trem, ver sua aparência decadente, e ainda assim vigilante, no planalto por sobre as fazendas. Beatrice desejava captar a imagem dos moinhos com sua memória fotográfica, ver instantânea e eternamente que eram onze e que não seria tão disparatado pensar que fossem gigantes. Ela entendia as ilusões, especialmente o tipo de ilusão cultivada e deliberada com a qual se deparava freqüentemente em seu trabalho, em suas calculadas estimativas sobre quem era necessário e quem não. Beatrice não era exigente a ponto de remover automaticamente moinhos de vento das vidas das pessoas, dos sistemas que elas projetavam para funcionar, criar, produzir, florescer.

Sentados no bar, com cervejas nas mãos, ela se apoiou em Philip. Encostou nele o quadril. Pode ser romântico. Vou mudar de roupa. Tenho uma saia, você pode se esconder debaixo dela.

Saíram do trem e o viram se afastar da plataforma, levando consigo a Irma adormecida. Ainda estaria dormindo? Estaria olhando para eles da janela, torcendo o pescoço para mantê-los à vista o máximo possível? Talvez tenha dito a si mesma: vou fazer o mesmo com você, Pip. Mas vai ser em grande escala. Ou então: ele está salvo.

Philip buscou qualquer alteração na expressão de Beatrice enquanto o trem os abandonava na plataforma desolada. Era surpreendente que o trem espanhol, moderno e silencioso, os deixasse numa laje empoeirada de concreto coberta por um fino telhado de metal. Teve dificuldade em se convencer de que o trem voltaria um dia àquela estação curiosa e antiquada. Mas Beatrice sorriu ao cobrir os olhos com um leque comprado em Barcelona e virou imediatamente as costas para o trem, dirigindo-se aos moinhos sobre a crista do morro.

— Podemos subir pela estrada — disse Philip — ou podemos cortar caminho pelo mato e caminhar diretamente até eles.

Vamos direto, então.

Encontraram uma estreita trilha de cabras que cortava os arbustos, depois escalaram o morro em meio a pedras e vegetação baixa. Beatrice ergueu a saia e a amarrou bem alta ao redor dos quadris, para evitar que se prendesse nas pontas quebradiças das plantas e para poder levantar bem os joelhos ao procurar os melhores apoios para os pés ao longo da escalada. Suas coxas e panturrilhas refletiam o sol em ovais alongadas. Embora ela nunca pudesse demonstrar remorso pelos resultados de seu trabalho, ela o sentia. E dava valor prático aos mais humanos dos elementos: lealdade, anos de serviço, família, companheirismo, senso de humor, autoconhecimento, autodepreciação, inteligência emocional. Dava crédito a Philip por ser, dentre todas as pessoas que conhecia, a única capaz de compreender essa qualidade nela. Tinha fascínio pelas equações catalíticas que Philip lhe mostrava, queria conseguir aplicá-las com tanta facilidade quanto ele. Mas como era possível que as pessoas não entendessem essa qualidade em Beatrice, vendo-a escalar a crista em direção aos moinhos, renunciando ao pudor e expondo abertamente sua vontade de chegar ao cume e vê-los?

Tinham os moinhos todos para si. Philip nunca havia visto ninguém ali e não se surpreendeu ao perceber que o lugar estava abandonado. A sesta manchega, antiga e imutável, pendia sobre as fazendas ao redor e sobre as granjas nas planícies abaixo. Philip a viu examinar os moinhos com seu olhar expediente. Tinham telhados negros e pontiagudos com remanescentes de azul, corpos gordos pintados de cal, salpicados de janelas de pedra e minúsculas aberturas, e braços esqueléticos tingidos de preto pelo sol e pelo vento. Dois deles estavam escorados por esteios de madeira. O último dos moinhos, na saliência final da crista, havia perdido dois de seus braços, e os dois restantes pendiam como macacos num V invertido, fazendo dele o mais real, o mais triste de todos. Beatrice se apoiou na parede tostada pelo sol, fitando toda a extensão de La Mancha.

— Como é de noite? — perguntou.

— O que faz você pensar que eu saberia?

— *Ela* traria você aqui à noite. *Isso* é fácil de adivinhar.

Philip fez que sim, apoiou-se ao lado de Beatrice na parede.

— Viemos aqui à noite com uma colecionadora de livros corsa. Miriam Haupt. Ela e Irma queriam me mostrar as luzes espalhadas pela planície e pelas montanhas, que se misturavam com as estrelas. Exatamente como no livro. Mas eu nunca o li.

— Você voltou alguma vez sozinho com Irma? À noite?

Philip fez que sim.

— Durante o pôr do sol.

— Onde foi que vocês treparam?

— Não fizemos nada. Pensamos nisso sem dizer nada. Às vezes é melhor voltar para o hotel.

— Às vezes — concordou Beatrice. Ajoelhou-se na frente dele. Abriu-lhe a calça jeans, jogou o cabelo para trás e observou-o crescer e se levantar, duro. Agarrou-o com as duas mãos e encostou a boca na ponta. Chupou-o com firmeza, acariciando-o com a língua. Philip gemeu alto, quase precisou interrompê-la. Ela então se afastou, ainda segurando-o com uma mão, estimulando-o. Apontou-o e o fez disparar, e Philip fechou os olhos, sentindo-se cair da crista da montanha, sobre as planícies. Beatrice ficou em pé, apoiou-se na parede, ergueu a saia e o convidou com um breve meneio da cabeça. Philip se ajoelhou e Beatrice enroscou a saia ao redor dele, afastando as pernas e se apoiando na parede, tentando-o. Philip enganchou os braços ao redor das pernas de Beatrice e a agarrou por trás das coxas, puxando-a para sua boca. Ao se inclinar para a frente, sentiu que as pedras do chão se enterravam em seus joelhos. A luz lá dentro era a do Sol filtrada pelo verde da saia. Beatrice passou as mãos pela nuca de Philip e o segurou junto a si, guiando-o. Disse-lhe, por entre a respiração, onde e com que velocidade e quando parar e quando recomeçar. Quando pediu pela terceira vez que parasse, Philip a ignorou e ouviu que suas instruções e palavras perdiam a coerência. Ficou de pé, puxando a saia consigo, erguendo Beatrice junto à parede. Por algum momento foi bom ficar assim, os joelhos de Beatrice presos sob seus braços. Mas nenhum dos dois teve força suficiente para manter a posição.

— Posso parar — disse Philip. — Não preciso ir em frente.

— Mas vamos ver o que podemos fazer — respondeu Beatrice.

Ela encontrou uma longa laje de pedra bem na beira da encosta. Limpou-a com as mãos e fez com que Philip se deitasse. Com uma mão, agarrou-o com firmeza, mantendo-o duro, e com a outra dispôs os sapatos um de cada lado dos quadris de Philip. Apoiou os joelhos nos sapatos e montou sobre ele, apertando-o contra a pedra escaldante. Sorriu e riu por cima de Philip, encaixando-o dentro dela.

— E agora, pode parar? — perguntou.

Na plataforma, esperaram pelo trem. Ficaram de braços dados na sombra do telhado. O vento da tarde começava a bater, quente e seco, vindo da vegetação morta, mas trazendo um cheiro de laranja. Tinham visto o trem do alto da montanha, a quilômetros de distância, esgueirando-se pelo vale, e correram pelas rochas e arbustos para alcançá-lo. Beatrice olhou uma vez mais para os moinhos.

— Não é tão disparatado — falou.

Encontraram-se com Irma na estação de Córdoba; ela já havia captado as coisas e os esperava na plataforma. Beatrice se aproximou dela primeiro, à frente de um Philip hesitante, e as duas se deram as mãos. Irma disse algo que fez Beatrice sorrir baixo. Voltaram juntas ao trem, mantendo-se à frente de Philip, roçando os ombros ao subirem os degraus. Irma se virou uma vez para olhar para Philip, calada, o olhar seco. A elipse se alarga de um lado, estreita do outro.

Quando o trem retrocedeu pelo desvio de Alcázar de San Juan, a mudança de direção acordou Sam. Ele esfregou os olhos e olhou pela janela para recobrar o senso de direção. Pareceu espantado ao ver La Mancha em vez de Nova Jersey; olhou então para Philip, e isso pareceu confundi-lo ainda mais. Franziu a testa por um momento, depois piscou os olhos, despertando inteiramente. Ao compreender exatamente onde estavam, ergueu o rosto e olhou pela janela para tentar vislumbrar os moinhos de vento.

— Você abandonou Irma ali — falou, apontando com a cabeça para a montanha.

A clarividência de Sam enervou Philip, como se o garoto não houvesse apenas acabado de despertar de um sonho, e sim voltado de algum outro tempo ou lugar do qual podia observar a história de Philip, do castelo no céu. Quando Philip se deu conta de que Irma deveria ter lhe contado a história, essa sensação, ao invés de arrefecer, apenas se intensificou.

— Ela deve ter exagerado — falou a Sam. — Fiz o que tantas vezes fizemos. Um com o outro. Sem o aviso habitual, confesso. Dessa vez.

— Como você pode ter feito isso? Como pode abandonar uma pessoa como ela?

— É quase impossível explicar — respondeu Philip. — Já o escrevi para mim mesmo, muitas vezes, na forma de uma equação. Já a mostrei para o Isaac algumas vezes, e ele pareceu ter entendido. Pelo menos conseguimos conversar sobre isso em termos compreensíveis. Começa com um paradoxo. Para estar com ela, eu precisava não estar com ela. Nós dois entendíamos isso, desde muito cedo na nossa amizade. Portanto, na verdade o paradoxo é: para estarmos juntos, não poderíamos estar juntos. Compreendemos isso de duas maneiras muito diferentes, que, pelo que penso, nos permitiram agüentar... — fez uma pausa para apoiar o corpo na janela e olhar brevemente para a montanha — ...pelo tempo que agüentamos.

— Realmente terminou?

O trem destravou os freios, dando-lhes a sensação de estarem flutuando logo antes de começarem a acelerar para o oeste.

— Não se eu puder evitar.

Sam apalpou a pilha com os três livros. Cutucou o ziguezague para um lado, depois para o outro. Encarou Philip diretamente.

— Achou que eu talvez a tivesse encontrado.

Philip sorriu, cético. Mas as palavras de Sam o incomodaram.

— Quando cheguei aqui — disse Sam. — Quando aterrissei em Madri, peguei o metrô e saí à superfície em Sol, fiquei enjoado. Achei que fosse morrer. Eu tinha feito um monte de planos, começando pela *pensión* dela. Tinha feito um monte de anotações. Escrevi muitas das coisas que ela me falou. Depois de me encontrar com ela, eu anotava tudo o que ela dizia. E no avião, vindo para cá, fiz uma lista, sublinhei algumas informações, o jeito com que ela falava de certos lugares, certas pessoas. No avião, fazendo isso, tive ainda mais certeza de que estava no caminho certo. Tive até a sensação de que estava fazendo o que ela esperava que eu fizesse. Mas Sol foi foda, um soco no estômago. Era de tarde, tinha muita gente e muitos carros, todos rodopiando ao redor da praça. De repente, não consegui mais entender o espanhol, e o sol estava quente e brilhante pra cacete. Fiquei ofuscado, não conseguia me acostumar à luz. Parecia que tinha chumbo nos pulmões. Minhas mãos tremiam, e eu não sabia por quê. Peguei a tabela que tinha feito. Minha tabela de possibilidades. E pareceu não passar de rabiscos e desenhos de criança. Quase vomitei, bem ali debaixo da estátua do urso. Arquejei, minha respiração ficou acelerada. As pessoas acharam que eu fosse um bêbado americano idiota e gritaram: "Do lado do urso, não! Do lado do urso, não!" Foram as primeiras palavras que consegui entender. Não queria que ela me visse daquele jeito. É engraçado. Logo de cara achei que ela estivesse ali, na praça do Sol, porque é claro, foi ali que comecei a minha busca. Tive medo, acima de tudo, de que ela me encontrasse daquele jeito.

— O que você fez? — perguntou Philip.

— É difícil explicar. — Sam apalpou novamente a pilha de livros. Depois os distribuiu sobre a mesa, alinhando-os. — Este aqui — pôs a mão sobre *O mago* — é você. Passou a mão para *Na pele de um leão*. — Este sou eu. — Levantou *Rastros*, encapado num couro azul extremamente intenso. — E este é ela.

Olhou para Philip por um momento.

— Você já leu estes livros?

— Não — respondeu Philip. — Mas estão na minha lista.

— São todos realmente bons. Cada um é diferente. Eu simplesmente fui para o albergue mais próximo, me enfurnei lá e fiquei lendo por algumas horas. Li um pouco de cada um. Foi bem idiota. Era a minha primeira vez num lugar como Madri, e acabei me metendo sozinho num quarto para ler. Descansei um pouco, caminhei até a esquina, entrei no primeiro lugar que vi e pedi uma cerveja. Eu realmente só queria uma cerveja, e não sabia se poderiam me servir, nem me importava. O cara atrás do balcão me serviu a cerveja mais gelada que já tomei e me passou um prato de pão com uns camarões vermelhos cozinhados com alho, com cabeça e tudo. Comi os camarões inteiros, porque perguntei ao homem como se comiam. Pedi outra cerveja, ele falou que só me daria mais uma, eu disse que tudo bem. Com essa cerveja ele me cortou um pedaço de presunto, tão fino e seco que, olhando através dele, dava para ver a rua do outro lado. Tinha gosto de maresia. Quando saí dali para voltar aos meus livros, estava tonto, acho que pela comida, e a praça do Sol parecia estar emanando um tipo de, sei lá, um tipo de energia esquisita. Não era legal nem confortável. Mas meus pulmões estavam bons e havia uma certa emoção... como antes de uma corrida, sabe? E nessa noite fui correr por Retiro. A altitude, eu tinha esquecido disso, ela me pegou, mas foi maravilhoso. As pessoas pareciam tão bonitas, porque me ignoravam. Voltei ao albergue, apesar de estar todo mundo na rua, e li até dormir, escutando os pedestres e os táxis. No dia seguinte comecei a minha busca, seguindo os planos originais.

Philip abriu as mãos para Sam.

— Mas você disse que a tinha encontrado. Disse que achava que talvez a tivesse encontrado.

— É — respondeu Sam. — Realmente acho que talvez tenha. Tipo, não encontrei exatamente, ainda. *Aqui*. Acho que sei onde ela *vai* estar.

— E vai me dizer?

Sam empilhou novamente os livros.

— Fui a Sevilha. Passei por todos os lugares planejados. Depois voltei a Madri por um dia. Não encontrei nada. Bosta nenhuma. Só pessoas que a conheciam, ou que a tinham visto. Era como se eu só estivesse *verificando* a existência dela. Depois fui a Barcelona e fiquei na casa do Tom, já de saída. Contei a ele o que estava fazendo, e ele disse que poderia me dar aquelas missões, pois me levariam a lugares que eu precisava visitar. Depois que passei pela casa dos Haupt, em Corte, e fiquei lá por alguns dias, comecei uma nova busca. Para seguir com o planejado. Vi todos aqueles livros. O cheiro, a luz que brilhava sobre as pilhas. Caminhei ao redor de todos eles. Fiquei sentado entre eles por horas, olhando as lombadas. Dormi entre eles. Foi aí que me dei conta de uma coisa.

Comecei a fazer uma coisa muito simples enquanto cumpria as missões do Tom e as minhas próprias investigaçõezinhas idiotas. Comecei a fazer pesquisas na internet, em busca de novas histórias sobre livros. Não sei. Eu não... eu não sabia muito bem o que estava fazendo, apenas procurei em espanhol, inglês e português, porque eram as línguas dela. Procurei histórias atuais. A cada dia surgem novas. Cinco, seis por dia, de toda parte do mundo. Pessoas comprando livros raros, encontrando livros raros. Pessoas banindo livros, queimando-os. Lendo livros juntos, ou em voz alta. Povoados inteiros encenando um livro, ou organizando uma viagem segundo um livro cuja história se passava ali. Aquilo virou uma espécie de hobby, sabe? Algo para fazer entre as pausas do meu cronograma. É muito fácil encontrar conexão sem fio neste país. Nas cidades grandes, ao menos. Até em Tânger. Não achei que isso fosse realmente me levar a algum lugar. Mas também pensei no bilhete que ela deixou. Mandou cópias dele para mim e para Nicole. Junto com os nossos livros. Qualquer missão que ela pudesse fazer teria que envolver livros. Não é?

— É — disse Philip. — Em qualquer lugar onde haja livros.

— Em Tânger, encontrei isto aqui. — Vasculhou a mochila e tirou uma página impressa, que entregou a Philip. — Quer dizer, não é de Tânger. Eu só me conectei num café de lá, enquanto tomava chá. Poderia ter encontrado isso aí em qualquer lugar. Até mesmo em New Brunswick.

Philip leu a página. Era uma notícia de alguns dias atrás do jornal *L.A. Times*. Falava de um homem em São Gonçalo, no Brasil, que começou a colecionar livros e amontoá-los em sua casinha. Carlos Leite era pedreiro e analfabeto. Tinha cinqüenta e um anos de idade e era pobre. Um dia, num canteiro de obras, encontrou seis tomos grossos de uma enciclopédia vermelha numa pilha de entulho. O mestre-de-obras lhe disse que podia ficar com eles. Daí em diante, começou a colecionar livros que as pessoas lhe davam gratuitamente. Perguntava a todos os que passavam sobre livros que quisessem doar. Carlos passou a dispor os volumes em prateleiras em sua casa em São Gonçalo, na periferia pobre do

Rio de Janeiro. Depois, abriu a casa a qualquer pessoa que quisesse entrar e ler, ou pegar os livros emprestados. As crianças da escola se amontoavam ali. Aprendiam a ler ali. Professores encontravam títulos que não estavam disponíveis nas universidades. Carlos tinha de tudo. Em apenas dois anos, já havia juntado mais de dez mil volumes, todos catalogados e organizados por Maria, sua companheira. Ele ainda não sabe ler. No clube de ciclistas do qual participa é conhecido como o Maluco de São Gonçalo. Mas ele conta que ao dormir, todas as noites, sonha que está lendo os livros. Os volumes continuam chegando todos os dias, e ele não sabe como conseguirá lidar com eles, cuidar deles.

— Se ela não estiver em São Gonçalo — disse Sam —, acho que vai passar por lá. Se eu consegui encontrar essa história, ela também conseguiria.

— Existe alguma probabilidade — respondeu Philip. — Talvez suficiente para justificar uma viagem ao Brasil.

— Suficiente para você.

Philip olhou novamente para a notícia, mas não a leu. Poderia contar a Sam da quantidade de lugares semelhantes à casa dos Haupt que havia no mundo. Philip já estivera em outros, ali na Espanha, nos EUA, no México. Irma poderia encontrá-los. Dinheiro e educação não tinham funções necessárias na formação desses lugares. No meio do estado montanhoso de Michoacán, no México, Irma seguiu uma rede interconectada de bibliotecas informais mantida desde os tempos da Revolução. As bibliotecas ficavam em casas, restaurantes, estalagens, igrejas, bares e saguões de hotéis. Algumas eram modestas, organizadas de maneira informal; outras eram colossais, rigorosamente catalogadas. Mantinham-se relativamente desconhecidas. Em *A teoria de Peter Navratil*, Peter segue o rastro de Sylvia ao longo dessa série de bibliotecas secretas. Os livros precisam ser protegidos de muitas coisas, contou-lhe Irma. De fungos a regimes, de fanáticos a editores. Ela teria ouvido falar da casa de Carlos Leite em São Gonçalo, sem dúvida. Talvez devesse visitá-la um dia, pois cada biblioteca tinha suas características interessantes; e aquela parecia ter um bocado delas. Irma ficaria intrigada ao saber que Carlos Leite sonhava estar lendo os livros, isso talvez a fizesse lembrar dos primeiros dez romances que ela lera, aos nove anos de idade, sem *ler* propriamente os livros. Mas para Irma, a casa de Carlos poderia ser uma entre dezenas de outras que já conhecia, situadas em lugares mais afastados que uma cidade na periferia do Rio de Janeiro. Para Philip, a notícia tivera o efeito oposto ao desejado por Sam. Não encontrava Irma. Perdia-a ainda mais.

— Você vai para lá? — perguntou Sam.

— Vou.

Sam virou o rosto, fitou a janela do trem. Subiam por Sierra Morena, e as montanhas estavam cobertas de carvalhos vívidos e flores silvestres amarelas e laranja, com manchas aveludadas de açafrão. As pedras eram ainda mais escuras, pareciam molhadas. Sam cruzou os braços por sobre a cintura, como se estivesse com dor de barriga, e balançou o corpo devagar.

— Mas não agora — falou. — Não comigo.

— Olha, Sam...

— Não. Tudo bem — respondeu, ainda balançando-se rígido, os braços apertados contra a cintura. — Vou arrumar um jeito de ir. Vou encontrar a Irma. Para mim... — Olhou para as montanhas que passavam. — Para mim, ela é a coisa mais admirável da Terra. Ela se mantém livre, Philip. E não de um jeito que machuque os outros. Ela ignora as regras que precisam ser ignoradas. Vive a partir do que aprende, e aprende por intuição. Qualquer lugar fica bonito se você estiver do lado dela. Acho que você sabe disso. Gosto de pensar que sabe. E se você souber disso, deveria descartar qualquer coisa ligada a probabilidade. Eu vou conseguir encontrá-la.

— Não vai conseguir encontrá-la. Não assim. Não do modo como está agora.

Ao ver Sam mergulhar no silêncio, trincando os dentes, contraindo os músculos do pescoço, com o rosto virado para a janela, Philip praguejou mais uma vez contra Irma. Não pelo que havia feito com Sam e Nicole, mas por levá-lo a esse ponto, ao ponto de fazê-lo ferir alguém de quem gostava, feri-lo *por* ela. Amaldiçoou-a mas se conteve, não chegando ao ponto de culpá-la. Não sabia ao certo se existia alguma culpa. E manteve essa possibilidade — a possibilidade da culpa — para si mesmo, por si mesmo, acreditando que talvez fosse sua, e acreditando que talvez lhe valesse de algo. Desse modo podemos reter os valores de e, i ou π até o ponto em que são mais reveladores na equação.

— Não vai conseguir encontrá-la, Sam.

— Por quê? — perguntou Sam, sem tirar os olhos da janela e das montanhas além. — Veja só até onde cheguei.

— Mas veja só o pouco que demorei em encontrar você. Em chegar até você. — Philip censurou toda a confusão, as tangentes e a sorte envolvidas, convenceu-se, de alguma forma, de que sabia a todo momento o que estava fazendo, de que era preciso muito discernimento para seguir um livrinho amarelo no trem errado.

— E você, *consegue* encontrar Irma?

— Se você deixar. Se me ajudar, enviando o que encontrar. Como a casa de Carlos Leite. E ficando ao lado da sua irmã.

— Você quer que eu vá para casa para evitar problemas. Problemas para você. Com a minha mãe e meu pai.

— Não. Sinceramente, não estou com medo disso. Talvez devesse, mas não estou. Quero que vá para casa porque você não é valoroso o suficiente.

Sam o encarou. Pela primeira vez, Philip soube como era estar parado no meio do caminho de uma corrida de Sam, ser o objeto daquele olhar melancólico que lhe tomava o rosto ao passar pela linha de chegada, ao passar pela mera vitória.

— Irma — disse Philip, como se a invocasse. — Uma coisa que ela não entende bem é a profundidade das vocações que tem, em comparação com os demais. E quanto valem para os demais. Se você realmente quiser seguir um caminho semelhante ao dela, aumente o seu valor primeiro.

— Como você?

— Como o que eu deixei de conquistar. Meu valor me foi dado. Pela sorte. E por meus pais. Por pais estranhos e maravilhosos.

Ela via esse valor de uma maneira diferente. Tentava me carregar para um caminho diferente. Eu talvez a tenha decepcionado, no fim das contas. Deixei-o escapar, cair ao chão. Talvez por isso não tive a chance de ir com ela.

— Você teria ido com ela?

— Num piscar de olhos. Qualquer pessoa iria, não é mesmo?

— Não — disse Sam. — Não qualquer pessoa.

Philip tentou abrandar o clima.

— Não estou mandando você de volta para casa. Estou levando você de volta a Sevilha. De volta a ela, não é? Aos lugares por onde ela passou. Quero lhe mostrar as coisas que você deixou passar. Lhe dar uma idéia do que pode estar enfrentando. A verdadeira extensão da corrida. Portanto, fique comigo mais um pouco. Depois siga o seu caminho. Não vou impedir você. Não vou nem me opor.

Leram seus livros em silêncio, deixando que o trem os mantivesse juntos, deixando que seu destino mútuo bastasse. No capítulo sessenta e cinco da Parte II, Philip encontrou uma página rasgada. Deu-se conta de que havia sido o joelho de Lucia, no dia em que se ajoelhou na frente dele na escuridão da Ionic Street. O rasgo era pequeno, mas mudava de direção e cortava as palavras. Na primeira vez em que Irma tentou seriamente demonstrar a Philip como se restaurava um livro, explicou-lhe a regra da reversibilidade. Alguns laboratórios — a maior parte dos laboratórios universitários, por exemplo — seguem a regra sem abrir exceções. Não se faz nenhum tipo de restauração que não possa ser revertido. Desfeito. Irma abanou a dobradeira de osso por sobre um livro aberto que tinha um grande rasgo numa página. Mas eu não sigo a regra, Pip. Para começo de conversa, como podemos descobrir o que pode ou não ser desfeito sem tentarmos coisas novas? Além disso, se calharmos de alterar um livro, qual foi a verdadeira perda? Não são fósseis. Não são relíquias. Tornam-se mais vivos se você os tratar como eu os trato. Se perceber o que pode ser feito com eles. Não é? Que tipo de vida levaríamos todos se pudéssemos viver segundo a regra da reversibilidade?

Mesmo na matemática, concordou Philip, ela não funciona. Irma ergueu as sobrancelhas, surpresa. Philip explicou. Todo mundo pensa que podemos voltar atrás numa equação que tenha dado errado. Que podemos apagar o caminho que traçamos até um certo ponto na equação. Mas a coisa não funciona assim. Na verdade, temos que observar a equação como um todo e testar novamente as bases específicas, as fórmulas que tomamos emprestadas e a ordem de prioridades. Se você tentar avançar ao longo de uma equação seguindo a regra da reversibilidade, não vai descobrir nada.

Irma o beijou na bochecha, dando-lhe uma nota alta, marcando um dos raros momentos em que a ciência de Philip convergia com sua arte.

Novamente, abanou a dobradeira de osso por sobre a folha rasgada. Uma folha rasgada é, de longe, o reparo mais comum. Ainda assim, é um dos mais instigantes, especialmente se quisermos seguir a regra da reversibilidade. Recebo pilhas de livros de criança com folhas rasgadas. Alguma relíquia familiar rasgada por um bebê empolgado demais, entende? Acho que já restaurei a página trinta e nove de *O touro Ferdinando* pelo menos cinqüenta vezes.

Cada pedaço de papel, explicou, tem um grão específico que geralmente segue a direção da prensa. Mas nem sempre. Portanto, isso é a primeira coisa que devemos determinar. Só podemos restaurar em uma direção de cada vez. Até mesmo uma curva minúscula, de um ou dois milímetros, deve ser feita separadamente. Cada reparo leva meio dia para secar. Depois temos que determinar a estabilidade da tinta. Se a cola de restauração, ou mesmo água, borrar a tinta, teremos que recorrer à fita adesiva, embelezando o reparo, ao invés de escondê-lo. Ou então deixamos o rasgo como está e honramos a regra da reversibilidade. Mas também podemos fazer o que eu gosto de fazer. Gosto de tentar recriar as palavras. É por isso que fotografo cada folha rasgada antes de começar. Eu talvez até mude uma palavra ou duas, se achar que posso me safar com isso. Nunca me pegaram.

Irma passou cera por baixo da folha rasgada, a seguir pincelou duas fitas de papel japonês com cola. Trabalhando do centro da folha para as margens, passou as duas fitas ao longo do rasgo, terminando no ponto em que mudava de direção. Colocou duas chapas de papelão, uma em cima e outra embaixo da folha, e então ergueu o olhar. Quando eu terminar, você não vai conseguir distinguir esta folha das demais.

No capítulo sessenta e cinco da Parte II, Philip descobriu que o Cavaleiro da Branca Lua se tratava na verdade, mais uma vez, do bacharel Sansão Carrasco, o amigo enviado pelos aldeãos preocupados em salvar Quixote de sua própria loucura. Na primeira vez em que o bacharel Carrasco se apresenta como o Cavaleiro dos Espelhos, é excessivamente confiante e descuidado. Seu disfarce bem-intencionado lhe sai pela culatra, e a derrota ante a lança de Quixote serve apenas para incitar a loucura do velho cavaleiro. Disfarçado de Cavaleiro da Branca Lua, Carrasco derruba Quixote e quase o mata na areia de Barcelona, onde tenta sem sucesso fazer com que Quixote renuncie a Dulcinéia. Mas a identidade do Cavaleiro da Branca Lua só é revelada nesse capítulo. Até então, compartilhamos em parte da loucura de Quixote. O rasgo na folha atravessava os parágrafos que traziam essa revelação, e Philip precisou segurar o papel e unir as bordas do rasgo para conseguir lê-los.

TREZE

A SESTA HAVIA TERMINADO EM SEVILHA, estavam no labiríntico Barrio Santa Cruz, o velho bairro judeu. Era apenas a terceira visita de Sam à cidade, e ele já sabia que o melhor a fazer era jogar fora o mapa. Em quinhentos anos, ninguém conseguira mapear corretamente o bairro. Passaram por estudantes com mochilas, segurando brochuras com folhas frouxas e olhando para o céu, murmurando uns para os outros os nomes das ruas, tão cuidadosamente gravados nas paredes de cor ocre. Às vezes viam cinco nomes, mas apenas quatro ruas. Às vezes eram dois nomes para cinco ruas. As paredes, bem como as calçadas de pedra, eram limpas, o único aspecto uniforme da vizinhança, o que só aumentava a confusão. Poderiam pedir orientações, mas isso só os levaria a um outro ponto dentro do labirinto, de onde precisariam pedir mais orientações a outra pessoa. O que apenas os levaria a algum outro ponto. E assim por diante, até que encontrassem o lugar procurado, ou que desistissem e vagassem até a praça da catedral, ou ao bulevar Menéndez Pelayo, ou de volta ao ponto de partida em San Esteban. Mas também poderiam, com a mesma facilidade, dar de cara com a muralha impenetrável do Alcázar, ou descer até a rua Judería, ou ser pegos nas pequenas maravilhas e belvederes dos Jardines de Murillo. Nos mapas da cidade, o bairro era muitas vezes ilustrado como nada mais que um mosaico triangular cortado por ruas sem nome. Irma lhe mostrou uma vez o que chamava de viúvas de Franco, velhas senhoras que abriam as portas para soltar seus cachorrinhos, que davam breves corridas pelas calçadas de pedra. Essas viúvas sobreviveram a Franco e aos seus maridos, aparentemente bastante contentes, e assombram as igrejas vazias com seus vestidos floridos. Se você lhes pedir orientações, sorriem amáveis e falam num espanhol rápido, indicando a padaria ou o mercado mais próximo, onde será necessário pedir mais orientações. Se as ouvisse com atenção, perceberia um leve resquício de amargura pelo fato de que elas tiveram que sobreviver a Franco e você não. São nossos guias, Pip, disse Irma. Ricocheteamos de uma para outra até encontrarmos o caminho de entrada — ou de saída.

Philip e Sam, carregando as malas, pararam sob a torre de uma igreja.

— Qual é esta? — perguntou Philip, levantando a vista para o campanário, onde brilhava o olho alaranjado do pôr do sol.

— Achei que você soubesse.

Philip fez que não.

— Talvez Bartolomé.

— Realmente precisamos ir para lá? — Sam fez uma pausa, olhou de volta para as duas travessas divergentes abaixo e continuou. — É a terceira vez que apareço ali, Philip, fazendo perguntas. Eles foram legais na primeira vez.

— Preciso lhe mostrar os livros.

— Que livros?

— Como assim, você não viu os livros?

Sam franziu o rosto, fingiu examinar uma terceira rua estreita chamada Cinzas ou Felicidade.

— Notei uns poucos espalhados em prateleiras, nos corredores e na entrada.

— Na última contagem, havia três mil, oitocentos e quarenta e sete volumes ali.

— Ah — disse Sam.

— Ela restaurou vários.

Passou por eles um garotinho bem pequeno, com uma bola de futebol presa debaixo do braço. Philip perguntou a ele se poderia lhes mostrar o caminho para chegar à Plaza de Las Cruces. *La pensión*. O menino olhou de relance para eles uma só vez e seguiu em frente, sem responder. Vinte metros à frente olhou de volta, aparentemente decepcionado ao ver que eles não se mexiam, e acenou para que o seguissem.

— Você se ajusta bem a este lugar — disse Philip a Sam quando começaram a seguir o menino, que os levou até a entrada de um velho monastério e disse que perguntassem à mulher atrás da corda a que praça se referiam. A mulher, que usava um longo avental vermelho, disse que virassem na primeira à esquerda e seguissem nessa direção. A primeira à esquerda parecia um beco sem saída, mas quando entraram nele, descobriram que fazia uma curva fechada e se transformava numa passagem estreita. Tiveram que virar os ombros de lado para poder atravessá-la. A passagem os levou à praça errada, onde pararam para tomar xerez com azeitonas. Viram os últimos raios do sol cortando as pontas dos edifícios em volta, dando um tom pictórico às antenas e varais nos telhados. Mas onde estavam sentados, nas profundezas muradas da pracinha minúscula, já se assentara uma noite cálida.

Philip notou que Sam estava ansioso por se mexer. Por voltar à sua busca ou voltar para casa, para salvar Nicole. Notou que os pensamentos de Sam, que normalmente se amontoavam como pássaros no céu, sempre mudando de direção, tinham todos a mesma orientação. Era a mesma orientação que o fazia correr suas melhores corridas, nas quais as primeiras voltas consistiam num acúmulo de força e determinação e as últimas eram marcadas por um ritmo quase aterrorizante, consumo e foco implacáveis. Mas Philip não sabia em que direção acabaria por seguir a espiral de Sam. Queria que ele voltasse para casa — não por interesse próprio, não por medo de Rebecca ou Andrew, tampouco por adotar alguma convenção. E parte de Philip queria ver Sam seguir em frente em sua trajetória em busca de Irma. Mas também queria que ele voltasse para casa para salvar Nicole. Não para reconfortá-la, e sim para manter vivo dentro dela tudo o que Irma lhe dera. Para conspirarem juntos, irmão e irmã. Para impedir a destruição do que Irma havia engendrado até então, embora o que ela houvesse engendrado o deixasse com raiva.

— Fique mais um pouco comigo — disse Philip. — Quero lhe mostrar algumas coisas. Uma coisa que precisamos encontrar na *pensión*. E outra que posso lhe mostrar esta noite, mas terá que ser num horário bem específico. Depois pode ir embora se precisar, tudo bem?

Sam se levantou da mesa, colocando a bolsa no ombro. Quando Philip começou a ficar em pé também, Sam fez que não, indicando com a mão que ficasse sentado.

— Não — falou. — Estou com a sensação de que andei para trás. Deixei que você me fizesse andar para trás. Aqui estamos, presos nesta pracinha minúscula. Não consigo ver nada daqui. Mal consigo respirar aqui.

Levantou os braços para mostrar a Philip como o espaço era pequeno, como era grande o céu avermelhado acima deles, como logo poderia voar.

Philip o relembrou.

— Sabe quem realmente ganhou aquela corrida?

Sam baixou os braços devagar, virou um pouco a cabeça, desconfiado. Manteve-se de pé por sobre a mesa, olhando para baixo.

Philip respondeu.

— Você jamais poderia ter corrido contra mim naquela tarde. Sobre a grama. Eu poderia ter vencido os melhores corredores naquela tarde. Peguei o que você e a Nick me deram e o levei ainda mais longe. Corri com prazer em direção à minha amiguinha. Para o México com ela, para o início de mundos que já se foram. Para longe da sua mãe, da Nicole, de *você*. Não como corre um covarde, Sam, e sim como um vencedor.

Sam se sentou, aparentemente não para ouvir, e sim para apontar, lutar, apoiando um cotovelo na mesa. Philip continuou antes que ele pudesse dizer qualquer coisa.

— Mas também não ganhei aquela corrida. A sua irmã ganhou. Ela soube, antes de todos nós, do que se tratava. Naquela época, estava começando a se dar conta do que aconteceria aqui, agora. — Philip apontou para o meio da mesa. — Ela disse a você que me deixasse partir. Partir para a minha amiguinha. Depois, por cima da tua cabeça, ela piscou para mim. Vejo essa piscadela agora. O que realmente significou. Tão incomum, vinda da Nick. Onde você acha que ela pegou esse gesto? Quem você acha que deu isso a ela?

Sam se encostou na cadeira de ombros curvados, deixando uma mão na mesa.

— Não estou levando você para trás — disse Philip. — Estou levando você para ela. Da melhor maneira. Que somente eu conheço. As tuas exploraçõezinhas, tuas excursões e missões, por mais grandiosas que pareçam, vão começar a ficar cansativas daqui a muito pouco. Você não vai sequer retroceder. Vai ficar girando no mesmo lugar. Então, venha ou não venha.

POR FIM, CONSEGUIRAM INDICAÇÕES para chegar à Plaza de Las Cruces, onde a *pensión* preferida de Irma formava uma das sete esquinas que se juntavam ao redor de um pequeno monte com roseiras, arbustos e bancos de ferro forjado. Muitos sevilhanos e turistas tinham saído às ruas depois do pôr do sol. O ar continuava igualmente quente, as paredes de gesso ardiam. Na esquina mais distante dessa praça curiosa, uma vendedora vestida como Carmen vendia *souvenirs* — leques, marionetes e castanholas. Fazia breves performances, demonstrando um de cada vez.

Dentro da *pensión*, não fizeram nenhuma pergunta. Philip reservou um quarto para si e deixaram ali as malas. Depois caminharam pelos corredores e esquadrinharam as alcovas, examinando os livros nas prateleiras. Não estavam em ordem. Alguns haviam sido alinhados ordenadamente, alguns empilhados ao acaso. Eram para os hóspedes que quisessem pegá-los emprestados. Foi fácil encontrar os que Irma reencapara; pareciam mais novos e estavam tingidos de cores intensas. Os que ela apenas restaurara eram mais difíceis de localizar, mas Philip mostrou a Sam que a lombada se encurvava mais para fora nesses tomos.

— Quando ela restaura um livro, por qualquer motivo — contou a Sam —, sempre renova os encaixes da folha de guarda. Isso deixa a lombada novamente arqueada.

Um dos reparos mais discretos que podemos fazer, disse-lhe Irma em outra de suas demonstrações, é firmar os encaixes dentro da lombada. Agitou a dobradeira de osso por sobre um volume de aparência miserável, bastante torto e avariado. Tudo acontece no lado de dentro, explicou. Apanhou uma longa agulha de costura e a cobriu com uma camada muito fina de cola. A seguir, inseriu-a ao longo de um dos encaixes da lombada. Precisou de precisão e força para guiar a agulha com firmeza entre o couro e o papel, sem rasgar nenhum dos dois. Cobriu com o polegar a extremidade da agulha, o esforço lhe embranqueceu o punho. Com a agulha inteiramente inserida, girou-a delicadamente entre o polegar e o indicador, infundindo a cola por trás da margem da lombada. Repetiu esse procedimento na outra folha de guarda e depois colocou o livro numa prensa, fechando-a com delicadeza. Depois de curado, o livro se equilibrava perfeitamente sobre o lado, como um volume novo com uma lombada elástica.

— Mas também não estamos à procura desses — disse Philip.

— Estamos à procura do que ela não terminou.

— Esse talvez não exista — respondeu Sam, passando os olhos por uma prateleira na alcova. — Talvez tenha terminado o último, e então chegou seu momento de ir embora.

— Talvez — disse Philip. — Mas ela sempre tinha ao menos mais um por fazer. Em lugares como este. É verdade que ela gostava, em geral, de terminar as coisas. Mas gostava ainda mais de mexer em livros. Portanto... — deu de ombros.

Era difícil enxergar nos corredores e alcovas, cada vez mais escuros, mas retiraram os livros mais esfarrapados de seus lugares e os reviraram em busca de anotações ou marcadores lisos e novos. Encontraram três livros em que ela fizera alguns exames preliminares. Talvez já os houvesse cutucado e sulcado com a dobradeira de osso. Um deles tinha uma anotação feita num marcador: *Não 1805 — mais velho*. Philip pôde perceber os efeitos que a caligrafia de Irma provocavam na expressão de Sam — primeiro tristeza, depois perplexidade.

— Posso encontrar estes livros em praticamente qualquer cidade em que ela tenha estado — disse Philip a Sam. — Queria lhe mostrar isso. Queria lhe mostrar que sou capaz disso. Que não era só um bufão fingindo procurar e falar como um tolo sobre o amor para os priminhos dela. Precisava lhe mostrar que não estou fazendo pouco caso da tua descoberta no jornal. Que não estou fazendo pouco caso da idéia de viajar ao Brasil. Só estou vendo a coisa de maneira diferente. Certo?

Sam fez que sim, ainda olhando para a anotação de Irma.

— Mas provavelmente tem mais — disse Philip. — Aqui.

— Mais?

— Estes aqui não são nada. Ela só os cutucou. Marcou os livros para mais tarde. É provável que tenha realmente se dedicado a mais um ou dois. Em algum lugar nestas prateleiras.

— Não podemos perguntar?

Philip fez que não.

— Eles não a incomodam enquanto trabalha. E ela nunca acreditou em tirar livros de circulação. Posso encontrar o que estamos procurando antes deles. Poderiam nos ajudar um pouco. Mas imaginei que você quisesse perturbar o mínimo possível.

No canto de um corredor iluminado pelas luzes da rua que atravessavam um vitral, encontraram o livro que queriam, empilhado com cinco outros numa mesinha simples ao lado de uma poltrona de leitura. As duas capas de linho estavam rachadas no meio. A lombada havia sido arrancada. Vários cadernos e folhas estavam soltos. O volume se mantinha inteiro na forma de uma pasta excessivamente cheia, cujas folhas começavam a deslizar em todas as direções. Irma o marcara em cinco lugares. Não o abriram por medo de que as folhas, anotações e marcadores caíssem fora de ordem. Levaram o volume de volta ao quarto de Philip, onde o apoiaram cuidadosamente numa escrivaninha. A folha do título se perdera, e Irma a substituíra com uma folha de rosto intitulada *Zed*. Algumas das folhas e cadernos soltos pareciam ser de tamanho e textura diferentes. Nem todas as folhas estavam em ordem numérica, e algumas seqüências de páginas se repetiam, mas Philip e Sam tiveram o cuidado de manter a ordem que ela deixara (a menos, é claro, que algum hóspede descuidado houvesse derrubado e reunido a coisa toda). O idioma era o português. Havia anotações nas margens, feitas por donos anteriores do livro e em caneta de cor diferente, como as que se veriam num livro-texto usado de um estudante universitário. A maior parte das anotações nas margens estava escrita em espanhol. As anotações de Irma, todas feitas a lápis claro, vinham em inglês. Sam leu trechos de cada uma. Conseguiu ler a marginália em espanhol com alguma concentração e esforço; como Philip, entendeu apenas os breves trechos em português que lembravam o espanhol; as notas a lápis de Irma eram claras e ordenadas, feitas numa caligrafia delicada. Disso tudo, depreenderam que *Zed* era uma biografia, ou um romance escrito como uma biografia. O nome *Zed* aparecia algumas vezes, e somente em diálogos. Deduziram que Zed provavelmente seria uma mulher e que era a voz narrativa do livro, mas não conseguiram descobrir se ela estaria narrando a própria biografia ou a de alguma outra pessoa. Os nomes Adão e Fátima apareciam bastante, o suficiente para serem os sujeitos biográficos.

— Talvez seja sobre os dois — disse Sam. Ele segurou um segmento do livro, Philip segurou o resto.

— Ou sobre todos três. Já sei a quem posso mostrar isto.

— Você pode retirar os livros? — perguntou Sam.

— Acho que sim, desde que esteja hospedado aqui. Mas eles realmente preferem que fiquem dentro do hotel. Talvez não haja problema em levar um deles para tomar um café ou uma bebida. Mas não importa — disse a Sam. — Acho que Lucia vai passar por aqui.

Fizeram uma corrida noturna ao longo do Guadalquivir. Philip, sentindo-se descansado e relativamente sem dores, conseguiu correr rápido o bastante para acompanhar Sam. O rio era tortuoso e profundo, murado como um porto. Não foi difícil imaginar as silhuetas negras dos navios de Colombo, com as velas fechadas, esperando o momento de partir finalmente para o Novo Mundo. Passaram pela Torre del Oro e a seguir pela praça de touros. À esquerda, o rio escuro refletia as luzes de Triana. Havia bastantes pedestres no caminho, o que fazia com que a corrida parecesse uma competição. Philip sentiu que Sam o estava testando, vendo a que velocidade poderia correr, quanto agüentaria. Passaram pelos marcos de distância de Irma, e Philip anunciou cada um deles em voz alta. Parou para voltar na quarta milha, a ponte da Barqueta. Disse a Sam que se realmente quisesse fazer dez milhas, poderia correr até a ponte de Alamillo e depois voltar. Sam acenou e correu adiante, acelerando o passo.

Tinha as cores da irmã ao correr sob as luzes do rio, com a cidade viva ao seu redor, a inocência lustrada de um centavo de cobre. Philip pingava suor naquele ar quente, que já parecia mais espesso com a respiração dos que vinham aproveitar a noite. Enfraqueceu no meio do caminho de volta e parou para descansar na sexta milha, um banco de pedra embutido na muralha do rio. Irma escreve nas margens de *Zed*: Você já chegou muito longe, querido Pip, portanto devo fazer um pedido de desculpas a você. Sinto muito por ter tido que partir assim. Não sabia muito bem quanto isso magoaria você. Mas se você chegou tão longe, é porque está magoado. E peço desculpas. Eu não deveria subestimar a sua matemática. Quão longe ela pode levar você. Aonde pode levar os seus sentimentos.

Quantas vezes teria descansado com ela naquele banco? Sabia a resposta. Dezenas. O sal de seus suores estava profundamente entranhado na pedra. À sua frente, no Paseo de Cristóbal Colón, havia uma multidão amontoada na entrada da praça de touros, esperando pelas touradas da tarde que traziam toureiros aprendizes. Segurou o banco com as mãos e se inclinou para a frente, em respirações profundas e medidas. Ela não viria descansar ao seu lado. A única coisa que Philip precisava perguntar a Irma para descobrir a equação completa de sua própria vida era: o que foi que eu fiz para merecer o abandono?

Philip entendia que havia buscado as convenções descartadas por Irma. Mas nunca escondeu dela essa intenção. Sim, ele era como Irma, para quem as convenções eram mais que enfadonhas — eram mutilantes. Viveram suas vidas por trás de um fino véu de decoro e meios-termos. Cada um deles nascera com um dom que talvez lhes permitisse funcionar nessa posição, disfarçados, pressionados contra esse fino véu, com os perfis delineados, agitando-o com a respiração. Além de mim, você é a única pessoa que já encontrei, disse-lhe Irma uma vez, que ao ver *qualquer coisa*, automaticamente começa a buscar alternativas de modo tão profundo e compulsivo. Eu testo as coisas pelas palavras, Pip, você as testa pelos números. Mas nós dois vemos a esquina de um prédio e pensamos: por que precisa ser uma esquina, um ângulo reto? Correndo por Sevilha com você, ao menos vejo indícios de muitas outras pessoas que talvez pensem um pouco como nós. Não quero mudar o mundo, Pip. E você certamente também não. Então, talvez juntos consigamos encontrar um outro mundo. Viver num outro mundo.

ENQUANTO AS TOURADAS esmaeciam e caía a noite, Philip conduziu Sam entre os turistas nos cafés ao longo do rio, pelas multidões da Plaza Alfafa e da alameda de Hércules, pelos filmes projetados em altas paredes de pedra, pela música tocada em palcos de compensado, chegando finalmente à via das sombras. Das ruas estreitas surgiam lamentos flamencos carregados pelo ar da noite, erguidos pelo rasqueado dos violões. As vozes flutuavam como uivos distantes, às vezes um homem, às vezes uma mulher tremulando palavras de amor, sofrimento e impossibilidade, ameaçadoras, sedutoras. Umas poucas carruagens ainda esperavam na praça da Prefeitura, pescando os noctívagos desgarrados que tentavam achar o caminho para o rio, mas até elas pareciam imaginárias, sem condutor, fora do tempo, assombrando mais que existindo. Sam tomara um banho e se vestira para viajar. Tinha as malas prontas e acomodadas no chão do quarto de Philip. Havia um trem-bala para Madri que partia tarde da noite. Sam mal acompanhava Philip ao se aproximarem da prefeitura, vindos do chafariz. Acima de tudo, Sam parecia ser guiado pelo flamenco cativante. Olhava para o alto tentando adivinhar a direção dos chamados, a perambulação de seus ecos. Tomou a frente ao se aproximarem do arco ao final do edifício, a passagem adornada entre a Plaza de São Francisco e a Plaza Nueva.

— Já vim aqui — falou por sobre o ombro. — Várias vezes. De dia, de noite. Logo de manhã.

Caminhou pelo arco escuro; Philip se manteve parado ante a entrada.

— Ela me contou tudo sobre este lugar uma vez. O arco de Cervantes. Onde os autores vêm buscar suas idéias. Onde Cervantes encontrou as dele, ou pelo menos é o que dizem. — As palavras de Sam ecoaram na pedra oca.

Philip continuou do lado de fora do arco.

— Ela diz que é o único lugar do mundo onde a vocação dela e a minha se encontram. As palavras de Cervantes e as espirais de Neper. Histórias e logaritmos.

Entrou no arco e conduziu Sam gentilmente pelo braço, trazendo-o para fora do arco.

— Mas eu poderia ter lhe mostrado isto a qualquer momento. Venha comigo e espere um pouco.

Sam franziu o rosto, confuso, parado ao lado de Philip sob a luz e os sons do chafariz próximo. Uma das carruagens desistiu e marchou em direção a uma outra praça. O cavalo restante respirava pesado, adormecido. Um homem passou pela luz do chafariz. Tinha o cabelo e a barba sujos e despenteados. Arrastava as sandálias rotas pela calçada de pedra. Vestia um sobretudo esfarrapado naquela noite tão quente, e mesmo de longe sentiram seu cheiro de suor. Não deu nenhuma atenção a Philip nem a Sam ao caminhar em direção ao arco, parar por um momento e depois entrar. Apoiou-se na parede, perto de uma coluna que o absorveu nas sombras. No feixe de luz que caía por sobre o chão do arco surgiu o fluxo negro de sua urina, descendo as pedras até um ralo de ferro. Passou então pela outra entrada do arco e desapareceu na escuridão da Plaza Nueva.

— A gente costumava vir aqui e ver esse homem chegar — disse Philip a Sam. — Se em algum momento precisássemos encontrar um ao outro aqui em Sevilha, podíamos vir aqui a esta hora. Ele nem sempre mija. Às vezes só se apóia na parede, descansa, pensa, espera. Irma diz que ele é Cervantes.

Philip se sentou na beira do chafariz. Mesmo àquela hora da noite, o granito ainda guardava o calor do dia. A água cheirava a cebolas fervidas. Sam começou a caminhar em direção ao arco, como se fosse o lugar para onde estava partindo. Philip lhe tocou o braço.

— Espere. Tem mais.

Chegaram garis à praça. Com o som do caminhão de limpeza, a última carruagem despertou e trotou dali. Eram uma mulher e dois homens vestindo macacões decorados com faixas geométricas reflexivas e fitas que brilhavam num verde prateado sob os postes da rua. Conectaram a mangueira de incêndio a um hidrante na parede da prefeitura. A mulher sustentou o bocal da mangueira, um dos homens girou a válvula, o outro segurava uma grande vassoura. Puseram-se a fustigar a pedra com um forte jato de água enquanto o homem da vassoura varria e esfregava as áreas mais transitadas. Um aroma quase doce de papel molhado tomou o ar. Limparam o arco de Cervantes, passando o jato pelo chão e pelas paredes, atravessando-o em direção à Plaza Nueva e levando consigo a mangueira de tela. Philip e Sam passaram os olhos pela Plaza de São Francisco, agora molhada e brilhante, refletindo as luzes dos postes.

— Vem — disse Philip. — Eu acompanho você até o seu trem.

Mas perderam o último trem para Madri. Sam trancou as malas num armário da estação e, em vez de voltarem à *pensión*, caminharam pela noite sevilhana. Voltaram ao bairro judeu, à parte mais baixa, a rua Juderia, onde a escuridão se acumulava e os intermitentes lamentos flamencos convergiam para a velha muralha do Alcázar. De sua sombra, observaram os últimos remanescentes de um casamento, pessoas que jorravam de tendas iluminadas usando roupas formais, seus vestidos metálicos e *smokings* pareciam angulosos, e de alguma forma se encaixavam à música da noite. Subiram as ladeiras do bairro, seguindo a ríspida muralha moura do Alcázar até sua abertura nos Jardines de Murillo, que os jogou de súbito na luz suave e esbranquiçada de um concerto nos jardins, onde uma platéia de sevilhanos, vestidos formalmente, escutava peças do século XVIII tocadas em violões de forma e cordas estranhas. Bem acima do pátio estouraram fogos de artifício vindos do rio, distraindo um pouco a platéia. Sam olhou mais uma vez para cima, não para as luzes no céu, e sim para os chamados flamencos que ainda conseguiam cruzar a muralha. Pareceu calcular com os olhos a direção de onde vinham, e Philip se surpreendeu ao reconhecer nele um pensamento matemático.

Ela o teria levado ao bar, ao bar sem nome em Levies, um dos verdadeiros, os que Lorca tentou salvar antes de desaparecer? Teria lhe falado deles, das pessoas em seu interior que não sorriam, e que usavam vestidos frisados e boleros? De como silvavam na primeira vez que alguém se aproximava, para saber se poderia ser um deles?

Voltaram ao bairro judeu. Philip não sabia qual dos dois conduzia o passo: Sam, em busca do lamento flamenco mais próximo, do mais palpável rasqueado de um violão, ou ele, seguindo o caminho certo de Irma pelas ruas escuras rumo a Levies, no próprio coração do bairro velho e trágico. Encontraram o caminho para o bar flamenco sem nome, o verdadeiro, marcado apenas pela luz que escapava da entrada como de uma boca aberta, onde as pessoas, do lado de fora, conversavam apenas em passos ensaiados sobre os paralelepípedos, marcando a música com os calcanhares. Um homem que vestia uma camisa de casamento mexicana, mantendo guarda logo na entrada, inicialmente os parou, depois pareceu reconhecê-los, o talismã de couro que pendia do cabelo de Sam ou uma prega nas botas surradas de Philip. Acenou para que entrassem, com um meneio do braço à altura da cintura.

Philip e Sam caminharam pelo piso de madeira, cruzando as centelhas de uma bola de espelhos barata. Chegaram ao bar e pediram cervejas. Dois violonistas tocavam sincopados. Alguém, metido bem no meio da multidão, percutia baquetas, estalidos intermitentes em meio aos violões rasgados com força. Vários dançarinos martelavam o chão com seus saltos metálicos, todos vestidos em roupas comuns. Quando a música terminou, os dois melhores permaneceram na pista de dança, o resto encontrou cadeiras e bebidas. Ambos eram jovens. O homem usava uma jaqueta esportiva xadrez e botas de caubói pretas. Tinha o cabelo branco cortado curto, num penteado sóbrio, para a frente. A mulher usava uma calça jeans e uma camiseta branca. Seu cabelo negro estava solto, ainda úmido e desfeito pela dança anterior. Puseram-se a vasculhar a platéia. Todos no bar pareciam entender o que estava acontecendo. Os violões tocaram de leve, mas cresceram à medida que a busca prosseguiu, os dançarinos pareciam se mover de mesa em mesa, depois serpentearam pelo bar em direção a Philip e Sam.

Philip passou o braço ao redor dos ombros do rapaz, algo que jamais pensou em fazer nem mesmo quando era menino. Não se importou com o que Sam faria. Puxou-o para junto de si, vendo seu perfil, sentindo que o garoto encurvava os ombros no aperto de seu braço. Sam olhou bem para dentro da cerveja que tinha na mão, seus olhos brilharam, móveis, como que observando o que estava por vir. Depois olhou para Philip, baixou um pouco a cabeça, feito alguém levemente traído, entregue.

Os dançarinos caminharam pelo bar na direção deles, balançando-se mais, no que se aproximava ainda mais de uma dança. A platéia observava os poucos que restavam por escolher. Os violões se animaram, acelerando os corações, parecendo fazer girar a bola de espelhos.

— Eu menti — sussurrou Sam. — Sobre os campos. Eu voltei sozinho para lá. Ia sozinho, o tempo todo. Corri mais rápido a cada vez. Descalço, mesmo quando tinha neve na grama, mesmo quando estava escuro demais, mesmo quando detestava você. A Nicky ganhava sempre. Sempre me salvava, evitava que eu o odiasse.

Endireitou-se, escapando do abraço de Philip, e deixou que os dançarinos finalmente o escolhessem, cada um tocando-lhe gentilmente o braço. Sem palavras, claramente pedindo permissão, olharam para Philip. A jovem, cujos dentes proeminentes lhe acentuavam o sotaque castelhano, perguntou se podiam pegar seu filho emprestado. Philip disse que sim sem consultar Sam.

O ritmo dos violões cresceu quando os dançarinos posicionaram Sam no centro da pista. Uma cantora mais velha sentada ao lado dos violonistas, inclinando-se para a frente em sua bengala, iniciou os queixosos gorjeios e gemidos flamencos. Na abertura da dança o casal circundou Sam, prendendo-lhe as mãos nas costas com um lenço de seda vermelho e vendando-o com uma tira de seda negra. A dança prosseguiu ao redor dele. Às vezes se voltavam de frente, às vezes viravam os ombros, afastando-se. Philip imaginou que os estalidos rápidos de seus calcanhares seriam assustadores por trás da venda. Os dançarinos ergueram os braços bem para o alto, cinéticos e perigosos, agitaram os dedos, imitando chamas. Rodopiaram ao redor de Sam, seus quadris por vezes o tocaram, o fizeram estremecer. Sam, como que ciente, olhou para cima, estendendo a garganta, expondo-a aos dançarinos e à platéia. Philip não entendeu a letra da música, se é que havia uma letra e não apenas gritos de agonia. Hipnotizado, preso pela música, Sam não conseguia sequer inclinar o corpo à frente. Seus ombros estavam esticados bem para trás, como se o lenço estivesse atado com força, e os fiapos de seda reluziram num vermelho-sangue com o vento produzido pelos dançarinos.

Aproximou-se dele como nunca, logo antes disso pensou apreendê-lo de uma vez. Fechou os olhos para tentar ouvir os violões rasgados e percutidos do modo como Sam, vendado, os estaria ouvindo, sentindo. Em vez disso, deu-se conta de que sabia, nos gemidos crus daquela música, como era correr para as profundezas de um lugar tão antigo, jogar-se à frente com o coração partido, competir com espíritos que mal tocavam a terra, encarar o retorno. Quando abriu os olhos, os dançarinos pareceram mais arrogantes, apunhalando o chão com seus passos, provocando Sam com seus corpos, tocando-o com o ventre, o braço do homem ao redor da garganta exposta do garoto, o cabelo da mulher açoitando-lhe o rosto a cada rodopio, com os braços erguidos, os dedos juntos. Quando Philip tensionou o corpo e avançou para salvá-lo, o grito da velha cantora o alertou para que voltasse, com palavras de dor e votos rompidos. Philip sentia o testemunho da multidão, que esperava para ver o que ele faria.

Sam se esticou ainda mais para o alto. Separou os lábios, como se os dançarinos lhe roubassem o ar com seus rodopios. A seguir, ainda ondulando o corpo, seguraram as extremidades do lenço vermelho que lhe prendia os punhos, apertando-o ainda mais sob os comandos da cantora e do *pizzicato* e do rasqueado dos violões. Nesse momento, a música e os dançarinos se afastaram dele, juntos, como véus rasgados. Como toureiros, os dançarinos se curvaram em reverência. A cantora se inclinou para a frente, apoiando-se na bengala. Trataram Sam como se ele houvesse desaparecido sob a mágica da dança. Philip ficou em pé e afrouxou o lenço dos punhos do rapaz enquanto a platéia se movia pelo bar, entre os dançarinos e violonistas. Não devolveu o lenço. Em suas mãos, a seda estava pesada, líquida e quente pelo suor.

Temo que nossos mundos respectivos e intersectados estejam prestes a nos escapar das mãos, escreve Irma a lápis na margem de uma parte solta de *Zed* que cai ao chão da *pensión* de Philip. Sempre levei comigo esse medo, enquanto você lhe dava pouca importância — a principal diferença entre nós dois —, mas ele se tornou mais forte ultimamente. Cheguei até a vê-lo uma vez, num arco negro na extremidade esquerda da rua Juderia, a que não leva mais a lugar nenhum. Vi-o como uma figura escura, movendo-se no arco ainda mais escuro, como um remoinho no óleo. Corri dele. Talvez devesse correr na direção dele.

Philip escreve a lápis, na mesma página, uma equação, e a traduz na margem da página seguinte: preciso — preciso mortalmente — encontrar você ao menos mais uma vez, abraçar você ao menos mais uma vez, para lhe dar um adeus triste e canhestro.

Separou-se finalmente de Sam entre as sombras da alvorada espalhadas pelo pátio da velha fábrica de tabaco — onde Carmen trabalhara um dia, mas que agora funcionava como um centro da universidade. A cidade ficou finalmente quieta, as ruas vazias. Quando Philip se moveu para seguir com Sam até a estação, este o interrompeu, tocando-lhe o ombro.

— Fique aqui — disse Sam. — Quero andar sozinho até a estação. Quero deixar você aqui. Vou voltar a este mesmo lugar. Ou a Salamanca. Ao lugar que me receber.

Afastou-se de costas, mantendo os olhos em Philip, absorvendo-o.

— Obrigado pela noite. Ainda bem que você me fez perder o trem. — Depois acrescentou, logo antes de se virar — Encontre-a.

Com a mochila jogada por sobre o ombro, cruzou o pátio da fábrica de tabaco, passou pela entrada ladeada por colunas e avançou apressado pelas faixas elétricas de sol que brilhavam sobre as vitrines das lojas e os pontos de ônibus de acrílico da rua Menéndez Pelayo. Philip continuou no pátio, observando a figura solitária de Sam, que se apressava pelo bulevar. Esqueceu-se das palavras e explicações que havia reunido, sentindo-se emudecido pela despedida súbita de Sam, sustentada em sua última palavra. "Encontre-a" era a frase de abertura de *A teoria de Peter Navratil*. Ele a encontra na última frase.

Philip descansou pelo resto do dia na Pensión de Las Cruces, por vezes lendo o *Quixote*, por vezes examinando a marginália de *Zed*. Para tomar um pouco de ar, arrastou-se pela pracinha minúscula em frente à *pensión* e leu sentado num banco sombreado, no cheiro passado das rosas que definhavam sob o sol.

Durante a sesta, pediu uma cerveja e um sanduíche num lugar que conhecia nos Jardines del Valle, onde ainda restava um trecho da velha muralha da cidade. Voltou à *pensión*, caminhando intencionalmente nas calçadas tostadas pelo sol, o que o deixou sonolento a ponto de cair imediatamente no sono ao chegar à sua cama. Sonhou com os capítulos sessenta e nove e setenta, ainda sem saber se haviam sido escritos por Irma ou Cervantes. A bela Altisidora, traiçoeira, independente e ladina, cujo estranho amor por Quixote não se vê correspondido, retorna nesses capítulos. Primeiro como um aparente cadáver, trazido num carro fúnebre iluminado por tochas. Para Quixote e Sancho, ela parece ainda mais impressionante na morte: exposto no carro fúnebre estava o cadáver de uma tão linda donzela, que parecia, com a sua formosura, fazer formosa a própria morte. Recostava a cabeça numa almofada de brocado, coroava-a uma grinalda tecida de diversas e odoríferas flores, tinha as mãos cruzadas no peito e nelas um ramo de amarelo e triunfal laurel. Os eventos ocorridos foram tão surreais — Altisidora desperta no catafalco, reclina-se com os ombros erguidos, dirige-se a Quixote e aos demais presentes ao funeral — que, ao acordar, Philip não soube diferenciar o que havia lido do que sonhara. Ao reler os capítulos, descobriu que seu sonho fazia mais sentido que o livro.

Tomou um banho, fez a barba, vestiu as roupas mais frescas que tinha e cambaleou pela tarde sevilhana, acompanhado — aparentemente — do resto da cidade. Chegou à estação de trens da avenida Kansas City a tempo de encontrar Lucia, mas evitou cumprimentá-la. Em vez disso, ficou escondido e a seguiu até o Parque Maria Luisa, onde haviam combinado de se encontrar ao lado das rãs. Caminhando pela calçada tumultuada da rua Menéndez Pelayo, Lucia levava uma bolsa ao ombro. O tráfego era ruidoso, o que tornava mais fácil segui-la sem ser notado. Philip acreditou que, encoberto pelo ruído da rua, pelas muitas buzinas e motonetas barulhentas que passavam, poderia se aproximar um pouco mais. Era a primeira vez que fazia algo como aquilo. Gosto de escolher pessoas aleatórias, disse-lhe Irma uma vez, e então as sigo e observo. Não necessariamente pessoas que parecem interessantes, apenas alguma pessoa que eu calhe de encontrar. Eu as sigo e vejo as coisinhas que fazem, que as tornam diferentes. O jeito como uma mulher em particular olha para o chão ao redor de um parquímetro, em busca de moedas caídas, antes de gastar alguma das suas. A maneira pela qual um homem olha tristemente para um manequim, cujo sorriso o faz lembrar de alguém. Eu as sigo e observo até conhecê-las só um pouquinho. Às vezes sigo pessoas que conheço. Às vezes sigo você.

A princípio aquilo lhe pareceu um pouco assustador, ver Lucia caminhar até seu ponto de encontro sem saber que ele a seguia.

Sentiu-se encabulado, uma nítida sensação de transgressão. Homens e adolescentes olhavam para ela ao passar, depois para Philip, piscando-lhe um olho implicitamente. Mas quando ela cruzou o bulevar — estava tão tumultuado que era difícil atravessá-lo, mesmo com a faixa de pedestres e os semáforos —, a sensação de Philip mudou. Ela não tinha nenhum motivo claro para cruzar. O parque ficava no lado em que ela estivera caminhando, e o sol estava baixo, sua luz parecia se espalhar em todos os ângulos pelos dois lados da rua Menéndez Pelayo. Philip seguiu atrás dela, perguntando-se se ela teria planejado encontrar alguma outra pessoa antes, ou se faria uma ligação da cabine telefônica. Lucia parou para se olhar no reflexo da janela de acrílico de um ponto de ônibus. Levantou as mãos como se fosse ajeitar o cabelo, preso num coque, mas interrompeu o movimento e não fez nada. Continuou a caminhar, sem nenhuma pressa. Ao chegar aos jardins mouros, entrou e caminhou por entre as pequenas fontes, caminhos e parquinhos infantis, ainda seguindo na direção do ponto de encontro. Havia crianças brincando de esconde-esconde entre as fileiras de arbustos, e algumas jogavam uma pelada no espaço de terra atrás do chafariz de Colombo. Dos jardins, Lucia passou à área que cercava a fábrica de tabaco e caminhou por ali, seguindo na mesma direção. Estudantes universitários fumavam cigarros bem em frente aos enormes portões abertos. Tinham posturas desleixadas, ainda encurvados por sobre as carteiras, mas a viram passar e seus rostos, tanto os dos homens como os das mulheres, se ergueram como flores. Da fábrica de tabaco, Lucia seguiu pelo teatro coberto por árvores e depois cruzou a rua em direção ao parque.

Após cruzarem o portão, Philip a deixou desaparecer no labirinto do parque. Deu-se conta de que ela apenas decidira seguir pelo caminho mais interessante, ainda que um pouco menos direto. Isso despertou nele uma inveja estranha e sem foco. Ele teria tomado o trajeto mais direto, pensando exclusivamente em chegar até ela. Ainda não conseguia se convencer de que ela não estaria atuando de certa forma, representando. Não para ele, mas para alguma outra pessoa, sob a direção de alguém. Em *A teoria de Peter Navratil*, Sylvia conduz Peter, fazendo-o acreditar que é ele quem a conduz. Sylvia e Feli — a atriz que o faz lembrar de Lucia, que tem a mesma aparência de Lucia e se move como ela — continuam a usar esse método quando o levam a Michoacán. Na primeira vez em que leu o romance, Philip só se deu conta disso ao ler a frase final. Precisou imediatamente reler o livro inteiro, atendo-se delicadamente a essa noção como a variável preciosa que lhe permitia completar a equação.

O Parque Maria Luisa era belo e viçoso. Continha palácios, museus, canais, chafarizes e talvez uma centena de jardins diferentes — embora ele não os houvesse contado. Seus caminhos e trilhas não eram quadriculados — eram angulares, porém amorfos, exploratórios. Havia longas treliças cobertas de videiras e centenas de estátuas de autores, pensadores, animais, insetos, anfíbios, répteis, deuses e deusas, todos a postos para surpreender e confundir ainda mais os passantes. A maior parte das fontes era rasa, jocosa, atraente. Irma escreve nas margens de *Zed*, marcando com uma seta uma passagem em particular. Se ele entrasse, estaria se dirigindo ao mundo dela.

O parque estava agitado como nunca. As pessoas que saíam do trabalho o atravessavam, ou vagavam por ele como mera diversão. Nos parquinhos infantis espalhados aqui e ali entre as árvores, as crianças gritavam para seus avós, sentados nos bancos observando os pombos. Quando Philip chegou à margem da clareira ao redor do chafariz das rãs, Lucia estava ali, sentada num dos bancos de azulejos e observando um grupo de jovens turistas alemães, provavelmente estudantes, que brincavam na água e gritavam uns com os outros. O chafariz era um grande círculo com oito rãs gigantescas sentadas nas margens, viradas para um ganso branco no centro. Os estudantes redirecionavam os esguichos do chafariz para molhar uns aos outros. Embora fossem duas mulheres e dois homens, não pareciam estar flertando. Aparentavam estar muito intrigados com a água, pela capacidade que tinham de apontá-la com os polegares, e pelas rãs, nada impressionadas, atrás das quais se escondiam às vezes. Lucia desviou o olhar lentamente deles para Philip. Sorriu e apalpou o espaço ao seu lado no banco de azulejos.

— Tão jovens, e já tão cansados uns dos outros — disse a Philip enquanto ele se sentava.

Philip a olhou confuso, tomando seu lugar ao lado de Lucia.

— Eles — disse Lucia, indicando os estudantes alemães na água. — Devem estar viajando juntos há mais ou menos um mês. Começaram como amigos, ficaram cansados uns dos outros, e agora estão aqui neste chafariz, mal sendo amigos novamente.

— Você sabe disso tudo?

— Claro. — Apoiou uma mão no ombro de Philip e a deslizou até sua nuca. Tinha os dedos frios no calor do parque. Ergueu o rosto em direção ao dele, mas só para olhar. Seu hálito cheirava a relva molhada.

Philip a beijou com suavidade e a segurou pelos punhos, acariciando seus tendões com os polegares. Os lábios de Lucia tinham um frescor rápido e passageiro, como se ela houvesse acabado de comer uma maçã. Philip se afastou ao sentir que começava a cair sobre Lucia.

— Eu me pergunto — disse Philip — se viajei à Espanha para ver você. A resposta é não. Mas eu não teria vindo se você não estivesse aqui.

Lucia o olhou com uma expressão descrente, seu sorriso se ergueu.

— Eu poderia dizer isso melhor com uma equação — explicou Philip. — Nela, você seria um conectivo condicional.

— É tudo o que sou?

— Isso é muita coisa.

— Sei um pouco sobre condicionais. — Lucia baixou os olhos, olhando para as mãos de Philip, que lhe retinham os punhos. — Por causa do texto que estou traduzindo. Sem o conectivo condicional, uma situação não pode ocorrer. No entanto, a condição em si não prevê a situação.

Lucia o beijou, metendo a língua dentro da boca de Philip, encaixando a ponta na concavidade macia sob a língua de Philip. Retirou a língua devagar, soltou os lábios de Philip e se afastou.

Philip tocou-lhe os lábios com as laterais dos dedos.

— Por favor. Antes de me seduzir ainda mais...
— Seduzir? — Lucia riu. Pressionou com o dorso da mão a ereção de Philip. — É disto que estamos falando?
— É muito mais que isso. Depois que fazemos sexo, fico ainda mais encantado. Você fica ainda mais bonita. Quando a vejo nos meus pensamentos e sonhos, vejo o seu olhar por sobre os meus livros, os seus lábios murmurando certas palavras. E assim, antes que você turve completamente todo o meu pensamento, preciso lhe pedir algumas coisas.
— Isso é engraçado — disse Lucia. — Quando o vejo nos meus pensamentos e sonhos, você está de costas para mim, olhando para alguma outra pessoa. E só o que vejo é o cabelo preto dela e o canto de seu ombro nu.
— Então você vai entender as minhas perguntas.
— Sobre o livro que encontrou? O que só eu poderia traduzir?
— Não. Não estou falando de livros. — Tocou-a sob o queixo. — Você conhece Irma? Você mentiu na primeira vez em que lhe fiz essa pergunta?
Philip sentiu que alguns dos estudantes alemães os observavam. Já não falavam, e salpicavam menos água.
— Menti e não menti — disse Lucia. Sorriu para Philip, encarando-o de frente, mantendo-se assim. — Ela é minha amiga. Fomos amigas por quinze anos. Nos conhecemos em Michoacán. Mas não estamos conspirando. Nunca conspiramos de verdade... contra você. Ela me falou bastante de você. Bastante. Mas não me mandou até você, depois de tantos anos.
Philip fez que sim, mordeu o lábio inferior.
— Tem uma personagem num dos livros dela. Ofelia, Feli. E outra naquela história falsa de Borges, Sefi. Elas são você.
— De novo — respondeu Lucia —, sim e não. São obras de ficção. Irma me pediu para fingir que era ela um par de vezes. Apenas para ver se você poderia ser enganado, só por um momento. Uma vez, quando vocês dois estavam sentados num café em Pátzcuaro, tomando cerveja, pusemos roupas idênticas e trocamos de lugar. Ela me disse como continuar a conversa. Estávamos num espaço

aberto, à noite, e muitas pessoas passavam empurrando. Vocês estavam assistindo a uma apresentação de rua, com um monte de crianças que faziam baderna vestindo máscaras de caveira. Tive que fingir que estava fumando um charuto negro, realmente horrível, que ela deixou no cinzeiro. Nós dois conversamos sobre o Dia dos Mortos.

Philip a fitou, notando minuciosamente quanto ela era diferente de Irma. O cabelo era bastante parecido, mas a margem do cabelo de Lucia era mais desigual. Tinha os lábios mais cheios, o nariz praticamente o mesmo. Seus olhos não tinham a mesma forma ou tamanho, mas Philip não soube dizer qual das duas tinha olhos maiores, mais redondos ou mais escuros.

— Lembro muito claramente desse momento. Ela disse que queria transar usando uma máscara. Mas que eu não poderia usar uma.

Lucia se manteve em silêncio, observando os estudantes alemães no chafariz.

— *Você* disse isso? — perguntou Philip.

— Depois engasguei com o charuto — disse Lucia. — E pedi desculpas. E foi isso. Depois trocamos de lugar outra vez. Ela me falou da máscara, mais tarde. Sobre como foi maravilhoso com você. E de como você se assustou no meio e pensou que talvez não fosse ela por trás da máscara. Mas ela não permitiu que você retirasse a máscara que ela usava.

— Ela lhe contou isso?

— Somos amigas. Ela sempre me contou coisas íntimas. Que vocês faziam juntos. Foi bastante fácil me apaixonar por você. Às vezes, no México, ficávamos observando você juntas, de uma certa distância. E ela notava coisas a seu respeito. Previa os seus movimentos. "Olha só como ele pede a conta." E você fazia o gesto da conta sendo escrita, ainda que o seu espanhol fosse bom. "Olha só como ele levanta um pouco os braços e começa a me procurar. Por que você acha que ele faz isso?" E você entrava na praça onde tinham combinado de se encontrar e levantava um pouco os braços. Como se buscasse equilíbrio.

— Quando foi a outra vez? — perguntou Philip.

Lucia ergueu as sobrancelhas, como se estivesse com dúvidas.

— A outra vez? — perguntou Philip novamente. — Você disse que fingiu ser Irma um par de vezes.

— Um par, para as pessoas normais, significa que não tenho total certeza. Não significa que foram duas. É intencionalmente vago. Para intuito de conversação.

Philip fez que não.

— Mas significa, sem dúvida nenhuma, mais de uma vez. Você disse um par.

Lucia suspirou e sorriu.

— A segunda vez envolveu o toque. Idéia dela. Beijei a tua orelha, por detrás. Você estava na costa do lago Pátzcuaro, à noite, olhando para os barcos pesqueiros iluminados que se aproximavam. Lembro que os barcos pareciam pedaços de luz rompendo-se da cidade ilhada, como icebergs flutuando, partindo. De novo, tive que fumar um desses charutos horríveis. Para ficar com o cheiro, o sabor nos meus lábios. Caminhei por trás de você, depois de trocar de lugar com ela. Você estava sentado num barco virado. Não falei nada. Não estava nem mesmo vestida como ela. Pus as mãos nos seus ombros e, por detrás, beijei a tua orelha esquerda.

— Eu pus a mão no seu cabelo — disse Philip.

— Isso. Depois saí e destroquei com a Irma.

— Até onde você teria deixado a coisa correr? — Philip soltou-lhe os punhos e se afastou um pouco. — E se eu beijasse você na boca? Puxasse você para a areia?

— Sinceramente, não sei. A noite estava bem romântica. O ar parecia seda. Foi tudo uma coisa bastante sensual de se fazer. E não era como se eu não conhecesse você. Eu o conhecia bem melhor do que a muitos outros homens. Então, sinceramente. Não sei.

Philip percebeu que estavam agora a sós na clareira, a não ser pelas rãs e o ganso. Os estudantes tinham ido embora e o sol já baixara. As luzes da cidade que corriam entre as árvores caíam planas sobre a água brilhosa do chafariz, que, a certa altura, havia sido desligado.

— Você sabe onde ela está? — perguntou Philip.

— Não. — Lucia balançou os ombros devagar, olhando para as rãs. Depois se virou para Philip, mantendo-se imóvel, o rosto imóvel, como se percebesse que deveria se manter dessa forma para que ele acreditasse. — Eu me estabeleci na Filadélfia, sabendo onde você estaria, Philip. Pensando em você. E pensando se poderia, de alguma forma, encontrá-la por intermédio de você. Ou uma parte dela, ao menos. Mas, na verdade, não tinha um plano. Vim para cá sem estar pronta para desistir. Sabia que se viesse à Espanha, você acabaria por vir também... trazendo Irma, de certa forma. Mas não estou realmente procurando por ela.

Lucia se inclinou na direção de Philip, parou como se esperasse que ele se afastasse, depois o beijou no queixo. Foi um beijo leve, mas ela o manteve ali por um longo momento, até que ele pudesse sentir claramente o calor e se separar.

— Quero ver Irma ao menos mais uma vez — disse Lucia, respirando no pescoço de Philip. — Quase tanto quanto você. — Olhou ao redor. — Está ficando escuro. É melhor irmos embora.

Ficou em pé e Philip continuou sentado, fitando o chafariz escuro e silencioso, as rãs eram apenas silhuetas.

— Escute — disse Lucia devagar, apoiando os dedos no ombro de Philip. — O jeito como vivo. O jeito como sou. Com as pessoas de quem gosto. Eu às vezes pareço enganadora... mas não tenho essa intenção. Ela era realmente a única amiga que entendia isso em mim. Eu não gosto de tentar explicar tudo a meu respeito; certamente não dessa maneira. Acredito que assim só crio mais enganos. Porque acabo simplesmente provando que estou errada. Se tivesse lhe contado logo de início quem eu era, quando nos encontramos naquela noite, você não teria sequer me conhecido. Não conheceríamos um ao outro do modo como nos conhecemos agora. E não teríamos realizado nada. A única coisa que retive, sobre a qual menti, foi o fato de conhecer Irma. Se tivesse confessado isso logo de cara, teríamos unido nossas perspectivas. Teríamos perdido essa vantagem. A vantagem de nos aproximarmos dela por dois ângulos diferentes.

— Você está falando como eu — disse Philip.

— Estou tentando falar como você.

Philip ficou de pé, virou-se na direção de Lucia.

— Você iria me contar? Desta vez?

— Só se você perguntasse. Pois se perguntasse, é porque teria sacado a situação bastante bem. Ou pensado no assunto. Ao menos o suficiente para hesitar a meu respeito. Mas percebe? Nada mudou realmente. De qualquer maneira, ainda quero você. E de qualquer maneira, ainda sou uma das personagens dela. Ainda um dos personagens que ganharam vida. E de qualquer maneira, você ainda me quer. Quer. Na tradução para o espanhol dessa palavra.

— Você sabe disso? — perguntou Philip.

Ela pressionou com a mão a barriga de Philip.

— Mais do que você.

Estava completamente escuro, e precisaram ficar muito próximos para enxergar o rosto um do outro. O de Lucia pareceu se levantar, todas as suas feições se ergueram.

— Escute, Philip. Para mim está claro que, na sua perspectiva, eu sou Irma, de muitas maneiras. Uma das criações dela, talvez. Uma parte dela deixada para você. Não tem problema. Isso é bom. Gosto disso. Gosto muito disso. Para mim, você continua sendo o mesmo.

Caminharam de braços dados ao longo da rua Menéndez Pelayo, muito parecidos a tantos outros casais nas calçadas. No quarto de Philip na *pensión*, Lucia quis tomar um banho após a viagem, e assim Philip esperou na cama, sob um abajur de leitura baixo, observando sombras anguladas no teto. Lucia voltou nua ao quarto — caminhou assim pelo corredor comum, até a porta de Philip — com o cabelo preso em um coque, segurando a toalha e suas coisas num braço. Pediu a Philip que se mantivesse imóvel enquanto o despia, retirando-lhe primeiro as calças. Quando se esticou para desabotoar a camisa, seus seios caíram sobre o membro rígido de Philip, que precisou se concentrar para não ejacular.

— Tudo bem — sussurrou Lucia. — No chuveiro, pensei no que quero fazer. Então fique parado por um momento, e você vai ver.

Lucia se pôs por cima de Philip e montou sobre seu rosto. Com os joelhos dobrados nos dois lados de sua cabeça, as coxas roçando-lhe as orelhas, segurou-se na cabeceira da cama. Philip tocou-a com a língua, pressionando, mas mantendo-a imóvel.

— Ah — disse Lucia. — Assim mesmo. Deixe assim mesmo. — E se pôs a rodar o corpo ao redor da língua de Philip, devagar, por vezes ampliando deliberadamente os movimentos. Começou a gozar.

Enquanto Lucia continuava, Philip sentiu-a estender a mão para trás, correndo-a devagar por sua barriga. Segurou-o e, com um só movimento, ele ejaculou em cinco pulsos intensos.

— Tudo bem — disse Lucia. — É bom. A sensação é boa. Mas não pare ainda.

Depois de um momento, ela saiu de cima de Philip e voltou ao chuveiro do corredor sem se vestir. Retornou e engatinhou sob as cobertas, aproximando-se de Philip, cheirando a sabonete de azeite de oliva.

— Agora vamos com calma. *Te quiero, te amo*. Tente descobrir as coisas.

CATORZE

— Você não chegou a terminar — disse Lucia, vendo o marcador de cobre de Philip.

— Não — respondeu ele, olhando-a de baixo, deitado no travesseiro. O *Quixote* estava aberto à frente de Lucia, que tinha os óculos de leitura na ponta do nariz, o polegar apoiado nas folhas fechadas do livro.

— Como é que você consegue parar tão perto do final? Nunca consigo fazer isso.

— Na verdade, não estou lendo desse jeito — disse Philip. — Do início ao fim. — Tocou as bordas das folhas, que Lucia abrira como um leque. — Quer dizer, estou seguindo a ordem, mas volto atrás muitas vezes. Além disso, evitei terminar o livro porque sei que ele vai morrer.

— Ele morreu na Parte I — disse Lucia.

— Mas foi diferente. As mortes foram contadas em poemas e epitáfios, em pergaminhos mofados e carcomidos por vermes, selados numa caixa de chumbo. Desta vez vai ser diferente. Não vai haver nenhuma espécie de escape por meio de poemas, epílogos e promessas.

— Você está realmente tão triste por isso? — perguntou Lucia.

— Estou.

Philip se levantou, apoiando-se no cotovelo para vê-la mais de perto.

— O quê? — perguntou Lucia, tirando os óculos para olhar para ele. — Você ainda está se perguntando a meu respeito? Perguntando se fui enviada. Como o Cavaleiro dos Espelhos ou o Cavaleiro da Branca Lua. Vinda para lutar com você, para levar você de volta à sanidade.

— O Cavaleiro dos Espelhos e o Cavaleiro da Branca Lua são a mesma pessoa — respondeu Philip.

— Eu sei — disse Lucia. — Eu terminei o livro. E ele me deixou muito triste. Mas não tenho essa sua versão especial. Talvez ela poupe você.

Lucia deixou o livro aberto, apoiado no interior da coxa. Philip passou o dedo ao longo da curva do queixo de Lucia.

— Naquela vez em que Irma e eu fizemos amor e ela usou a máscara — disse Philip. — Quando fiquei preocupado no meio, pensando que talvez não fosse ela?

— Isso — disse Lucia. Sorriu. — Era ela, se é isso o que você está me perguntando. A sua dúvida vem do momento algumas horas antes. Quando fingi ser Irma, com o charuto, de noite. Uma vez, traduzi um livro sobre o reconhecimento de faces. É interessante. A maior parte das pessoas vê o rosto como uma série de generalidades descendentes. Na verdade, tem até uma equação para isso. Você me vê, você vê Irma. Vê cabelo escuro, olhos escuros, pele moreno-clara. Vê atraente. As duas temos feições lusitanas, embora as minhas sejam mais filtradas pelo Brasil. Nosso nariz é quase o mesmo. Mas temos bocas diferentes. E assim por diante.

Lucia olhou novamente para o *Quixote*, lendo-o atentamente.

— Só conseguimos enganar você por um instante. Agora você nos conhece separadamente. Agora que me conhece como uma pessoa separada, não poderíamos enganar você, nem por um instante.

Leu para Philip o capítulo setenta, o que revela muitas das fraudes planejadas contra Quixote e Sancho, executadas por bacharel

Sansão Carrasco com uma preocupação sincera, orquestradas com encanto e curiosidade pelo Duque e a Duquesa e dramatizadas com uma combinação de mistério, sinceridade e entusiasmo pela sedutora Altisidora, que é, nas palavras de Cervantes, mais determinada que sábia. O capítulo volta no tempo, e vemos Altisidora subindo ao catafalco quando o palco é armado para enganar — ensinar? ajudar? redimir? — Quixote. Embora Philip já houvesse terminado o capítulo, pareceu-lhe novo na voz de Lucia. Ela pronunciou os nomes e termos arcaicos com um sotaque genuíno, uma leveza por trás dos dentes, enroscando intrincadamente a língua. Catafalco. Observando-a, ouvindo-a ler daquela maneira, Philip teve fome. E nas falas de Altisidora, a voz de Lucia se tornava sussurrada, sombria, com uma ligeira rudeza. Altisidora fala de sua viagem aos portões do Inferno, onde vê diabos jogando pelota basca, e onde a péla, golpeada com força, despedaça um livro, espalhando as folhas que trazem a história de Dom Quixote. Ao contar a história à platéia nas páginas que se seguem, ela enfatiza seu amor, e também inconsciência e frieza de Quixote. Quando ela é interrompida, chama-o de "Dom Bacalhau, alma de almofariz". Fica então irritada, exasperada, e não está fingindo. Ao terminar o capítulo, que tinha apenas sete páginas, Lucia fechou o livro e apoiou uma mão sobre ele.

— Essa parte sobre a pelota despedaçando o livro e espalhando a história — disse Philip.

— Hã?

— Ela escreveu isso, não foi? — perguntou Philip. — É uma das inserções dela.

Lucia fez que não.

— Não. Isso é Cervantes. Tenho certeza. Para mim, tudo parece em ordem.

Existem várias maneiras de substituir uma seção de texto faltante ou muito danificada, contou Irma uma vez, agitando a dobradeira de osso sobre um volume esfarrapado, deitado como um paciente numa mesa no centro da loja. O método tradicional, segundo a regra da reversibilidade, consiste em marcar o texto como faltante e incluir, se possível, uma nota separada sobre o conteúdo. Mas eu não faço isso. Irma franziu os olhos, apoiando a dobradeira nos lábios. Eu tento recriar o máximo possível. É fácil raspar ou desbotar palavras velhas e embaralhadas. As pessoas faziam isso a todo momento, muito tempo atrás, quando o pergaminho era mais valioso que as palavras escritas nele. Na verdade, para mim é mais difícil fazer desaparecer as coisas mais velhas. Eu uso o que eles usavam — nada muito especial. Começo com o abrasivo mais suave possível, farelo de aveia. Se isso não funcionar — embora geralmente funcione —, sigo em frente, até chegar à pedra-pomes. Uso tinta de noz-de-galha caso precise desbotar mais um pouco. Para dar aquele toque final, sabe? Agitou a dobradeira de osso. Se preciso recriar o papel, é fácil. Até uma criança poderia fazer isso. Na verdade, as crianças fazem isso o tempo todo nas aulas de artes. Sou tão inocente quanto elas, Pip.

— Você quer que eu leia os últimos capítulos para você? — perguntou Lucia. — Gosto de ler para você, espionar por sobre o livro para ver as expressões no seu rosto. Você *vai* ficar triste no final. Sei disso. Eu poderia acompanhar você. As últimas vinte páginas.

— Mais tarde — disse Philip. — E talvez só uns dois capítulos. Eu posso ler o final sozinho.

— Sozinho com ela, você quer dizer.

— Não — respondeu Philip. — Eu...

— Tudo bem — disse Lucia. — É meigo.

ELA O LEVOU PARA JANTAR, dizendo ser o mínimo que podia fazer. Por tê-lo enganado. Comeram no Café Cesar, numa pequena área aberta bem no centro do velho bairro judeu. Lucia convenceu o dono a trazer mais uma mesa para a pracinha — todas as outras estavam tomadas. O dono, um homem austero que vestia um terno escuro e óculos de marfim, levou ele mesmo a mesa; os garçons o seguiram com cadeiras. Já era quase meia-noite, e o calor diminuíra o suficiente para deixar o ar quase agradável, embora os ombros morenos das mulheres reluzissem. O dono lhes trouxe uma garrafa de vinho tinto, colocou-a dentro de uma jarra úmida de terracota no centro da mesa e desapareceu no café sem dizer uma palavra.

— O que você disse a ele? — perguntou Philip.

— Nada — respondeu Lucia. — Só fui lá dentro e falei que precisávamos de uma mesa aqui fora.

— As pessoas alguma vez respondem às suas perguntas com um não?

— Eu evito perguntas de sim/não.

A terracota úmida mantinha o vinho fresco, acrescentando um cheiro de chuva. Lucia contou que tinha estado trabalhando pesado em Madri e que precisava daquela folga. Estou com sorte por ter você aqui, disse Lucia, para tornar Sevilha ainda melhor. Contou que estava traduzindo um livro-texto escrito por um astrônomo espanhol que havia identificado a Estrela de Belém após uma série exaustiva de cálculos.

— Eu não sabia que podíamos estudar a história por meio da matemática. Não sabia que podíamos triangular posições e tempo com tanta precisão.

Philip respondeu:

— Se ao menos as pessoas se movessem como as estrelas.

Na *pensión*, o vinho, a comida e a falta de sono se combinaram para deixá-lo muito cansado, uma fadiga que parecia puxá-lo. Deitou-se na cama e pediu desculpas a Lucia.

— Descanse — disse Lucia. — Gosto de sair sozinha. Quero fazer isso.

— Você não precisa olhar o *Zed* — disse Philip em tom baixo. — Isso seria lhe pedir para trabalhar.

— Não, não seria. Quero ver o livro. Também quero isso. Também vim até aqui para isso.

Em algum momento da noite ela voltou para a *pensión*, deixando que os sons de Sevilha cruzassem brevemente a porta aberta, acordando-o com seus sussurros. Philip acordou uma outra vez mais tarde e a viu sentada na escrivaninha, com a lâmpada de leitura puxada bem para baixo, para não perturbá-lo. Estava estudando o *Zed*. Deixara de lado as capas partidas e dispusera as folhas e cadernos soltos em três pilhas. Mas também encontrara os outros livros de Philip. Lia-os apoiando a testa nos dedos, a silhueta ainda ante a lâmpada de leitura; o cabelo por vezes se soltava, desfazendo o coque. Tinha os lábios separados, e em certos momentos balbuciava as palavras. Mais tarde foi embora novamente, e depois, aparentemente num piscar de olhos, voltou à escrivaninha. Num sonho desperto, Philip viu a silhueta de Lucia na escrivaninha e sob a porta, simultaneamente. Quando a chamou, ela veio até ele — da escrivaninha e da porta, aparentemente ao mesmo tempo. Lucia apoiou a mão fria na fronte de Philip, como se lhe medisse a febre, e sussurrou:

— Vou dar uma andada. — E acrescentou em espanhol: Venha comigo, se quiser.

Quente, seu hálito cheirava a vinho tinto. Riu baixo ao ver a sonolência de Philip e o deixou cair de volta nas cobertas. Quando Philip despertou novamente na escuridão, ela estava sob os lençóis ao seu lado. Tinha o quadril apoiado no lado do rosto de Philip e cutucava a cabeceira com a ponta dos pés, a vaga luz da rua que entrava pela janela lhe acertava os músculos das panturrilhas. Puxava-o com a boca, deixando-o duro. Quando sentiu que ele tinha acordado, montou-lhe no rosto, erguendo a coxa com facilidade e girando os quadris. Ela havia passado um licor com aroma de alcaçuz por todos os lugares em que Philip a buscou com a língua, e ele soube, por seu ardor agradável, que era absinto.

— Rápido — sussurrou Lucia do fundo dos lençóis — ou vai me queimar.

Quando ela se virou e surgiu dos lençóis, pouco mais que uma sombra, bebeu de uma xícara minúscula na mesa-de-cabeceira e então inseriu a língua na boca de Philip, fazendo com que mais absinto lhe corresse pela garganta. Era como provar uma chama. Depois, na escuridão, subiu no corpo de Philip, com o rosto oculto pelo cabelo negro. Antes que ele pudesse alcançar seu rosto para lhe puxar o cabelo para o lado, ela girou o corpo, apoiando as costas na cama e trazendo-o consigo. O cabelo e o braço lhe caíram sobre o rosto. Philip tentou alcançar o abajur, mas ela fez com que Philip a penetrasse, e ele sentiu também lá embaixo o ardor do absinto. Ela o puxou para junto de si, cara a cara, roçando o nariz no de Philip. Seus olhos pareciam indefinidos no escuro.

— Não quero que você morra — sussurrou em espanhol. Moveu-se constantemente por baixo dele. Philip alisou a pele de sua coxa, levando a mão à concavidade atrás de seu joelho, onde ela flexionou a perna, aprisionando-o. Ela tinha a boca aberta e os olhos fechados. Na escuridão, seu cabelo e feições fluíam e se acomodavam como tinta.

Philip parou de se mexer, esticou os braços, plantando as mãos acima dos ombros de Lucia, e se afastou, arqueando-se sem sair dela. Retirou-lhe o cabelo completamente do rosto, podendo assim ver suas feições no cinza-escuro sobre a cama pálida. Afastou os lençóis para expor seus braços abertos. Fracas centelhas, como pedacinhos de metal, circundavam-lhe as margens da visão. A cabeça de Philip não rodopiava, mas ele teve a sensação de que tudo se comprimia para girar ao seu redor, o momento de imobilidade na oscilação de um pêndulo. Tentou mais uma vez alcançar o abajur, mas percebeu que teria que sair de Lucia, e nada nele lhe permitiria fazer isso. Isso a libertaria e o deixaria incompleto.

Lucia sussurrou numa voz que não intentava nenhum disfarce, apenas possibilidades mescladas.

— Não vai adiantar. Só assustaria você ainda mais na luz, iluminando-nos juntos.

Philip voltou a se mover em cima dela para interromper suas palavras, mas seus gemidos o provocaram ainda mais. Quando achou que aqueles olhos fossem os de Lucia, olhou e eram os de Irma. Moveu-se mais um pouco e o riso era o de Lucia, o declive da garganta era o de Irma. Teve que parar de se mexer, caso contrário se perderia completamente, cairia perto demais. Tentou o toque, segurou-lhe os seios, empurrou-os um contra o outro.

— Sinta — sussurrou ela. — Quando descobrir se são os dela ou os meus, puxando, provando, mordendo, você cairá sem sentidos e morto de prazer. — Arqueou-se, erguendo os seios para ele. Philip a empurrou de volta para baixo, com as mãos ao redor de suas costelas.

— Aonde mais? — sussurrou ela. — Aonde ir? Aonde você poderá seguir, que não tenha estado com nenhuma de nós? — Tinha o hálito quente do absinto e do vinho. Philip mergulhou naquele aroma. Ela se mexeu por baixo de Philip, fazendo-se suspirar e arfar ainda mais ao redor dele, enchendo o ar. Philip tentou mais uma vez alcançar a luz, em movimentos trêmulos e amplos, perdido nas centelhas que brilhavam ao redor de sua visão.

— Você realmente quer que isto termine? Tem certeza de que não quer sentir como seria cair, gritando, dentro de nós duas? — Lucia fechou os olhos, ou os deixou entreabertos; Philip não teve certeza na escuridão. Ela gemeu. — Será como nada do que você já tenha sentido antes. Ou como tudo.

Philip se impeliu com força, acreditando que poderia se mover rápido demais para senti-la, com uma força que ela não suportaria. Mas ela o recebeu de olhos fechados, mantendo-se com ele em arfadas suaves. Philip parou para juntar forças.

— Além disso — sussurrou ela. — Você já sabe.

Por baixo dele, presa, ela tinha as pernas bem abertas sobre a cama, buscava as bordas com os braços, todo o corpo rijo. Debaixo dela, o lençol branco, o único contraste ante a escuridão, parecia macio e fino, uma pele úmida que a prendia junto a ele. O que ele sabia era que, com seu próximo movimento, rasgaria ambos ao meio, seus nervos se chocariam, entrelaçados na velocidade. Seus pulsos latejariam juntos numa rapidez insuportável, e não teriam fôlego, não teriam gravidade. O único ato que lhes permitiria sobreviver, evitar a morte, um salto no escuro, seria agarrar um ao outro com todas as partes de si mesmos. Enroscar as pernas, esmagar os quadris, enterrar os dedos nas costas, morder, confiando em que o corpo do outro não se romperia.

No impulso seguinte, Philip se libertou dentro dela e ela gritou um momento antes, como se soubesse que viria. E arfou a cada novo movimento de Philip, que deixou o peso cair sobre seu corpo, enterrando um grito no calor úmido de seu cabelo, esfregando o queixo contra o dela. *No quiero que mueras.*

Assim que terminaram, enquanto Philip ainda tremia por sobre seu corpo, ela saiu de baixo dele e seguiu para o corredor. Na abertura e fechamento da porta, Philip vislumbrou a curva de suas costas e o ângulo de seu ombro. Apoiou-se na cabeceira, esperando por ela, observando a réstia de luz sob a porta, que a princípio pareceu entreaberta, depois fechada. Limpou as lágrimas do rosto, sem saber de quem eram. Como ela tardou em voltar, vestiu as calças e caminhou até o chuveiro do corredor. Ela não estava lá, mas um vapor impregnado de absinto pairava no aposento. Philip voltou, terminou de se vestir e correu para o que restava da noite sevilhana. Cheirava a alcaçuz e terebintina, tinha os lábios crostosos e pegajosos.

Um flamenco rasqueado ainda ressoava no labirinto obscuro do velho bairro judeu. Casais e grupos ainda percorriam as ruas estreitas e retorcidas. Perguntou a um casal que tinha um hálito muito forte de vinho se a teriam visto passar, e eles apontaram em direção ao fundo do bairro. Philip mudou de rumo, seguindo para a rua Juderia com a cabeça um pouco menos embotada, os músculos mais soltos, tomados de languidez. Ao chegar, no gotejar da fonte presa à muralha do Alcázar, Philip lavou o rosto. Parou no meio do caminho entre as arcadas escuras nos dois extremos da ruazinha curta. Primeiro caminhou até o arco negro do Alcázar, onde ela vira seu medo ganhar vida como uma onda em sua visão.

A escuridão sob o arco era maior que a esperada, e Philip pareceu cair dentro dela por um momento, como num degrau fantasma no final de uma escadaria. O arco consistia num enorme portão de madeira, escurecido pela idade, áspero e cheirando a creosoto. Deu meia-volta e cruzou o túnel no outro extremo da rua Juderia, que, depois de duas curvas escuras, o levou à catedral e sua ampla praça. Havia dois casais jovens sentados no chafariz.

Os varredores haviam deixado molhadas as calçadas e a rua, um cheiro de chuva quente e pedra limpa. Um dos casais no chafariz, depois de julgá-lo por um momento, disse ter visto uma mulher que seguira naquela direção. Apontaram juntos com a cabeça na direção da prefeitura. Philip se apressou para lá, correndo sempre que não houvesse ninguém na rua para vê-lo.

A Plaza de São Francisco estava vazia, as carruagens já haviam partido há muito. Os garis também já tinham passado por lá. Somente o som do chafariz ecoava na parede da prefeitura. Philip entrou pelo arco de Cervantes. A princípio, achou que estivesse vazio. Depois viu uma mulher, surgida da esquina, no outro lado da arcada. O coração de Philip saltou. Na meia-luz dos postes da rua, viu que era Lucia ou Irma — e por fim, com o coração mais calmo, Lucia. Ele se apoiou na parede debaixo da placa de azulejos que celebrava o jovem Cervantes, o escritor juvenil que reunira suas primeiras idéias na sombra e conforto daquele arco. Ao menos é o que dizem os livros e azulejos, acrescenta Irma.

— Ela não está aqui. — A voz de Lucia ecoou na arcada.

— Você pode me dizer o que acabamos de fazer? — perguntou Philip.

— Fazer? — Aproximou-se dele, apertando-o delicadamente contra a parede. Apoiou o rosto na gola da camisa de Philip e inspirou profundamente. — Despejei absinto em todo o corpo e o trouxe de volta à vida.

Apoiou-se inteiramente nele e o encarou.

— Ainda estou com o cheiro. Todo ele.

— Mas você tomou um banho.

— Curto. — Ergueu um punho ante o nariz de Philip. Cheirava a sabonete de azeite de oliva.

— Por que você desapareceu tão rápido e saiu às pressas?

— Saí às pressas? — perguntou Lucia. — Eu voltei e você tinha apagado outra vez. Então dei esta caminhada. Vim aqui para encontrar Irma. Para triangular o movimento das estrelas. Como você.

— Eu não tinha apagado. Estava acordado. Esperando.

Ela continuou apoiada nele e riu baixo.

— Gosto disto. Não parece com nada que eu já tenha vivido. É como ser duas ao mesmo tempo, ser comida como duas. — Deu-lhe um beijo leve na boca. — Para resumir.

Philip segurou os ombros de Lucia para mantê-la afastada, mas tocá-la, sentir seus músculos, ossos e carne, só serviu para deixá-lo com mais vontade de se unir a ela.

— Não consigo pensar direito quando você está aqui.

— Então não pense. O que temos que descobrir? — Lucia pôs uma mão ao redor do pescoço de Philip, segurou-o. — Perceba. Perceba que você é o mesmo para mim, Philip. Também um personagem de algum dos livros dela. Você é Peter Navratil, Simon Bauer e outros. Eu conheço você como eles, provavelmente mais do que conheço você aqui. — Abriu os dedos na nuca de Philip. — Na carne.

— Mas eu lhe contei quem sou. Você me enganou.

— Você me contou uma história de Borges — disse Lucia. — Uma história *falsa* de Borges.

O cheiro acre do absinto se ergueu no calor entre eles, seu ardor subia pela garganta de Philip. As margens de sua visão ainda cintilavam. Lucia o beijou na boca, depois se apoiou nos azulejos de Cervantes.

— Era eu — disse Lucia, mas sorriu, o mesmo meio-sorriso que Irma representara em seus livros.

Philip deu um passo na direção dela, muito mais próximo do que ela esperara, empurrando-a com o corpo contra a parede, o rosto de Lucia comprimido em seu pescoço. As palavras dela lhe roçaram a garganta.

— Não há lugar melhor que este. Para que dois dos personagens dela se encontrem. É aqui que fomos criados.

Quando deixaram a arcada, de braços dados, apoiando-se um no outro, a aurora já despontava. O céu mudara do marrom ao perolado, e um halo amarelo vívido delineava as agulhas e torres da catedral. Casais vestindo roupas noturnas, com camisas para fora das calças, alças de vestidos caídas, cabelos desfeitos, arrastavam-se pelas calçadas de ardósia num som de cacarejo. Em toda parte havia o aroma dos botões de laranja, novos, recém-abertos. Enquanto vagavam pelo chafariz da catedral, andorinhas cruzaram velozes os campanários altos da Giralda. Philip sabia, pelo modo como ela observava os pássaros, como tornava a olhar para eles para ver o brilho do nascer do sol em suas asas, que a faziam lembrar de algo do passado. Não perguntou o que era.

Dormiram até o meio-dia. Lucia teve que acordá-lo, dizendo que tinham pouco tempo, que precisava voltar a Madri naquela noite.
— Isso — disse Philip. — De volta ao livro das estrelas. — Sentia-se descansado, desperto, pronto para correr. Cogitou o caminho que tomaria, ao longo do rio, no conforto da noite, depois de acompanhá-la até o trem. Levaram Zed ao Parque Maria Luisa, parando no caminho para comprar frutas de um vendedor mal-humorado na rua Menéndez Pelayo, que agia como se seus produtos fossem bons demais para clientes como aqueles. Sob a sombra de um enorme salgueiro, sentaram-se num banco perto do chafariz dos leões. O chafariz se dividia em duas partes, com uma longa piscina reflexiva — aquela por sobre a qual ele e Irma correram em disparada — que levava ao círculo de leões, sentados atentos, cuspindo água, cujo gotejar era a única interrupção ao calor silencioso do parque. O salgueiro desgrenhado contrastava com os arbustos cortados geometricamente.

Lucia empilhou a coleção de folhas soltas de Zed no banco entre ela e Philip.

Explicou. Só li algumas partes e a maioria das anotações nas margens. Você pode ler as anotações de Irma por conta própria, é claro. As outras, em espanhol, parecem ter sido feitas por uma estudante universitária. Anotações da interpretação de algum professor durante a aula. O professor, pelo que se vê, era mais político que romântico. As anotações da aluna parecem um pouco frustradas por isso — acho que ela realmente gostou da história. O livro em si, pelo que pude depreender, trata de dois atletas brasileiros que foram às Olimpíadas de 1969, na Cidade do México, acompanhados de uma jovem amiga jornalista. Esta é Zed. Ela às vezes se faz passar por um jovem rapaz, para ganhar acesso. Está claramente apaixonada por Adão — como o da Bíblia — e por Fátima. Ela esconde seu amor quando interage com eles, mas o revela na narrativa. Pelas referências culturais e comentários políticos, pude ver que não foi escrito muito depois das Olimpíadas, em algum momento durante o movimento da Tropicália. É bem parecido às histórias de triângulos amorosos passadas durante os protestos contra a Guerra do Vietnã que surgiram na época. Dolorosamente datada, mas ainda inocente e meiga. A escritora faz um grande esforço por se adequar ao movimento, lutando ainda sob as fastidiosas convenções do amor. Irma talvez tenha lido este livro quando criança, na época em que lia tudo o que lhe caísse nas mãos.

Fátima tem pernas longas e pratica salto com vara. Adão é corredor. Nenhum dos dois tem esperança de passar da etapa de classificação, e ambos ficam maravilhados ao verem os grandes atletas que têm ao redor. Mostram a Zed o que admirar. O livro tem bastante música — sempre Tropicália. Gil, Caetano. Os Mutantes, Tom Zé. Essas coisas. Mas faltam grandes pedaços. E muitas das páginas e seções estão repetidas. O final se perdeu, portanto não sei o que acontece. Não sei o que Irma quer fazer com isto. É uma história um tanto estereotipada, mas num bom sentido. Diferente das coisas com que a Irma costuma se envolver.

Philip fez que sim, uma espécie de obrigado.

— Você leu as mensagens escritas para mim?

— Li — respondeu Lucia. — E as que você escreveu para ela.

— Há mensagens para você? — perguntou Philip. — Inseridas na prosa.

— Tipo, instruções? — Lucia levou um morango aos lábios. — Sobre o que fazer com você? — Comeu o morango inteiro, arrancando-lhe o caule com as unhas. — Imagino que poderia haver. Mas como saber a diferença?

Lucia estava sentada apoiando-se nos braços, um de cada lado do corpo, os ombros para cima, o cabelo erguido no calor. Como de costume, falou para o chafariz, depois olhou para Philip, para ver o efeito de suas palavras. Num caminho próximo, uma família de três pessoas pedalava numa bicicleta conjugada.

— Que livros ela lhe deixou? — perguntou Philip.

— Nenhum. Mas pareço estar lendo os que ela deixou para você. Gostei do que você escreveu em *Ava. Para mim.* — Apoiou de leve as mãos sobre as páginas de *Zed*. — Quanta intenção você quer dedicar à coisa, depende de você. Já eu, vou fazer o que quero. O que estou impelida a fazer. Gosto muito de você. Gosto de ler os seus livros. Já estou começando a pensar em voltar a Madri mais tarde na noite, e não de tarde. Mas não vou tentar convencê-lo, provar a você que não troquei de lugar com ela na noite passada. Provar coisas para você, pelo que vejo, é um processo tedioso e frustrante. E para mim, não importa no que você acredita. Se achar que sou perversa, enganadora, até mesmo se achar que sou *ela*, vai me incitar ainda mais.

Apoiou os dedos na têmpora de Philip, em seu cabelo úmido.

— Vamos encontrar alguma grama e uma boa sombra. Você pode descansar a cabeça no meu colo enquanto leio. Pode cochilar, se quiser. Vou ler para os seus sonhos. Esta noite, se quiser, posso levar você ao final do *Quixote*.

— Você alguma vez se apaixona? — perguntou Philip.

— Muito tempo atrás — disse Lucia —, no México, Irma e eu falamos de nós mesmas... e de você. Falamos de resgatar você, resgatar pessoas como você. Mas resgatar não é a palavra certa. A melhor é *salvar*, em seu sentido em espanhol. Porque significa salvar, mas também, ao mesmo tempo, excetuar e excluir. Somos três pessoas do mesmo tipo, mas nós duas precisávamos salvar você. Em espanhol. Excetuá-lo, excluir da vida em que estava sempre caindo. Éramos jovens e ambiciosas. Como amazonas. E insensíveis. Sim, eu me apaixono.

Encontraram alguma sombra e grama e Lucia leu para Philip, que apoiou a cabeça em seu colo. Reclinaram-se ao final da sombra, para que os pés de Lucia pudessem ficar ao sol. Havia outros casais sentados na sombra: estudantes inclinados uns sobre os outros, tramando, avós apoiados costas com costas, como estátuas. Lucia leu inicialmente algumas passagens em português, para que ele pudesse apenas ouvir o som das palavras. Depois traduziu, tentando lhe mostrar Adão, Fátima e Zed. Seu mundo.

No *Teoria*, Irma descreve a cena da despedida entre Peter e Feli. Feli está vestida como um homem, num terno, para o papel que está ensaiando. Embora esteja fantasiada, ela diz as palavras mais genuínas que ele jamais escutou de sua boca. Feli se explica para ele, o que sente por Sylvia, por ele, pelas pessoas em geral. Despido de todo fingimento e motivos ocultos, Peter diz a Feli que ela é a mulher mais bonita que já teve à sua frente numa mesa. Na cena, Feli conta a Peter que Sylvia trocou de calçados, tirando as sandálias e vestindo botas de caminhada. As botas dão a Peter a dica do vulcão, em cujo cume ele resolve, com Sylvia, o mistério do livro.

Philip sonhou no colo de Lucia enquanto ela lia em português. Em algum lugar de seus sonhos, as palavras de Lucia passaram ao inglês, e Philip estava com Irma no alto do monte Paricutín, suados e cobertos de poeira vulcânica, arfando na alta altitude. O sol brilhava através da névoa sulfurosa, e a borda da cratera parecia afiada como uma faca. As palavras de Lucia, contando a história de *Zed*, pareciam ecoar no lago verde no fundo da cratera. Fátima e Adão dão cada vez menos atenção a seu desempenho nas competições, perdem o interesse em participar da equipe brasileira; em vez disso, juntam-se aos estudantes mexicanos que protestam entre as grandes multidões que se reúnem regularmente em Tlatelolco. Adão se une abertamente aos estudantes mexicanos, arrebatado por sua concepção de reforma, arrastado por seu idealismo e esperança. Fátima se mantém desligada, amando Adão por seu destemor, por sua afinidade com o movimento da Tropicália, mas prevendo o massacre que ocorrerá em Tlatelolco. Zed precisa registrar duas versões — a verdadeira, para si mesma, e a sancionada, para seus editores brasileiros.

Quando Philip acordou no colo de Lucia, ela ainda estava lendo, traduzindo. A sombra se movera, e Philip tinha agora a metade do corpo banhada no sol andaluz.

— Queria poder lhe contar como termina — disse Lucia, apoiando a mão fria na cabeça de Philip. — Mas todo o final se perdeu. Ela talvez o encontre em alguma parte e o inclua depois.

— Talvez ela mesma o escreva — disse Philip. — O que se lembra da história. Ou o modo como a antevê. Talvez permita que eles vivam.

— Adão morre — disse Lucia. — Zed e Fátima vivem.

— Como você sabe disso?

Lucia traduziu uma passagem em que Zed vê Fátima competir na primeira rodada classificatória. Ela descreve as longas passadas de Fátima, segurando a vara à sua frente com uma expressão que passa de confusão a medo, e daí a deslumbramento, ao correr em direção à barra.

— São essas três expressões, sentimentos, que a salvarão na praça Tlatelolco — explicou Lucia. Continuou. Zed descreve Fátima no ar, perto do ápice do salto, logo depois de soltar a vara, que a lança para cima. Fátima endireita o corpo, unindo as pernas longas, flexionadas, estendendo os braços como um toureiro. Está de cabeça para baixo, rodopiando graciosamente, controlada, depois estampada contra o céu.

Lucia leu também uma cena posterior, em que Fátima e Zed estão a sós. Zed ainda está usando roupas de homem, depois de ter ganhado acesso a uma sessão de entrevistas num vestiário. Permanece assim durante toda a noite com Fátima. "Já imaginei cuidadosamente a minha vida sem Adão", conta Fátima a Zed. "Não só a imaginei. Eu a construí. Do modo como visualizo cada passada em direção ao salto. Ainda que você me veja correndo a plenos pulmões, com velocidade e abandono, já sei exatamente onde cairá cada um dos meus passos. Sei precisamente quando vou soltar a vara. Sei o que verei quando o meu corpo se virar na direção do céu, e depois quando voltar à terra."

— A partir disso — perguntou Philip —, você sabe que ele vai morrer?

— Tudo segue uma fórmula bem melodramática — respondeu Lucia. — Portanto, sei, sim. Além disso, as expressões que ela usa para se referir a Adão neste trecho são um tanto matemáticas. Ela nega Adão, o exclui de tudo, o apaga.

Philip franziu o cenho, fitou as bordas das árvores marcadas ante o céu, onde o sol tremeluzia. Lucia deixou de lado a folha solta na qual estava lendo e envolveu o rosto de Philip com as duas mãos. Inclinou-se sobre ele.

— Não tente ver muito mais coisas dentro da história. É só um livro. Talvez nem mesmo um livro particularmente bom. Talvez algo para que você encontrasse caso sentisse mais saudades dela do que o previsto. Algo que poderia nos aproximar, eu e você. Aqui. *Así*.

— Você é igual a ela — disse Philip. — Mas também é muito diferente. E é diferente de uma maneira muito significativa. Parece mais ciente do que você e Irma estão fazendo, vivendo como vivem. Vivendo apesar da natureza humana, e não de acordo com ela. As suas amizades globais. As suas... — Philip não soube como terminar.

Lucia sorriu por cima dele, segurando-o no colo, encaixando a ponta dos dedos debaixo de seu queixo.

— A gente costumava brigar por causa disso. Eu queria falar mais sobre o assunto, com ela. Porque ela era a pessoa que poderia entender. Mas para ela sempre foi necessário manter a maior parte da coisa não dita, indefinida. Nós a mataríamos se a expuséssemos a muita luz.

— Quantas de vocês existem?

— Não se apresse em se excluir — disse Lucia. — Contando você e ela, eu conheço quatro. Irma nem sequer queria que eu citasse esse número, essa quantificação tão clara e dura. Essa confissão. Eu sei o que as pessoas, até mesmo os amigos, falam de mim. Como posso ser tão insensível. Como posso estar na sua cama uma noite, depois em outra parte do mundo pela manhã, sem lhe dizer até mais tarde. "Ela vai ficar solitária quando perder a beleza e a energia", é o que dizem. Mas eu mantenho os meus amigos, contanto que me aceitem. E a maior parte das pessoas que conheço, a não ser por muito poucos, deixaram velhos relacionamentos espalhados por toda a vida. Ex-mulheres, ex-maridos, enteados, ex-amigos e amantes abandonados.

Se você os visse, se pudesse separá-los momentaneamente dos outros casais na grama sombreada, talvez acreditasse, a princípio, serem muito mais jovens. Ele com a cabeça no colo dela, encurvando-se para trás a fim de poder olhá-la com mais atenção, ela passando-lhe a mão devagar pelo rosto, procurando. E se o ruído do chafariz próximo fosse intermitente o suficiente para que você pudesse ouvir fragmentos de sua conversa, suas vozes também pareceriam mais jovens, talvez em virtude dos respingos da água, mas talvez pela mistura de gracejo e sinceridade em suas inflexões. Ao perceber que não eram tão jovens, poderia facilmente pensar que eram amantes num encontro secreto, achando nos toques e palavras do outro uma breve fuga de suas respectivas vidas.

Deitaram-se juntos na grama e se beijaram como jovens amantes. Não eram os únicos; era a hora da sesta no Parque Maria Luisa, os chafarizes estavam todos ligados e os pombos, em grupos, sujavam as asas na poeira quente dos caminhos de terra.

Naquela noite, Lucia tomou o trem-bala de volta a Madri. Jantaram cedo, vendo o pôr-do-sol por sobre os varais e caixas d'água nos telhados. Comeram comida fria — batatas ao vinagre, azeitonas, bacalhau salgado — porque o restaurante ainda não estava realmente aberto, e Lucia convenceu o garçom a deixá-los se sentar e tomar xerez. Na cama, antes de levá-lo quase ao final do *Quixote*, Lucia leu o desafio do Cavaleiro da Branca Lua, que é, como ficamos sabendo mais tarde, o bacharel Carrasco, disfarçado: Insigne cavaleiro e nunca assaz louvado D. Quixote de la Mancha, sou o cavaleiro da Branca Lua, cujas inauditas façanhas talvez já chegassem ao seu conhecimento; venho contender contigo e experimentar a força dos seus braços, para te fazer reconhecer e confessar que a minha dama, seja quem for, é sem comparação mais formosa do que a tua Dulcinéia del Toboso; e, se confessares imediatamente esta verdade, evitarás a morte e o trabalho que eu hei de ter em ta dar, e se pelejarmos e eu te vencer, não quero outra satisfação senão que, deixando as armas e abstendo-te de procurar aventuras, te recolhas e te retires por espaço dum ano para a tua povoação, onde viverás, sem pôr mão na espada, em paz tranqüila e em proveitoso sossego, porque assim convém ao aumento da tua fazenda e à salvação da tua alma; e, se me venceres, ficará à tua disposição a minha cabeça e serão seus os despojos das minhas armas e do meu cavalo, e passará para a tua a fama das minhas façanhas. Vê o que preferes e responde-me já, porque tenho só o dia de hoje para despachar este negócio.

Lucia foi muito voluntariosa na cama, lançando-se com força e rapidez, urgência, de um modo que não foi prazeroso no momento, mas que se tornaria muito prazeroso na memória. Quando por baixo dele, pressionou a sola dos pés uma contra a outra e afastou os joelhos, enroscando-se assim com muita força ao redor de Philip, o que tornou difíceis seus movimentos, mas não impossíveis. Lucia trincou os dentes e fechou os olhos, e Philip não soube se eram expressões de dor ou prazer. Quando por cima, apoiou as mãos no pescoço e no peito de Philip, travou os braços e propeliu o corpo por sobre o dele, machucando-o, mas não a ponto de fazê-lo pedir que parasse. O quarto esquentou muito, os lençóis ficaram encharcados ao redor de suas pernas. Quando ela caiu por cima dele, seus corpos úmidos deslizaram um contra o outro. Desta vez, sussurrou Lucia, você sabe que sou eu.

A percepção humana, disse Philip enquanto ela olhava para a espiral que ele lhe desenhara na barriga, pode ser quantificada. Irma fitou a espiral vermelha, deixando-o continuar com o batom, sabendo que terminaria em seu umbigo. Irma, as nossas percepções, nossos sentidos, seguem a escala logarítmica. A equação é bem simples e elegante. A expressão de Irma se manteve desdenhosa. Philip perseverou. O modo como reagimos à claridade e à cor, ao som, ao toque, ocorre segundo a escala logarítmica. Não tenho batom suficiente e a sua barriga é estreita demais, mas eu poderia escrever a equação. Vá em frente, disse Irma. Escreva. Use o resto de mim. Tem outro batom na mesinha-de-cabeceira, se precisar. Philip escreveu a equação diferencial no peito dela: $s = k \ln W + C$, onde $\ln$ é o logaritmo natural, C é a constante de integração e W são os estímulos. W_o representaria o menor nível de estímulo necessário para que haja uma resposta. Philip escreveu outras duas aplicações, uma em cada coxa de Irma. A música que estamos ouvindo, explicou, a música que está te deixando triste e me deixando feliz, é escrita numa pauta. A pauta musical, na verdade, é uma escala logarítmica que contém qualquer nota possível — imaginada, ouvida, absorvida. A mesma equação se aplica ao espectro de cores, a todos os espectros. Aguardou a resposta de Irma, esperando que ela desconsiderasse sua matemática, amaldiçoasse sua cultura, um "Ora, Pip" de alguma espécie. Mas ela ficou ali deitada, observando a equação que lhe cobria o corpo. A música, que chegava até ele vinda do único café em Tempumachay, cruzando o canto percussivo dos sapos do rio, era um violino tocando uma velha canção de ninar. Você poderia desvendar a coisa toda, disse Irma, em tom baixo. Poderia resolver a coisa toda.

Depois de acompanhar Lucia até o trem da noite, Philip correu diretamente a partir da estação, descendo a avenida Kansas City e o bulevar Menéndez Pelayo, avançando depressa pela escuridão tumultuada do Parque Maria Luisa, diminuindo o passo ao chegar às multidões que caminhavam devagar pelas alamedas iluminadas do Guadalquivir. Sentiu-se deslumbrado, correndo rápido demais para aquela distância, um iniciante numa corrida para atletas melhores. Notou os marcadores de distância de Irma ao longo do rio, chegando ao seu ponto de colapso perto da Torre del Oro. Descansou ali, apoiando os braços nas pedras mouras na base da torre, respirando de cabeça baixa. O calor da noite lhe cobria o corpo. A única pessoa que também corria pelo passeio do rio, uma espanhola, gritou para ele ao passar correndo, simpática, competitiva. *Ándale pues!*

Quantas de vocês existem?

Correu mais um pouco, só que mais devagar, ziguezagueando pelas ruas estreitas do Arenal até chegar à calma Plaza de São Francisco, abandonada esta noite, até mesmo pelas carruagens. Checou o tempo no relógio e descansou na borda do chafariz. Salpicou no pescoço um pouco da água quente e esverdeada, que se misturou com o suor, correndo-lhe pelas costas. A dor entre os pulmões diminuiu, como sempre diminuía, por mais intensa que se tornasse, por mais que ele se forçasse a correr. Caminhou até o arco e se sentou debaixo dos azulejos comemorativos. À distância, ouviu os varredores da rua, que abriam caminho pela praça da catedral trazendo os sussurros de suas vassouras e da água.

Precisamente pontual, Cervantes entrou na arcada arrastando os pés em suas sandálias arrebentadas, enchendo a concavidade com o cheiro de seu casaco engordurado. Sua barba brilhava sob os postes de luz. Olhou uma vez para Philip, depois assumiu seu lugar na muralha sob a sombra da beira do arco. A urina correu pela pedra, tilintando ao chegar ao ralo de ferro. Inclinou-se na escuridão, só se viam à meia-luz as pontas ásperas da barba e suas feições ríspidas.

— Quando foi a última vez que você a viu? — perguntou-lhe Philip.

— Noite passada — respondeu. — Onde você estava?

Philip fez menção de se aproximar, mas o homem se afastou da parede e olhou para cima, os olhos fixos no poste de luz. Indicou a Philip que se mantivesse afastado e grudou uma orelha na arcada, o sussurro dos varredores que se aproximavam.

— Ouve. Estão vindo. Estão perto. — Em seguida saiu dali às pressas, ignorando, ou talvez sequer ouvindo, as perguntas e apelos de Philip.

— São só varredores — gritou Philip para o homem, mas tropeçou no espanhol ao procurar a última palavra. — *Barrenderos* — falou finalmente sob o arco, a palavra ecoou na concavidade vazia.

Philip tentou segui-lo, mas o homem olhou para trás, assustado, e começou a chorar. Philip se deteve, curvou-se num pedido de desculpas e o deixou desaparecer nos recantos negros da Plaza Nueva.

Estava agora sozinho em Sevilha. Não conseguiu sequer imaginá-la observando, espiando, como sempre imaginava. Voltando à *pensión*, tomou um banho e se acomodou para dormir, lendo finalmente os últimos parágrafos do *Quixote*. A palavra final era *vale*, em itálico, o adeus de Cervantes ao seu leitor. É a mais leve das despedidas, intraduzível para o inglês, *adieu*, algo que oferecemos com leveza ao invés de declarar. Mas o que lhe chamou a atenção não foi a palavra final, que de fato o lançou para muito longe do sono, e sim a letra final. O *e*, em itálico, havia sido ligeiramente remoldado — um mero desenrolar da espiral que se enroscava para dentro —, formando uma elipse: *o*. Dali, folheou imediatamente as páginas anteriores em busca de todas as composições que fizera para ela, para ver se ainda estavam ali, ou se teriam sido roubadas ou modificadas. Encontrou-as inalteradas e intactas. Tudo o que ele lhe revelara ainda estava lá, seus planos intrincados para procurá-la pela eternidade, além do ponto de exaustão. Seus desafios e renúncias, todos claramente dispostos para que ela os visse. Ainda assim, quando tentou retirá-las do *Quixote*, descobriu que estavam presas com muita firmeza e precisão para serem removidas. Estavam ali, perfeitamente ordenadas e alinhadas dentro das folhas que as cercavam, encadernadas com elas, e Philip não conseguiu soltá-las.

QUINZE

Na Filadélfia caía uma névoa fria. Sem desfazer as malas, sem ler a parca pilha de cartas que recebera, sem recolocar o Cervantes em seu lugar na coleção, sem sequer ajustar o relógio ao novo fuso horário, sem saber a hora, Philip correu. Correu ao longo do Delaware, pelos ladrilhos de terracota da Penn's Landing, lisos e frios com a neblina. O rio parecia amplo e cinzento como um mar setentrional, com negros navios de carga que se aproximavam, mugindo. Do outro lado da água, o domo do aquário repousava acastanhado no horizonte de Camden. A névoa se tornou mais densa em seu cabelo e roupas, acinzentando-o junto à paisagem. Isso deu a Philip um certo alívio, refrescando-lhe a respiração.

Só para mim nasceu D. Quixote, e eu para ele, escreve Irma ou Cervantes no último capítulo. Ele para praticar as ações e eu para as escrever; somos um só. Lucia lê ainda mais, levando-o quase ao final com sua voz tão cuidadosa. Seu sotaque cutuca as palavras com lábios e língua, mantendo-as úmidas e novas, sem poupá-lo de maneira alguma. O modo como ela pronuncia o *x*, na parte posterior dos dentes, um som suave e conectado, ao contrário da mutilante versão inglesa, faria com que Philip sempre o lesse, ouvisse e visse dessa maneira. Quixote. Irma tampouco o poupou, como ele e Lucia haviam esperado, matando o Cavaleiro da Triste Figura e, de maneira ainda mais triste e cruel, curando-o de sua loucura.

Descansou por um momento no alto da passarela da Walnut Street, apenas para alongar o flexor do quadril. Debaixo dele, os grandes navios, despidos e imóveis, apanhavam a névoa em suas cordas prateadas. Nicole, se estivesse com ele, iria notá-los ao passar voando, o modo como pareciam reunidos e esquecidos, cobertos de teias de aranha. Do outro lado do rio, para além dos navios, via-se a companhia de seguros ao final do horizonte de Camden. Philip lhes enviara o trabalho desde Madri, logo antes de pegar o vôo de volta. Recebeu mais trabalho ao chegar ao aeroporto de Heathrow, em Londres, durante a baldeação. Sem sequer se encontrarem com Philip, emitiram um pagamento eletrônico, que ele só veria quando checasse seu extrato bancário ao final do mês. O banco tinha uma das torres mais altas no horizonte da Filadélfia. Nunca ia para lá. Se gastasse pouco, poderia viajar pelo mundo para sempre. Ou poderia ficar em seu apartamentinho acima da Roupas Baum, lendo seus livros, tomando *bourbon*, ouvindo Pärt, Adès, Górecki, Sampson; poderia escutar *Em dó*, de Riley, para sempre, a música dos sonhos do matemático.

Desceu a rampa da passarela o mais rápido que pôde, deixando que a inércia o empurrasse para continuar a corrida. Poderia viver no silêncio de Nicole e Sam, ou poderia viver no resto do mundo, como um número preciso mas incalculável, fixo, porém visto apenas graças à ondulação quase imperceptível que cria, pela matemática que completa, *e*.

Philip sabia, antes de deixar Sevilha, que alguma coisa acontecera. Não recebeu mensagens de Sam nem de Nicole. Nenhuma mensagem de duas palavras, convidando-o para correr. Nenhuma queixa ou reflexão. Nada. As mensagens que lhes enviou voltaram, não remetidas, de contas inativadas. Erros fatais.

Reduziu aos poucos o ritmo da corrida, caminhando da Sansom Street até seu apartamento. Depois de passar por Sevilha, as casas conjugadas de tijolos em frente às docas pareciam amplamente espaçadas. Os manequins na vitrine da Roupas Baum estavam vestidos para sair à noite, mas seus olhares estavam apontados muito para o alto, dando a impressão de que a família estava sendo invadida por discos voadores. O apartamento se mantinha cálido, as janelas embaçadas pela névoa fria do lado de fora. Deixara o aquecimento ligado para os livros, que se mantiveram frescos e vívidos nas prateleiras. O dia estava tão cinzento, a luz que entrava pela janela era tão fraca, que Philip precisou acender o abajur para ler.

Numa página roubada de *Zed*, ela enchera as margens: Os três personagens nesta história têm mais vida dentro deles do que as pessoas que julgariam L., ou a mim, ou a você. Fátima luta para justificar o tipo de vida que quer, imagina, planeja. Adão luta para viver uma vida que ninguém tentaria justificar. Zed se põe à mercê de todos os que a julgariam ao oferecer seus retratos de Fátima e Adão e seu amor coletivo e individual por eles. Lucia traduziu para Philip as passagens marcadas, mas ele não conseguiu entender o que é que Irma via naquelas palavras e eventos. Philip viu Fátima correr quase cegamente em direção ao seu salto final, estampando-se contra o céu. Viu Adão se meter cada vez mais fundo nos protestos crescentes da praça Tlatelolco, onde centenas de estudantes logo seriam chacinados pelo Batalhão Olímpia do exército mexicano. Escutou auspício, sublimação e nostalgia na voz de Zed, mas não enxergou o que Irma teria reunido a partir daquilo. Lucia notou a expressão de Philip, tocou-lhe a fronte e disse que não podia fazer mais que traduzir.

Recolocou nas prateleiras os livros que levara à Espanha, o Cervantes por último. Embora a luz da tarde ainda brilhasse, deitou-se na cama e adormeceu fitando os livros. As lombadas coloridas formavam uma espectrografia de seus pensamentos e sensações de derrota. Meu valoroso cavaleiro, escrevem Irma e Cervantes na última página, após a morte de Quixote. Pela primeira vez em muito tempo, dormiu por toda a noite sem despertar. Quando acordou, viu-se na mesma posição, de frente para os livros, dispostos no canto oposto do quarto. A luz da manhã e os ruídos da hora do rush atravessavam a janela. Todo seu lado direito parecia esmagado e dormente em virtude do sono. Fez café e trabalhou, a matemática fria e límpida como o gelo da manhã.

Nas folhas soltas que Philip roubara do *Zed*, Irma escreve uma anotação para si mesma, a lápis: Parecem invertidos aqui, Fátima e Adão. Cuidado com a tradução. Perguntar L.

Depois disso correu pelas margens frias e úmidas do Schuylkill e então pegou imediatamente o metrô para Nova Jersey. Da parada de New Brunswick, apressou-se em chegar ao escritório de Rebecca, vestindo apenas seu moletom úmido no vento frio que limpava a garoa e soprava papéis e folhas pelo campus. Tremia ao chegar à porta dela, criminoso. O primeiro olhar de Rebecca desde sua mesa não trouxe nenhum reconhecimento, tomou-o por um estranho. Ela cortara o cabelo, bem curto. Mas parecia um pouco mais cheia, mais atirada no mundo. Depois, ao se aproximar da porta, aparentemente prestes a fechá-la na cara de Philip, pareceu temerosa; seus olhos finalmente o reconheceram. Estavam bem abertos, fitando uma equação partida.

— Philip. — Rebecca fez que não com a cabeça. — Não é legal. Não faça isto.

— Sinto saudades deles.

Rebecca abraçou os próprios ombros, retraindo-se, rígida, mais para dentro do escritório. Philip se manteve do lado de fora.

— Posso vê-los? — perguntou Philip.

Rebecca fez que não.

— Então, posso encontrar você mais uma vez? — perguntou. — Eu só tenho uma coisa para devolver a eles. Uns livros. Não precisamos conversar.

— Tudo bem — disse Rebecca, ou algo assim, o mais breve som de concordância. Apoiou-se no lado da porta e começou a fechá-la lentamente. Estendeu vagamente um braço, os dedos erguidos como para tocá-lo. Tentou sorrir, mas o sorriso estremeceu e se desfez, o que o entristeceu.

Na loja da universidade, comprou alguns materiais para confecção de livros. Ainda vestia seu moletom e tinha o cabelo oleoso grudado à testa e às têmporas. Uma estudante que trabalhava na loja o confundiu com um professor e perguntou se era ele quem dava o curso de restauração de livros, contando, antes que Philip pudesse responder, que desejava fazer um curso como esse quando terminasse as matérias obrigatórias.

— Quero comprar este tipo de coisa — falou a menina. — Em vez de tantos livros. — Somou os preços das compras: um frasco de cola de metilcelulose, uma dobradeira de marfim, um estilete, papel neutro grosso e três romances.

No Sebald que comprou para Isaac, Philip escreveu a lápis na folha de rosto: Acho que ela esqueceu de lhe deixar isto. Talvez estivesse apressada. Talvez quisesse apenas deixá-lo em paz. Os anéis mais deslumbrantes são feitos de gelo e poeira — P. Colocou o livro na caixa de correio na porta do escritório de Isaac. Ao sair do campus, teve o cuidado de evitar os campos esportivos.

Naquela noite, praticou a inserção de seus adendos aos romances. Lendo a descrição nas páginas finais, descobriu a fonte usada nos livros. No Ondaatje, a informação de que precisava estava somente na última página, no final de tudo. Dizia: Observação sobre a Fonte. Este livro foi impresso em Fairfield, a primeira fonte da mão do distinto artista e entalhador americano Rudolph Ruzicka (1883-1978). Em sua estrutura, a Fairfield apresenta as qualidades sóbrias e sãs de um artesão-mestre que dedicou seus talentos à clareza. Tal característica é responsável pela graça e virilidade desta fonte original, por sua forma vivaz e equilíbrio sensível. Philip precisava dessas qualidades sóbrias e sãs. Iria precisar dessa dedicação à clareza.

Entre os livros, enviou uma mensagem a Beatrice. Surpreendeu-se com a rapidez da resposta. Sim, tinha sido bom encontrá-lo na confeitaria, comprando biscoitos de gengibre. Sim, ela gostaria de encontrá-lo lá e conversar sobre a Espanha. Sim, é claro que me lembro dos moinhos de vento. Era como se não houvesse passado tempo nenhum desde a última vez que a vira na praça.

Tanto no Ondaatje como no Erdrich foi fácil encontrar bons pontos de inserção. As passagens eram fragmentadas, e as vozes variavam. Nos dois, encontrou bons espaços em branco entre os segmentos e capítulos, que lhe permitiram inserir, confiante, notas mais curtas, o que fez removendo a folha, imprimindo suas palavras nas áreas em branco e substituindo-a. Usou a dobradeira de osso. Conseguiu inserir as folhas até a lombada, de modo a mantê-las firmes apenas com a tensão. Ainda assim, acrescentou uma linha mínima de cola às bordas do papel, deixando-a secar quase totalmente antes de inseri-lo, e depois tornando-a novamente macia ao massagear a lombada com a ponta da dobradeira. Aprendi isto em Chicago, contou-lhe Irma ao demonstrar a técnica. Quando estava como que presa a você na universidade. Quando mais me perguntava sobre nós dois, sobre eu e você juntos. Aprendi que podia deixar a cola secar quase completamente, para não manchar o livro, e depois recatalizá-la dentro da lombada com uma pressão firme e repetida. Para mim, aquilo foi brilhante. Minha mentora ficou perplexa. Ela ficava perplexa com tudo o que eu tentava fazer. Chamava meus métodos de truques e engodos. Falsificação, não restauração. Mas é restauração. Eu os faço reviver. Philip descobriu que se lixasse de leve a goteira do livro, poderia misturar perfeitamente as folhas inseridas.

Dormiu bem outra vez, acordando apenas uma vez no meio da noite, de súbito, para caminhar até o Ludwig's, onde pediu um *bourbon* e uma porção de ervilhas secas. O tempo estava mudando, Philip sentiu que a noite começava a aquecer. A lua brilhava sobre os manequins da Roupas Baum, estonteando toda a família com seu foco de luz.

Correu de madrugada pelo Schuylkill. Um orvalho frio pingava dos plátanos, cheios de folhas novas, mas o ar já estava cálido. Trabalhou até o meio-dia e depois se encontrou com Beatrice. Ela foi pontual, e Philip teve o cuidado de fazer o mesmo, para estar ali e vê-la entrar na confeitaria de esquina, vestindo um terno risca-de-giz como uma espiã na capa de uma brochura. Cumprimentou-o com um beijo na bochecha antes que ele conseguisse terminar de se levantar. Beatrice o avaliou silenciosa por um momento e depois olhou pela vidraça que dava para a praça Rittenhouse, onde as pessoas se reuniam em busca de calor. Os silvos das máquinas de café, os gritos dos garçons e as conversas dos clientes dissolviam a música — um baixo grave e um trompete sussurrado. Um garçom lhes trouxe o café.

Sentados frente a frente, Philip estudou o rosto de Beatrice, imaginou-a caminhando sozinha na escuridão da rua Sem Saída. A expressão de Beatrice se abriu. Tinha o cabelo bem penteado, puxado para trás, um batom claro, dando aos lábios apenas um efeito úmido. O lápis de olho, levemente erguido nas pontas, misturava-se à curvatura dos cílios. Beatrice o fitou, inclinou a cabeça, pensativa.

— Você não está tão sozinho quanto pensa, Philip — disse Beatrice.

— Você sempre soube o que eu estava pensando?

— Quase sempre. Mas quase sempre sei o que as pessoas estão pensando. Não importa o que estejam dizendo ou fazendo. É pior do que conseguir me lembrar de tudo. Deve ter sido dificílimo viver comigo.

— Eu gostava de viver com você.

— Sente saudades?

— Não.

— Nem eu — respondeu Beatrice.

Ela ergueu o café pela primeira vez, franziu o rosto ante a xícara, deixou-a na mesa. Passou os olhos pela loja, precisa e completamente. Olhou para a praça Rittenhouse, para as pessoas que tiravam os paletós e casacos, afrouxavam as gravatas ao sol, deixavam que os sapatos lhes pendessem dos pés. Olhou para as pessoas do outro lado do vidro como se não fossem reais, atores trocando de roupa nos bastidores.

— Tenho uma proposta para lhe fazer. — Juntou as mãos debaixo do queixo, unindo os indicadores apontados para cima, os cotovelos apoiados na mesa.

— Com meu trabalho, eu viajo cada vez mais. Vou aos lugares e descubro que, depois que terminei meu trabalho ali, não tenho nenhum motivo para ir embora imediatamente. Ou nenhum motivo para voltar para casa antes de seguir para o próximo lugar. Talvez também tenha aprendido isso com ela.

— O que você quer dizer, B.?

— Faça o mesmo. Mude seus livros para um lugar melhor. Você pode ter o seu escritório de volta. Mal vamos nos ver, indo e vindo. Vamos nos encontrar menos do que nos encontramos agora.

— Por quê? — perguntou Philip.

— Podemos nos sentar juntos e contar das nossas viagens, tomando um vinho. Talvez acabemos nos encontrando no outro lado do mundo. — A expressão de Beatrice era sincera, seu olhar era firme. — Além disso, eu quero os seus livros. Você pode trazer a sua poltrona feia, a mesinha de metal e o abajur. Mas traga os livros.

— Meus livros.

Ela fez que sim.

— Preciso ir, agora. Estou avaliando uma companhia americana em Antofagasta. Nunca soube exatamente onde ficava Antofagasta. Dali, vou ao deserto de Atacama. Para ver os desenhos gigantes no solo do vale. Os que estão no último capítulo do livro dela. Quando o fotorrealista caminha por cima do pelicano gigante. Pense na minha sugestão enquanto estou por lá. Não tem pressa. Temos a vida inteira.

— E se você conhecer alguém? — perguntou Philip.

— Ele, ou ela, vai ter que entender. Você é parte da mobília.

— E se eu conhecer alguém?

— *Você* já conheceu alguém.

Beatrice ficou em pé, colocou-se ao lado de Philip e lhe abraçou a cabeça, pressionando-a contra seu quadril.

— 27182 — disse Beatrice. — Esse é o novo código de entrada do apartamento. Você não deve ter dificuldade em se lembrar disso. Vendi os dois carros, por sinal — falou, antes de lançar um aceno breve e sair da confeitaria.

Cruzou a rua até a praça Rittenhouse, para ficar ao sol. Soltou o cabelo e o agitou sobre os ombros, caminhando com a cabeça encurvada, pensativa, mas então olhou de volta para Philip, sabendo que o encontraria olhando. Ele continuou à mesa, sentindo como sempre se sentia ao final de uma nova equação, em parte estonteado pela inevitabilidade, em parte reconfortado. Imaginou-a caminhar por todo o caminho até o metrô na estação do mercado, descer as escadas rolantes para o subsolo, deslizando, mal tocando o corrimão com os dedos, para se equilibrar. Beatrice ficaria em pé durante a viagem de trem até o aeroporto, por saber que tinha um longo vôo pela frente. Philip a viu sobre os enormes desenhos rochosos no deserto de Atacama, levantando os braços para deixar que o vento seco soprasse através dela, sem tentar entender por que uma civilização inteira dedicaria tanto tempo e recursos para fazer desenhos tão grandes que só poderiam ser vistos milhares de anos depois, quando as pessoas aprendessem a voar.

Correu pela segunda vez naquela tarde, uma corrida com obstáculos pelo centro da cidade. O ar estava úmido, tátil. Começou perto da Bolsa de Valores e terminou no bairro histórico, na escadaria da Biblioteca. Depois de descansar e se refrescar nos degraus, entrou no edifício, na seção da Biblioteca Gratuita da Filadélfia dedicada aos leitores com necessidades especiais. Irma doava seus serviços aos livros em braille, reencapando e restaurando muitos deles. Eles se rompem muito rápido, explicou. Dá para imaginar. Na primeira vez em que ela o levou ali e lhe mostrou as paredes que continham a coleção em braille, viram duas mulheres, vestindo sobretudos, que caminhavam entre as pilhas e passavam os dedos sobre as lombadas e títulos em relevo. Eles também deveriam ter uma coleção especial para você, disse Irma. O lugar estava quente, e Philip voltou a suar imediatamente ao entrar no edifício, o sal ressecado em sua pele se dissolveu novamente. Uma senhora idosa estava sentada a uma mesa em frente às pilhas de livros em braille. Juntava os dois indicadores num V, examinando as linhas e páginas de um livro. Tinha o rosto erguido e sorria ante as palavras que sentia. Ela parece um pouco com Benjamin Franklin, teria dito Irma. Mas sem os óculos. Não é? Mas olhe para a cara dela. Como o mundo dela se abre, eternamente. Eternamente. Olhe para aquela exclamaçãozinha. E aquela. O que ela está encontrando, Pip? O que está vendo? Que palavras tristes a estão salvando?

Naquela tarde, Philip trabalhou um pouco mais no Erdrich e no Ondaatje. Depois fez o cálculo para a seguinte oscilação do pêndulo. Borges, Turgenev, Cervantes. Sabia que a seguinte oscilação o levaria ao final do alfabeto. Levou-o a Malcus Rabet. O romance estava encapado num couro vermelho-sangue, com o título em letras pretas e duras. A PESTE. Philip preparou um *bourbon* e levou o romance à poltrona reclinável. Acomodou-se na poltrona, posicionou delicadamente o copo de *bourbon* na mesinha de metal e ficou algum tempo com o livro no colo, correndo os olhos pelo resto da coleção nas prateleiras. A seguir, abriu *A peste* e leu o curto prólogo: Este romance não foi escrito por Malcus Rabet. Isso é apenas um anagrama do verdadeiro nome do autor, que você deveria conhecer. Mas que não conhece, embora seja um autor famoso como poucos, atualmente. Você deveria conhecer o autor porque este é um ótimo livro, segundo quaisquer parâmetros. É um livro bonito. A história é atemporal. As condições, perguntas e respostas que traz são atemporais, e apresentadas de maneira delicada, triste, perfeita. Trata de todos nós. Tive que configurar o anagrama para que, alfabeticamente, caísse em quarto lugar. No entanto, o anagrama não é nada em comparação com o que está além dele, com a espiral que provocará na sua vida. Coloque o livro de volta na prateleira antes que seja tarde demais. Mas antes de fazê-lo, vou lhe dar um breve motivo pelo qual o livro teve que cair em quarto lugar. Foi o quarto romance que li. Tinha dez anos. Adorei os ratos — os ratos moribundos e o mistério sombrio que continham. E o médico. Embora eu tivesse um bom pai, quis que o dr. Rieux fosse meu pai. No ano seguinte, quando tinha onze anos, li outra vez o livro, e pareceu inteiramente novo. Adorei o dr. Rieux e todos seus amigos, especialmente Tarrou e Rambert — e Grand, o velho funcionário municipal que, incansável, nunca termina de revisar a primeira frase de seu romance: Numa clara manhã de maio, uma amazona esbelta poderia ter sido vista cavalgando uma bela égua alazã pelas avenidas floridas do Bois de Boulogne. No ano seguinte, quando tinha doze anos, percebi que os capítulos não ocorriam necessariamente em ordem cronológica, que a história às vezes se desenrolava tematicamente, segundo a tentativa de Rieux de compreender. Li este livro em todos os anos da minha vida. A cada vez, encontrei algo novo para apreciar. E você vai descobrir que é um ótimo livro. E vai adorar os ratos. E depois, Rambert e Tarrou. E Grand e sua frase de abertura, singular e perfeita. E depois, como o meu, seu coração se partirá.

DEZESSEIS

Pela manhã, Philip acordou em sua poltrona reclinável azul-água, de couro artificial, ainda marcando com o polegar a página no romance de Camus. Releu a última passagem que recordava da noite anterior, para ter certeza de que não a havia apenas sonhado. Era a abertura da Parte II, em que os portões da cidade acabam de ser fechados para deixar a população em quarentena: A partir de agora, podemos dizer que a peste é uma preocupação de todos nós. Até agora, por mais surpreso que possa ter ficado com as estranhas coisas que aconteciam ao seu redor, cada cidadão seguiu com seus ofícios como de costume, sempre que possível. E sem dúvida teria continuado a fazê-lo. Porém, uma vez fechados os portões, cada um de nós percebeu que todos, inclusive o narrador, estávamos, por assim dizer, no mesmo barco, e cada pessoa teria que se adaptar às novas condições de vida. Assim, por exemplo, um sentimento inteiramente individual, como a dor da separação de uma pessoa amada, de súbito se transforma num sentimento que todos compartilhamos da mesma maneira e — juntamente com o medo — na maior aflição do longo período de exílio que temos pela frente.

Trabalhou em seu projeto de consultoria pela maior parte da manhã, depois revisou algumas equações para Isaac, que tinha a certeza de haver se deparado com algo relacionado às formas de vida e à lei das sensações humanas de Weber-Fechner. Quando terminou de trabalhar na matemática de Isaac, começou a se preparar para enviar de volta, por correio, algumas das folhas que roubara de *Zed*, desculpando-se com um recado ao dono da *pensión*, afirmando ter recolhido inadvertidamente os papéis soltos enquanto fazia as malas para ir embora.

Começou a corrida daquele dia em frente à família de manequins da Roupas Baum. Pareciam descolados e tranqüilos naquelas roupas noturnas, muito bem separados do calor e da umidade do meio-dia. Separados, também, com seus ternos geométricos da era Eisenhower, do mundo complicado que havia do outro lado da vitrine. Apesar da umidade, Philip correu bem e já dava passadas fluidas ao chegar à Columbus Avenue. A avenida, como sua homônima em Sevilha, se recurvava acompanhando a forma do rio. Philip cronometrou duas arrancadas ao longo da Penn's Landing e continuou pela avenida, passando o *Spirit of Philadelphia* e outras grandes antigas embarcações, seguindo em direção à ponte Walt Whitman. Sentiu que poderia seguir o rio por toda sua extensão, até a foz na baía do Delaware. O sol alto daquela tarde quente e silenciosa, esmaecido pela bruma que se erguia do rio, adquiria uma cor alaranjada. Ao longo do Paseo Cristóbal Colón, o primeiro siroco soprou pelo Guadalquivir, aquecendo o ar do rio, enchendo-lhe os pulmões.

Pensamentos — os nossos melhores pensamentos, lê Tom Salgueiro de um recado preso a um tipo de linho que nunca tinha visto antes, são frágeis fiapos, formados por cristais que não têm mais que algumas moléculas de diâmetro. O recado também está escrito sobre um pequeno fragmento do linho, e a trama deixa a caligrafia de Philip quadriculada. É uma trama singularmente suntuosa, porque os fios são produzidos a partir de um tipo de linho brasileiro macerado por uma cepa extremamente localizada de *Clostridium*. Foram isoladas vinte e duas espécies de bactérias como agentes de maceração para o linho brasileiro, escreve Philip. O agente de maceração específico deste linho cresce apenas nos pântanos ao norte de São Gonçalo. Peço desculpas pelo bilhete precário. Perdi todo o meu papel num aguaceiro, e a pequena agência de correio não tem provisões.

O Tom ficou só olhando para o fragmento que você mandou, escreve a sobrinha de Irma numa longa carta envolta num CD. Você tinha que ver. Ficou olhando por mais de uma hora. Acho que na próxima vez que você vier, não vai ficar no estábulo de ordenha. O CD continha as variações para oboé da menina sobre as sonatas de Hindemith, ainda não prontas para um exame, mas chegando lá. A carta continua: Estou confusa com algumas coisas escritas num dos livros que ela me deixou — o Maugham. Vocês parecem estar no livro.

Philip escuta as sonatas de Hindemith tocadas no oboé e tem a sensação de haver desperdiçado muito tempo na vida. Mas depois pensa na frase de Grand em *A peste*, com suas variações. Numa clara manhã de maio, uma amazona esbelta poderia ter sido vista cavalgando uma bela égua alazã pelas avenidas floridas do Bois de Boulogne. Philip segura a carta da menina e toca o CD, pensando no personagem Grand e em como ele continua a trabalhar para aperfeiçoar aquela única frase de abertura, mesmo enquanto a peste devasta a cidade em quarentena. E em como Rieux e seus amigos vivem sob a sombra e os murmúrios da peste (à noite, Rieux escuta os murmúrios da peste sobre sua cabeça enquanto cuida dos pacientes abatidos e moribundos). E em como escutam as revisões da frase de Grand, descobrindo que a peste é vida, a vida é a peste.

Numa clara manhã de maio, uma amazona esbelta poderia ter sido vista cavalgando uma lustrosa égua alazã pelas avenidas cobertas de flores do Bois de Boulogne. Ele quer que a frase de abertura seja perfeita, quer que o primeiro editor que as veja diga: É de tirar o chapéu!

Para mim, está claro que precisamos de vozes na nossa cabeça, declara Zed numa tradução que Lucia lê para Philip, sentados a uma mesa de piquenique num parque nos subúrbios desmazelados do Rio. Tantas vozes quanto possível. Vozes sãs que soem como música, salvando-nos. A tradução está recém-encapada num linho verde-escuro. Encontram-na facilmente entre as pilhas emboloradas de Carlos Leite. Brilha vívida numa prateleira alta. Está traduzida para o inglês, mas o sotaque de Lucia se ajusta melhor às palavras, e Philip pode fechar os olhos por longos momentos, sentindo o calor e os insetos, sentindo o sussurro no fundo da voz de Lucia. Não sei o que seria melhor: que você fosse eu por um momento, ou eu, você. E Philip, de olhos fechados, não sabe se é Zed, Lucia ou Irma que se pergunta aquilo.

Duzentos metros, lê Nicole em *Rastros*. Essa é a distância entre nós. Mas essa sempre foi a distância entre nós, mesmo nos meus melhores dias, mesmo nas corridas em que eu ainda conseguia ver você até o momento da arrancada final. A página não a aturdiu completamente. O irmão a alertara de que algo poderia estar por vir, de fato a convenceu a ler o Erdrich embora ela precisasse estudar para as provas finais. Mas não salte nenhuma parte, acrescentou. Vai estragar o efeito. Em dez quilômetros num bom passo, escreve ela, cubro duzentos metros em trinta e oito segundos. Trinta e oito segundos são tempo mais que suficiente para que um amigo pense no que quer dizer, no que sente, e então descubra se deve falar ou apenas continuar a correr. É tempo mais que suficiente para que você faça o mesmo, e apenas continue a correr. Você está em todas as corridas que correrei de agora até o dia em que morrer. Há corridas de rua maravilhosas na Espanha. O Sam pode lhe falar delas. Numa extensão de duzentos metros em Barcelona, você passa por três obras de Gaudí — visões de dragões, cães e castelos derretidos que farão você voar pelo asfalto. Eu também as verei, talvez apenas trinta e oito segundos depois. Se eu acabar, inadvertidamente, no mesmo jogo de *frisbee* que você — o jogo do meio-dia em Castelldefels, por exemplo —, vou sair dali ao seu primeiro sinal, seu primeiro segundo de hesitação, a primeira vez em que você curvar a cabeça. Vou correr pela areia, pela costa azul de Barcelona, o mais rápido que meus ossos velhos e músculos cansados puderem me carregar. Você terá que me perdoar se, por um momento, eu precisar me deitar na areia, molhada pela lambida fria da arrebentação.

Quando começo a minha queda, narra Fátima através da voz de Lucia, meu quadril acerta a barra. Não consigo superar a barra no meu salto final. Mas a sorte me concede uma prorrogação, permite que eu continue na competição, uma atleta impostora entre os melhores saltadores. Pois a barra pula, soltando-se com força do apoio, estremece livremente no ar e cai de volta em seu lugar, em segurança, permitindo que eu viva quando deveria ter morrido. Lucia sente que a cabeça de Philip se move em seu colo e pergunta o que há de errado. Ele finge dormir, e então ela continua numa voz mais suave, que mal se ergue por sobre o chiado das cigarras nas árvores ao redor. Lucia faz uma pausa para olhar em direção ao ruído dos insetos, espera ter realmente encontrado um lugar na grama em que os jatos lançados por eles não alcancem a ela e Philip. Às vezes, os jatos caem como um vapor pesado e formam poças amareladas sob as árvores. Lucia apóia a mão no lado do pescoço de Philip, a ponta fria dos dedos atrás de sua orelha, e prossegue com a narrativa de Fátima. Vejo Adão na arquibancada quando começo a minha queda. Ele veio, afinal, para me ver saltar, ver-me subir. Ele e Zed estão de mãos dadas e erguem juntos os punhos, saudando-me. Estou tão feliz de vê-los assim, juntos na multidão, com a multidão. Numa multidão contente, que não protesta por nada.

Se você chegar a São Gonçalo antes de mim, lê Sam em *O paciente inglês*, eu procuraria nas prateleiras mais altas. Não no topo das pilhas, porque a umidade também corre de cima, do teto, não só do piso. As palavras fazem com que Sam se erga de sua posição reclinada sob uma árvore nos campos esportivos da Universidade Rutgers, onde espera a chegada dos demais jogadores de *frisbee*. A princípio, pensa ter se deparado com uma das inserções de Irma, mas se dá conta de que não, as dela sempre emergiam com mais delicadeza da prosa e do tema. E o papel, a fonte e o tom da tinta tampouco se encaixam perfeitamente ao resto do livro. O número da página está repetido. É bastante bruto, pensa Sam, comparado com ela. Então entende e prossegue a leitura.

Se eu me deparar com você investigando as mesmas pilhas, não vou me virar e partir. Vou perguntar se você encontrou alguma coisa. E vou contar o que encontrei. E se vir você correndo no mesmo caminho que eu, vou perseguir você. Vou anunciar os marcadores de distância de Irma enquanto me aproximo por trás de você. Não deixe que eu pegue você. Mantenha-se muito melhor, muito mais sábio. Chegará um dia em que os sacrifícios que você faz agora para manter sua família reunida não serão mais necessários. Quando você puder me ver e reconhecer como nada mais que um amigo que, às vezes, cruza os caminhos pelos quais você viaja. Que procura a mesma beleza.

Sam lê um parágrafo mais à frente, inserido no espaço em branco ao final de um capítulo (as linhas estão um pouco inclinadas): Éramos muito mais próximos do que pensávamos.

Realmente precisamos de lugares de regresso, lê Beatrice num livro que sabe ter sido roubado por Philip durante uma de suas viagens. Ela o lê na poltrona reclinável e se surpreende mais uma vez ao notar que o vinil se tornou muito confortável depois de gasto, liso como uma pérola, arredondado. Beatrice entende o motivo pelo qual ele dorme tantas vezes ali, por várias noites seguidas, com um livro sobre o peito. Bate na mesinha de metal com as unhas, apreciando o breve som resultante. Também precisamos de pessoas de regresso. Porém, acho que, instintivamente, damos valor excessivo aos dois. Valorizamos demais — apinhamos, realmente — esses lugares e o tempo passado neles, com essas pessoas. Se você voltar à minha loja, verá que continua praticamente a mesma, mas sem a minha presença. Talvez encontre uma das minhas três protegidas, que se revezam ali, por vezes sobrepondo-se (embora eu não saiba ao certo se gostam umas das outras o suficiente para trabalharem lado a lado por muito tempo). Eu as escolhi e lhes dei a minha loja porque elas acreditam no meu desprezo pela regra da reversibilidade. São jovens. São bonitas quando estão trabalhando. Quando estão sob uma luz suave, puxando a linha sobre a cera, moldando as capas, ajustando as ferramentas, enfiando a dobradeira na lombada. Caso passe por lá, deixe-lhes um pouco da sua música estranha e difícil. Talvez a achem interessante, o clima perfeito para o trabalho delas — que muda.

Não tenho dúvidas de que você possui a matemática certa para me capturar um dia, de que acabará por triangular o espaço, o tempo e o meu desejo. Talvez precise da ajuda de Isaac para as previsões mais sutis. Certamente precisará da ajuda de Beatrice para quaisquer decisões fundamentais (será por isso que sinto saudades dela numa proporção tão estranha?). Mas entenda que *eu* possuo a linguagem para encontrar você, observar, mover, tocar sempre que quiser.

Cansada da viagem, ela adormece enquanto lê, afunda cada vez mais na poltrona reclinável azul-água. Seus olhos estremecem, e ela pensa que talvez tenha sonhado com aquelas linhas. Ao ler os livros de Philip, repletos das pequenas aparições de Irma, ela ficou suscetível, incapaz de discernir a todo momento entre o que é dela e o que é deles, o que lê e o que imagina, o que crê e o que deseja. Lembra-se de colocar o polegar entre as páginas, para marcar o lugar, antes de se entregar a um sono muito bem-vindo. A luz do abajur de leitura acinzenta a mesinha de metal e silencia a figura imóvel de Beatrice, emoldurada pelas prateleiras. As cores das lombadas ficam melhores nesse tipo de luz, emergem. Não é difícil retirar suavemente o polegar de Beatrice do livro roubado sem despertá-la, puxando o dedo e beijando sua mão. Pelo tremular de seus cílios e o sorriso em seus lábios, você percebe facilmente que ela não está sonhando com as linhas que acabou de ler, e sim com o resto do livro, que conta a história voluptuosa de piratas do século XIX na costa da Argentina. Sentindo-se impulsivo, você lhe rouba um beijo dos seus lábios e espera que com isso ela não acorde, que o beijo apenas se embrenhe no livro com o qual ela sonha, adentrando o abraço do herói. Isso permite que você se sinta confiante na remoção do livro roubado apoiado nos seios de Beatrice, erguendo-o suavemente com sua respiração. Cubra-a com uma manta, apague a luz e em seguida, antes que ele volte, inicie sua jornada ao lugar onde o livro pertence.

EDITORA RESPONSÁVEL
Izabel Aleixo

PRODUÇÃO EDITORIAL
Daniele Cajueiro
Phellipe Marcel

REVISÃO DE TRADUÇÃO
Suellen Esteves

REVISÃO
Eduardo Carneiro
Fernanda Machtyngier
Thiago Escobar

PROJETO GRÁFICO
Leandro B. Liporage

DIAGRAMAÇÃO
Selênia Serviços

Este livro foi impresso em São Paulo, em fevereiro de 2009,
pela Lis Gráfica e Editora, para a Editora Nova Fronteira.
A fonte usada no miolo é Iowan Old Style, corpo 11,6/15,5.
O papel do miolo é pólen soft 70g/m² e o da capa é cartão 250g/m².

Visite nosso site: www.novafronteira.com.br